开窗放入大江来

刘跃进讲演录

刘跃进 著

河北出版传媒集团
河北教育出版社

图书在版编目（CIP）数据

开窗放入大江来：刘跃进讲演录 / 刘跃进著. --
石家庄：河北教育出版社, 2022.7

ISBN 978-7-5545-7009-8

Ⅰ. ①开… Ⅱ. ①刘… Ⅲ. ①中国文学—文学研究—文集 Ⅳ. ①I206-53

中国版本图书馆CIP数据核字(2022)第081288号

开窗放入大江来——刘跃进讲演录
KAICHUANG FANGRU DAJIANG LAI
刘跃进 著

策　　划　董素山
责任编辑　郝建东　杨　乐
　　　　　马海霞　刘书芳
装帧设计　郝　旭

出版发行　河北出版传媒集团
　　　　　河北教育出版社　http：//www.hbep.com
　　　　　（石家庄市联盟路705号，050061）
印　　刷　河北新华第一印刷有限责任公司
开　　本　880毫米×1230毫米　1/32
印　　张　16.125
字　　数　335千字
版　　次　2022年7月第1版
印　　次　2022年7月第1次印刷
书　　号　ISBN 978-7-5545-7009-8
定　　价　88 .00元

求其友声三十年
——由一场学术讲演说起

刘跃进

学术研究本是一个寂寞的行当，而学术交流则叫人愉悦。研究成果问世后，作者总是希望得到同行的关注，“人之好我，示我周行”，或揄扬，或批评，所有这一切，都很值得期待。于是学术界就有了各种各样的沟通方式，志同道合者的私下探讨，学术会议上的对面商榷，还有学术评论、学术讲座等，都是常见的学术交流活动。

我刚步入学术领域，就体会到这种学术交流的意义。

1992年的春天，曹道衡先生和沈玉成先生应邀到曲阜师范大学做学科评估。那时，我留在文学所工作不久，很想借这个机会到曲阜去朝拜孔圣人。自1987年离开杭州以后，我就没有出过北京。曹先生知道了我的心思，又征得沈先生的同意，我们便一起于4月27日晚上11点乘坐绿皮火车，咣当了一夜，第二天上午10点多才抵达曲阜。此后两天，诸位老先生在中文系做评审，我则利用这个机会参观了“三孔”等名胜古迹。

游览快要结束的时候，中文系主任张稔穰老师提议，希望我能给本科生做一次学术讲座。我那时还不到三十四岁，刚刚博士毕业，学识浅薄，哪有资格做讲座呢？但张老师还是很客气，再三要求。说实话，我能来曲阜参观，确实得到了他们的照顾，没有理由再拒绝。讲座安排在一个很大的教室，齐刷刷地坐满了学生，一双双青春的眼睛充满期待。那天讲了什么内容，我已全然记不得了。讲座结束时，掌声十分热烈，那场面让我至今记忆犹新。这是我第一次做的所谓学术讲座。

又过了六年，1998年秋冬时节，扬州大学人文学院中国文化研究所王小盾教授来京开会，我们见面时谈到了有关六朝声律的话题，我顺便向他介绍在美国康奈尔大学图书馆看到的《敦煌吐鲁番出土梵文文献》丛书，小盾很兴奋，说他有一个学生正在做这方面的研究，便邀我到他们学校讲一讲。就这样，那年的11月20日，我乘车前往南京，转道抵达扬州。三天的时间里，我做了三场报告，一是“我看魏晋南北朝文学研究”，二是“美国汉学研究机构、藏书、期刊及近五年研究成果一瞥”，三是“别求新声于异邦——介绍近年永明声病理论研究的重要进展”。讲课之余，周广荣、何剑平两位同学陪我参观了瘦西湖、大明寺、西园、平山堂、个园、何园等扬州名胜古迹。广荣对我说，六年前，我在曲阜讲座时，他正在读本科，当时就坐在下面。他说我的讲座，主要介绍自己研究永明文学的心得，让他印象深刻。后来他跟小盾先生攻读博士研究生，也想做这方面的研究。我这才特别注意到广荣：个头不高，圆圆的脸庞，充满朝气，眼神中透着智慧，让人很自然地就联想到长眠在他家乡的曹植，思捷而才俊，奋发而有为。扬州的几次讲座，广荣的同学马银琴也是一员听众，不过当时学生很多，对她，我确实没有留下印象。她后来跟我说，那次听讲座，她也获得了感动。正是从那时起，社科院文学所学者的气质以及专心治学的学术氛围给她留下很深的印象，并由此心生向往之情。

李昌集先生年长我近十岁，热情好客，那次专门腾出时间陪我参观江苏广陵古籍刻印社，还购买了一套《古逸丛书》赠我，并亲笔题字："公元一九九八年冬，刘跃进先生来扬讲学。时扬州大学文化研究所群贤毕集，而中外游学者亦至，可谓盛况空前。刘君临别之际，无所相赠，乃奉此书以表谢意。扬州大学人文学院中国文化研究所一九九八年十一月二十三日。"在"昌集执笔"的左下方有一枚"小盾"闲章，出自徐州师院邱明皋先生公子之手。原来，那套书是小盾教授委托购买，请书法家昌集先生题字。昌集的字，刚劲有力，让人震撼。那天正值我四十岁生日，内心莫名感动。那是我收到的最重要的生日礼物。回京以后，小盾教授来信说："这次你在扬州讲学三天，给大家留下了极好的印象。中国古代文学研究的深厚博大，其尊严及其生机，都由你谦和地表达出来。我们很感谢你。你目前从事的学术工作是极有意义的，我们很愿意向你学习，向你靠拢。"

扬州之行，给我注入了强大的学术信心。一段时间，我甚至下决心在西域文化方面下功夫，只是由于相关专业知识储备不足，很难有深入研究，从美国带回来的一大包资料，至今还放在角落里。没想到，过了几年，周广荣拿出了博士论文《梵语〈悉昙章〉在中国的传播与影响》，做得非常精细。凭借这份厚重的成果，广荣进入北京大学东语系博士后流动站深造。2002年春天，广荣出站后又进入中国社会科学院世界宗教研究所，成为专职研究人员。那年底，已成为广荣夫人的马银琴也应聘到文学所工作。就这样，我们成了同事，经常在一起讨论学问。广荣一直坚守在佛教文化研究领域，参加了由我院外国文学研究所黄宝生先生主持的梵文读书班，打下了坚实的文献基础；他还参与了《世界佛教通史》的撰写工作，视野越发开阔。银琴有文学理论研究的基础，因此她的先秦文学研究往往别开生面。近年，她又作为人才被引进到清华大学工作，那也是我最初工作的地方。有的时候，人生际遇真是不可思议。

2021年7月，我从行政岗位上卸下重任，终于可以全神贯注地投入学术研究工作中，倍感轻松。我向来对西域文明与出土文献这两个重要的学术领域感兴趣，只是其高深莫测，常常望洋兴叹。广荣了解到我的情况，慷慨地赠送了很多相关资料，尤其是黄宝生先生主持翻译的佛教经典和《梵语诗学论著汇编》，令我喜出望外。广荣说，三十年前，曲阜师范大学考研之风极盛，曹先生、沈先生和我的报告，对班上的同学鼓舞很大。曹、沈二位先生讲的都是读书治学的方法与门径，对于在读的本科生来讲，还有点儿距离。我刚博士毕业，讲座内容主要是介绍自己的求学经历以及对学术的热爱和追求，这对年轻学子尤具有感染力和“诱惑力”，引起了更大的反响。他还说，从曹先生、沈先生慈爱的目光中，可以感受到他们对我也是引以为傲、寄予厚望的，这对于同学们来讲有很大的示范性与启发性。他们班上共三十人，前后有二十多人考上了研究生。而今，广荣也做了老师，有了自己的学生。事实上，在佛教和西域文明研究方面，广荣也真是我的老师。常言道："人之为学，不日进则日退；独学无友，则孤陋而难成。久处一方，则习染而不自觉""闻道有先后，术业有专攻"，我和广荣的学术经历就是最好的诠释。

当我写下这段文字的时候，距我第一次学术讲座过去了三十个年头。回首前尘，一次学术讲座，一段学术缘分，绵延三十载，友生在身边，倍感温馨，值得记忆。

此后三十年，围绕着文学史的理论与实践、秦汉文学、魏晋南北朝文学、《昭明文选》、杜甫以及当代学术研究状况等话题，我做过多次学术报告，也由此结识了很多同道。在各位师友的鼓励下，我不时地将讲演中形成的一些想法系统地整理出来，陆续发表。这些文章多已收在《古典文学文献学丛稿》《走向通融——世纪之交的中国古典文学研究》《回归中的超越——文学史研究的多种可能性》《秦汉文学论丛》《文学史的张力》《〈文选〉学丛稿》《跂予望之》等文集中。还有一部分讲稿，或是专题讲座，或是大会致辞，还有的是即兴发言的记录，长短不一，内容驳杂；跨越时间既长，内容难免重复；口语成分较多，行文比较散漫，总之，还很不成熟。更大的问题还在于，我只是提出了一些初步的想法，思考既不全面，讨论也不深入。尽管如此，河北教育出版社董素山、郝建东等先生还是积极地建议我把这部分讲座内容整理出来，或许对读者有参考作用，至少可以引发进一步的思考和讨论。

经过删繁就简、整齐划一的工作，我最后选定五十篇，分为五辑，第一辑以学术讲座为主，占了全书一半的篇幅；其他各辑，略以类聚。每辑中的文章，均以讲座时间先后为编排次序。其中谈刊物建设以及论现当代文学人民性的讲稿，虽相隔有年，考虑到内容相近，就排列在一起。原则上，已经发表的文稿不再收录。《延安精神与文学所传统》是近期的一篇讲演稿，发表在院报上，流传不广，故附赘于此，有敝帚自珍之意；还有几篇讲稿，其内容或略见于发表的文字，但有较多出入，且没有收到上述文集中，这里也酌取一二。在校订旧稿过程中，我注意到一些新的重要文献和研究成果，随手附注于相关文字之下，在当页脚注中以“【增补】”字样区别开来。另外，早年讲演中常常会提到某某中青年学人，而今多已成为中老年学者，为保持原稿旧貌，不做修改，权且留下岁月的痕迹。

书名取自宋代诗人曾公亮的诗句，各辑小标题借用《诗经》名句，并无深意，装点门面而已。

辛丑岁杪缓之记于京城爱吾庐

目 录

第二辑　左右采之

第三辑　乐且有仪

第五辑 鱼潜在渊

第一辑

钟鼓乐之

汉魏六朝文学研究的新资料与新进展

一、简帛资料

20世纪，地不藏宝，考古资料层出不穷，极大地推进了学术进程。对此，李学勤先生的《简帛佚籍与学术史》（江西教育出版社2001年版）对此有过比较系统的介绍。就中国学术史的研究而言，古籍的出土问世，尤其叫人欣忭雀跃。这其中最引人瞩目的当首推居延汉简和长沙马王堆汉墓出土的帛书。帛书《周易》《老子》的赫然重现于世，极大地改变了我们对于秦汉学术史的许多传统看法。

（一）居延、敦煌汉简

20世纪上半叶以来，在额济纳河流域的大湾、地湾、金关、破城子等地陆续获得汉简万余枚。高敏《从居延汉简看内蒙额济纳旗的古代社会经济状况》中说："汉代的居延及居延泽一带地区，有人认为就是当时的张掖郡的张掖县所在地。如《史记·匈奴列传索隐》引韦昭曰'居延，张掖县'即其例证。这种说法，唐人颜师古早已指出其非。他在《汉书》卷六《武帝纪》元狩二年（前121）条注文中说：'居延，匈奴中地名也，韦昭以为张掖，失之。'据近人考古学家陈梦家先生考证，汉之居延，就是今天内蒙古自治区额济纳旗所辖地。"[1]何双全、孟力《甘肃出土简牍文献大观》有详尽的考述。[2]1943年四川南溪出版了劳幹《居延汉简考释》考释之部（石印本），1949年商务印书馆出版铅印本；1957年和1960年在我国台湾先后出版《居延汉简》图版之部和释文之部；1959年科学出版社出版中国科学院考古研究所整理《居延汉简甲编》，共收入居延汉简2555枚，其中有照片、释文和索引；1980年中华书局出版《居延汉简甲乙编》。至此，居延汉简主要资料均已得到发表。1987年文物出版社出版谢桂华、李均明、朱国炤校释《居延汉简释文合校》；1990年文物出版社出版甘肃省文物考古研究所等四单位联合整理的《居延新简》；1988年兰州大学出版社出版薛英群、何双全、李永良《居延新简释粹》[3]；1997年甘肃人民出版社出版了吴礽骧、李永良、马建华释校《敦煌汉简释文》。此外，科学出版社1960年出版

[1] 高敏，《秦汉史探讨》，中州古籍出版社1998年版，第261页。

[2]《古籍整理出版情况简报》1994年第10期。【增补】还可以参见李宝通、黄兆宏编著《简牍学教程》和李怀顺、马军霞编著《西北边疆考古教程》等相关论著，均由甘肃人民出版社2011年出版。

[3]【增补】陈直，《居延汉简研究》汇总了陈直先生相关论著为编，中华书局2009年版。

的《武威汉简》、文物出版社1990年出版的《散见简牍合辑》等也提供了许多资料。

第一，在《居延汉简释文合校》和《居延新简》中时常提到秦汉时代的一些文字学著作，如《仓颉篇》《急就篇》等。类似这样的文字学的竹简还多见于沙畹编《斯坦因在东土耳斯坦考察所得汉文文书》。[1]在西北边陲，童蒙读物如此流行，说明秦汉人对于习字的重视。这是为什么呢？《汉书·艺文志》引萧何草律："太史试学童，能讽书九千字以上，乃得为史，又以六体试之，课最者，以为尚书，御史，书令史。吏民上书，字或不正，辄举劾。"这就使人推想，汉大赋中大量运用奇字异说，是否与当时人读书习字有某种关系呢？虽然只是推测，但是由于有了汉简的支持，我们的这种推测也许值得考虑。

第二，在《居延新简》中收录《剑文四事》，评论剑的文饰，与陶弘景《刀剑录》所述内容相近。据《汉书·艺文志》载，《相宝剑经》二十卷；阮孝绪《七录》也载有《相宝剑经》二卷，二书俱佚。这些竹简的发现，弥补了《汉书·艺文志》的缺失。

第三，有很多书信，表现了戍守西北边地的士卒的心声。如《居延汉简释文合校》10·15："宣伏地再拜请／幼孙少妇足下甚苦塞上暑时愿幼孙少妇足衣强食慎塞上宣幸得幼孙力过行边毋它急／幼都以闰月七日与长史君俱之居延言丈人毋它急发卒不审得见幼孙不它不足数来／记宣以十一日对候官未决

[1]【增补】参见《沙畹汉学论著选译》，中华书局2014年版。

谨因使奉书伏地再拜幼孙少妇足下朱幼季书愿高掾幸为到临渠燧长对幼孙治所□书即日起候官行兵使者幸未到愿豫自辩毋为诸部殿……”[1]类似这样的书信还可以举出许多。在居延汉简中还有一些文字，多是韵语，也许就是古诗，如371·1A：“若一心坚明，安上去外英。”又如446·17四简A：“正月刚卯，灵殳四方。”B：“赤青白黄，四色赋当。”C：“帝命祝融，以教夔龙。”D：“庶役冈单，莫我敢当。”这些都是厌胜辟邪的祝祷辞，“刚卯”，也称严卯，两者形制、用途相同，可互称，又称“玉双印”，是汉人随身佩戴的饰物。西汉初兴起，王莽时被禁止佩戴，随着谶纬神学的发展而得以盛行，汉之后逐渐消失。与此相近的还有敦煌酥油土出土汉简，颇近于歌词性质：“于兰莫乐于温莫悲于寒中子对曰文莫隅于秠复莫芗于。”[2]类似这样的材料还见马伯乐编《斯坦因第三次中亚所获汉文文书》，现已收录在《敦煌汉简释文》：“日不显目兮黑云多月不可视兮风非沙从恣蒙水城江河州流灌注兮转扬波辟柱……”[3]

第四，1977年在长城烽燧遗址发现木简91枚。其中一件皇帝诏书，计130字，系后人摘录，大意说皇帝身染重病，医无痊愈希望，诏告继承人皇太子，今后务必善视百姓，轻赋税，近圣贤，信谋臣，以身奉行名教和祖宗法制，牢记秦二世而亡的教训，终生不得疏忽等。其中“谨视皇天之嗣，加增朕

[1]《居延汉简释文合校》，第15页。

[2]《敦煌汉简释文》，甘肃人民出版社1991年版，第46页。

[3]《敦煌汉简释文》，甘肃人民出版社1991年版，第244页。

在”，似乎是对辅佐大臣的嘱咐。嘉峪关市文物报管所《玉门花海汉代烽燧遗址出土的简牍》认为，这很有可能是武帝遗诏：“制诏：皇大（太）子，朕体不安，今将绝矣。与地合同，众（终）不复起。谨视皇大（天）之笥（嗣），加曾（增）朕在。善禺（遇）百姓，赋敛以理，存贤近圣，必聚谞（贤）士，表教奉先，自致天子。胡亥自圯，灭名绝纪。审察朕言，众（终）毋久（已？）。苍苍之天不可得久视，堂堂之地不可得久履，道此绝矣。告后世及其孙子，忽忽锡锡，恐见故里，毋贰天地，更亡更在，去如口庐，下敦闾里。人固当死，慎毋取佞。”[1]结合汉武帝的《戍轮台诏》，这篇遗诏可以让人产生许多联想。[2]

第五，1986年在天水市北道区（今麦积区）党川乡放马滩一号墓出土460枚秦代竹简，又两部分内容，一是《日书》，与湖北云梦睡虎地秦简基本相同。甲种73枚，可分为八章，即《乐建》《建除》《亡者》（又称《亡盗》）《人月吉凶》《男女日》《择行日》（又称《禹须行》）《生子》《禁忌》；乙种379枚，内容方面有二十多篇，除《月建》《建除》《生子》《人月吉凶》《男女日》《亡盗》《禹须行》与甲种相同外，尚有《门忌》《日忌》《月忌》《五种忌》《入官忌》《天官书》《五行书》《律书》《医巫》《占卦》《牝牡月》《昼夜长短表》《四时啻》十三种。一是纪年文书，或题《墓主记》，说的是一个叫丹的人因伤人而被处死，但

[1]《敦煌汉简释文》，第150页。又见《汉简研究文集》，甘肃人民出版社1984版，第16页。
[2] 参见田余庆，《论轮台诏》，见《秦汉魏晋史探微》，中华书局1983年版，第28页。

三年以后复生的事情，同时追述了丹过去的经历和不死的原因。简文称“……三年，丹而复生，丹所以复生者，吾犀武舍人，犀武论其舍人□命者，以丹未当死……立墓上三日，因与司命史公孙强北出赵氏，之北地柏丘之上。盈四年，乃闻犬吠鸡鸣而人食，其状类益、少麋、墨，四支不用。丹言曰：死者不欲多衣……”李学勤考证，当是我国最早期的志怪小说。[1]这些材料的出现，确实给人一种新奇惊异的感觉。马圈湾竹简还记载了韩朋故事。文字是这样写的：“书，而召韩朋问之。韩朋对曰：‘臣取妇二日三夜，去之来游，三年不归，妇……’”裘锡圭先生《汉简中所见韩朋故事的新资料》指出，这则故事与《搜神记》大体相同，但是具体细节有出入。《搜神记》所记韩朋故事不到三百字，大意说：宋康王之臣韩朋妻美，王夺朋妻，并罚朋为刑徒。朋妻密遗朋书，朋得书自杀。朋妻与宋王登台，自投台下而死，遗书愿与朋合葬。王不听，分埋之，二冢相望。其上一夜间各生一树，旬日大盈抱，彼此根交枝错，又有鸳鸯一对恒栖树上，交颈悲鸣。敦煌本《韩朋赋》长达两千字左右。前半部分的大意是：韩朋少年丧父，独养老母，因将远仕，娶贤妻奉母，夫妻情投意合。朋婚后不久即远仕于宋，长期不归，其妻念之，致书于朋。朋得书心悲，意欲归家而无因由，怀书不谨，遗失殿前。宋王得书，甚爱其言，遣其臣梁伯驰往朋家，取朋妻入宫。这些情节都不见于《搜神记》。赋的后半部分，主要情节与《搜神记》大体

[1] 李学勤，《放马滩简中的志怪故事》，见《简帛佚籍与学术史》，江西教育出版社2001年版，第167页。

相合，但叙事较繁，在细节上颇有出入。《搜神记》所记韩朋故事与《韩朋赋》之间，究竟存在着什么样的关系呢？容肇祖在认为二者“根本出于一个故事”的同时，强调后者并非由前者发展演变而成。容氏说：“《韩朋赋》所叙韩朋的故事，当为唐以前民间的传说，较之《搜神记》所载，更为详细得多。”又说：“从《韩朋赋》的内容去考证，可定为不是因《搜神记》的记载而产生，而且《韩朋赋》为直接朴实的叙述民间传说的作品。”他显然认为在《搜神记》之前，韩朋传说早已产生，而且直至《韩朋赋》出现的时代一直在民间流传着。《搜神记》的作者按照他的趣味，以简洁的文笔记录了这个民间传说。所以他说《搜神记》没有提到《韩朋赋》前半部分的情节，并非由于所根据的传说中没有这种情节，而是由于这种情节“是《搜神记》所不甚注重的，故未详述”。裘先生指出，容氏的这些看法是很精辟的，我们在马圈湾汉简韩朋故事中为他找到了有力的证据。马圈湾所出汉简中的纪年简，最早的是宣帝本始三年（前71）简，最晚的是新莽始建国地皇三年（22）简。韩朋故事残简的抄写时代，大概不会超出西汉后期和新朝的范围。也就是说，它的时代比唐代的《韩朋赋》至少早六百年，比生活在两晋之交的干宝的《搜神记》至少早三百年。由此可见这枚残简在古代文学史上的价值。这枚残简所保存的汉代韩朋故事的内容极少，但是从其叙事方式仍可看出，其风格近于《韩朋赋》而远于《搜神记》，而且原来的全文一定相当长。以残简与《韩朋赋》有关内容相对照，可以断定简文所说的“书”，就指韩朋之妻在家想念韩朋而写的那封信。召韩朋加以询问的人，按情理推测当是宋王。所以在我们已经看不到的上文中，一定有跟《韩朋赋》相似的、韩朋之妻的信被韩朋失落而为宋王所得的内容。《韩朋赋》说朋将远仕，念老母独居，故娶贤妻，“入门三日，意合同居；共君作誓，各守其躯，君亦不须再娶妇，如鱼如水，妾亦不再改嫁，死事一夫”，接着就说韩朋出游之事。所谓“入门三日，意合同居”，当然不是说入门三日以后才意合而同居，而是说由娶妻到出游，中间只有三天同居时间，而情意则十分投合。这跟简文所说“臣娶妇二日三夜，去之来游”，也是基本符合的。从以上所述来看，《韩朋赋》前半部分不见于《搜神记》的内容，其主要情节大体上在残简所代表的汉代韩朋故事中应该已经存在了，只不过在细节上彼此有一些出入而已。韩朋故事中的宋康王就是宋君偃，他是战国后期宋国的亡国之君。关于韩朋及其妻的民间传说，很可能在战国后期就已经出现，以后经历汉、唐等代，不断有所发展变化。残简所代表的汉代韩朋故事和《韩朋赋》，都是对当时的韩朋传说比较全面的记叙。记叙者无疑会对传说做一些文学上的加工，但对传说的主要情节应该不会作大的变动。我们所讨论的这支敦煌残简所记的韩朋故事，是什么体裁呢？从现存残文看，似是叙事散文或散体赋，但由于存字太少，还难以据此推定全篇的体裁。即使在用韵甚密的俗赋中，也往往间杂一些散句，所以还不能完全排除这一韩朋故事采用有韵的赋体的可能性。如果确实如此，当然跟《神乌傅（赋）》一样，是“那时民间用口讲述故事，而带有韵语以使人动听及易记”的反映。即使是无韵之体，也应该具有类似后世“话本”的性质，大概主要是用作讲故事的人的底本的。[1]裘先生的论证，言而有据，细微在理，故详述如上。

类似这样的故事，还可以举《疏勒河流域出土汉简》[2]一书收录的一简：“‘……为君子？’田章对曰：‘臣闻之：天之高万万九千里，地之广亦与之等。风发纷谷，南起江海，震……’”容肇祖先生《冯梦龙生平及著作》认为这则田章故事见于敦煌写本句道兴《搜神记》，应为汉魏六朝时期的通俗传说，其故事中有从晏子故事演变而成的内容。裘锡圭先生《田章简补释》对此给予高度的赞赏，并结合《晏子赋》《相问书》等敦煌文献，认为“汉唐两代的俗文学之间的确存在着很密切的关系”[3]。

（二）银雀山汉简

1972年临沂银雀山汉墓出土近五千枚竹简，一号墓出土竹简大部分为兵书，包括：《孙膑兵法》232枚，《孙子兵法》105枚，《六韬》54枚，《尉缭子》36枚，《管子》10枚，《晏子春秋》112枚，《相狗经》11枚。此外还有阴阳及风角、灾异、杂占四种共210枚，整理者题名《守法令》十三篇、《论政论兵之类》十六篇、《阴阳时令占侯之类》十二篇

---

[1] 裘锡圭，《汉简中所见韩朋故事的新资料》，见《复旦学报》1999年第3期。其释文图录收在《敦煌汉简》，中华书局1991年版。

[2]《疏勒河流域出土汉简》，文物出版社1984年版，第79页。

[3] 裘锡圭文见《简帛研究》第三辑，广西教育出版社1998年版。容肇祖文见于裘文称引。

等。二号墓出土《汉武帝元光元年历谱》32枚。[1]这些发现，震动了海内外学术界。学术界长期以来悬而未决的一些重要问题，如《孙子兵法》和《孙膑兵法》是否为同一书，《汉书·艺文志》著录《吴孙子》（孙武）八十二篇、图九卷和《齐孙子》（孙膑）八十九篇、图四卷，《隋书·经籍志》已不见著录《齐孙子》，从此便引起人们对于孙武其人其书的怀疑。两书的同时出现，终于解决了这一千载的疑难问题。此外，关于《尉缭子》是否为伪书，最早由明人宋濂《诸子辨》提出来以后，后代多数学者赞成其说。汉简《六韬》《尉缭子》等书的出土，说明上述传本当时已经有较为广泛的流传。《伊尹·九主》中有许多文句与今本《鹖冠子》相同或近似。则鹖冠亦为楚人，书未必假。张正明、刘玉堂《荆楚文化志》认为，贾谊的哲学思想是在他到南楚后成熟的，证据是他在长沙所作的《服（鵩）鸟赋》。还有一个有趣的线索，即《服（鵩）鸟赋》有些文句与《鹖冠子·世兵》雷同。例如：前者有“水激则旱兮，矢激则远”，后者有“水激则悍，矢激则远”；前者有“万物回薄兮，振荡相转”，后者有“精神回薄，振荡相转”；前者有“贪夫徇财兮，烈士徇名”，后者句序颠倒而无“兮”字；前者有“物无不可”，后者为“乃见其可”。此外，如“至人”两句和“忧喜”两句，前者都只比后者多了一个作赋不可少的“兮”字。《鹖冠子》，《汉书·艺文志》列为道家，后人多视为伪书，但帛书《黄帝书》和《伊

[1] 详见吴九龙，《银雀山汉简释文》，文物出版社1985年版。

尹·九主》的出土驱散了疑云，证明贾谊作《鵩鸟赋》时参考甚至引用了《鹖冠子》，《鹖冠子》非伪书，据此也可以得到证明。[1]此外《汉书·艺文志》记载唐勒赋四篇，但是没有流传，而银雀山竹简却有唐勒赋残简，叫人惊喜。[2]

（三）马王堆简帛

1973年在长沙马王堆汉墓出土了《春秋事语》，多为《战国策》所无。张政烺《春秋事语解题》[3]、吴荣曾《读帛书本〈春秋事语〉》[4]对此有所考论。此外，《刑德》《相马经》《房中术》《五星占》《天文气象杂占》等文献，得到科技史学界的关注。席泽宗有《中国天文学史上的一个重大发现——马王堆汉墓帛书的〈五星占〉》（《中国天文学史文集》，科学出版社1978年版）、《马王堆汉墓帛书中的〈五星占〉》（《中国古代天文文物论集》，文物出版社1989年版）等，刘彬徽有《马王堆汉墓帛书〈五星占〉研究》（《马王堆汉墓研究文集》，湖南出版社1994年版）等。[5]其他文献如《驻军图》《长沙国南部图》《五行》《德圣》《老子》甲乙本、《黄帝书》《周易》《易传》《阴阳十一脉灸经》《足臂十一脉灸经》以及三号楚墓出土的帛画等，极大地丰富了中国文化

[1] 关于《鹖冠子》的考证，参考李学勤，《马王堆帛书与〈鹖冠子〉》，见《江汉考古》1983年2期。

[2] 参见汤章平，《〈古文苑〉中的宋玉赋真伪考》，见《江海学刊》1989年第6期。

[3] 张政烺，《春秋事语解题》，见《文物》1977年第1期。

[4] 吴荣曾，《读帛书本〈春秋事语〉》，见《文物》1998年第2期。

[5]【增补】刘乐贤，《马王堆天文书考释》，中山大学出版社2004年版。

史研究的内容。[1]这批文物是陆陆续续公布的，全部文物图录收在《马王堆汉墓文物》（湖南出版社1992年版）。[2]相关的研究资料除了本节征引外，还有《长沙马王堆三号墓出土西汉帛书〈天文气象杂占〉》[3]、王胜利《帛书〈天文气象杂占〉中的彗星图占新考》[4]、席泽宗《一份关于彗星形态的珍贵资料——马王堆汉墓帛书中的彗星图》（《科技史文集》，上海科学技术出版社1978年版）等。

（四）河北定州竹简

1973年在河北定州出土的古代典籍包括《论语》《儒家者言》《哀公问五义》《保傅》《太公》《文子》等，其中最引人注意的是《文子》的出土，因为长期以来这部书被认为是伪书，因而它的学术价值没有得到应有的重视。李学勤《试论八角廊简〈文子〉》对它的真实性问题作了肯定的回答。[5]1996年台湾辅仁大学召开"《文子》与道家思想发展"研讨会，就此展开讨论。[6]此外，相传四十四篇《孔子家语》为王肃伪造，但是与《儒家者言》对照，发现相近者颇多。那么，《孔子家

[1] 参见韩健平《马王堆古脉书研究》（中国社会科学出版社1999年版）、刘晓路《中国帛画与楚汉文化》（吉林教育出版社1994年版）等。

[2]【增补】裘锡圭主编，《长沙马王堆汉墓简帛集成》，中华书局2014年版。

[3]《中国文物》1979年第1期。

[4]《马王堆汉墓研究文集》，湖南出版社1994年版。

[5] 李学勤，《试论八角廊简〈文子〉》，见《文物》1996年第1期。

[6] 王利器，《文字疏义》，中华书局2000年版。

语》是否伪书的问题，也引起学界的重视。

（五）云梦秦简

1975年在湖北省云梦县睡虎地出土秦代竹简1155枚（另残片80余枚），内容大部分是秦的法律条文和公文程式，详见《湖北云梦睡虎地十一座秦墓发掘简报》。[1]经过整理，有如下内容：《编年记》（53枚）、《语书》（14枚）、《秦律十八种》（201枚）、《效律》（60枚）、《秦律杂抄》（42枚）、《法律答问》（210枚）、《封诊式》（98枚）、《为吏之道》（51枚）、《日书》甲种（166枚）、《日书》乙种（257枚）。其中《语书》《效律》《封诊式》《日书》乙种四种简上原有书题，其他几种书题是整理小组拟定的。前八种编为《睡虎地秦墓竹简》，由文物出版社1978年出版；1990年又出版精装本，将后两种也收录其中。中华书局1981年出版了《云梦秦简研究》。高敏著有《云梦秦简初探》（河南人民出版社1979年版）。此后，相关论文颇多，不胜枚举。周凤五《从云梦简牍谈秦国文学》则从文学方面作了比较全面的论述，作者着重分析了四号墓中《黑夫尺牍》《惊尺牍》、十一号墓中《语书》《为吏之道》的内容及形式上的特点，很值得参考。[2]

1989年云梦龙岗六号秦墓也出土了150枚竹简，时代略

[1]《湖北云梦睡虎地十一座秦墓发掘简报》，见《文物》1976年第9期。

[2] 参见周凤五，《从云梦简牍谈秦国文学》，台湾“中国古典文学研究会”主编《古典文学》第七集，学生书局1985年版。刘乐贤，《睡虎地秦简日书研究》，文津出版社1994年版。

晚于睡虎地秦简。其证有三：第一，第271简“故罪当完城旦。”睡虎地秦简“罪”皆作“辠”，而龙岗简则一律作“罪”。《说文》：“秦以辠似皇字，改为罪。”第二，第256简“时来賸，黔首其欲弋奭兽者勿禁。”按黔首又多次见于龙岗简。《史记·秦始皇本纪》载：二十六年统一中国后，“更名民曰黔首。”而睡虎地简仅见“百姓”，说明是统一之前的作品，而龙岗简则为统一后作品。第三，第263简有“从皇帝而行及舍禁苑中……”《史记·秦始皇本纪》载：“采上古‘帝’位号，号曰皇帝。”同属于秦的法律文书，是继睡虎地秦简之后又一重要发现，对于研究秦代法律的演变及其相关问题提供了新的资料。刘信芳、梁柱《云梦龙岗秦简》对此有论述，该书由科学出版社1997年出版。

云梦龙岗秦简有这样一段话：“取传书乡部稗官。其田及作务勿以论。”（编号185）“稗官”一词又见《汉书·艺文志》：“小说家者流，盖出于稗官，街谈巷语、道听途说者之所为造也。孔子曰：‘虽小道，必有可观者焉。致远恐泥，是以君子弗为也。’然亦弗灭也。闾里小知者之所及，亦使缀而不忘，如或一言可采，此亦刍荛狂夫之议也。”颜注于稗官下引如淳曰：“《九章》细米为稗。街谈巷说，其细碎之言也，王者欲知闾巷风俗，故立稗官使称说之。”颜注：“稗官，小官，《汉名臣奏》‘唐林请省置吏，公卿大夫至都官稗官，各减什三’是也。”[1]余嘉锡《小说家出于稗官说》以为

[1]《汉书·艺文志》，中华书局1962年版，第1745页。

“如淳以‘细米为稗，街谈巷说细碎之言’释稗官，是谓因其职在称说细碎之言，遂以名其官，不知唐林所言都官稗官，并是通称，实无此专官也。师古以稗官为小官，深合训诂。按：《周礼》：宰夫掌小官之戒令。法云：小官，士也。此稗官即士之确证也。”[1]此说已经为今天绝大多数研究者所认同。根据秦简来看，稗官确实是小官，但是并非“无此专官”，而是乡里专职人员。《秦律十八种》也称“令与其稗官分”。所谓“稗官”，与《汉书·百官公卿表》中所列“乡有三老、右秩、啬夫、游徼”是并列而称的乡里专职人员。天水放马滩秦简、睡虎地秦简多次出现“小啬夫”“大啬夫”，是月薪不过百石的小官吏，设职面很广，上至县府、下至乡府以及县属各单位。大啬夫，似专指县令、长而说的，小啬夫则是乡政府和仓啬夫、库啬夫、田啬夫等。《史记·殷本纪》“舍我啬事而割政”。张守节《正义》“《百官表》云：十里一亭，亭有长。十亭一乡，乡有三老、右秩、啬夫、游徼。三老掌教化，啬夫职听讼、收赋税，游徼备盗贼”，见张衍田辑《史记正义佚文辑校》（北京大学出版社1985年版）。又据李振宏、孙英民《居延汉简人名编年》“始元年间”诸人名的考察，认为候长秩比二百石，月奉一千二百，而关啬夫秩比百石，月奉七百二十，至于“令史之职，一般应与尉史、候史、啬夫、亭长、燧长为同一秩级，属百石以下的斗食、佐史之秩，月奉钱是六百”。但是303·45简有“令史覃嬴，始元二年三

[1]《余嘉锡论学杂著》，中华书局1962年版，第268页。

月乙丑除，未得始元六年九月奉用钱四百口”，303·21简“书佐樊奉，始元三年六月丁丑除，未得始元六年八月奉用钱三百六十”。可见在啬夫以下尚有属令史、书佐一类更低的官吏，月奉在三四百之间。[1]“稗官”或许就是这一类的乡里专职人员。1973年河南偃师出土《汉侍廷里父老买田约束石券》称“建初二年正月十五日侍廷里父老祭尊于季、主疏左巨等廿五人共为约束石券”云云，大意是说，侍廷里居民二十五人于明帝永平十五年（72）六月建立一个名叫“父老”的乡里组织，敛钱61500，买田八十二亩，以供内成员担任父老的费用。[2]这里所谓父老，或即三老：祭尊，乡官，犹如祭酒；于季，当是父老组织的领导者。这里给我们展示了东汉乡间组织情况。过去，我们只是知道《汉书·百官公卿表》中所列“乡有三老、右秩、啬夫、游徼”等乡里专职人员，他们的工作是如何运转的，所知不多。而根据这方约束石券，知道了经费来源之一是自发筹集。

（六）阜阳汉简

1977年在安徽阜阳出土大批汉初木简，古代典籍包括《仓颉篇》《诗经》《周易》《年表》《相狗经》《辞赋》等，其中《诗经》被认为是经学史上最重要的发现之一。由于它事实上已是目前发现的《诗经》的最早古本，因而可以据此解决许

[1] 李振宏、孙英民，《居延汉简人名编年》，中国社会科学出版社1997年版，第13页。

[2] 录文见高文，《汉碑集释》，河南大学出版社1997年版。

多“《诗经》学”研究上的重要问题，胡平生、韩自强整理而成《阜阳汉简诗经研究》（上海古籍出版社1988年版）。此外，关于《仓颉篇》，胡平生有《〈仓颉〉篇的初步研究》等。[1]

（七）张家山汉简

1983年在湖北荆州地区江陵县张家山发掘汉初古墓，其中《汉律》《秦谳书》《盖庐》《脉书》《引书》《算数书》《日书》、历谱、遣策等，涉及政治、军事、经济、文化、医学等方面的内容，其中以医学方面的内容为多，对于我们了解认识中医古籍的源流有莫大的意义。[2]

（八）包山楚简

1987年在距战国楚都16公里的包山楚墓，发现了四百余枚简牍，包括文书、卜筮祭祷记录、遣策等类，汇编而成《包山楚简》（文物出版社1991年版）。同时还有湖北江陵九店楚墓出土竹简，参见湖北省文物考古研究所编《江陵九店东周墓》（科学出版社1995年版）。美国学者夏德安《战国时代兵死者的祷辞》对其中的《日书》和《楚辞·国殇》作了有趣的比较探讨，认为两者颇多相通之处。[3]

---

[1] 胡平生，《〈仓颉篇〉的初步研究》，见《文物》1983年第2期。

[2] 详见高大伦《张家山汉简脉书校释》（成都出版社1992年版）及《张家山汉简引书研究》（巴蜀书社1995年版）等。

[3] 夏德安，《战国时代兵死者的祷辞》，见《简帛研究译丛》第二辑，湖南人民出版社1998年版。

（九）尹湾汉简

1993年在江苏东海县尹湾村出土西汉后期简牍，约四万字，有《东海郡吏员簿》《历谱》等地方行政文书，其中还有文学史上的奇葩《神乌傅（赋）》，引起了学术界的极大兴趣。裘锡圭先生《〈神乌傅（赋）〉初探》指出，这是一篇基本完整的创作于西汉时代（大约在西汉后期）的佚赋。其篇幅虽然比不上字数以千计的那些所谓大赋，但是也不能算短，如果把残去的字也算在里面，全赋约660字。尤其值得注意的是，它具有独特的风格，在现存的汉赋里连一篇同类的作品也找不出来。赋中讲述了一个完整的鸟的故事，说一对乌鸦营巢时，有一只“盗鸟”窃取其筑巢材料。雌乌发现后，追逐盗鸟，与之论理。盗鸟不服，终至相斗。雌乌受了重伤，临死与雄乌诀别，要雄乌“更索贤妇，毋听后母，愁苦孤子”。为了不拖累雄乌，雌乌自投“污则（厕？）”而死，雄乌极其悲哀，“遂弃故处，高翔而去”。这是目前所能看到的以讲述故事为特色的所谓俗赋当中时代最早的一篇。目前所看到的这类用拟人手法写鸟的文学作品，以《诗·豳风·鸱鸮》为最早，其次就要数到此赋了。此赋之后，则有曹植的《鹞雀赋》和敦煌所出的《燕子赋》两种。《鸱鸮》《神乌傅（赋）》《鹞雀赋》基本上都用四言句，《燕子赋》甲种也使用大量四言句。各篇内容都讲到不同类的鸟之间的争斗。这些以拟人手法写鸟的文学作品之间，大概存在着某种传承关系，它们可能都是以民间口头文学中的有关内容为创作基础。《神乌傅（赋）》引六句《传》文作结，并将《诗》《论语》《孝经》等儒家经典里的一些话塞入“鸟语”之中，充分反映出其作者是儒学久已确立其独尊地位的时代的一个知识分子，但是总的来说，此赋的语言是相当通俗的，而且有些地方还显得相当笨拙。跟司马相如、扬雄、班固等名家的赋使用大量华丽瑰奇的辞藻而且句法比较灵活多变的情况相比，反差极为明显，显然作者是一个层次较低的知识分子，而且是在民间口头文学的强烈影响下创作此赋的。[1]对于尹湾汉简的研究论文多已收录在《尹湾汉墓简牍综论》[2]，可以参看。连云港市博物馆等四单位整理《尹湾汉墓简牍》于1997年由中华书局出版。一年以后，台湾“中央研究院”廖伯源出版了研究论著《简牍与制度》，包括《汉代仕进制度新考》《汉代郡县属吏制度补考》《汉代地方官吏之籍贯限制补证》《〈东海郡下辖长吏名籍〉释证》《汉书敬丘侯国与瑕丘侯国辩》《东海郡官文书杂考》六篇论文，很有参考价值。[3]

（十）郭店楚简

1993年在湖北荆门郭店村楚墓出土简牍八百余枚，包括《老子》甲、乙、丙三种，《太一生水》《缁衣》《鲁穆公问子思》《穷达以时》《五行》《唐虞之道》《忠信之道》《成

[1] 裘锡圭，《〈神乌傅（赋）〉初探》，见《文物》1997年第1期。

[2]《尹湾汉墓简牍综论》，科学出版社1999年版。

[3]【增补】蔡万进著有《尹湾汉墓简牍论考》，台湾古籍出版有限公司2002年版。

之闻之》《尊德义》《性自命出》《六德》等。

郭店楚简发掘报告在《文物》1997年第7期上公布。时隔半年，也就是1998年5月，全部竹简照片及释文即由文物出版社公开出版。该书主要包括两方面内容：一是儒家典籍，二是道家典籍。这批儒家典籍资料的可贵，首先在于它的年代久远，据此可以廓清学术史上许多模糊不清甚至错误的认识。以往出土的简牍，大多是汉简，至于云梦睡虎地十一号秦墓出土的竹简，主要是关于政事和法律方面的内容，与传统的儒学研究没有必然的联系。而据考证，郭店一号墓是一处东周时期楚国的贵族墓地，其南面9公里便是楚国的都城纪南城。其下葬的年代当在战国中后期，具体说，大约在公元前4世纪末，不晚于公元前300年。墓中竹简书籍的书写年代应早于墓的下葬，至于书的著作年代自然要更早一些，至少是战国中期以前的文献。汉代以来，经学上的今古文之争是中国学术史上的一件大事。这种局面的形成，最初当然是与秦始皇的"焚书坑儒"有直接的关系。至此，中国学术史出现了断裂。此后重现于世的经书也罢，子书也罢，甚至史书在内，不管来自什么渠道，终究很难完全取信于后人。疑古思潮由此而起，确实也有它必然的因果关系。《郭店楚墓竹简》是秦火之前的珍贵材料，其特异的学术价值自然无与伦比。李学勤先生在《郭店楚简与儒家经籍》一文中特别注意到下列三部与儒家典籍有重要关系的简牍：第一是《六德》。它与《五行》一样，曾为汉初贾谊《新书》所引据。《五行》出自子思，《六德》也可能属于《子思子》。《六德》有这样一段话："观诸《诗》

《书》，则亦在矣；观诸《礼》《乐》，则亦在矣；观诸《易》《春秋》，则亦在矣。”这里提到《诗》《书》《礼》《乐》《易》《春秋》，与《庄子·天运篇》的记载次序完全相同：“孔子谓老聃曰：丘治《诗》《书》《礼》《乐》《易》《春秋》六经，自以为久矣，孰知其故矣。”这里至少可以给我们几点启示：一是证实了秦火之前确有五经（或六经）之说。以往这个问题一直有人怀疑，如钱穆先生《先秦诸子系年考辨》“孔门传经辨”云：“儒家六经之说，至汉初史迁、淮南、董仲舒之徒始言之。”《庄子·天运》篇虽然最早提到“六经”，但是《天运》篇在《庄子》外篇，有晚出的嫌疑。但是《郭店楚墓竹简》的出土，可以发疑解惑。反之，这条材料又可以证明《庄子·天运》篇确有所本，非后学缀拾传闻而成。是否还可以再扩而广之，对于《庄子》外篇的资料给予更积极的关注？第二是《缁衣》。李学勤先生认为：“梁代沈约说取自《子思子》，今存于《礼记》。篇内多引《诗》《书》，包括有《尹吉（告、诰）》《君陈》《太甲》《兑（说）命》等佚《书》。”此外，这批竹简还有不少篇与《礼记》若干篇章有关。这说明《礼记》一书渊源有自，绝非后人猜测的那样，多是汉代学人的辑录，甚至是汉人所著。由此而推，这就影响到我们对“三礼”的重新理解和认识。第三是《成之闻之》。其中引到两条佚《书》。其一条为：“《大禹》曰：‘余才宅天心’，曷？此言也，言余之此而宅于天心也。”李学勤先生认为：“《大禹》无疑是佚《书》《大禹谟》。《大禹谟》在孔颖达《尚书正义》所述汉代孔壁出佚《书》之中。”“《大禹谟》这条佚文不见于今传《大禹谟》，证明今传本确实是有问题的。佚文说‘余才宅天心’，如何解释还待研究。我们看《康诰》《立政》都有‘宅心’，可见‘宅心’是古语，但没有‘天心’。‘天心’只见于今传伪古文的《咸有一德》，这很需要吟味。”儒家学说的传承，先秦的传世文献，《论语》之后便是《孟子》。这中间相差一百多年。孟子虽然自称孔子学说的继承者，但是时代毕竟不同了，因而孔孟之间仍有相当大的差距。中间一百多年的变化链由于秦火而中断。《郭店楚墓竹简》为我们提供了重要的补充。《荀子·非十二子》把子思、孟子列为一派，《史记·孟荀列传》说孟子“受业子思之门人”，则孟子学说一定出于子思。孟子的生卒年虽然不详，古今各有各的推测。通常的看法，认为生于公元前4世纪末（杨伯峻认为他生于周安王十七年，即公元前385年），这正是这批儒家资料下葬的年代。孟子很可能有机会读过这些儒家典籍。[1]如果确如李先生所说，《六德》《五行》属于《子思子》，那么先秦儒学传承的这条线索就此可以连接起来。《郭店楚墓竹简》不仅对我们认识儒家经典的传承有重要参考价值，对其他传世文献也有重要的参照作用。这批竹简中有一些资料与《韩诗外传》《说苑》《淮南子》等书的记载颇相近。比如《老子》甲本第四十六章“罪莫大于可欲”一句，传世诸本均如此，就连汉初的帛书亦然。但是，《韩诗外传》卷九引作“罪莫大于甚欲”。“甚”字

[1] 李学勤，《郭店楚简与儒家经籍》，见《中国哲学》第二十辑，辽宁教育出版社1999年版，第19页。

于义较胜，但是以往没有版本根据，只能存疑。而郭店竹简作“罪莫大于多欲”。“多欲”就是“甚欲”。这说明，西汉这些著述，许多资料确实来自先秦的典籍。犹记得《文物》1980年第8期上刊载《定县40号汉墓出土竹简简介》中说到《儒家者言》的一段话：“绝大部分内容，散见于先秦和两汉时期的一些著作中，特别在《说苑》和《孔子家语》之内，但它比这些书保存了更多的较为古老的原始资料。”这里不但说明了《儒家者言》的文献价值，连带也说明了《说苑》《孔子家语》等书的文献价值。近一个世纪以来，《汉书·艺文志》中著录的许多书是被判了死刑的，比如前面提到的《文子》《尉缭子》，幸亏有了出土文献，否则永无翻身之日。问题是，这类冤案尚有不少，亟待我们缜密考索，充分发掘它们的学术价值。比如《说苑》《韩诗外传》等，虽然没有断为伪书，但是它们的学术价值仍然是打了许多折扣的。随着出土文献的日益增多，我们相信对秦汉以来的古代典籍会有更多的认识。这批儒家典籍资料的可贵，还在于它出土的地理位置。如前所述，荆门为楚国故地，这座楚墓正在楚国都城纪南城的周围。联系到1987年出土的包山楚墓，也在纪南城周围，而且下葬的时间可以确定在楚怀王十三年（前316），与郭店楚墓大体同时。所不同的是，包山楚墓出土的竹简多是楚国贵族卜筮祭祷方面的内容，说明楚国贵族每事必巫，这与传世文献记载相符。而郭店楚墓却出土了这样多的儒家典籍，很值得深思。它至少可以使我们知道当时楚国贵族除了对巫筮的重视之外，儒家典籍也依然是他们的日常读物。按照学术界的通常看法，屈原生于楚宣王二十七年（前343）[1]，至包山楚墓下葬之时的楚怀王十三年，屈原二十八岁。也就是说，作为贵族出身的屈原，在其成年之后，也应当阅读过这些儒家典籍。过去我们都非常信奉《孟子》中的“王者之迹息而诗亡”。战国时代，中原已经成为诸侯纷争的场所，诸子百家文化大放异彩。在过去的论述中，战国时代的楚国文化，是一个与中原文化迥异的相对独立的发展系统，所以在那里才会产生以屈原为代表的《楚辞》文化和巫文化。在过去传世的文献中，我们只能看到《楚辞》中的《橘颂》还保留一点儿中原文化的影子，但是，也仅仅是一点儿影子。屈原的后期创作，就具有完全独立于中原的楚文化的色彩了。这些描述已经成为现代学术界的一种思维定式。但是，郭店的竹简却冲破了这一僵化的思维模式，它使我们看到，南方文化不完全是独立发展的楚文化，它依然受到中原儒家文化的强烈影响。《韩非子·显学》篇载孔子死后，儒分为八：“自孔子之死也，有子张之儒，有子思之儒，有颜氏之儒，有孟氏之儒，有漆雕氏之儒，有仲良氏之儒，有孙氏之儒，有乐正氏之儒。”关于他们的传承，后来的资料较少，但是从《郭店楚墓竹简》中的儒家典籍来看，孔子后人在传播儒家学说方面，可谓不遗余力，其影响所及，遍于大江南北。

《郭店楚墓竹简》本《老子》的发现，大大地开阔了我们的学术视野。众所周知，《老子》是道家思想的鼻祖，也是

---

[1] 此据姜亮夫先生，《屈子年表》，见《楚辞学论文集》，上海古籍出版社1984年版。

楚文化的重要思想渊源之一。历史上，对于《老子》的整理和阐释，可谓不计其数，而最重要的至少有三次：第一次是在汉初黄老之学盛行之时。我们今天能够看到的帛书《老子》就是明证，说明在西汉初年，《老子》传本非一。当然，我们今天所能看到的出土文献还仅限于南方的马王堆汉墓，但是从传世文献来看，黄老之学已经风行全国。汉代许多典籍征引《老子》，成为一时风气。第二次是在魏晋玄学盛行之后，《老子》被列为“三玄”之一，结果是王弼注盛行。第三次是在唐代，李唐王朝自高其门第，敬老子为太上玄元皇帝，并在景龙二年（708）在易州将《道德经》刻石保存至今。以后，尽管刻本抄本无数，但是没有超过上述三次整理的范围。也就是说，以往我们对于《老子》传本的认识，最早上推到汉代初年的帛书，最晚下移到唐代的景龙石刻。但是，郭店竹简本《老子》的发现，又将《老子》的学术传承上推到一百多年前的战国中期。而且竹简本《老子》所存两千多字，约占今本的五分之二。这样，我们就具备了四种《老子》的权威版本：一是竹简本，有《郭店楚墓竹简》（文物出版社1998年版）；二是帛书甲乙本，有高明《帛书老子校注》（中华书局1997年版）；三是王弼本，有楼宇烈《王弼集校释》（中华书局1962年版）；四是景龙本，有朱谦之《老子校释》（中华书局1995年版）。四种版本校读，尽管异文甚多，但是可以初步归纳出几点粗浅的认识：第一，帛书本与竹简本比较相近。通过竹简本和帛书本，我们可以知道，世传诸本《老子》已经过后人（很可能是魏晋时的王弼等人）整齐划一，古本则保留许多散句。

第二，帛书与竹简不是同一传承系统。第三，据竹简本可订传世诸本之误。[1]20世纪20年代，钱穆先生在《先秦诸子系年考辨》中提出一个重要的论点，认为《老子》一书成于《荀子》《韩非子》时代，也就是说，《老子》是战国中后期的产物。钱宾四先生当时无缘见到帛书《老子》，更无缘见到新近公布的竹简本《老子》，否则，他还会这样坚持己见，出版《老子辨》这样的专著吗？

此外，1996年在湖南长沙走马楼出土十余万枚三国时期吴国的简牍，其总数超过全国历代出土简牍的总和。2003年5月又在湖南里耶出土了数万枚秦代简牍，更是惊人的发现。上述出土文献，除三国时期吴国十余万枚简牍和里耶秦简尚在整理外，其他几种则均已经过初步的整理，陆续问世。《尉缭子校注》《帛书老子校注》《孙膑兵法校理》《尹湾汉墓简牍》《望山楚简》已由中华书局出版。文物出版社"秦汉魏晋出土文献"丛书系列已出版十余种，另有定州汉墓竹简《论语》《包山楚简》《郭店楚墓竹简》。书目文献出版社的《晏子春秋校释》、军事科学出版社的《孙子校释》、上海古籍出版社的《阜阳汉简诗经研究》《敦煌悬泉汉简释粹》以及成都出版社《张家山汉简〈脉书〉校释》、巴蜀书社《张家山汉简〈引书〉研究》等，已经形成了一定的规模。特别是郭店竹简的研究论著，更是如雨后春笋，一

[1] 关于这个问题，拙文《振奋人心的考古发现——略说郭店楚墓竹简的学术史意义》（《文史知识》1998年第8期）对此有所探讨，裘锡圭先生《郭店〈老子〉简初探》（《道家文化研究》第十七辑）更有详尽的论述。

时间成为显学[1]，就中国学术史的研究而言，古籍的出土问世，尤其叫人欢欣雀跃。特别是《郭店楚墓竹简》和《上海博物馆藏楚竹书》的整理出版，极大地改变了我们对于秦汉学术史的许多传统看法。[2]

综合性的研究也呈一时热点，如中国社会科学院简帛研究中心《简帛研究》《简帛研究译丛》等已经出版三辑。武汉大学简帛研究中心编《简帛》，甘肃也有期刊《简牍学研究》，并编辑了《秦汉简牍论文集》及《汉简论文集》等论文汇编之类的著作。

二、画像资料

（一）秦汉画像

唐代张彦远《历代名画记》："图画之妙，爰自秦汉，

[1]《中国哲学》二十辑专辟特刊《郭店楚简研究》，辽宁教育出版社1999年版。《中国哲学》第二十一辑又辟《郭店楚简与儒学》专辑，辽宁教育出版社2000年版。崔仁义有《荆门郭店老子研究》，科学出版社1999年版。彭浩有《郭店楚简老子校读》，湖北人民出版社2000年版。李零有《郭店楚简校读记》，北京大学出版社2002年版。《郭店楚简国际学术研讨会论文汇编》，武汉大学出版社1999年版。

[2]【增补】此后又有北大简、清华简、悬泉简、岳麓简、长沙五一广场简、长沙东牌楼简等，引起了国内外学术界的高度关注。虞万里《上博馆藏楚竹书〈缁衣〉综合研究》（武汉大学出版社2010年版）、荷兰莱顿大学麦笛（Dirk Meyer）教授《竹上之思——早期中国的文本及其意义生成》（刘倩译，香港中华书局2021年版）等论著，结合简帛资料，讨论了战国简帛的意义以及这个时期文本的物质条件、写本文化与哲学思想之间的关系，系统而深入。

可得而记。降于魏晋，代不乏贤。”[1]秦代画像，据陈直《汉书新证》“为吕氏右袒，为刘氏左袒”条考证：“凤翔彪脚镇，曾出秦代大画砖，为两王宴饮图，持杯皆用左手，知秦代尚左，但汉初改为尚右，周昌传‘左迁’是也。周勃入北军，大呼为刘氏左袒，知仍用秦代习俗。”[2]据此画像砖考证秦汉习俗，确有意义。此外，咸阳秦代梁山宫遗址踏步空心砖画像《龙璧图》的发现，又为我们全面认识秦代的文化提供了第一手资料。根据史书记载，秦始皇拥有众多宫殿，梁山宫就是其中之一。这里宫妃云集，是秦始皇寻欢作乐的场所。空心砖画像所描绘的正是这种龙璧环绕的欢乐画面：龙头高昂，不时回首翘望，不可一世；玉璧洁白，时时展露风姿，柔情似水。布局讲究，线条优美，传神写照，尽在不言之中。我们知道，中国古代，“龙”往往象征着阳刚之气，而“璧”则表示阴柔之美。由此推想，画中所反映的很可能是宫廷男欢女爱的场景。这是以往的文献资料所不曾展现过的内容，表现了秦人浪漫精致的生活情趣，给人以意外的惊喜。

随着经学思想的普及和深入，伦理教化故事在世间日益盛行。通过画像将这些经学思想形象地表现出来，是汉代统治阶层非常重视的一个方面。《论衡·须颂》篇：“宣帝之时，画图汉列士，或不在于画上者，子孙耻之。”所谓“宣帝之时，画图汉列士”，详见《汉书·李广苏建传》：“甘露三年，单于始入朝。上思股肱之美，乃图画其人于麒麟阁，法其形貌，

[1] 张彦远，《历代名画记》卷一，人民美术出版社1963年版，第4页。

[2] 陈直，《汉书新证》，天津人民出版社1979年版，第17页。

署其官爵、姓名。唯霍光不名，曰大司马大将军博陆侯姓霍氏，次曰卫将军富平侯张安世，次曰车骑将军龙额侯韩增，次曰后将军营平侯赵充国，次曰丞相高平侯魏相，次曰丞相博阳侯丙吉，次曰御史大夫建平侯杜延年，次曰宗正阳城侯刘德，次曰少府梁丘贺，次曰太子太傅萧望之，次曰典属国苏武。皆有功德，知名当世，是以表而扬之，明著中兴辅佐，列于方叔、召虎、仲山甫焉。凡十一人，皆有传。自丞相黄霸、廷尉于定国、大司农朱邑、京兆尹张敞、右扶风尹翁归及儒者夏侯胜等，皆以善终，著名宣帝之世，然不得列于名臣之图，以此知其选矣。”[1]《后汉书·朱景王杜马刘傅坚马列传》记载明帝追感前世功臣，永平年间下令追摹二十八位武将画像，悬挂于南宫云台。其外又有王常、李通、窦融、卓茂，合三十二人。《后汉书·邓张徐张胡列传》载，“熹平六年，灵帝思感旧德，乃图画广及太尉黄琼于省内，诏议郎蔡邕为其颂云。”根据《赵充国传》，不仅画像，还有论赞。又据应劭《汉官》记载，不仅朝廷悬挂功臣画像，郡府厅事壁也悬挂古代先贤图像。景帝末年文翁做蜀郡守，成都起学宫，刻孔子和七十二弟子像（见《玉海》引《益州记》）。又鸿都门学画孔子像及七十二弟子像。此外，还有孝子、烈女、神仙、佛教等画像。如《后汉书·西域传》载：“世传明帝梦见金人，长大，顶有光明，以问群臣。或曰：西方有神，名曰佛，其形长丈六尺而黄金色。帝于是遣使天竺，问佛道法，遂于中国图画形像焉。

[1]《汉书·李广苏建传》，中华书局1962年版，第2468-2469页。

楚王英始信其术，中国因此颇有奉其道者。后桓帝好神，数祀浮图、老子，百姓稍有奉者，后遂转盛。”[1]这些画像，显然是已经有了一定的摹本在世间流传。如《后汉书・杨李翟应霍爰徐传》载：“（建安）二年，诏拜劭为袁绍军谋校尉。时始迁都于许，旧章堙没，书记罕存。劭慨然叹息，乃缀集所闻，著《汉官》《礼仪故事》，凡朝廷制度，百官典式，多劭所立。初，父奉为司隶时，并下诸官府郡国，各上前人像赞，劭乃连缀其名，录为《状人纪》。”[2]显然，这就是为一部画集题写像赞之类的文字，而画像主要又是古代圣贤。可惜的是，这些画像已经无法保留下来了。

但是，汉代画像石却格外盛行，且易于保留。北宋沈括《梦溪笔谈》卷一九就有记录：“济州金乡县发一古冢，乃汉大司徒朱鲔墓，石壁皆刻人物、祭器、乐架之类。人之衣冠多品，有如今之幞头者，巾额皆方，悉如今制，但无脚耳。妇人亦有如今之垂肩冠者，如近年所服角冠，两翼抱面，下垂及肩，略无小异。人情不相远，千余年前冠服，已尝如此。其祭器亦有类今之食器者。”[3]画面之丰富多彩，依稀可以想见。北宋末年赵明诚《金石录》也著录了山东嘉祥武氏祠的榜题。南宋洪适《隶释》还收录武氏祠部分图像摹本。令人惊奇的是，宋人所见的武氏祠，今天依然保留着，给人以千年历史不过一瞬的强烈感触。

[1]《后汉书・西域传》，中华书局1965年版，第2922页。

[2]《后汉书・杨李翟应霍爰徐传》，中华书局1965年版，第1614页。

[3]【增补】《梦溪笔谈》卷十九，上海书店出版社2003年版，第163页。

汉代画像的大规模收集著录始于20世纪初叶，但是那个时候所见不多。鲁迅先生收集三百多幅，近来已经影印出版。20世纪后半叶，发现越来越多，包括画像砖、画像石、石棺画像、铜镜画像、瓦当画像、墓室壁画、帛画等。各省出土的汉画像石著录与研究论著留待下文叙述，这里略论综合性的著录与研究论著，举其要者：傅惜华《汉代画像全集》，巴黎大学北京汉学研究所1950年印行；段栻《汉画》，中国古典艺术出版社1958年版；吴曾德《汉代画像石》，文物出版社1984年版；萧亢达《汉代乐舞百戏艺术研究》，文物出版社1984年版；夏亨廉、林正同《汉代农业画像砖石》，中国农业出版社1996年版；顾森《中国汉画图典》，浙江摄影出版社1997年版；信立祥《汉代画像石综合研究》，文物出版社2000年版；蒋英炬、杨爱国《汉代画像石与画像砖》，文物出版社2001年版；王建中《汉代画像石通论》，紫禁城出版社2001年版。上述著作中，信立祥《汉代画像石综合研究》内容最为丰富，包括《汉画像石的发现和研究简史》《汉画像石的区域分布和产生的社会背景》《汉画像的艺术表现手法》《墓地祠堂画像石》《地下墓室画像石》《石阙画像》《墓室画像与祠、阙画像之间的关系》《江苏连云港孔望山的摩崖画像》，汉画像石各分布区间的交流和影响等九章。根据段栻《汉画》的研究，汉画可以归纳为六类：一是缣帛画，二是宫殿壁画，三是墓壁画，四是器物上的装饰画，五是石刻画像，六是砖画像。这里所要讲的主要是第三项，实际包括了墓壁画像、石刻画像和砖刻画像三种，因为这些画都是刻在砖石上面，故可以归为一类。还因为这类画像出土最多，涉及的范围最为广泛，其中在山东、江苏、河南、四川、陕西等地发现最多。这些地方都是当时最为富庶的区域。

山东画像石以嘉祥武氏祠最为有名，此外，曲阜、邹城、滕州、沂南、莒县、青州也出土了大量的画像石。齐鲁书社按地区出版了若干种画像石的图录。相关的研究著作有：李发林《山东汉画像石研究》，齐鲁书社1982年版；山东省博物馆、山东省文物考古研究所《山东汉画像石选集》，齐鲁书社1982年版；蒋英炬、吴文祺《汉代武氏墓群石刻研究》，山东美术出版社1995年版。巫鸿《武梁祠研究——中国古代画像艺术的思想性》[1]在欧美深受好评，他的另一本英文版著作《中国早期艺术和建筑中的纪念性》[2]也涉及一些汉代画像问题，但是此书在西方受到比较严厉的批评，其中难免偏见，也有的是著作本身的问题。李零《学术“科索沃”——一场围绕巫鸿新作的讨论》、秦岭《巫鸿〈中国早期艺术和建筑中的纪念性〉一书内容简介》、贝格利《评巫鸿〈中国早期艺术和建筑中的纪念性〉》、巫鸿《答贝格利对拙作〈中国早期艺术和建筑中的纪念性〉的评论》以及夏含夷《知之不如好之，好之不如乐之》对此问题有客观评述。[3]

[1] The Wu Hang Shrine：The Ideology of Early Chinese Pictural Art. Stanford：Stanford University Press，1989.【增补】三联书店2006出版了由柳杨、岑河翻译的中译本。

[2] Monumentality in Early Chinese Art and Architecture. Stanford：StanfordUniversity Press，1996.

[3] 详细情况见《中国学术》第二辑，商务印书馆2000年版。【增补】谭佳、王伟《早期中国思想研究的中西之维——以对巫泓的评论为视角》对此一问题做了回顾和评述，见《中外文化与文论》第49辑，四川大学出版社2021年版。

江苏画像石主要集中在徐州地区。徐州是汉高祖刘邦的老家，两汉时一直为最高统治集团所重视，封有楚王或彭城王十八代，至于其封荫的王子侯孙、豪族世家、京师贵戚等就更多了。如与中国文学史研究有重要关系的西汉刘向、刘歆父子，东汉楚王刘英，就生活在这里。特别是刘英，“诵黄老之微言，尚浮屠之仁祠”，这是中国道教和佛教最早流行的地区。睢宁的画像石，最著名者有张伯英收藏的《牛耕图》（现藏于中国历史博物馆）、建筑图、狩猎图等，其著录主要有：徐毅英主编《徐州汉画像石》，中国世界语出版社1995年版；田忠恩、武利华、陈剑彤、仝泽荣《睢宁汉画像石》，山东美术出版社1998年版。

四川画像近来发现颇多。萧亢达《汉代乐舞百戏艺术研究》中论及“成都市郊出土的一块画像砖，一乐人在鼓瑟，身后一女为歌者，左下角一乐人举桴击鼓，右上角一男一女坐于席上，右下角一舞者着冠，长袍拂地，徐舒广袖，正和着音乐的节奏舞蹈……四川彭县出土的一块画像砖刻绘的是一男一女在舞蹈，两旁为手持便面的侍者，这应当是夫妇对舞。这两幅表现家庭自娱性舞蹈的画与《杨恽传》中的记述是相似的”。《汉书·杨恽传》载《报孙会宗书》称：“家本秦也，能为秦声。妇，赵女也，雅善鼓瑟。奴婢歌者数人，酒后耳热，仰天拊缶而呼乌乌……是日也，拂衣而喜，奋袖低卬，顿足起舞。”[1]四川画像石的著录和研究主要有：刘志远、余德章、刘文杰

[1]《汉书·杨恽传》，中华书局1962年版，第2896页。

《四川汉代画像砖与汉代社会》，文物出版社1983年版；高文《四川汉代画像砖》，上海人民美术出版社1987年版；《四川汉代石棺画像集》，人民美术出版社1997年版。

《后汉书·刘隆传》："河南帝都多近臣，南阳帝乡多近亲。"因此，河南汉画像石尤以南阳出土居多。著录与研究著作有：关百益《南阳汉画像集》，中华书局1930年版；孙文青《南阳汉画像汇存》，金陵大学文化研究所1937年版；南阳汉代画像石编辑委员会《南阳汉代画像石》，文物出版社1985年版；闪修山、王儒林、李陈广《南阳汉画像石》，河南美术出版社1989年版；薛文灿、刘松根《河南新郑汉代画像砖》，上海书画出版社1993年版；周到、王晓《汉画——河南汉代画像研究》，中州古籍出版社1996年版；周到、吕品《河南出土空心砖拓片集》《河南汉代画像砖》，上海人民出版社1985年版；黄明兰《密县汉画像砖》《洛阳汉画像砖》，河南美术出版社1986年版等。此外，《郑州汉画像砖》《南阳汉代画像砖》《河南汉画像砖精品拓片集》等也著录了许多汉代画像。

陕西画像石主要出土于陕西榆林地区米脂县和绥德县一带，以砖画、画像石、瓦当画三类为主，主要有狩猎图、迎宾图、出行图、杂技表演、神话故事、装饰图案、石门铺首等。陕西汉画像石著录与研究著作有：陕西省博物馆《陕北东汉画像石选集》，文物出版社1959年版；张鸿修《陕西汉画》，三秦出版社1994年版等。

汉画中最多见的是灵异动物，包括所谓四灵及飞禽走兽家畜等。所谓"四灵"，即青龙、白虎、朱雀、玄武。《三辅黄图·未央宫》：“苍龙、白虎、朱雀、玄武，天之四灵，以正四方，王者制宫阙殿阁取法焉。”参见《新编瓦当图录》，收有四灵瓦当。还有蟾蜍、玉兔、三足乌、龙凤、嘉禾等。此外，古圣先贤、历史故事、神话传说、飞禽走兽以及统治阶级享乐生活的情景也常见于画像石，其中人物故事画像最为丰富。这些人物故事画像包括：历代帝王，如三皇、五帝、后羿、夏桀、商汤、文王及十子、成王、秦始皇；圣贤故事，如孔子见老子、孔门弟子；忠义故事，如周公辅佐成王、赵氏孤儿、二桃杀三士、管仲射小白、完璧归赵、鸿门宴、荆轲刺秦王；孝行故事，如老莱子娱亲、董永孝父等。此外，还有孝子、烈女、神仙、佛教等画像。魏晋时代的曹植《画赞》可视为总结之作。其次就是乐舞百戏，包括群舞独舞、相和歌、鼓吹、角、笳、横吹、骑吹、短箫铙歌、箫鼓、总会仙倡、东海黄公、漫衍鱼龙、都卢、巴渝等。车马骑乘也是重要题材，车如流水，马若飞龙。仙人神祇也是汉代画像中的常见主题，西王母、东王公、伏羲、女娲。藻饰建筑，包括宫阙、住宅等也时有发现。此外还应包括农业、手工业、商业方面的题材，内容很多，涉及耕作技术、纺织作坊、山泽鱼盐、粮食作物及饮食文化等方方面面的内容。这些内容在汉代的诗歌、辞赋及文章中时有涉及，现在有了形象的资料作为参考，当然有助于我们对于作品的理解，进而清晰地认识当时的社会状况。[1]

[1]【增补】《中国画像石全集》，山东美术出版社2000年版；《中国美术全集》，黄山书社2010年版；《中国画像砖全集》，四川美术出版社2006年版。

（二）荆楚帛画

楚帛画的发现也是20世纪重大考古成就。最先见于发掘报告的是1942年在长沙市东南郊子弹库一座楚国古墓中的一件绢质文书，有图有字，见蔡季襄《晚周缯书考证》。据刘晓路《中国帛画与楚汉文化》称，帛画原件已经被盗卖国外，而蔡氏著作有摹本，其书收藏在湖南省博物馆，也成稀见之本。[1] 1949年在长沙陈家大山楚墓中又发现第二幅帛画，通称《人物龙凤图》，现保存在湖南省博物馆。1973年对子弹库楚墓重新进行科学发掘和清理，又发现了《人物御龙图》帛画。而震惊世界的却是1973年长沙马王堆3号楚墓中多幅帛画的发现。《文物》1974年第7期《长沙马王堆二、三号汉墓发掘简报》记载："这次出土的帛画共四幅。一幅是覆盖在内棺上的T字形帛画，两幅张挂在棺室的东西两壁上，另一幅则藏在东边箱出土的57号长方形漆奁内。"1992年湖南出版社《马王堆汉墓文物》对外公布了三号墓的十幅帛画，较完整的有《车马仪仗图》《导引图》《车马游乐图》《划船游乐图》《丧制图》《卦象图》等。将这些帛画与《楚辞》中的《招魂》《大招》等作品联系起来看，两者之间的关系是显而易见的。特别是T形帛画与《招魂》的关系尤其值得注意。这里涉及楚国的"巫风"。《尚书·伊训》："敢有恒舞于宫，酣歌于室，时谓巫风。"孔传："事鬼神曰巫。"孔疏："巫以歌舞事神，故歌

[1] 刘晓路，《中国帛画与楚汉文化》，吉林教育出版社1994年版。

舞为巫觋之风俗也。”《招魂》《大招》等篇所描写的声乐之盛，便是巫风的表现。

利用传世文献对这些画像解读研究，现在还刚刚起步。[1]历史的图像还没有解释清晰，当今社会又进入新的“读图时代”。回味汉代的画像文献，给人似曾相识的强烈感觉。与历史上画像文化不同的是，汉代画像内容更多地强调伦理教化，而今最能代表后现代图像的“电视图像”则主要是经济利益所驱使。“它在一开始就盯上了你的钱袋”[2]，因此，有学者称“读图时代”的到来，标志着图像主导文化将取代传统的语言主导文化，是“图像转向”重要标志。[3]当读者变成观众，阅读变成观看，审美变成了消费，也许，这是真正的“文学性”的危机。[4]从这个意义上说，解读历史上的画像，还不仅仅是为了还原历史面貌，也有很多经验教训值得汲取。

三、域外资料

这里主要讨论的是佛教文化对中国文学的重要影响。

---

[1]【增补】扬之水，《古典的记忆——古诗文名物新证》，紫禁城出版社2004年版。作者另有《沂南画像石墓所见汉故事考证》，见《故宫博物院院刊》2004年第6期。廖群，《厅堂说唱与汉乐府艺术特质探析——兼论古代文学传播方式对文本的制约和影响》，见《文史哲》2005年第3期。

[2]【增补】金惠敏，《图像增殖与文学的当前危机》，见《中国社会科学》2005年第5期。

[3]【增补】周宪，《“读图时代”的图文战争》，见《文学评论》2005年第6期。

[4]【增补】赖大仁，《图像化扩张与“文学性”坚守》，见《文学评论》2005年第2期。

（一）佛教的传入

通常认为，佛教是在东汉明帝时期传入中土的。[1]《后汉书·西域传》载汉明帝夜梦金人飞空而至，于是召集大臣以占卜所梦。或曰："西方有神，名曰佛，其形长丈六尺而黄金色。"梁代高僧慧皎《高僧传》将此事系于永平十年（67）[2]，"或曰"，坐实为傅毅。于是，明帝派遣郎中蔡愔、秦景等十八人前往天竺寻访佛法，邀请天竺法师摄摩腾及竺法兰等到中土传法。他们携带梵本经六十万言，经过千辛万苦，终于抵达洛阳，并创建白马寺，在此翻译《十地断结》《佛本生》《法海藏》《佛本行》《四十二章经》五部。早期的研究者一致认为，这是"佛教流通东土之始"。慧皎认为前"四部失本，不传江左，唯《四十二章经》今见在，可二千余言。汉地见存诸经，唯此为始也"。

我们知道，佛教发源于古印度，进入中国，大约有四条途径：一条在云南西部边境，经与缅甸接壤地区传入，主要影响于西南地区；一条经过尼泊尔传入西藏地区；一条经过中亚西亚，传入新疆，并辐射到中原地区；一条是海上弘法之路，由南海到达广州，登岸后进入东南地区。如求那跋摩、求那跋陀

[1] 印度著名佛教史专家师觉月（Bhagchi）《中印佛教交流史》根据《淮南子》记载的一个故事与梵文故事相近，认为佛教在西汉即已传入中土。不同地区流传相近的故事，这在早期文明发展史上很常见，不能据此一定说中国的故事源于佛教。但是，佛教的传入，应当早于汉明帝。有学者说，张骞凿空西域，那个时候，佛教很可能就传入中国，只是现在还找不到直接的证据。所以学术界通常以《后汉书》的记载为准。

[2] 宋代高僧志磐《佛祖统纪》、元代高僧觉岸《释氏稽古略》并系于七年，十年返回。而元代另一高僧念常《佛祖通载》则将此事系于永平四年。可能的情况，永平十年为回到东土的时间。

罗等就从南海到广州。[1]昙无竭从罽宾国取经回来，也是从南天竺随舶泛海达广州，回到内地的。

四条线路中，经过中亚、西亚进入新疆的这条传播路径涉及范围最广，影响也最大。这条路径的西南端往往是天竺和罽宾，而东端则是由中国的西北地区向中原、关中和东南地区辐射。[2]天竺在今印度境内。罽宾，在今印控克什米尔地区。史载，佛图澄、竺法兰、竺佛朔、康僧会、维祇难、鸠摩罗什、真谛等著名高僧均天竺人。佛图澄[3]由陆路进入中原，而真谛则由海路抵达建康。[4]由陆路通常先要涉辛头河，越过葱岭（现称帕米尔高原），进入新疆，往北沿着葱岭河到达龟兹。

这里应当特别注意以高昌、龟兹为中心的西域地区。《北史》卷九十七《西域传》载高昌国："国有八城，皆有华人。"可见两晋、南北朝时这里居住的华人之多。《西域传》又说："文字亦同华夏，兼用胡书。有《毛诗》《论语》《孝经》，置学官弟子，以相教授。虽习读之，而皆为胡语。"[5]可见汉文化渗透之深。而龟兹又是西域文化中心之一。唐代慧超《往五天竺国传》中有龟兹国，古书又有作归兹、丘兹、屈兹、屈茨等名。慧超称："至龟兹国。即是安西大都护府，汉国兵马大都集处。此龟兹国，足寺足僧。行小乘法。食肉及葱

[1]《高僧传·宋京师祇洹寺求那跋摩》《宋京师中兴寺阿求那跋陀罗》。

[2]《续高僧传·隋东都上林园翻经馆沙门释彦琮传》载，隋代大业二年，裴炬与彦琮等修撰《天竺记》。

[3]《高僧传》《晋书》记载佛图澄事，多诞妄难信。然佛图澄乃释道安之师，道安又慧远之师，则其于佛学之传播，实有功绩。

[4]《续高僧传·陈南海郡西天竺沙门拘那罗陀传》。

[5]《北史·西域传》，中华书局1974年版，第3215页。

韭等也。汉僧行大乘法。”[1]张毅先生《往五天竺国传笺释》指出，龟兹人对佛教的传播与佛典的翻译有杰出贡献。佛教传入龟兹可能早于汉地。在魏晋南北朝时期，西域各国佛教就很昌盛，尤其是龟兹。《晋书·四夷传》：龟兹国“有城郭，其城三重，中有佛塔庙千所”。而汉地的统治者，无论是北方的苻坚、姚兴，或是南朝的梁武帝，都大力提倡佛教。于是在这个时期，佛教遂以空前的规模从西域向汉地传播，不少龟兹人也相继东来传法或译经。从龟兹一直往东，第一站就是河西走廊西端的第一大郡敦煌。沿河西走廊向东，以凉州为中转站，分张两路：一则南下巴郡，沿着长江，抵达荆州、扬州等地。僧伽提婆即从此弘法长安。[2]二是东进关陇。求那跋摩、佛驮什多、昙摩蜜多则由此弘法江南。[3]此外，西亚的安息国、月支国等也成为弘法高僧的聚集地。早期传法的安世高，原本安息国人，汉桓帝初年即抵达中原，后来振锡江南，到达广州。[4]支娄迦谶、释昙迁等为月支人。

除上述弘法高僧来自异域外，还有许多中土高僧西天取经，最著名者莫过于法显、宝云、智猛、勇法、昙无竭、法献等人。法显从隆安三年（399年）与同学慧景等发自长安，西度流沙，到高昌郡，经历龟兹、沙勒诸国，攀登葱岭，越度雪山，进罽宾国，抵达天竺，经历三十余国求得经书，他把自己

[1]《往五天竺国传笺释》，中华书局1994年版，第159页。

[2]《高僧传·晋庐山僧伽提婆》。

[3]《高僧传·宋京师瘫洹寺求那跋摩传》《宋上定林寺昙摩蜜多》《宋建康龙光寺佛驮什》等。

[4]《高僧传·汉雒阳安清》。

的经历记录下来，这就是流传至今的《法显传》。[1]法献回来后也著有《别记》，可惜已经失传。而智猛从弘始六年（404年）发迹长安，西天取经，整整经历二十年的时间。

在南北分裂时期，六朝僧侣往返于各个文化区域之间，纵横南北，往来东西，在传播佛教文化、加速佛教本土化进程的同时，也在传递着丰富的文化信息，拓宽了中国人的思维空间，丰富了中国文学的体裁题材。更重要的是，佛教文化在很大程度上改变了中国文化的发展方向。

（二）《德国所藏敦煌吐鲁番出土梵文文献》

20世纪初叶，德国考察队先后三次在新疆进行调查，发现了大量残卷。由于两次世界大战，这批资料没有得到及时的整理，直到20世纪60年代才陆续整理问世，到1996年已经整整出版了十巨册，这就是著名的《德国所藏敦煌吐鲁番出土梵文文献》（SANSKRITHAND SCHRIFTEN AUS DEN TURFANFUNDEN）。

其中，印度诗人马鸣（asvaghosa，音译阿湿缚窭沙）的三部梵文戏剧残卷从发现伊始，就引起了中外学者的高度重视。这三部梵文戏剧有两部只剩下零星片段，剧情无法判断。另一部叫《舍利弗》，原本九幕，现残存两幕。该剧描写舍利弗和目犍连皈依佛陀的故事。德国著名学者吕德斯（H.LUDERS）

[1] 章巽注，《法显传校注》，中华书局1982年版。其他几人传记见《出三藏记集》《高僧传》等。

在1911年已将其整理出版。在这批出土的文献中，还有一部在龟兹发现的《诗律考辨》（chandoviciti）残卷，但是并没有引起注意，只是与其他残卷一起被运回德国。直到1956年，有几个学生在实习古文献整理工作时发现了这个残卷的题记，立即受到了东方文学史家的重视。

《诗律考辨》现存二十五页及若干碎片。根据日本学者平田昌司《梵赞与四声论》的介绍，这份残卷的抄写年代大约在4世纪后半期或5世纪。残卷按内容可以分为三个部分："（1）诗律常识；（2）诗格之一：诗律的排列次序跟《诗律经》相似。用每种诗律作一首'赞'（kavya）为举例，没有各个诗律的文字说明。这一部的题记把书名记为'chandoviciti'，也提到pingala和yaska的诗律学著作；（3）诗格之二：诗律的排列次序很接近于《戏剧论》。《诗律考辨》的有些诗句在语言上反映叙事诗的语言特点，暗示着这部著作的成书年代属于古典梵语以前的阶段。其所记述的诗律跟《诗律经》《戏剧论》只有少数分歧，可以认为三种都应该属于同一系统。"

据专家考证，《诗律考辨》的内容与佛教完全无关，纯粹属于婆罗门教系统。而佛教寺庙收藏这种外教著作的理由，无非为了满足僧徒撰写梵赞的需要。从马鸣现存的长诗《佛所行赞》《美难陀赞》《舍利弗》等剧本来分析，平田昌司认为，"这些作品不仅遵守诗律，还用比较标准的梵语撰写。在形式、内容上运用丰富的词汇和修辞技巧，符合'赞'（kavya）的定义。它似乎受到了婆罗门教系统的叙事诗的影响，而这种外教因素是在早期佛经看不到的。”因此，“可以推断说一切有部（sarvastivadin）、譬喻师等部派以梵文偈颂歌赞如来，当时龟兹等地的僧徒也精通印度诗歌的格律”。看来，印度诗律对于佛经的传译并非可有可无的知识。值得注意的是《高僧传·鸠摩罗什传》中的一段记载：

> 初沙门僧叡，才识高明，常随什传写。什每为叡论西方辞体，商略同异云：天竺国俗，甚重文制，其宫商体韵，以入弦为善。凡觐国王，必有赞德，见佛之仪，以歌叹为贵。经中偈颂，皆其式也。但改梵为秦，失其藻蔚，虽得大意，殊隔文体。有似嚼饭与人，非徒失味，乃令呕秽也。[1]

这里，鸠摩罗什所谓“西方辞体”，多数学者认为就是指印度诗律。因为要想写出梵赞歌颂如来，当然需要一定的诗律知识。可见鸠摩罗什对于印度古典诗律是有深入研究的。

据《高僧传》记载，鸠摩罗什（344—413）是龟兹人，父亲鸠摩炎系印度贵族，他的母亲是龟兹王妹。鸠摩罗什幼时随母至天竺学习大乘经典及四《吠陀》以及五明诸论，深受当时罽宾、龟兹佛教学风的影响，同时精通外书，深明梵文修辞学。后来又在于阗学习大乘，回龟兹时已名震西域，苻坚派遣吕光伐龟兹的动机之一就是争取这位高僧。经过长达十五年

[1]《高僧传·鸠摩罗什传》，中华书局1992年版，第53页。

的周折，他终于在姚兴弘始三年（402）年底到达长安，从事讲经与传译。他先后共译出经论三百余卷，所译数量既多，范围也广，而且译文流畅。东汉至西晋期间所译经典崇尚直译，颇为生硬难读，鸠摩罗什弟子僧肇就批判过这种旧译本，说支谦、竺法兰的译文，理滞于文。而鸠摩罗什“转能汉言，音译流便，既览旧经，义多纰僻，皆由先译失旨，不与梵本相应”。[1]由此来看，鸠摩罗什的译文往往能改正旧译本的谬误，这与他深通印度标准的诗律或有直接的关系。

鸠摩罗什在讲经传道的同时，为译经的需要，也一定会向弟子传授印度标准的诗歌理论。敦煌写卷《鸠摩罗什师赞》云：“草堂青眼，葱岭白眉。瓶藏一镜，针吞数匙。生肇受业，融叡为资。四方游化，两国人师。”这里提到了鸠摩罗什四大弟子：道生、僧肇、僧融和慧叡。元代决岸《释氏稽古略》云：“师之弟子曰生、肇、融、叡，谓之什门四圣。”《高僧传》卷七《慧叡传》：“元嘉中，陈郡谢灵运语叡以经中诸字并众音异同。著《十四音训叙》，条例梵汉，昭然可了。”据此知谢灵运《十四音训叙》实论梵音之作。这部书在中土早已失传，而在日本安然《悉昙藏》中多所摘录。日本学者平田昌司《谢灵运〈十四音训叙〉的系谱》、中国学者王邦维《谢灵运〈十四音训叙〉辑考》有过深细论述和考证。[2]

[1]《高僧传·鸠摩罗什传》，中华书局1992年版，第50页。又见《出三藏记集》卷四十，中华书局1995年版，第534页。

[2] 平田昌司，《谢灵运〈十四音训叙〉的系谱》，日本中国学会第41届年会论文。王邦维，《谢灵运〈十四音训叙〉辑考》，见《国学研究》第三卷，北京大学出版社1995年版。后收入王邦维，《交流与互鉴：佛教与中印文化关系论集》，三联书店（香港）有限公司2018年版。

《高僧传·慧叡传》载："至南天竺界，音译诰训，殊方异义，无不必晓。俄又入关从什公谘禀。复返京师（建康），止乌衣寺讲说众经。"说明慧叡的梵文知识一部分得于他在印度，尤其在南印度的经历，还有一部分得于鸠摩罗什的传授。谢灵运曾从慧叡问学，应当是鸠摩罗什的再传弟子。作为文学家的谢灵运对于西域传入的印度文化是有所了解的，这对于他的诗歌创作、文学思想产生了哪些方面的影响？为什么沈约阐述他的声律理论要放在《宋书·谢灵运传》中详加论述？这些都是非常有意义的论题。再从慧皎《高僧传·释道猷传》载看，释道猷"初为生公弟子，随师之庐山"。则他也是鸠摩罗什的再传弟子，而钟嵘《诗品》将他与释宝月并列，称他们"亦有清句"。这至少说明，像释道猷这样的人，不仅从鸠摩罗什那里学到了印度古典诗律，而且对汉诗创作时有染指，颇有造诣。从这些线索来看，鸠摩罗什的学说（当然包括诗学理论之类的学问）已经由他的弟子传至江南，并且与中国传统的诗歌创作结合起来，别开新的天地。

（三）四声八病

《高僧传》多次论及"小缓、击切、侧调、飞声"之说，与《文心雕龙·声律》篇中的"声有飞沉""响有双叠"的说法不无相通之处。他们都把汉语的声音分为两类，即平声与仄声。这与"四声"之说只有一步之遥。

钟嵘《诗品序》中说："至平上去入，则余病未能；蜂腰鹤膝，闾里已具。”“四声”之说刚刚兴起，很多人还没有掌握，就连“竟陵八友”之一的梁武帝也要向周舍询问四声的问题。而据阳松介《谈薮》载：“重公尝谒高祖，问曰：‘弟子闻在外有四声，何者为是？’重公应声答曰：‘天保寺刹。’及出，逢刘孝绰，说以为能。绰曰：‘何如道天子万福。’”这说明，“四声”在当时还很不普及。陆厥用魏晋以来诗人论音的只言片语来论证所谓“四声”古已有之，其实是很牵强的。《高僧传》卷十三“经师”篇多次论及善声沙门诵读时的音乐之美。如《释昙智传》：“既有高亮之声，雅好转读，虽依拟前宗，而独发新异，高调清彻，写送有余。”又如《释道慧传》：“禀自然之声，故偏好转读，发响含奇，制无定准，条章折句，绮丽分明。”又如《释昙迁传》：“巧于转读，有无穷声韵。梵制新奇，特拔终古。”而后面的《经师论》更是一篇极重要的文献。由此看出，当时的善声沙门对于各种诗乐理论是非常熟悉的。为此，陈寅恪先生撰写《四声三问》提出这样一个重要的观点：四声的发现，缘于佛经的转读。近代关于永明声病理论的研究，由于这篇文章而揭开了序幕。

当然，对于陈先生的论断，还有少数学者表示怀疑。

陈寅恪先生文章发表不久，周法高《说平仄》分析了平仄的性质，认为在唐初或更早的时候，平仄是长短的对立，附带对陈寅恪先生的论点表示异议：“印度诗的韵律通常是用长短音的间隔来构成的，即使在分别三声的围陀时代了，也是用长短律（Quantitive Rhythm）的。……我并不敢假定中国的韵文用平仄构成长短律，是受了印度的影响，不过我觉得印度以及希腊古代诗歌里的长短，是值得我们参考和比较的。”1984年，俞敏先生发表《后汉三国梵汉对音谱》，根据僧律中有关禁止“外书音声”的规定，强调指出：“翻过C.R,LANMAN的Sanskrit Reader的人都知道那里只有Rig-veda的标着a和svarita号儿的。这就是外书音声。谁要拿这种调儿念佛经谁就是犯罪。陈先生大约不知道他一句话就让全体佛教僧侣犯了偷兰遮罪或突吉罗了。这太可怕了。允许用这个腔调只有在赞佛德诵三启经两个时候。……说汉人研究语音受声明影响没毛病。说汉人分四声是‘摹拟’和‘依据’声明可太胡闹了。汉人语言里本有四声，受了声明影响，从理性上认识了这个现象，并且给它起了名字，这才是事实。”[1]1987年饶宗颐先生发表《印度波儞尼仙之围陀三声论略——四声外来说平议》，对陈寅恪先生提出了三点疑问：第一，《围陀》诵法早在炎汉之际即已失传，何以六朝时的中国僧侣能够转读？第二，四声兴起，当不自永明，而是始于刘宋；第三，佛氏诵经，禁止用波罗门诵法，且立为戒条。“此三声为《吠陀》诵经之法，沙门自不得讽诵，律有明文。”基于上述三点疑问，饶先生综括说：“佛徒传教，原不用雅言之梵语，而用巴利语；间亦用原始东部语言，所谓Ardhamagadhi者，佛教盛行以后，其经典乃或以梵语写成，与俗语杂糅，遂成为一种混合梵语（Buddhist Hybrid Sanskrit）。其转读佛经，庸有渗用波罗门方法。S.LEVI著《佛经原始诵读法》以为小乘有部与根本有部，或以

[1]《俞敏语言学论文集》，商务印书馆1999年版，第43、46页。

《吠陀》声法牵长音韵，作歌咏之声（ayataka gitassarn）。印度本土此种变相之佛教诵音，与《围陀》三声有无关系，已难明了。若乎汉土佛徒转读之方，在《吠陀》诵法失传已久之六朝时代，此三声究竟如何，更无从拟议；遽取与平上去比况，诚难令人首肯。”[1]

对此，美国学者梅维恒、梅祖麟，日本学者平田昌司等撰文提出不同的看法。特别是平田昌司，为此撰写了《梵赞与四声论》《中国赞佛诗的发展》《谢灵运〈十四音训叙〉的系谱》等文章，展开了细致深入的讨论。他认为，“说汉人分四声是‘摹拟’和‘依据’声明”是陈寅恪的想法，实在是俞敏先生强加于人，因为陈氏根本就没有这种想法。因为陈寅恪的文章说得很清楚：“论理则指本体以立说，举五声而为言；属文则依实用以遣词，分四声而撰谱。”“此解答所窃取者，止段、王同主之一谊，即‘四声之说专主属文’而已。”至于饶宗颐先生的质疑，第二项“是足以补陈文的，其他两项似乎还可以讨论”。

所谓“可以讨论”的两点是：第一，“早期佛教禁止一切娱乐性活动以及波罗门等外道的宗教仪礼，确是事实。但在公元1世纪贵霜朝以后的印度西北部，佛教开始利用戏剧、梵赞等形式宣传了自己的教义。”他所列举的是犍陀罗的佛教敢于违背传统，建造佛像。根据传统的看法，僧侣本来不准观看一切娱乐性的活动。这也是僧律所规定下来的。但是，对这些

[1] 饶宗颐，《梵学集》，上海古籍出版社1993年版，第83页。

条例也不能过分绝对化。佛教传入中国以后的变文、宝卷不用说，“至迟在贵霜朝时代的西北印度，这规定已经变成了空文。不然，我们无法解释马鸣在《佛所行赞》中描写女色，创作佛教戏曲的事实。可见为了宣传佛教的教义，从某个阶段起佛教开始利用戏剧、赞佛偈等文艺吸引了群众。在龟兹出土的文献中，从公元2世纪开始出现多种梵文文学作品。这些作品估计是在佛教仪礼中歌赞佛德的。‘外书音声’是跟这个潮流有关”。我们认为这个论断是很有启发意义的。这里不妨结合英国学者约翰·马歇尔的名著《犍陀罗佛教艺术》略说几句。书中曾这样介绍一组“彩女睡眠”的浮雕：“其中一个睡女跷着二郎腿靠在高背藤椅上，胳膊弯曲，支撑着垂下的头部，左边一个睡女头放在手上，后面第三个睡女手持六弦琴。这件残片以及发现于达摩罗基诃的其他残片都有一个特点：雕出的女像体态匀称丰满，薄薄的紧身外衣能很好地透出她们苗条的身段。”[1]这种描写女性睡眠的艺术，我们在《玉台新咏》中经常看到。需要说明的是，梁武帝时期，犍陀罗艺术已经衰落，梁武帝直接接触到的是继犍陀罗艺术之后属于印度本土的笈多艺术范式。但笈多艺术与犍陀罗关系密切，可以说没有犍陀罗艺术就没有笈多艺术。这可能又涉及另外一个问题，更需要专门的文章加以探讨。

第二，“印度西北部和中亚的佛僧所参考的梵文语法似乎限于童受、摄婆跋摩等人的著作，找不到使用波尔尼语法

[1]［英］约翰·马歇尔著，王冀青译，《犍陀罗佛教艺术》，甘肃教育出版社1989年版，第75页。

的痕迹。吠陀‘三声’的实质或许较早消灭，但其名称一直为印度文学、音乐理论著作所沿用。”他所列举的是《高僧传》卷十三《经师论》的一段话：“若能精达经旨，洞晓音律，三位七声‘次而无乱，五言四句’契而莫爽。”这“三位七声”是印度吟咏法上的词汇的翻译。平田认为，陈寅恪先生没有详论吠陀三声影响到四声论的具体过程，并且直接把吠陀三声和汉语四声相比附，也许认为二者之间有直接的影响关系。这样的论证确有不够周密之处。但是说它与四声的发现全无关系，也非确论。

李新魁《梵学的传入与汉语音韵学的发展》则全力维护饶宗颐先生的辩驳。他认为：“竟陵王子良‘造经呗新声’事，只限于僧众。观《高僧传》及《梁书·沈约传》等可知。文士如周、沈者未见参与其事。谓四声之订定受转读之影响，也未有确切证据。‘转读’究竟是怎么一回事，齐梁或以前僧众之转读是否运用古印度之吠陀三声，也未能断言。据《高僧传》所述僧徒转读之情形，似无古印度吠陀之三种发音，没有这种读法的‘规范’存乎转读之间。”至于平田昌司引用过的《诗律考辨》残卷问题，李先生颇不以为然，认为：“第一，龟兹出土的《诗律考辨》有否传到中国不得而知，中国的译经人士从未提到过此书；第二，此书纵与古印度的《诗律论》有关，也无法证明华僧翻译佛典颂偈或转读时使用这《诗律论》的规定；第三，《诗律论》一类书所规定的轻重搭配格律，在汉译颂偈时似未体现，更谈不到诵读时运用此种格律；第四，后秦什公等译经或诵读时所用的音声，是否就是运用这些格律，言之近悬测。总之，平田先生文章的反驳，似难为陈氏之说增添更多的证据。”李先生的结论是：“沈约等人的功绩，主要是在鸠摩罗什《通韵》的直接影响启发之下，一方面制为‘纽字之图’以阐明反切拼合与双声叠韵之关系的原理，并倡用在文学创作中为求‘文章丽则’，应当运用双声叠韵的原理提炼汉语的辞藻而增加语汇；另一方面，倡导‘四声八病’（不是‘四声’）之说，主张在诗歌中的用字应当避免声调上的‘八病’，并不是他定下四声的区别。沈氏的《声调谱》已佚，是否即为‘纽字图’也难断言。但其主要理论在于依据《通韵》阐明‘双声叠韵，巧妙多端。叠即无一字而不重，双则无一声（字）而不韵。或单行独双，擿掇相连’‘初则以头就尾，后则以尾就头。或时头尾俱头，或尾头俱尾。顺罗文从上角落，逆罗文从下末耶（邪）’‘傍纽正纽，往返铿锵’等原理，并在这些道理的启发下定出‘八病’的提法。这是沈氏受梵学影响的一个突出表现。把这种影响移之于沈氏‘创为四声’，显然有违历史真相。”[1]有学者认为，李新魁先生是汉语音韵学方面的专家，对梵语声明学与诗律论相对隔膜，故其论断尚有很多可议之处。

敦煌发现的《通韵》本身是否即为鸠摩罗什所作，目前还有相当大的争议。饶宗颐先生《鸠摩罗什〈通韵〉笺》《印度波儞尼仙之围陀三声论略——四声外来说平议》《〈文心雕龙·声律篇〉与鸠摩罗什〈通韵〉——论四声说与悉曇之关系

[1] 李新魁，《梵学的传入与汉语音韵学的发展》，见《华学》第二辑，中山大学出版社1997年版。

兼谈王斌、刘善经、沈约有关诸问题》等文力主此是鸠摩罗什所著，而王邦维《鸠摩罗什〈通韵〉考疑暨敦煌写卷S.1344号相关问题》则与饶先生的看法完全相左："唐代所传的题名鸠摩罗什法师所撰的《通韵》，疑点很多。从S.1344号写卷以及也是敦煌写卷中所传的《佛说楞伽经禅门悉昙章》前僧人定惠的序所转引的内容和各方面的证据来看，很难说它是罗什所著。它恐怕只是一部托名之作。这是一。同时还有一个问题需要加以考虑，就是，即使我们承认《通韵》是托名罗什之作，是否S.1344号写卷上所抄即为这部托名的《通韵》呢？回答还是不肯定的。"[1]李新魁先生对这些带有根本性的问题并没有进一步考证，就说沈约是受到鸠摩罗什《通韵》的影响，因此，他的论断的确很难叫人信服。

前引钟嵘《诗品序》中最值得我们注意的是钟嵘所说的后半句："蜂腰鹤膝，闾里已具。"所谓"蜂腰、鹤膝"，就是"八病"之中的两种，而钟嵘认为已经深入人心，并非沈约等人独得胸襟。

1985年，日本学者清水凯夫发表《沈约声律论考——探讨平头上尾蜂腰鹤膝》，翌年又发表《沈约韵纽四病考——考察大韵小韵傍纽正纽》，清水的结论依据在这样几个原则基础之上：第一，沈约的诗是忠实遵守其理论的，以此见解为立足点，从沈诗中归纳声律谐和论。第二，以《宋书·谢灵运传论》的原则和《文镜秘府论》中的声病说为基础，在这个范围

[1] 王邦维，《鸠摩罗什〈通韵〉考疑暨敦煌写卷S.1344号相关问题》，收入《交流与互鉴：佛教与中印文化关系论集》，三联书店（香港）有限公司2018年版。

内探究以“八病”为中心的声律谐和论的实际状况。这时不将“八病”看作一成不变的，而将它看作变迁的。第三，考察沈诗的音韵时，视情况亦从古音上加以考察。结论是：“八病为沈约创始是不言自明的事实。”[1]

对此，我撰写了《八病四问》提出异议。我的四问是：第一，永明诗人，特别是沈约何以不言“八病”？第二，关于“八病”的文献记载何以越来越详？第三，沈约所推崇的作家作品何以多犯“八病”？第四，沈约自己的创作何以多不拘“八病”？[2]

现在来看，拙文尚有不少问题，最根本的问题是，我所依据的声韵主要是《广韵》，《广韵》虽然隶属于《切韵》系统，但是，毕竟已经过去数百年，音韵的变化颇为明显，只要我们将《切韵》《唐韵》《广韵》稍加比较就可以明了这一点。而且退一步说，我们所用的确实反映了真实的《切韵》音系，那么问题来了：《反切》系统反映的是哪一种音系？是江南音，是南渡洛阳音，抑或长安音？音韵学家和历史学家对这些问题是有很多争论的。[3]如果没有较有力的根据，在引用《切韵》系统的韵书来说明某一时代、某一地域的用韵情况，其立论的根据是颇可怀疑的。另一方面的问题是，我所依据的材料主要是大家耳熟能详的正史和各家诗文集，没有条件关注更新的研究成果。

---

[1] 并见［日］清水凯夫著，韩基国译，《六朝文学论文集》，重庆出版社1989年版。

[2]《八病四问》，见《辽宁大学学报》1991年第6期。

[3]【增补】参见黄典诚《切韵综合研究》（厦门大学出版社1994年版）、徐朝东《切韵汇校》（中华书局2021年版）等论著。

这里仅仅说后一问题。

譬如说，关于声病的概念，成书于公元纪元初叶的印度著名文艺理论专著《舞论》（又译作《戏剧论》）第十七章就专门论述过三十六种诗相、四种诗的庄严、十种诗病和十种诗德。这是梵语诗学的雏形。后来的梵语诗学普遍运用庄严、诗病和诗德三种概念而淘汰了诗相概念。“病”（dosa），在梵文中，其原义是错误或缺点。在汉译佛经中，一般译作“过失”，有时也译作“病”。据黄宝生先生《印度古典诗学》介绍，所谓诗病（dosa）有十种：①意义晦涩——使用生僻或费解的同义词。②意义累赘——描写不必描写者。③缺乏意义——意义不一致或不完整。④意义受损——意义粗俗不雅或者意义走样。⑤意义重复——重复表达一种意义。⑥意义臃肿——一节中每个音步各自成句。⑦违反正理——缺乏逻辑。⑧诗律失调——违反格律。⑨缺乏连声——词与词之间不按照连声规则黏合。⑩同词不当——不合语法。7世纪婆摩诃《诗庄严论》共六章，其中有好几章也论述到各种诗病。如第一章论述一组十种病：费解、难解、歧义、模糊、悖谬、晦涩、难听、庸俗、组合不当和刺耳。第四章论述了另一组十种病：意义不全、意义矛盾、意义重复、含有疑义、词序颠倒、用词不当、失去停顿、韵律失调、缺乏连声和违反地点、时间、技巧、人世经验、正理、经典等。在第二章论述比喻时，还附带论述了七种喻病：不足、不可能、词性不强、词数不同、不相称、过量和不相似。总共有二十七种病。不仅有定义，而且每一种病下均有例证，这与《文镜秘府论》完全一致。7世纪檀丁《诗镜》共三章，其中第三章论述词音修辞方式和十种诗病。其名称和定义与婆摩诃《诗庄严论》中提出的第二组十种病一致。所不同的是，在论述每种诗病时，几乎都指出这种诗病在特定情况下不成其为诗病，或者反而转变成庄严或诗德。8世纪伐摹那《诗庄严经》采用经注体，共分五章，分别论述诗的身体、诗病、诗德、庄严和应用。他将诗病分成音病和义病两类；又将音病分成词病和句病，义病分成词义病和句义病。词病有五种：不合语法、刺耳、俚俗、使用经论术语和滥用垫衬虚词；词义病也有五种：僻义、费解、晦涩、粗俗和难解；句病有三种：诗律失调、停顿失当和连声失当；句义病六种：意义不全、意义重复、含有疑义、悖谬、次序颠倒和违反地点、时间、人世经验、技艺和经典。在第四章论述了六种喻病：喻体不足、喻体过量、词性不同、词数不同、喻体不相似和喻体不可能。这样，关于诗病的解释共有二十五种。据说，后来的梵语诗学家基本上都沿用这种诗病分类格式。[1]

在中古时代的中国，声病的理论也已为大多数作家学人所熟知。正如本节开篇所引钟嵘《诗品序》所说："蜂腰鹤膝，闾里已具。"事实上，钟嵘在具体的品评过程当中，也多次运用到"病"的概念。譬如上品称"晋黄门郎张协诗：

[1]《印度古典诗学》，北京大学出版社1999年版，第266页。【增补】黄宝生先生主编的《梵语诗学论著汇编》（增订本）收录了《舞论》《诗庄严论》《诗镜》《韵光》《诗探》《十色》《舞论注》《曲语生命论》《诗光》《文镜》等，为深入研究这个问题提供了丰富的资料，可以进一步引发深入的思考。该书由中国社会科学出版社2019年出版。此外，黄宝生先生《梵学论集》（中国社会科学出版社2013年版）、《梵汉诗学比较》（中国社会科学出版社2021年版）等论著对相关问题有深入的讨论。

其源出于王粲。文体华净，少病累。又巧构形似之言”。有时又单称“累”，如序称：“若专用比兴，患在意深，意深则词踬。若但用赋体，患在意浮，意浮则文散，嬉成流移，文无止泊，有芜漫之累矣。”中品称何晏、孙楚、王赞：“平叔鸿鹄之篇，风归见矣。子荆零雨之外，正长朔风之后，虽有累札，良亦无闻。”

问题是，中土士人所倡导的声病之说，与印度是否有某种关联？

美国学者梅维恒、梅祖麟教授撰写了《近体诗源于梵文考论》，对此给予了确切的回答。[1]这篇文章主要讨论了三个问题：第一，印度古典诗歌理论中的“病”（dosa）的概念问题，也就是前面已经介绍过的《舞论》的记载。第二，关于沈约在《谢灵运传论》中提到的“一简之内，音韵尽殊；两句之中，轻重悉异”，结合谢灵运、鲍照、王融、萧纲、庾肩吾、庾信、徐陵等人的作品探讨了“轻”与“重”的问题，从而详细描述了中国古典诗歌从元嘉体到永明体、到宫体，再到近体的嬗变轨迹。第三，详细论证了佛经翻译过程中经常用到的“首卢”（sloka）概念问题。这里的中心问题是，是什么原因刺激了中土文士对于声律问题突然发生浓郁的兴趣？作者特别注意到了前引《高僧传·鸠摩罗什传》中的那段话，认为沈约等人提出的“病”的概念即源于印度《舞论》中的dosa，传入

[1] *THE SANSKRIT ORIGINS OFRECENT STYLE PROSODY.* 此文已经收到《梅祖麟语言学论文集》，商务印书馆2000年版。【增补】王继红翻译成中文为《近体律诗的梵文来源》，见《国际汉学》2007年第2期。相关内容参见张国安著《律诗文体建构与礼乐文化传统》，中华书局2021年版。

的时间最有可能是在公元450—550年之间，而传播这种观念的核心人物就是鸠摩罗什等人。当时中土文士僧侣接触到的诗律很可能就是“首卢”（sloka），这种情况在唐代也没有大的变化。如玄应《一切经音义》卷六“以偈”，义净《南海寄归内法传》卷四“西方学法”等也主要谈到了三十二言的诗律。“首卢”是印度最普通的诗律。它强调第一和第八个音节是自由的，即可以不用入韵，这一点也正是中国近体诗的一个特点。他是由鸠摩什等人传给慧叡，再由慧叡传给中土文士。说明西北印度—中亚乃至中原一带的佛僧是了解印度诗律学的。作者最后总结说：“总而言之，沈约和他的追随者，在梵语诗律学的影响下，在公元488年至550年之间创造性地发明了汉语诗律学，而这种诗律学与梵文的诵读具有同样悦耳的效果。特别是下列几点更应提及：第一，梵文laghu（‘轻’）和guru（‘重’）的观念，不仅仅给沈约等人提供了直接的术语，而且更重要的是，诗学中的二元对立的观念对他有直接的启发。第二，梵文sloka（‘首卢’）本身带有神圣的意味，这就促使中国的诗学家们按照这样一种古印度诗律创作类似的结构形式。第三，梵语诗律学中dosa（‘病’）的学说给沈约等文士提供了理论上的框架，从而形成了一种统御声调变化的诗学规范。”研究者对梵语诗律论与汉语诗律、音韵学都有较通透的认知，可以说到目前为止，这应该是最深入的研究。

在此基础上，日本学者平田昌司有根据德国探险队发现的《诗律考辨》，认为印度的诗律知识很有可能是通过外国精通音韵的僧侣传入中土的，同时由于《诗律考辨》有许多内容与

《舞论》中的观点相一致，那么也应该有理由相信，沈约及其追随者除了接触到“首卢”之外，也一定接触到《舞论》方面的有关资料。作者认为，这不仅是因为中国的学者诗人有可能读到过《舞论》，还因为这部书是印度标准的诗歌论著，直接启发了永明诗人借鉴这种理论，创造性发明了永明声病理论。永明声病说以四句为单位规定病犯，跟“首卢”相像。首卢的诗律只管一偈四句，不考虑黏法。拙著《门阀士族与永明文学》（三联书店1996年版）曾指出“律句大量涌现，平仄相对的观念已经十分明确。十字之中，‘颠倒相配’，联与联之间同样强调平仄相对；‘粘’的原则尚未确立”。这个结论似乎可以和梅维恒、梅祖麟、平田昌司等先生的论证相互印证。

此外，平田昌司还进一步论证了印度诗律和中国诗律的异同，他指出，印度诗律分为两种：第一种以每一句的音节数为单位，叫作vrtta；第二种以mora为单位，叫作jati。其中以第一种为常见。这种诗律分“轻”（laghu）、“重”（guru）两大类，这些术语已见于《波你尼经》，起源很早。“重”音节的条件有：包含长元音，后接复辅音。此外，处于每句末位的音节也有时当为“重”。不符合上述条件的一切音节就是“轻”。在印度诗律当中有两种基本类型：一种是用符号表示轻重的搭配，一般认为这种类型保留了比较原始的形式。《诗律论》以三音节为单位，用八个文字符号表示轻重的搭配，用它们来说明诗律；另一种是以偈颂实例让读者领会诗律。尤以后者最可值得注意。这种诗律主要出现在比《诗律经》时代稍后的著作。《舞论·诗律章》以及前面已经提到的龟兹出土的

《诗律考辨》第二部分就是这类诗律的代表。因为多数诗律的名称跟妇女有关，举例一般用艳诗。因此，平田认为，“宫体诗和声律论差不多同时在齐梁兴起，而且二者之间有比较密切的关系，也许可以考虑这二类型印度诗格的影响。”《舞论》为此还列举了偈颂的实际作品加以说明。为此平田解释说：“作偈颂时，一定要遵守这种轻重搭配。不合诗格规定的被称为‘visama’。”这也就是“病”的概念，《舞论》把它列为诗的“十病”之一。“这些诗律的名称都用名词或比喻形式，并且往往跟妇女有关系。tanumadhya（跃进按：指诗律）两端‘重’，中间二个‘轻’，因此称为‘细腰’。这就让我们联想到‘八病’的‘平头’‘上尾’‘蜂腰’‘鹤膝’。”

公元5世纪前后，中国古典诗歌在很短的时间内发生了巨大而又影响深远的变化。这个时期，也正是梵语古典诗学的高峰时期——笈多时代，中印两国文化频繁、密集的交流，使汉语诗学颇受梵语诗学流波激荡，其显著的特征就是“永明体”的出现。在齐梁文学批评家的心目中，“永明体”的最基本特征是“始用四声，以为新变”（《梁书·庾肩吾传》），使用“四声”是方法问题，而追求“新变”则是目的。而在唐人心目中，“酷裁八病，碎用四声”（皎然《诗式》）干脆就成了“永明体”的代名词。关于永明文学的总体成就，拙著《门阀士族与永明文学》（三联书店1996年版）有过详细的论述。其中一个观点认为，“永明体”的出现，受到了外来文化的影响，而这个看法是五十多年前陈寅恪先生早就详加考证过的。限于闻见，我当时提不出更多的论证。有些问题，譬如外来文化，其实主要就是印度文化如何具体影响到近体诗的形成，我只能有意绕过去避而不谈。问题是，我们承认“永明体”是外来文化影响下的“宁馨儿”，却难以确认这种影响的几个关键的问题，这种研究终究是有极大阙憾的。从“永明体”的诞生到今天，已经过去了一千五百多年，而我们对于“永明体”的研究，却依然要“别求新声于异邦”。这个问题确实值得我们深长而思之。

（四）宫体诗

鲁迅《汉文学史纲要》以及计划撰写的中国文学史的有关章目，用“药、酒、女、佛”四字概括魏晋六朝文学现象。药与酒，主要是“竹林七贤”的选择。鲁迅在《魏晋风度及文章与药及酒之关系》的讲演中作了精湛的阐释，而“女”与“佛”是指弥漫于齐梁的宫体诗和崇尚佛教以及佛教翻译文学的流行。鲁迅没有来得及展开论述，却指明了研究的方向。宫体诗名誉不佳，这是人所共知的事实。从隋代起，人们对它几乎就没有什么好感。李谔《上隋高帝革文华书》、王通《文中子》等就开始兴师问罪，以为“江左齐梁，其弊弥盛”，所写内容不出月露之行和风云之状，亟欲把它踢出文学的伊甸园。唐代的陈子昂、李白、白居易、韩愈等更是不遗余力地口诛笔伐。陈子昂说“齐梁间诗，彩丽竞繁而兴寄都绝”，李白也说“自从建安来，绮丽不足珍”，白居易以为齐梁间诗不过“嘲风雪，弄花草”而已，而韩愈索性说“齐梁及陈隋，众作等蝉噪”。此后的一千多年，宫体诗似乎就没有得到过翻身的机会。每到文学变革之际，它几乎总是成为清道夫们首先要铲除的对象。20世纪前期，对于宫体诗的评价出现了某种意欲摆脱政教说束缚的迹象，以心平气和的态度给予比较客观的评价。朱光潜先生《诗论》就较为客观地指出了宫体诗的利弊得失。不无遗憾的是，到了50年代后期，“民间文学主流论”一度成为文学史研究中的指导思想，作为贵族文学的典型代表，宫体诗被目为淫靡、色情的代名词而被排除在文学史研究之外。近十年来，我们仍然可以感受到这种宣判的余威，有的著作仍持旧说，判定宫体诗是“中国封建时代高级的色情文学”（李泽厚、刘纲纪《中国美学史》）。但同时，也出现了另外一种较为极端的评价，即从审美意识的新变到艺术技巧的考究等多方面给宫体诗予肯定，强烈要求重新评价宫体诗的呼声日益见诸报端。甚至有的学者认为“宫体诗为中国诗歌的发展创造了一个划时代的功绩”，它与南朝民歌“宛若双璧映辉，共同构成南朝社会的艺术风采”[1]。当然，最稳妥的办法是各打五十大板，说它功过参半，曹道衡、沈玉成先生《南北朝文学史》、葛晓音先生《八代诗史》等便是这样的平稳之作。不过，很多学者感到不满意，总觉得意犹未尽，但限于种种条件的制约，却又无从谈起。对于宫体诗的评价是一个较为复杂的问题，它总是随着时代的政治思潮审美情趣的变化而变化，要想给予一个千古不变的定评，在相当长的时间里恐怕也是不现实的。现

[1] 刘启云，《活色天香情意真，莫将侧艳贬词人——重新评价宫体诗》，见《江汉论坛》1989年9期。

在所要做的工作，不能仅仅停留在道德的评判上，而应当对每一具体概念进行深入的剖析，需要做大量的资料辨析工作。比如说，萧纲“立身先须谨重，文章且须放荡”（《诫当阳公大心书》），过去一直当作批判萧纲、否定宫体诗的口实；赵昌平先生《“文章且须放荡”辨》从训诂学的角度考辨“放荡”不是放纵情欲、淫佚浮荡，而是指不主故常，不拘成法。[1]这样一来，放荡便与萧子显《南齐书·文学传论》所说的“若无新变，不能代雄”成为一种同义语，是齐梁诗人自觉追求新变的明确表述。当然，追求新变未必就意味着进步，但是，这样做至少澄清了一些有关宫体诗的模糊概念，为宫体诗洗刷了一些污水。类似这样的从基础资料做起的清理工作还有许多，只有在这样的基础上，评价才有可能减少仅仅抓住一点不及其余的偏颇。如前所述，俞敏教授认为，“早期佛教禁止一切娱乐性活动以及波罗门等外道的宗教仪礼，确是事实。但在公元1世纪贵霜朝以后的印度西北部，佛教开始利用戏剧、梵赞等形式宣传了自己的教义。”他所列举的是犍陀罗的佛教敢于违背传统，建造佛像。由此可以推断，印度传来的佛教文化与梁代中期盛行的宫体诗创作，应当有着某种内在联系。

佛传文学如马鸣[2]《佛所行赞》（Buddhacarita）叙述佛陀释迦牟尼从诞生直至涅槃的生平传说，其中就有非常夸张的情色描写，如《佛所行赞》“离欲品”第四：

[1] 赵昌平先生《“文章且须放荡”辨》，见《古代文艺理论研究》第九辑。

[2] 马鸣（Aśvaghoṣa），公元1世纪前后印度宫体诗（k ā vya/mah ā k ā vya）的创始人。他是著名的佛教诗人和戏剧家，流传于世的作品有叙事诗《佛所行赞》《美难陀赞》和三部戏剧残本。

太子入园林，众女来奉迎，并生希遇想，竞媚进幽诚，各尽伎姿态，供侍随所宜。或有执手足，或遍摩其身，或复对言笑，或现忧戚容，规以悦太子，令生爱乐心。

——《大正藏》第4册，第6页。

尔时婇女众，庆闻优陀说，增其踊悦心，如鞭策良马，往到太子前，各进种种术。歌舞或言笑，扬眉露白齿，美目相眄睐，轻衣现素身。妖摇而徐步，诈亲渐习近，情欲实其心，兼奉大王旨，慢形媟隐陋，忘其惭愧情。……

——《大正藏》第4册，第7页。

太子在园林，围绕亦如是。或为整衣服，或为洗手足，或以香涂身，或以华严饰。或为贯璎珞，或有扶抱身，或为安枕席，或倾身密语。或世俗调戏，或说众欲事，或作诸欲形，规以动其心。

——《大正藏》第4册，第7页。

到笈多时期梵语古典诗歌的最高峰——迦梨陀娑（Kālidāsa）的诗作与剧作中，绮靡之辞达到无以复加的高妙境界。[1]如《时令之环》（Ṛtusaṃhāra，又译《六季杂

[1] 迦梨陀娑（Kālidāsa）生活在公元4、5世纪，是享有最高声誉的古典梵语诗人和戏剧家，一般公认属于他的作品有七部：抒情短诗集《时令之环》，抒情长诗《云使》，叙事诗《罗怙世系》《鸠摩罗出世》，戏剧《摩罗维迦和火友王》《优哩婆湿》《沙恭达罗》。

咏》），是迦梨陀娑初露才华的早期作品。这部诗集共分六章，包含六组抒情短诗，分别描绘印度六季（夏季、雨季、秋季、霜季、寒季和春季）的自然景色以及男女欢爱和相思之情。如写夏夜睡美人：

洒有檀香水的扇子扇起微风，丰满的胸脯上佩戴珍珠项链，

琵琶和弦琴奏出美妙的乐声，今日仿佛唤醒了沉睡的爱神。（8）

月亮整夜整夜热切地偷窥，在白屋中酣睡的妇女面容，

这样，在夜晚结束的时候，仿佛出于羞愧而变得苍白。（9）[1]

徐陵《谏仁山深法师罢道书》云："仰度仁者，心居魔境，为魔所迷，意附邪途，受邪易性，假使眉如细柳，何足关怀；颊似红桃，讵能长久？同衾分枕，犹有长信之悲；坐卧忘时，不免秋胡之怨。洛川神女，尚复不惑东阿，世上班姬，何关君事？夫心者面焉，若论缱绻，则共气共心，一遇缠绵，则连宵厌起。"[2]这里提到的深法师，是否为深受佛传文学影响而关注浮艳文辞的僧人，就很值得注意。

[1]［印度］迦梨陀娑，黄宝生译，《六季杂咏》，中西书局2017年版，第5页。

[2] 许逸民，《徐陵集校笺》卷八，中华书局2008年版，第980页。

（五）中古文学理论

中古时期两部最重要的文学理论巨著，《文心雕龙》和《诗品》均与佛教思想的传播有着重要关系。《文心雕龙》既是一部齐梁以前的文学史著作，更是一部体大思精的理论专著，体被文质，空前绝后。对这一特异现象的解释，我们无法绕过佛学影响这一重要环节。《诗品》不仅品评诗僧的作品，而且，在品评标准、理论命题等方面，也无不渗透着佛教的影响。我过去曾撰写《一桩未了的学术公案——对锺嵘〈诗品〉“滋味”说理论来源的一个推测》[1]对此试作探讨，提出了一些推测性的见解。

中古辨声意识也是这个时期重要的理论发现。

清人钱大昕《论三十字母》《论西域四十七字》，近人刘复作《论守温字母与梵文字母》并认为：“守温的方法，是从梵文中得来的。”这时已经是宋元时代的事了。事实上，在汉末，西域辨声之法即为中土士人所掌握，最有趣的事例莫过于“反切”之说。《颜氏家训·书证》说：“郑玄以前，全不解反语，《通俗》反音，甚会近俗。”《颜氏家训·音辞》：“孙叔言创《尔雅音义》，是汉末人独知反语。至于魏世，此事大行。”陆德明《经典释文序录》说：“古人音书，止为譬况之说。孙炎始为反语，魏朝以降，蔓衍实繁。”颜师古注《汉书》颇引服虔、应劭反语，这两人均卒于汉末建安中，与

[1]《一桩未了的学术公案——对锺嵘〈诗品〉“滋味”说理论来源的一个推测》，见《许昌师专学报》2001年第4期。

郑玄不相先后，说明汉末以来已经流传反切之说。但是为什么要用“反切”，历代的研究者均语焉未详。宋人沈括《梦溪笔谈》卷十五中说：“切韵之学本出于西域，汉人训字止曰读如某字，未用反切。然古语已有二声合为一字者，如不可为叵，何不为盍，如是为尔，而已为耳，之乎为诸之类，似西域二合之音，盖切字之原也。”是也。清代学者顾炎武《音学五书》、陈沣《切韵考》等对于反切的考辨既深且细，近世著名学者吴承仕《经籍旧音序录》《经籍旧音辨证》、王力《汉语音韵学》、魏建功《古音系研究》也对此作了钩沉索隐的工作，但是，他们均没有回答“反切”为什么会在汉末突然兴起这个基本问题。

宋代著名学者郑樵在《通志·六书略》“论华梵下”中写道：“切韵之学，自汉以前，人皆不识。实自西域流入中土。所以韵图之类，释子多能言之，而儒者皆不识起例，以其源流出于彼耳。”宋代著名目录学家陈振孙《直斋书录解题》卷三也明确写道：“反切之学，自西域入中国，至齐梁间盛行，然后声病之说详焉。”这段话说明了反切自西域传入中国的事实，同时指出了它与声病之学的兴起的重要关系，确实具有相当的价值。现代著名学者罗常培《汉语音韵学导论》也指出：“惟象教东来，始自后汉。释子移译梵策，兼理‘声明’，影响所及，遂启反切之法。”姜亮夫先生《〈切韵〉系统》（收在《敦煌学论文集》第393页）中说：（反切）“一般都说始于魏的孙炎（详见顾炎武《音论》、戴东原《声韵考》、陈兰甫《切韵考》外篇及钱大昕《养新录》等所引魏晋以来各说。其实依章太炎先生的考证，还在孙氏之前，应劭注《汉书》已用反切。慧琳《一切经音义》景审序，以为始服虔，则更在应前）。其实这字音音理的分析，很可能是受佛教东来，佛教翻译的影响。”周祖谟《〈颜氏家训·音辞〉篇补注》也说：“至若反切之所以兴于汉末者，当与佛教东来有关。清人乃谓反切之语，自汉以上即已有之，近人又谓郑玄以前已有反语，皆不足信也。”大的框架确定之后，需要作具体的论证，而要论证这样一个棘手的问题，就必须论证印度原始语言与反切到底有什么具体的关系。为此，美国著名学者梅维恒撰写了《关于反切源起的一个假设》（*A HYPOTHESIS CONCERNING THE ORIGIN OF THE TERM FANQIE*），认为“反切”与梵文“varna-bheda-vidhi”有直接的关系。“varna-bheda-vidhi”在语义学的意义上是字母拼读/拆分规则（Letter-Cutting-Rules），在以口传为主要文化传承方式的印度，这种字母拆读规则（分解连声）在各种文学、历史、哲学著作中非常重要，在文学修辞、历史解释与义理创新方面有极为广泛的应用。其中“bheda”与汉语“切”字的意思相符；而“varna”不仅仅声音与汉语“反”字相近，而且在意义上也非常接近。“Varna”有覆盖、隐蔽、隐藏、围绕、阻塞之意，可以被译成“覆”。而环绕等义，在汉语中又可以写成“复”，它的同义词便是“反”。因此，不论是从语义学还是从语音学的角度看，在梵文“varna”和汉语“反”字之间具有相当多的重叠之处。这篇文章认为，当时了解梵语“varna-bheda-vidhi”意义的僧侣和学者受到这组术语的启发而发明了“反切”之说。

台静农《中国文学史》（上海古籍出版社2012年版）专辟有《佛典翻译文学》，论后汉魏六朝的佛典翻译以及译经的文体问题。作者认为，马鸣的《佛本行赞》就是一首三万多字的长篇诗歌，戏剧性很强。译本虽然没有用韵，但是阅读起来，那感觉就像是读《孔雀东南飞》等古代乐府诗歌，佛经《大乘庄严论》，类似于《儒林外史》。20世纪以来的重要学者，如郭绍虞、罗根泽、饶宗颐对中古文论的研究，钱锺书、季羡林、王瑶等对中古诗文的阐释，都论及佛学对于中古文学的深刻影响。[1]

---

[1]【增补】有关佛教对文学的影响，成果较多。王晓平《佛典·志怪·物语》（江西人民出版社1990年版）、蒋述卓《佛经传译与中古文学思潮》（江西人民出版社1990年版）、普慧《南朝佛教与文学》（中华书局2002年版）、吴海勇《中古汉译佛经叙事文学研究》（学苑出版社2004年版）、陈允吉《佛经文学研究论集》（复旦大学出版社2004年版）、孙昌武《佛教与中国文学》（上海人民出版社1988年版）、《汉译佛典翻译文学选》（南开大学出版社2005年版）、《中国佛教文化史》（中华书局2010年版）、李小荣《敦煌佛教音乐文学研究》（福建人民出版社2007年版）等为近年有代表性的论著。蒋述卓具体辨析了志怪小说与佛教故事、玄佛并用与山水诗兴起、四声与佛经转读、齐梁浮艳文风与佛经传译等对应关系。吴海勇的著作从佛教文学题材入手，进而揭示佛教文学的民间成分及其宗教特性，阐释了佛教翻译对于中国古代文学叙事理论与实践的重大影响。孙昌武《汉译佛典翻译文学选》按照佛传、本生故事、譬喻故事、因缘经、法句经等方面选择了三十四部佛典，辑录或者节录，为我们提供了一部全面反映这类佛典概貌的基本选本。《中国佛教文化史》凡五巨册，180万字，按照时代先后论述了印度佛教对于中国的巨大影响，主要有六个方面：一、佛教向中国输入一种新的社会组织——僧团；二、佛教向中国输入一种新的信仰；三、佛教的教理、教义包含复杂而细致的学理论证，其核心部分是宗教（佛学）哲学；四、佛教教化以提升人的精神品质为主旨，目的在塑造理想的人格（当然是按宗教的标准）；五、佛教向中国传播了外来的文学艺术，给中国的艺术、文学、工艺、建筑等领域提供了丰富的借鉴，外来的滋养与本土传统相结合，促进了中土这些领域的进展，取得了极其辉煌的成果；六、佛教乃是历史上中华民族各民族间文化交流的津梁，对于促进和巩固中华民族的团结与融合起了极其巨大的、不可替代的作用。陈允吉《佛经文学研究论集》是一部论文选集，收录三十四篇论文，广泛地探讨了汉译佛典经、律、论三藏中与文学相关的论题。

这些年来，中国古典文学与外国文学的比较研究也取得了实质性进展。值得注意的是由傅璇琮、周发祥主编的“中国古典文学走向世界”丛书，包括《西方文论与中国文学》《国外中国古典文论研究》《国外中国古典戏曲研究》《国外中国古典小说研究》《国外中国古典散文研究》《国外中国古典诗歌研究》等，值得关注的是《西方文论与中国文学》。全书分为三编，第一编“渊源与流变”，从历史角度概述移植研究的缘起、发展和现状。第二编“方法与操作”，集中评价了二十余种研究方法，其中有传统的也有现代的。第三编“综论与评价”，是从共时角度对整个移植研究所做的反思与评判。全书的骨干部分是第二编，分为十三章。传统的研究方法，如史诗研究、悲剧研究、寓意研究、修辞学研究和文学史研究等，仅占其中一章。由此可见，作者把更多的目光放在现代研究方面上。这里，作者并不是简单地介绍西方文论的详细内容，其着眼点仍然放在与汉学有关的一些重要方法上。尽管如此，也已经涉及现代西方文论的方方面面。诸如“汉字诗学”“语言学研究”“意象研究”“新批评研究”“巴罗克风格研究”“口头创作研究”“原型批评”“结构主义研究”“文类学研究”“叙事学研究”“比较文学研究”以及心理学、符号学、主题学、统计风格学、母题研究等等。重要的还不是介绍这些理论，而是关注西方学者如何运用这些理论研究中国古代文学。诚如作者所说：“方法的生命力体现在被用来解决具体问题的过程之中。展现这一过程，即是展现其生命力之所在。”由此，我们也清晰地看到了方法论问题的真正价值和它不朽的生命力。此外，郁龙余的《中国印度文学比较》（中国社会科学出版社2001年版）、周发祥、李岫的《中外文学交流史》（季羡林主编“中外文化交流史丛书”，湖南教育出版社1999年版）、王晓平的《亚洲汉文学》（天津人民出版社2001年版）也较之前些年的论著有了较大的推进。如果说广义比较文学研究还应包括各个学科之间的比较的话，那么，文学与宗教方面的比较研究就比较引人注意。香港浸会大学多年来致力于“文学与宗教”的系列研究，主办了多次学术会议，编辑出版了《中国诗歌与宗教》《中国小说与宗教》等论著，引起了学界的普遍关注。内地年轻学者吴言生的禅宗研究系列《禅宗诗歌境界》《禅宗思想渊源》《禅宗哲学象征》和他所主编的《中国禅学》业已由中华书局印行。此外，普慧的《迷路心回因向佛——白居易与佛禅》（河南人民出版社2001年版）等，具体深入，没有停留在概念上做文章。

我们常说，学问没有国界。我们要走向世界，就要努力使自己的学问能与国外学术界接轨，起码应当使自己设法与国外同行站在同一起跑线展开平等的竞争。域外文献研究，古代文学研究领域比较关注。而今，随着国际学术界理论热潮的兴起，女性主义、后殖民主义、现代性、后现代主义等理论层出不穷，给现当代文学研究提供了更多的研究视野和研究方法。许多海外汉学家往往处于地域优势，得风气之先，加之在问题意识、理论工具、研究方式以至于写作风格上，又与我们多有不同。因此，他们对一些司空见惯的文学史现象所做的“再解读”就会给人耳目一新的感觉。客观地说，海外汉学研究，很多也受到不同文化背景的制约，常有偏颇之论，也不排除其中的政治和文化偏见。一些学者很少使用文学史材料，他们判断问题和研究对象，主要依据的是当前时尚的理论；他们推导问题时，首先不是凭借材料，而是通过理论的预设和大胆的假定，这样一来，有时得出的结论就很难有说服力，而且也较为浮泛。“再解读”主要是研究文学史、作家作品的一种理论姿态，而不是研究文学史和作家作品的有效方法。这样说，并不是否认它的意义和价值，而是主张在进行这一项工作时，不能只是以“新”“奇”出胜，还应当有相当艰苦的查勘、分辨、比较、审慎推敲的功夫，应该把“再解读”建立在认真踏实的实证研究的基础上。也许，只有这样，“再解读”才能够真正地与历史“对话”，在历史的“现场”中开展有效的“考古学”工作，进而把问题的发现和研究引向深入，产生出令人信服和实质性的研究成果。[1]

（2001年5月13、14日在曲阜师范大学讲演稿）

[1]【增补】《海南师范学院学报》2004年第3期刊出的《海外学者冲击波》，就是中国人民大学中文系师生关于海外学者中国现当代文学研究之影响的讨论。

中国散文史研究断想

在中国文学发展史上，散文是一门极特殊的文体。古往今来，中国的散文家族始终处在一种变化多端、归属莫定的状态。因此之故，20世纪的中国古代散文史研究虽然取得了令人瞩目的成就，但是，面临的问题似乎最多，分歧也最大。这是因为，迄今为止，中国散文史研究的最基本问题，诸如什么是“文”？什么是“散文”？古代的“文章”与今天的“散文”观念有多少相通之处？类似的概念，迄今尚没有梳理清楚，更不要说有关散文史研究的重大理论问题了。近一个世纪以来，中国的学者曾就中国散文史研究的特殊性问题，中国古代散文的审美意识及艺术追求与传统诗歌、小说、戏剧的异同问题，中国古代散文的民族特征以及中国古代散文发展规律和盛衰原因问题，等等，展开广泛的讨论。但是，近百年过去了，这个“剪不断，理还乱”的疑难问题，始终也没有取得统一的认识，自然也就很难取得举世公认的研究成果。

我在《走出散文史研究的困境》一文中指出：纵观20世

纪的中国古典散文史的研究，与其他文体的研究相比，具有三个明显的特点值得注意：其一，就研究队伍而言，这里没有明显的“代沟”。这与其他文体的研究大不相同。譬如对于古典戏曲、小说、诗歌的研究，近百年来变化纷纭，各个时期的作者呈现出不同的研究风格。但是，古典散文的研究，不同时代的研究者，其研究风格并没有特别明显的分野。其二，就研究方法而言，近百年的中国古典散文研究不能说没有变化，但是，与其他文体的研究相比较而言，这种变化就显得微不足道了。古典诗歌可以运用文化人类学的方法，古典小说可以运用叙述学的研究方法，古典戏曲可以运用国外的戏曲理论加以比照，唯有古典散文研究处在一种比较尴尬的境地。传统的文章理论显得零碎，很难适应现代学者对散文研究的需要；而现代流行的新潮理论在古典散文研究方面又苦于找不到恰当的契入点。因此，虽然有不少学者努力标榜创新，但是在散文研究方法上，总是跳不出“如来佛”的手掌。“随心所欲不逾矩”，其他文体的研究可以“随心所欲”，不管别人如何评价，总能自圆其说，而散文史的研究却很难这样做，从近百年的研究情况看，始终处在一种“不逾矩”的状态。有时，我们甚至这样想：古典散文研究能否也有一点“离谱”的尝试？离经叛道固然风险很大，但是总比暮气沉沉来得爽快。其三，就研究对象而言，由于文体的巨大变化，“五四”以后，文言已经为白话文所取代，作为一种文体，古典散文成了一种文化的遗存而远离人们的现实生活。这与古典诗歌和古典小说全然不同。尽管这两种文体也已远离现实生活，但是，它们又时时与现代人的生活保持着颇为密切的联系。古典诗歌朗朗上口，始终是现代人文化生活中的一个重要组成部分。古典小说通过各种媒体和宣传机构，始终在现代生活中占有一席之地。唯有古典散文例外，形成了一种错位：既没有实用价值，也缺乏为现代人所能接受的审美价值。因此，它既不能与现代中国人对话，更难于和国外文艺理论接轨。[1]

我们知道，散文是中国文学史上数量最多、内容最丰富、应用最广泛的文体。中国古代文体，向来以文章为主。蔡邕《独断》论天子独用文体有四种，曰策书，曰制书，曰诏书，曰戒书，群臣上呈文体亦四种，即章、表、奏、记。略晚于蔡邕的曹丕著《典论·论文》称：“夫文本同而末异。盖奏议宜雅，书论宜理，铭诔尚实，诗赋欲丽。”略举四科八种文体，以为“此四科不同，故能之者偏也，唯通才能备其体”。西晋初年陆机著《文赋》又标举十体，并对个体的特征有所界说：“诗缘情而绮靡，赋体物而浏亮，碑披文以相质，诔缠绵而凄怆，铭博约而温润，箴顿挫而清壮，颂优游以彬蔚，论精微而朗畅，奏平彻以闲雅，说炜晔而谲诳。”此外，挚虞的《文章流别论》、李充的《翰林论》，直至任昉的《文章缘起》、

[1]【增补】《走出散文史研究的困境》，《人文论丛》2001年卷，武汉大学出版社2002年版。近十年来，文体学研究的方兴未艾，正是这种历史探寻的生动写照。文体学著作如曾枣庄有《中国古代文体学》上下卷，另有五册为先秦至近代的文体资料集成，上海人民出版社2012年版。中山大学有中国古代文体学研究丛书九种，包括孙立《日本诗话中的中国古代诗学研究》、林岗《口述与案头》《明清小说评点》、吴承学《中国古代文体形态研究》《中国古典文学风格学》、戚世隽《中国古代剧本形态论稿》、彭玉平《诗文评的体性》、刘湘兰《中古叙事文学研究》、何诗海《汉魏六朝文体与文化研究》，北京大学出版社2011年版。

刘勰的《文心雕龙》等均有或详或略的文体概论，条分缕析，探颐索隐，奠定了中国文体学的理论基础。在此基础上，萧统广采博收，去芜取精，将先秦至梁代的七百多篇优秀作品分成三十七类加以编录，成为影响极为久远的一代名著。以后，虽然有各种各样的文体分类，但是大体没有超出这个范围。[1]

20世纪前后，随着西方学术观念的传入，“文学”的观念发生了巨大的变化。此后，中国古代文学作品无外乎归为四类，即诗歌、戏剧、小说、散文，而前三类逐渐成为主流，相对而言，过去的大宗文章反而退居次要地位。就我所比较熟悉的秦汉文学史而言，主要是辞赋、史传、诗歌（乐府、五言诗）、散文（有的还包括小说）四类。前三类的文体界限比较清晰，唯独散文最为驳杂。凡是前三者所不收者，都可以归之于“散文”类。因此，“散文”的含义最为丰富。换言之，除了诗歌、戏剧、小说之外，所有的文学作品都可以称之为散文。我不知是进步还是退步。

其实，中国古代的文章学，最是大宗。“桐城”是古文，而《文选》是骈文。桐城派被打倒之后，文章学随之而没落，骈文也没有得到翻身的机会。其结果就是我们今天没有文章学，只有一种文体。文明古国如何体现它的优越性？中国文学史如何体现它的特殊性？中国文学史的主体是四种文体，即诗歌、戏曲、小说、散文。前三种可与世界接轨，而最后一种是中国文学的大宗，却永远失去其正宗的地位，中国文学史因

[1]【增补】参见拙文《秦汉文学史研究的困境与出路》，见《文学遗产》2003年第6期。

此也失去色彩。这使我想起英国人对于下午茶的研究。贵族阶级的下午茶研究非常细致，饼干蘸奶茶的时间、进入口中的瞬间变化。他们对此津津乐道。中国的文体也具有这种微妙的体验，可惜我们已经无从品味了。

过去，我一直模糊地认为，这种体裁上的四分法源于西方。但是看到介绍，至18世纪，文体分类才逐渐明晰起来，歌德（1749—1832）将文学作品分为诗歌、史诗（叙事文学）和戏剧三种，也就是说，当时的欧洲，文学伊甸园也只有诗歌、小说和戏剧，散文并没有作为独立的文体。什么是散文，在早期的欧洲文学史上似乎也并不明确。看来，这是一个世界性的难题。由此看来，散文研究，没有放之四海而皆准的所谓普世理论，只能根据不同的国度、不同的时代、不同的阶层来确定自己的研究范围和研究方法。既然没有普世的方法，就只能从本民族的文学传统中寻求出路。德国汉学家莫宜佳在《中国中短篇叙事文学史》中有这样一句话："中国传统的文学批评是帮助我们理解中国叙事文学的无价之宝。"[1]其实不仅是叙事文学，就散文研究而言，传统的文学批评同样具有意义。近来披览王水照先生主编的十巨册《历代文话》，深感中国散文批评的博大精深。当然，历代散文批评家更多地强调的是文法、文风方面的技巧，其实，中国散文的发展，还与文化政策、与学术风气的变化密切相关。

中国文学史上有句老话：文必秦汉，诗必盛唐。盛唐之

[1]【增补】德国汉学家莫宜佳，《中国中短篇叙事文学史》，华东师范大学出版社2008年版，第2页。

诗久播人耳，妇孺皆知。相比较而言，秦汉之文还有待深入开掘、广泛宣传。在古代文人心目中，各类体裁的代表性文章，也多推举秦汉之作。《汉书·万石卫直周张传》载：“建为郎中令，奏事下，建读之，惊恐曰：‘书马者与尾而五，今乃四，不足一，获谴死矣！’其为谨慎，虽他皆如是。”颜师古注：“马字下曲者为尾，并四点为四足，凡五。”[1]为什么如此？《汉书·艺文志》载：“汉兴，萧何草律，亦著其法，曰：‘太史试学童，能讽九千字以上，乃得为史。又以六体试之，课最者，以为尚书御史史书令史。吏民上书，字或不正，辄举劾。’六体者，古文、奇字、篆书、隶书、缪篆、虫书。皆所以通知古今文字，摹印章，书幡信也。”[2]也就是说，作为一介官吏，必须首先要会撰写各类文书，这是法律所规定下来的。东汉的左雄作《上言察举孝廉》，建议孝廉年不满四十，不得察举，皆先诣公府，诸生试家法，文吏课笺奏，副之端门，练其虚实，以观异能，以美风俗。所以《文心雕龙·章表》：“左雄奏议，台阁为式。”由此来看，石奋上书，写“马”字少一笔，惊恐万状，甚至以为要“获谴死”。由此可见当时法律的威慑力量。明代古文家盛称“文必秦汉”，秦汉文章，特别是应用文章的最大特点就是字字斟酌，句句推敲，倘若脱离这段特殊的历史背景，一切不过皮相之谈。而这些特点，只有深知古代汉字特点，才能够体会出来。这也就是古代散文很难为当代人所理解，更难以推广世界的重

[1]《汉书·万石卫直周张传》，中华书局1962年版，第2196页。

[2]《汉书·艺文志》，中华书局1962年版，第1721页。

要原因。更何况，中国古代散文的渊薮《文选》被视为“妖孽”，桐城散文又成为“谬种”，20世纪中国散文史研究的境遇于此可见一斑。

当历史匆匆走过百年之际，当我们回眸过去的业绩，不能不遗憾地指出，我们对于丰富多彩的中国散文史的研究，充其量不过是截取了冰山的一角。

唯其如此，近些年来，中国文体研究自然也就日益引起学界的广泛关注，这反映了中国学术界研究观念的巨大变化：中国的人文学者已经非常理性地领悟到自己民族文化传统的内在生机和无穷魅力。我们研究中国散文史，就不能简单地从辞藻、构思以及文风等方面考察，还必须结合时代特点、学术风气的变化加以探讨。而这方面的研究，不论是古代还是现代，都还远远不够。因此，我们认为，中国散文史研究，可以说是中国古代文学研究最后一块尚未充分开发的学术领域。

更重要的意义还在于，由于中国古代文学，特别是散文研究的特殊性，就使我们有可能在研究、总结中国古代散文研究的经验教训时，可以归纳出符合中国传统文学的理论命题，并由此建构中国文学研究的理论框架。这在探索文学研究中国化的过程中，具有重要的理论意义。

近十年来，我潜心于秦汉文学研究，面临的最大困惑还不是史料的匮乏，而是如何确定研究对象的问题。秦汉文学史料的内涵和外延是什么？哪些内容应该进入文学史？哪些历史人物可以视为文学家？哪些作品属于文学创作？运用什么样的标准来评价这些作家和作品？诸如此类的问题，似乎约定俗成，不言而喻。但是，如果仔细追究起来，古往今来，其实又是见仁见智的问题，分歧无处不在，迄无定论。我是采取了一种比较宽泛的文学理解，以五百多位文人学者的创作实践作为自己探讨的对象，编纂了《秦汉文学编年》《秦汉文学史料》《秦汉文学研究》三书，试图从秦汉的时间（文学编年）与空间（文学地理）的角度，探讨秦汉文学的发展。虽然，还没有更深入的理论探讨，但是，我已经感受到了这种理论的召唤。这时，当我们将学术目光转向三秦大地时，不能不钦佩古人的远见卓识。数十年来，生活在关中大地的文人学者，凭借着得天独厚的人文地理优势和深厚广博的学术研究素养，在秦汉文史研究，特别是司马迁与《史记》、班固与《汉书》的研究方面取得了切切实实的成就，事实上已经走在了学术同行的前列。今天，我们从四面八方来到这里，与陕西同行切磋学问，畅谈研究心得，自有一种难以言表的喜悦。

（2002年9月26日在陕西师范大学主办的中国散文史学术研讨会上的致辞）

中国文学研究中的历史感问题

今天是教师节，我一大早就不断地接到短信，祝贺教师节快乐。我现在不教本科生，只带研究生，严格说不是一个很合格的老师。在座的各位，很多人将来会加入教师行列，成为同行。在这样一个特殊的日子，和大家一起讨论学术问题，我感到很荣幸。关于本科教育，我没有发言权，只能是就我所了解到的学术信息、学术变化以及相关问题，和大家交流。各位起大早赶来听我讲课，说明对于今天的题目有兴趣。如果是那样的话，今天的讲座，权做一次学术动员吧。

大家都知道，古代文学是漫长的中国文学发展史上的一个老字号，名品牌，研究古代文学一般都跟“老”字相关联。在这方面，我过去一直比较自卑，觉得资历太浅，镇不住。刚才，刘宁老师做过介绍，我叫刘跃进，1958年的产物。现在看，那个年代出生的人，跟老字还是有点儿距离。再往前推，80年代初，我刚大学毕业，到清华大学去教书，还不到二十四岁，和你们现在的年龄差不多。我开设的课程叫“中国古代诗歌欣赏”，同学们一看我的名字，就可以推测到我的实际年龄。他们很难把我和古代文学研究联系起来，对我应当是将信将疑的。那时，我到清华大学图书馆查看古籍，翻阅那些封存已久的藏书，弄得满身灰尘。图书馆的老师很不解地问我，鼓捣那些老书有什么意思啊？当时清华大学的氛围，对于中国古代的东西，多有不解。其实，也不仅清华如此，整个学术界都有一种看法，认为从事古代文学研究，学问和胡子成正比，胡子越长，似乎学问就越大。我开始投稿时，如果用真名，编辑看都不愿意多看，就退稿。类似这样的经历多了，我就学乖了，不敢用真名。我发表的第一篇文字写的是在王国维纪念碑前的断想，用的就是“跃进”这个笔名。后来，读到萧艾的《王国维评传》，仍然用笔名，投给上海的《书林》，文章很快就发表出来了。我猜想，编辑看到“跃进”二字，以为是笔名，且文中说，王国维的悲剧对于涉世未深的年轻人如何如何，好像作者是很老到的样子。萧艾先生看到书评，就通过编辑部给我转来一封信，毛笔字，工工整整，每逢提到我，就另起一行，完全是老派规矩。我接信后，规规矩矩地给老人家回复一信，如实交代了自己的学习情况，从此就没有了下文。又过了十年左右的时间，我又接到萧艾先生的信，并附赠新出版的《世说探幽》，信是用钢笔写的，笔画像锯齿一样，估计年龄大了，写字时手已颤抖。信说，他很想和我联系，只是找不到联系方式。其实，我一直在清华大学教书，即便后来到社科院读书，我依然坚持在学校授课。来信寄到清华大学中文系，我会收到的。那时，我也出版了著作，老人家看孺子可教，便与我重新联系起来。你们看，我的名字时代感多强啊，有压力，更多感慨。而今，我大学毕业二十多年，慢慢地也有点儿自信了，可以心平气和地和你们沟通。这是题外话，也算是一个简单的开场白吧。

最近，我一直在思考“中国文学研究中的历史感问题”。读万卷书，行万里路。读书，考察，两者缺一不可。寻访历史遗迹，我们通常会有一种似曾相识的感觉。比如在咸阳，当我在夕阳西下登上当年秦朝咸阳宫遗址的时候，不由自主地就会联想到两千多年前的历史场景。过去读杜牧的《阿房宫赋》，谈到“楚人一炬，可怜焦土”，如果不到历史现场，这句话还停留在纸面上。到了秦国故都，你就会感觉到历史就在你的脚下，故事就像发生在昨天一样。时间的长河从来没有中断过，每一寸土地，都在述说着祖先的故事。我们就生活在历史的长河中，那里有我们的过去，也有我们的未来。文学就是历史发展变化的形象记录，有雨雪风霜，有刀光剑影，有悲欢离合，有喜庆祥和……如此丰富多彩的历史画卷，在研究者的笔下，有时会变得非常乏味，基本都是一个模子刻出来的，一篇文章，一部著作，都是几大块，一二三，历史背景、主要内容、思想性、艺术性、对前人的继承、对后代的影响，诸如此类，千篇一律，千人一面。不仅古代文学研究如此，现代文学、当代文学研究也是如此。按照这种研究模式，文学研究工作者都可以从先秦研究到当代，一路走下来，没有问题，也可以说得头头是道，很像那么回事。

这是过去的情形。现在又有一种新的趋势，很多新派的东西，越来越新，新到你不知所云，天马行空，不着边际。好像说的题目是研究中国文学，可是离中国文学实际不啻有十万八千里。乍读起来，云山雾罩，碎拆下来，不成片段，感觉蛮不是那么回事。我们都有这样的感觉，现在的文学史教学和研究著作，都让人喜欢不起来，总好像是隔靴搔痒。大家意识到问题的存在，如何改变现状，如何突破困境，却言人人殊。我想，在座的同学也会与我有同感。我们都不满意，对老师，对学术界都不满意，不满意容易，说几句牢骚话也容易，可是我们怎么做？我想大家都思索这个问题。

20世纪90年代以来，我几乎每年都要为《中国文学年鉴》等刊物撰写汉魏六朝文学的年度研究报告，比较关注学界动态。这些年，我还一直参与《文学遗产》的编辑工作，比较注意及时捕获学术信息。加之有机会游学海外，对国外汉学研究也有所了解。在追踪学术潮流的过程中，形成了若干文字，也提出了一些肤浅的想法，并在不同场合做过《新时期中国古典文学研究回顾与展望》《世纪之交的中国古典文学研究》之类的学术报告，希望能够通过自己的观察，努力把握和描述改革开放近三十年来中国古典文学研究界的显著变化。

客观地说，这些年来，我们的学术界实际上还是发生了一些变化，主要有两点：第一个明显变化就是从过去的单纯地追求艺术感到追求历史感。中文系出身的人，通常自认为有艺术感，否则的话，怎么欣赏文学呢？我在80年代参与了好多种诗歌鉴赏类的写作，如“唐诗鉴赏”“宋诗鉴赏”“元明清诗歌鉴赏”，也是绞尽脑汁把诗美的东西写出来，后来发现很多是很肤浅的，真是为赋新诗强说愁。在很多场合，我奉劝大家不要相信20世纪八九十年代出版的那些大部头鉴赏辞典类的著作，好的真是不多。当时我所以应邀参加，无外乎两个原因，一是碍于情面，二是为了小利。很多词条，都是在规定的时间内赶出来的，凑字数，乱联想。这样的鉴赏能好吗？真正的艺术感是需要的，但是不需要这种虚假的艺术感。1979年，加拿大华裔学者叶嘉莹先生到南开大学来讲课，我印象特别深刻。她给我们讲古诗十九首，第一首诗就是《行行重行行》，那语调，那神态，还有哀婉凄厉的美感，一下子就把我们抓住了。我好像第一次知道什么叫诗美。此前，我们读古诗，总是从政治的角度来理解，讲《诗经》，不是《伐檀》就是《硕鼠》，叶先生给我们讲《诗经》，更重视《黍离》这样的作品，在“知我者谓我心忧，不知我者谓我何求，悠悠苍天，此何人哉”的袅袅余音中，我们感慨涕零，如痴如醉，真正感受到古诗之美。但是这种感觉还没有持续多久，我又受到另外一种学术冲击，那就是1980年出版的《唐代诗人丛考》。原来文学除了美之外，还可以这样研究，而且是那么厚重。傅璇琮先生对唐代二十多位诗人逐一考证其生平、作品、交游等，那么多细碎的材料，原本都是孤立的，作者却发现了它们之间的联系，还有材料背后的时代氛围，有大量的信息。这种考证，显然不是为考证而考证，而是要还原一段历史。我那时还不能完全读懂《唐代诗人丛考》的全部内容，但是能感觉到，如果要想真正理解一首诗，一部作品，必须充分理解其背后的时代氛围。艺术不是孤立的，而是与时代、与社会密切相关。我读叶嘉莹，读傅璇琮先生的著作，明白了一个浅显的道理，欣赏文学，研究文学，不能仅仅停留在表面，必须结合作者的身世，结合时代的背景。不仅古代文学研究如此，外国文学研究同样如此。翻译家吕同六先生在《文学翻译与文学研究管见》中说："翻译一部文学作品，既需要对作家、作品所属的那个时代的社会、历史、文化乃至风尚习俗，力求有尽可能广泛、真切的了解和把握，也需要对作家的思想意识、文艺观点、身世际遇、艺术特色和语言风格，力求有尽可能深入、细致的理解和研究。"其实，这种理解，不仅是我个人的体会，也不仅是古代文学和外国文学研究的状况，而是当时学术界一种普遍的觉醒。这是第一个变化。

学术界的第二个明显变化，我们已经不满足于追求所谓的表层理论，而是更加注重文献资料的积累。长期以来，我们一直强调理论先行。老师总是要求我们要注重理论，于是给我们一种错觉，以为掌握了一种理论，就掌握了学问的门道，就可以很快地取得成功。一段时间，我拼命地寻找这种理论，把当时所能找到的理论书，包括中外学者编的各种文学概论、文化理论著作，都顶礼膜拜地研究，囫囵吞枣地记诵，不管是否读懂，都要强迫自己去读。问题是，这种理论在哪里呢？从上大学第一天开始，我就在寻找这种放之四海而皆准的理论，可惜到今天也没有找到。20世纪80年代中期，涌现出很多新的方法论，"新三论""老三论"，我们这些年轻学子，可谓八面受风。那个时候，新名词漫天飞舞，如果你不说上一些新概念，就会被人嘲笑。1987年，我与老同学卢敦基到福建去查资料。

一天，我们突发奇想，从早上睁开眼开始说新名词、新概念，尽量抛弃传统的表达。一天下来，很是痛苦。本来不是自己熟悉的东西，非要从自己的嘴里说出来，说了半天，自己也搞不清楚是什么，只是装点门面而已。过去，我们有自己的理论系统，一是传统的中国文论，二是马克思主义文艺理论。现在，这些理论好像都不值钱了，弃如敝屣；而新的东西登陆中国大陆又往往有水土不服的现象，很难掌握。结果，很多学习者就像东施效颦，不会走路了。以前学习苏东，后来转向西方，东倒西歪的结果就是迷失了方向，找不到前行的路。一百年来，中国文学总是处在不断的探索中，文学的概念被西方化，文学的本质被表面化，文学的评价被标准化，文学的功能被庸俗化，文学的形式被简单化。引进了那么多的文学理论，结果，文学的审美，文学的深度，文学的意义，文学的本质，多有异化。这样的文学理论，能给我们什么深刻的“教益”呢？最大的教益就是规范化，这样，学生们容易掌握，容易理解。现今的中国文学史，主要论述四种文体，即诗词、小说、戏曲和散文。在中国，戏曲起源很早，演变很慢，从早期的“哼唷哼唷”文学，到后来的参军戏、杂剧、南戏等，起码经历了上千年。中国的小说，原本来自街谈巷议，后来人们把它记录下来，便成为所谓小说。再后来，有了唐传奇。宋元之后，白话小说风起云涌，成为文坛大宗。总之，戏曲、小说，起源很早，发展很慢，在整个中国文学史上，比重不是很大。中国文学的大宗是诗文。诗歌源远流长，人所共知。中国的文章，其历史同样不亚于诗歌。诗歌朝着抒情化的方向发展，而文章则朝着实用化的方向高歌猛进。《昭明文选》就有三十七种文体，《文苑英华》有三十八种文体，这些文体，多数都是实用化的文体，也就是说，在社会生活中，都是用得着的文体。可惜，这么多的文体，真正能进入中国文学史家视野的不过数种，绝大多数被剔除在文学史之外，也就是说我们在研究中国文学的时候，其实就是用西方的一个标尺来研究中国文学，不过就是研究中国文学的冰山一角。我们今天关注的散文，不过是其中的所谓美文。与此相关联，我们在讨论散文的起源、散文的特色、散文的功用，也只是以美文为标准，用一些形散神不散之类的空洞理论来规范我们的散文创作。中国很多名篇佳作，用现在的理论来衡量，就不符合标准了。如此看来，丰富多彩的中国文学史，如果套用简单的标准，确实很难行得通。怎么办？于是，学术界同人开始将目光转向中国传统的文献，希望开阔视野，系统清理历代的文学作品。这就是前面说过的变化，即从简单的盲目追求理论到注重文献的积累，目的就是从大量的文献积累当中寻找到学术研究的生机，绘就中国文学史的丰富画面。

随之而来的问题是，如何实现这种历史感的追求？如何真正进入历史现场？我想到了四个支点，一是时间的支点，二是空间的支点，三是物质的支点，四是阶层的支点。其中，时空的支点最重要。我们知道，文学不是避风港，文学也不是空中楼阁，它一定是发生在特定的时间和空间当中的。一个作家的精神生活也离不开他的物质环境。我们只有把作家和作品置于特定的时间和空间中加以考察，才能确定其特有的价值，才不会流于空泛。正是在这样一种新的理念推动下，文学编年研究、文学地理研究、作家精神史研究、作家物质生活考察等便成为新世纪的学术热点。

下面我们依次说来。

第一个是时间的支点。我们读《论语》，有一个现象值得注意，孔子和弟子谈话，有时很随意，比如和子贡、子路谈话，几无设防；和颜回对话就很不一样，颜回也是毕恭毕敬、老老实实的。如果据此就笼统地说他们师生之间的关系有远近亲疏的差别，或者据此推断他们的性格有怎样的差异，就比较轻率。按照年龄排下来，你就会发现，子路、子贡和孔子的年岁相差不多，而颜回则不然，相差有三十多岁。由此不难推想，年龄相近，感同身受，说话就较少顾忌。我们在从事文学研究的时候，不能不关注一个群体的代际差异问题。从这个角度说，一个作家的年谱，一个时代的编年，非常重要。现在，从先秦到20世纪，两千多年，每一朝代的编年史都有了，有《先秦文学编年史》《秦汉文学编年史》《魏晋南北朝文学编年史》《唐代文学编年史》《元代文学编年史》《二十世纪中国文学编年》，甚至还有通代的《中国文学编年史》，已经形成了一个完整的系列。所有的历史事件都是在某一个特定的时空中发生，要想深入理解、认识这些事件背后的原因，首先就要有时间的概念。我做了十几年的编辑，面对大量的来稿，常有感慨。譬如研究先秦时期的文学，春秋五霸，战国七雄，你唱罢来我登场，前后时间、疆域的变化非常大，有些作者忽略了这些历史细节，弄成一锅烩，一笔糊涂账，缺乏应有的时间概念。

举一个大家都很熟悉的例子。《史记》记载，就在吕不韦被贬蜀地的这一年，韩国使者郑国访问秦国，向秦王建议修筑水渠。当时的王公大臣认为，这些说客来秦国，唯一的目的就是为本国谋利。修筑水渠虽然对农业有利，却有可能对秦国的政治军事造成不利，秦王接受了大臣的建议，下令驱逐一切逗留在秦国的游士，李斯也在被赶之列。结果李斯上书，从秦穆公求士写起，写到秦孝公用商鞅，秦惠公用张仪，秦昭王用范雎等，反复阐述了客卿游秦给国家带来的各种好处。文章最后指出，倘若此时逐客，正中其他诸侯国的下怀，既给百姓带来损害，又会增加人们对秦国的仇恨，结果“内自虚而外树怨于诸侯，求国无危，不可得也”。这就是著名的《谏逐客书》的写作背景。文章列举事实，推理严密，晓以利害，动以情理，确实写得漂亮。秦王被深深打动，于是收回逐客令，恢复李斯的官位。从此，李斯逐渐取代吕不韦，而成为制定秦代文化政策的重要官员。一般的文学史就讲到这里为止，然后讲李斯的这篇文章如何如何好，但是这里有一个背景我们忽略了：李斯写作《谏逐客书》的前不久，吕不韦被贬，随后被赐死。吕不韦的被贬和秦国驱逐游秦士人这两件事，似乎没有多少关联，但是时间如此巧合，我们不能不联想到这中间的因果关系。

《史记》里记载吕不韦是河南人，到邯郸经商，很有钱。为了自己的政治利益，他把已经怀孕的宠妃献给了秦庄襄王。这位女子来到秦地不久，就生下了嬴政，也就是后来的秦王。吕不韦由此发迹，不可一世。

我在从事秦汉文学编年研究过程中涉及《吕氏春秋》，就根据该书《十二纪·序意》篇确定成书于秦王嬴政八年，因为文中说得很明白，成书年代是“维秦八年，岁在涒滩”。高诱注：“八年，始皇即位之八年也”，即公元前239年。这个推断从字面说没有问题，但“岁在涒滩”四字却有异议。根据《尔雅》，太岁在“申”乃称“涒滩”，而秦始皇即位之八年为壬戌年。孙星衍《问字堂集·太阴考》以为应在秦王六年庚申（前241），陈奇猷《〈吕氏春秋〉成书的年代与书名的确立》、杨宽《战国史料编年辑证》亦从六年之说。钱穆《先秦诸子系年·吕不韦著书考》则以为在秦王七年。我在编纂《秦汉文学编年史》时，认为“《吕氏春秋》之成书，是在秦王嬴政六年、七年，抑或八年，虽然是学术史上的重要问题，但是对于我们理解秦代文学的发展，似乎没有根本性的影响，所以暂时系于本年”（秦王嬴政八年）。现在看来，这样处理可能过于简单。确实，孤立地看，一部著作成于某年，对于著作的内容应当不会有太大的影响。但是《吕氏春秋》的纪年实在蹊跷。“岁在涒滩”明白无误地表明是在庚申年的秋天，这时，《吕氏春秋》已经完成，且在世间流传，所以才会有“良人”的询问。按照吕不韦的生平，他所经历的庚申年，只能是秦王嬴政六年（前241）。那“维秦八年”从何谈起呢？如果从庚申年往前推八年，则是庄襄王二年（前248）。吕不韦为甚把这一年作为秦国纪元开端？其特殊意义何在？原来，就在前一年，东周与诸侯谋秦，秦使相国吕不韦讨伐，尽入其国，两周历史终于结束在秦相国吕不韦手中。在吕不韦看来，终结一朝的历史，同时意味着新朝的开端，这当然是一件非同寻常的历史大事。根据历史纪年成例，秦代东周的第二年即可视为秦据有天下的开始。因此，吕不韦把这一年视作嬴秦元年，于情于理，都说得过去。[1]《吕氏春秋》完成的时候，秦王嬴政还是一个十八九岁的青年。这时的吕不韦，是以“仲父”身份为丞相，辅佐秦主，摄政监国。由此来看，《吕氏春秋》的作者确实没有用秦王嬴政的纪元。这里所蕴含的政治意图似乎颇可玩味。

秦朝是马上打天下，但能否马上治天下，这还是一个问题。这是历代读书人都在回答的问题，就是武力和文治的关系问题。中国的历史进程说明，武功文治，两者缺一不可。吕不韦长期生活在中原，又曾在稷下游学，对中国文化非常熟悉。他到西秦掌握重权之后，面临的最大问题就是如何把天下的人才争取到秦地。他想到最便捷的办法，就是通过编写一部《吕氏春秋》，把天下人才汇集到咸阳，那里是秦地的都城。史书说，吕不韦把《吕氏春秋》放在咸阳城头，谁能够增删一字，给予千金，这个说法听起来像神话，但是我相信这个神话是存在的，就像燕昭王修筑黄金台，它的象征意义可能比它的实际意义大得多。刘邦拜韩信为将，专门搞了一个特别正规的仪式，就是给天下人看，谁有武功有本领就重用，其实吕不韦的用意也是如此。《史记·吕不韦列传》记载：吕不韦著

[1] 类似这样的例子很多，与秦朝最近的例证就是西汉纪年。汉高祖刘邦在秦二世三年入秦，秦二世被赵高所杀，意味着秦朝事实上的灭亡。翌年，刘邦即称汉元年。

书前后，魏有信陵君，楚有春申君，赵有平原君，齐有孟尝君，他们“皆下士喜宾客”，延揽天下人才。孟尝君当卒于秦昭王二十四年（前283）以后，平原君卒于秦昭王五十六年（前251），信陵君卒于秦王嬴政四年（前243），春申君卒于秦王嬴政九年（前238）。就是说，吕不韦当政时，战国四大公子还有信陵君和春申君在世。信陵君为魏公子，春申君为楚公子，一南一北，占据文化上的优势，依然对于士人有着莫大的吸引力。可以说，在吕不韦的时代，得士势者昌，失士者亡，《战国策》里有很多例子。当时的读书人到处去漫游，谁给钱就为谁服务，鸡鸣狗盗之徒，朝秦暮楚之士，并不叫人鄙视。吕不韦要想真正实现他灭周以后统一中国的政治雄心，就必须扭转秦人不文的局面，将天下人才笼络到三辅地区。为此，他广招食客，多达三千，并让他们根据自己的见闻，“备天地万物古今之事”，著《吕氏春秋》。书成，吕不韦将书置于“咸阳市门，悬千金其上，延诸侯游士宾客，有能增损一字者予千金”。编者对于此书的重视程度不难推想。《吕氏春秋》由《八览》《六论》《十二纪》三个部分组成。《八览》又分《有始》《孝行》《慎大》《先识》《审分》《审应》《离俗》《恃君》八篇，另有子目六十三个；《六论》又分《开春》《慎行》《贵直》《不苟》《似顺》《士容》六篇，另有子目三十六个；《十二纪》记十二月事，另设子目六十一个，总计一百六十篇，各篇字数也大体相同，确实经过了精心的编纂。

吕不韦的主张，当然不能完全脱落秦人的政治文化传统。

如《荡兵》倡导“义兵”之说，显然就是为秦人说话：“古圣王有义兵而无有偃兵，兵之所自来者上矣。”秦国以武力横扫中国，吕不韦提供了很好的理论依据。他平灭东周，随之而来的是灭六国，还有一大番道理，自称是义兵，是替天下平暴。与此同时，编者对于那些特别偏激的言论也保持着一定的距离，譬如历来被称为法家的《韩非子·非十二子说》等就没有收录。更值得注意的是，吕不韦还对于当时士人寄予很高的期望。《孔丛子·居卫》引子思的话说：“今天下诸侯方欲力争，竞招英雄以自辅翼，此乃得士则昌，失士则亡之秋也。”显然，这些论述没有对“士”作具体分析，这一点，就与《吕氏春秋》不同。吕不韦对“士”的重要作用高度重视，同时，他心目中的“士”，绝不是那种朝秦暮楚的游士，而是要讲究精神境界，如《士容论》云：“士不偏不党，柔而坚，虚而实。”这表明，经过长时间的战国纷争，人们已经厌倦了那种缺乏是非观念的纷争，而倾向于对国家一统、万众一心的强烈诉求。

然而，秦国的现实政治要求和历史文化传统，是不会轻易地全盘接受吕不韦的政治主张的。考古发现告诉我们，秦国有两个发源地，一个在今天山东的莱芜，一个在甘肃的礼县。莱芜还有一个嬴姓村，据说都是秦人的后裔。后来嬴姓被打败，向西部逃亡，落脚到西陲，成为蕞尔小国。20世纪在甘肃礼县，一个比较偏远的地方，发现了秦国早期的遗存。秦人从此迁徙，在不太长的时间里能够向中原挺进，一个最重要的原因就是启用了商鞅。周显王七年，即公元前362年，秦献公薨，子孝公立，时年二十一岁。《资治通鉴》卷二载“是时河、山以东强国六，淮、泗之间小国十余，楚、魏与秦接界。魏筑长城，自郑滨洛以北有上郡；楚自汉中，南有巴、黔中：皆以夷翟遇秦，摈斥之，不得与中国之会盟。于是孝公发愤，布德修政，欲以强秦”。第二年（前361），秦孝公下令，招纳贤人，商鞅入秦，“卒定变法之令”，主要内容有：①令民为什伍而相收司、连坐。②告奸者与斩敌首同赏，不告奸者与降敌同罚。③有军功者，各以率受上爵。④为私斗者，各以轻重被刑大小。⑤僇力本业，耕织致粟帛多者，复其身。⑥事末利及怠而贫者，举以为收孥。⑦宗室非有军功论，不得为属籍。⑧明尊卑爵秩等级，各以差次，名田宅、臣妾、衣服。⑨有功者显荣，无功者虽富无所芬华。史载，“行之十年，秦国道不拾遗，山无盗贼，民勇于公战，怯于私斗，乡邑大治”[1]，在很短的时间内，改变了秦国的面貌，在诸侯纷争的历史背景下，很快就崛起于西部，并以今天的凤翔为大本营，逐渐控制了关中一带。半个世纪后，秦兵就进入关中核心地带咸阳，并统一天下。秦国的征战历程，是靠着血与火打下天下的，他们不可能容忍吕不韦这种容纳百川的危险做法，因为这样做，势必侵害到这些贵族集团的利益。就在吕不韦志得意满地完成《吕氏春秋》不久，秦王嬴政就逐渐剥夺了他的政治权力。先是免去相权，后被迁往蜀地，并在秦王嬴政十二年被赐死。

我们有理由相信，看到吕不韦的下场，李斯当然会明白

[1]《资治通鉴》卷二，中华书局1956年版，第47—48页。

一个基本事实：要想改变秦人的文化政策，必将付出沉重代价。《汉书·异姓诸侯王表序》记载说：“秦既称帝，患周之败，以为起于处士横议，诸侯力争，四夷交侵，以弱见夺。”对于秦帝的心理，李斯似乎心知肚明。他既没有吕不韦的雄厚财力，更没有“仲父”这样的特殊身份，只能仰人鼻息，曲意逢迎。一方面，他为秦始皇寻仙求远的行为刻石纪功，邀宠买好。尤其是《史记·李斯列传》所载《上书对二世》一文，极尽谄媚之能事，摇唇鼓舌，矫言伪行。另一方面，他一改吕不韦主张，回归秦人急功近利的传统，将法家思想推向极端，焚书坑儒，为刚刚建立的统一帝国强力推行钳制众口的愚民政策，也葬送了刚刚建立起来的大秦帝国。

如果脱离了当时的历史文化背景，李斯的所作所为确实难以理解。其实，他心里也非常明白这样做的可怕后果。他在《上书言赵高》虽极尽揭露批驳之能事，然为时已晚，不久即被系狱中，作《狱中上书》，正话反说，为自己鸣冤叫屈，然阶下之囚，已无回天之力。由此来看，《吕氏春秋》作于秦王嬴政六年还是八年，是必须要辨明的事。

再举一个例子。我在从事南北朝文学编年史研究时，注意到颜延之在元嘉十九年（442）做国子祭酒时的一件有趣的事。他做国子祭酒，宣布舍弃郑玄为经书所作的旧注，而启用王弼的经注。王弼是一代玄学大师，他的《周易注》《庄子注》《老子注》等影响极大。颜延之选择王弼的注，意味着从传统的儒学转向玄学。当时他位高权重，没有人说闲话。他死后若干年，著名学者陆厥给沈约写信，认为颜延之用王弼注，是崇玄败儒。可见，社会上对颜延之还是有很多非议的。《幽明录》里有一个故事，讲述王弼梦见郑玄来找他算账。郑玄说，你这个毛头小子居然把儒家老祖宗的东西败坏了，胡乱解说，王弼听后，惊吓得把舌头咬断，第二天就死掉了，年仅二十四岁。这个故事是否真实并不重要，重要的是，这个故事反映了一种社会情绪。刘义庆卒于元嘉二十一年（444），可见这个故事应当流行于这段时间，表现了当时儒学和玄学的纷争。《宋书》记载，元嘉十六年建立玄学、儒学、史学、文学四馆，颜延之元嘉十九年为国子祭酒，崇尚玄学。刘义庆编纂《幽明录》时收录了这个故事，也表达了一种态度。通过文学编年，我们可以走进历史的深处，从很多细节中看到思想文化斗争的波澜起伏。这说明，文学活动总是在特定的时间内发生的，必须结合特定的时间背景才能说得清楚。

第二个是空间的支点。戴伟华教授的《地域文化与唐代诗歌》、胡阿祥的《魏晋本土文学地理研究》等都是这方面的开创性成果。我现在关注的是“秦汉文学地理与文人分布”问题，很有意思。把一个作家、一部作品放在特定的时间与空间的坐标上考察，很多看起来本不相关的问题就容易联系起来，一些问题就会浮出水面。不同地区的风俗有很大的差别，由于交通的制约，都还保留着相对的独立性。在这样的背景下，文学地理与文人分布研究就显得非常重要。这是其一。一个文化中心往往是由自然地理决定的，由大城市的辐射而形成一个文化圈。这样的城市，通常有高山做屏障，有大河提供水源，并形成交通干道，经济就很容易发展起来，人才也往往向这样的城市集中。这是其二。我根据这些标准划分为八个大的区域，包括齐鲁文化、河洛文化、三辅文化、荆楚文化、江南文化、巴蜀文化、幽并文化、河西文化。文学地域的研究，又不仅仅局限于汉民族不同地区的文学，还包括华夏多民族文学的研究。为此，学术界呼吁要重绘中国文学地图。众所周知，中华民族至少有五千年的文明发展史，而且幅员广阔，包括占国土百分之六十以上的少数民族也为华夏文明做出了特殊的贡献。这是因为，在世界性碰撞和竞争中，由于中国的社会状况和民族政策，加上外来文化受沿海和中部地区的缓冲和节流，少数民族文学以其不同方式、不同程度地保存了相当多的原生形态，保存了一批文化的活化石。这笔异常珍贵的甚至具有全人类文化遗产价值的文学形态，将为我们华夏民族文学史增添难以比拟的多元一体的文化生态景观。这是其三。

文学地理与文人分布研究就是基于这样的认识，希望通过对汉族不同地区文学、少数民族文学以及他们的相关关系，进行系统的、深入的研究，试图在某种程度上还原华夏民族文学的整体性、多样性和博大精深的立体形态，探寻华夏民族文学的性格要素和生命过程。在此基础上，沟通华夏民族文学史、艺术史、物质生活史、精神文明史的内在脉络，从宏观上建构华夏民族文化共同体的总体框架。

第三个是物质生活的支点。就是一个作家的生存环境和作品具体产生的背景研究。其实这个问题大家在过去的研究中都是关注的，我们常说经济基础决定上层建筑，这是一个基本常识，也就是说一切出发点都是由经济决定的。恩格斯《在马克思墓前的讲话》有这样一段名言："正像达尔文发现有机界的发展规律一样，马克思发现了人类历史的发展规律，即历来为繁茂芜杂的意识形态所掩盖着的一个简单事实：人们首先必须吃、喝、住、穿，然后才能从事政治、科学、艺术、宗教等等；所以，直接的物质的生活资料的生产，从而一个民族或一个时代的一定的经济发展阶段，便构成为基础，人们的国家制度、法的观点、艺术以至宗教观念，就是从这个基础上发展起来的，因而，也必须由这个基础来解释，而不是像过去那样做得相反。"[1]鲁迅在《集外集·文艺与政治的歧途》中也说："我以为文艺大概由于现在生活的感受，亲身所感到的，便影印到文艺中。挪威有一文学家，他描写肚子饿，写了一本书，这是依他所经验的写的。对于人生的经验，别的且不说，肚子饿这件事，要是喜欢，便可以试试看，只要两天不吃饭，饭的香味便会是一个特别的诱惑；要是走过街上饭铺子门口，更会觉得这个香味一阵阵冲到鼻子来。我们有钱的时候，用几个钱不算什么；直到没有钱，一个钱都有它的意味。那本描写肚子饿的书里，它说起那人饿得久了，看见路人个个是仇人，即是穿一件单褂子的，在他眼里也见得那是骄傲。我记起我自己曾经写过这样一个人，他身边什么都光了，时常抽开抽屉看看，看角上边可以找到什么；路上一处一处去找，看有什么可以找得到；这个情形，我自己是体验过来的。"[2]这个问题大家在过去的研究中都是关注的，我们常说经济基础决定上层建

[1]《马克思恩格斯选集》第三册，人民出版社1972年版，第574页。

[2]《鲁迅全集·集外集》，人民文学出版社1981年版，第115页。

筑，这是一个基本常识，也就是说一切出发点都是由经济决定的。但是落实到具体作品研究时，我们往往忽略这一点。文学史中讲了那么多文学家，讲了那么多文学作品，但是给我们留下什么印象呢？就是这些作家似乎不食人间烟火，他们的作品似乎是在一个真空的状态中产生出来的，缺乏对具体的物质文化氛围的阐释。[1]这显然不符合实际。

我们知道，中国并没有所谓纯粹的“脱产作家”，中国作家一直到今天为止，都跟官场有着千丝万缕的联系，或者说就是官场的一个重要组成部分。鲁迅《集外集拾遗·帮忙文学与帮闲文学》：“中国文学从我看起来，可以分为两大类：（一）廊庙文学，这就是已经走进主人家中，非帮主人的忙，就得帮主人的闲；与这相对的是（二）山林文学。唐诗即有此二种。如果用现代的话讲起来，是‘在朝’和‘下野’。后面这一种虽然暂时无忙可帮，无闲可帮，但身在山林，而‘心存魏阙’。如果既不能帮忙，又不能帮闲，那么，心里就甚是悲哀了。中国是隐士和官僚最接近的。那时很有被聘的希望，一被聘，即谓之征君；开当铺，卖糖葫芦是不会被征的。我曾经听说有人做世界文学史，称中国文学为官僚文学。看起来实在也不错。一方面固然由于文字难，一般人受教育少，不能做文章，但在另一方面看来，中国文学和官僚也实在接近。”[1]弄清一个作家官位高低、权力大小

---

[1] 罗素《西方哲学史》英国版序言：“在大多数哲学史中，每一个哲学家都是仿佛出现于真空中一样；除了顶多和早先的哲学家思想有些联系外，他们的见解总是被描述得好像和其他方面没有关系似的。”“这就需要插入一些纯粹社会史性质的篇章。”（商务印书馆1963年版，第5页）看来在文化史研究中，强调政治制度史和社会思潮史，已是中西方学者的一种共识。

很重要。我们常常看到这种情形，有的时候，某个官位很高，但权力很小；某个官位很低，但权力很大。一个作家的地位对他的创作当然有直接的影响。一个作家的物质生存环境就涉及一个作家的衣、食、住、行，当然包括官位问题。因为你的官位的高低、权力的大小决定俸禄的多少，决定衣食住行的方方面面。在汉代，官员出行坐什么车，穿什么衣服，戴什么帽子，前后的随从怎么样，包括死后坟墓前立什么碑，周围栽什么树，在《白虎通》中都规定得明明白白，如果稍有僭越，当然就是重罪。两千多年了，我国就是一个官本位的社会，因此中国古代作家在官场上的每一天生活当然直接影响到他的创作。物质生活开始引起我们的关注，而物质生活关涉到衣食住行的方方面面，关涉到历代的官场制度及相关政策。各个时代、不同时期文人学者的物质生活状况已开始引起学术界的关注，譬如2005年《文学评论》杂志社与上海财经大学合作举办“中国传统经济生活与文学研讨会”，2006年《文学遗产》再次与该校合作举办“文学遗产与古代经济生活”学术研讨会。关注中国古代文学与物质生活的密切关系，这是一个令人鼓舞的迹象。

第四个是阶层文化的支点。什么是阶层？其实就是人在社会中的不同地位。不同阶层自有不同的文化需求，因而也就有不同的文学形态。其实，这已经进入社会学的观察范围，即研究一个社会的结构性变化。所谓社会的结构性变化，就是各种

[1]《鲁迅全集·集外集拾遗》，人民文学出版社1981年版，第383页。

社会角色和社会地位之间的比例关系变化，这些角色和地位之间的社会互动关系形态变化，以及规范和调节各种社会互动关系的价值观念变化。宏观上，对整个社会影响极大的结构性变化，包括人口结构、家庭结构、城乡结构、区域结构、所有制结构、就业结构、职业结构、阶级阶层结构、组织结构、利益关系结构以及社会价值观念结构十一种重要结构的深刻变化。理论上，可以把这十一种结构分为五组：①社会基础结构，包括人口结构和家庭结构；②社会空间结构，包括城乡结构和区域结构；③社会活动结构，包括就业结构、职业结构和组织结构；④社会关系结构，包括所有制结构、阶级阶层结构和利益关系结构；⑤社会规范结构，也就是社会价值观念结构。社会阶层发生重大变化，不再是过去的两分法，而是变成了若干个阶层，就这涉及非常重大的理论问题。

下层文化开始引起当前的关注。本来20世纪文学研究就已经开始关注所谓的通俗文化、市井文化，但往往只是关注宋元代以后，诸如宋元话本、戏曲等，而对宋元以前的文学状况，由于资料的原因，关注不够，顶多是到唐代的敦煌文学。随着大量的考古发现，下层文化逐渐引起普遍的关注，也就是不同时期的不同文化阶层开始引起关注。文学史永远就是那些掌握话语权的人写的，是文学史家的产物，他所关注的只是他认为值得关注的东西，已有一定的过滤，含有自己的判断取舍，是否真实地反映历史，还是问题。所以文学史永远不可能百分之百地反映那段历史。长期以来，我们的文学史只关注一个阶层，即所谓的精英文化。虽然不用这个词，实际所叙述的主要是这个阶层的文学。我曾经写过一篇关于曹植的文章，专门讨论作者出身与创作的关系问题。我们都熟读他的《赠白马王彪》《送应氏》《白马篇》等作品，都知道他是贵公子孙、纨绔子弟，其实他还有另外一些作品，如《鹞雀赋》《骷髅赋》《令禽恶鸟论》等，写骷髅的对话，辨析好鸟与恶鸟的区别，认为鸟本身并无好坏之分，只是我们把人类的情感倾注到鸟的身上。其实曹植所说这种现象在当时很普遍，汉代就有好多诗歌与鸟相关联。比如乐府诗《枯鱼过河泣》《战城南》等就是这样。1993年，江苏连云港出土《神乌傅（赋）》，总共六百多字，描写一对飞禽的对话。鸟语中吐出的多儒家气息。今天还能看到的很多画像砖、画像石，也多有这样的内容。由此还可以想到敦煌发现的《燕子赋》等，也是秦汉以来的传统。这个传统，就是现在时髦的所谓底层写作。曹植的写作，也含有下层文人的特点。《三国志》记载，他见小说家邯郸淳，特别还焚香沐浴，诵小说家七千言。诵，是吟诵的诵。显然，这里所谓的小说，肯定不是今天这样的案头文学，一定是带有表演性质的文学样式。曹植的出身并不高贵，他妈妈卞夫人是歌妓。其实，曹操的出身也未必高到哪里。他的父亲是东汉大宦官曹腾的养子，应当不缺钱。他的家乡在今天安徽阜阳，淮河北岸，是南北交通要道，商业非常发达。这里又是传统的中药材集散地，华佗就出生在这里。我猜想，曹操家族很可能是经商暴富的，迄今还有一座曹氏家族陵园，方圆10平方公里，十分气派。但是很多大家族的人还是很看不起他。陈琳为袁绍写讨伐檄文，就骂曹操是“赘阉遗丑，本无懿德”。说他是宦官遗留下来的丑陋的东西，天生没有好德行。在上层人的眼里，他就是一个没有社会地位的暴发户。在中国社会，一个商人暴富后，往往会叫孩子学文化，改变地位。曹操曾有诗说道“自惜身薄祜”，感叹从来没有靠山，所以“夙贱罹孤苦”，向来孤苦伶仃；又说自己“既无三徙教，不闻过庭语”。三徙教，是用“孟母三迁”的典故，说自己没有孟子母亲这样的母亲。过庭语，用《论语》的典故，说自己也没有孔子这样的父亲。孔子叫儿子学诗学礼，说“不学诗无以言”“不学礼无以立”，可见他的父母没有社会地位。他又说：“其穷如抽裂，自以思所祜”，穷得像拿鞭子抽他一样，当然很疼。其实，这只是比喻，只是表明他没有社会地位。曹植自幼就生长在这样的家族环境中，见识过世间的冷暖。钟嵘《诗品》说他“骨气奇高，辞采华茂，情兼雅怨，体披文质”。雅，与贵族相关，而怨，则是《文心雕龙·时序》篇所说的“风衰俗怨”，含有下层百姓的风俗色彩。由此我们推想，建安文学为什么感人，不仅仅是因为它反映了社会的战乱，反映了知识分子建功立业的情怀，更重要的是，建安文学家用当时老百姓喜闻乐见的形式，反映了时代的心声，这就像唐诗和宋词一样，并不在于其形式的新颖，辞藻的华丽，而是接了地气，为大众所欣赏。由此想到今天，如果文学脱离民众，脱离社会，不会有发展前途。这是文学史给我们最深刻的启迪。

还可以举一个现代文学的例子，五四运动前后，文坛主流是什么？文学史告诉我们是胡适、陈独秀等文化精英们倡导的新文化运动，但是新文化运动是谁在推动？当然都是精英分子。但是老百姓关心的似乎还是鸳鸯蝴蝶派的东西，与主流文化始终保持着距离。譬如鲁迅生于1881年，张恨水生于1895年，晚于鲁迅十四年。鲁迅的成名作《狂人日记》发表于1918年，张恨水的成名作《春明外史》出版于1930年，晚于鲁迅十二年。张恨水走通俗文学创作的道路，前后创作了一百多部长篇小说，三千万言，在当时有着巨大的影响，拥有广泛的读者群体。但研究者认为，张恨水的作品虽有市场性，但缺乏深刻的社会意义和文学价值，因此在现代文学史上并没有获得较高的地位。但不管怎么说，张恨水的小说几乎家喻户晓，妇孺皆知。鲁迅的母亲就是"张恨水迷"。20世纪30年代，其影响甚至超过"五四"时代的战将，茅盾不满地指出，这些文坛宿将还要和鸳鸯蝴蝶派争夺市场和读者。赵家璧在1931年编《中国新文学大系》的时候就说，"五四"新文化运动搞了十几年，却打不过鸳鸯蝴蝶派，所以他要编《中国新文学大系》，给历史保留一些资料。面对着这些复杂的历史现象，我们采取一种什么样的态度、什么样的标准来评判？这确实还是一个比较棘手的问题。要改变这一状况，就必须向历史学看齐，关心社会阶层，关心民众生活。

20世纪90年代中后期，就有一批反映社会下层生存状况的所谓"底层写作"引起了文坛的关注。这种现象，对于带有精英色彩的所谓"纯文学"的确是一个不小的冲击。《文艺报》2006年1月23日组织了《"底层文学"引发思考》，《文学自由谈》2006年第3期也组织了《"底层文学"四人谈》，可见这个问题已经引起了比较广泛的关注。在中国当代文学研究会与四川师范大学文学院主办的“中国当代文学研究会第十四届学术年会”上，“新世纪的底层文学”成为热点话题之一。反思这些问题的来龙去脉，很自然就会追溯到现代文学史上的左翼文学思潮。他们创作的“政治性”写作传统、文学形式的探索以及大众化的倾向等，有很多经验教训值得汲取。[1]当然，“底层文学”这个概念是否恰当，现在还有论争，但是，关注这一文学现象，并结合中国文学史的实际从理论上加以阐发，确实还有很多探讨的空间。

我们关注文学的时间研究、空间研究以及作家的物质生存环境的研究，首先面临的一个严峻的问题就是，以往的教学体系未能提供必要的知识储备和理论武器，也就是说，我们的知识结构不足以支撑这种研究的重负。20世纪50年代之后，我们学习苏联教育模式，把过去的传统学科分为文、史、哲，即中文系、历史系、哲学系；中文系又分语言和文学，文学里面又分古代文学、现代文学；古代又分先秦文学、两汉文学、唐宋文学、元明清文学；搞唐代文学研究的人只切出一块，关心的只是初唐或盛唐或晚唐；搞初唐的人也许只关注初唐四杰，甚至某一个作家。因此，现在的教学体制，把我们引到狭窄的道路上去，而且是越走越窄。如果把古代作家作为一个整体来讲，研究了半天才发现，我们实际上只是研究了一个手指头，把一段活生生的历史切成若干份，中文系只负责文采这一块，历史系只负责史实这一块。这样的成果，没有生机，没有

[1] 刘勇、杨志，《“底层写作”与左翼文学传统》，见《文艺报》2006年8月22日。

灵气。现在高校开始逐渐在改革，虽然还处于摸索阶段，但是探索总是有积极意义的，问题是朝着哪个方向走。现在的“国学”热，我深不以为然。有些学校也注意到学科划分过细的问题，一些名牌大学搞实验班，效果未必如愿。实验班就是主张综合教育，用英文授课，讲中国文化，不是中文系的，不是历史系的，不是哲学系的，是文史哲的综合班，结果不中不外，不南不北，脱离了中国文化之根。

现在有所谓的通才教育，在我看来，不过是“拼盘教育”。我们知道，拼盘好看但不一定好吃；拼盘可以摆放得极其漂亮，刀功也可以精益求精，要什么样切什么样，但是吃起来终究不如地道的大餐。真正的大餐，要色、香、味俱全，火候点到为止，这个东西只可意会，不可言传。其实在治学道路上，也是这样，“拼盘”就是“拼盘”，最高妙的烹调大师往往身怀绝技，并不是人人都可以模仿。照猫画虎虽然接近虎的形象，但终究不是虎。我的老师沈玉成曾对我说，做学问急不得，道理就像烤鸭一样。我们知道北京的挂炉烤鸭，就是用文火来烤，从四周去烤它，用特定的果木，特别讲究火候，火大了，皮烧煳了，里面还生；火小了，烤不熟。最好的烤鸭，外焦里嫩。其实做学问也是这样，它需要一种环境、一种气氛，然后慢慢地烤成。现在的通才教育，并不符合教育规律。希望在几年、十几年，通过这种教育体制培养出大师，我认为不现实。当然，这个问题比较复杂，需要大家共同探索。

现在觉得过去的教育体制需要改革，如何改革，大家不约而同地想到了传统。传统是什么？其实在中国，有几千年的一个传统，这个传统不管你怎么骂它，“五四”时期有些人把这个传统骂得一无是处，但是这个传统直到今天还存在着。我觉得这个传统就是文献学。二十多年前，我在南开大学读书时，曾上过一门“文献学”的课，实际上是工具书的检索课，远远不能涵盖文献学的内容，连边都不沾。毕业时，我分配到清华大学文史教研组工作，牢牢地记住了老师给我的评价：“悟性不错，基础较弱。”我就想，什么叫基础呢？我们这些人，“文化大革命”期间长大，然后到农村插队，再从农村考回大学，先天不足，只能后天弥补，于是我们就拼命苦读。当初的理解，打基础就是多读书。于是不管什么书，拿来就读，像《初学记》《艺文类聚》这样的类书，《括地志》《元和郡县图志》这样的地理书，什么书都读，读了两年，只记得一大堆人名和书名，除此以外，似乎并无实质性的收获。很快我就意识到，再这样读下去终究不是办法，我即便把图书馆的书全部读下来又能怎样？结果还不如图书馆中的借阅卡片呢，那上面准确记录该书的重要信息，包括人名、书名、出版社、主要内容等。如果只是为了记录这些信息，完全可以通过翻阅图书馆的卡片就能解决，还用我去读么？在茫然中，我只能从前辈人的治学体会中寻求答案，终于发现一个秘密，所有的成功者，不论研究历史还是考古、哲学、文学，只要从事文史研究，都毫无例外地强调文献学。

1984年杭州大学姜亮夫先生招收古典文献学专业研究生，我幸运地考入姜先生门下。入学典礼上，姜老对我们讲的第一句话就是：“从现在开始，你们的专业是古籍整理，不要再想着过去的中文系、历史系、哲学系那些东西了。”说实在话，乍听这话，心里挺失落的。恢复高考的前三届大学生，凡是报考中文系的，无一例外地都有着文学梦，都想当作家，当诗人。我所以要求上山下乡，就是想实现自己的作家梦。考入南开大学，老系主任李何林说，大学不是培养作家的地方，想当作家，你们就到广阔天地去。我心想，我刚从广阔天地出来，无论如何不想再回去了。半年过后，我冷静下来想，像我们这样自幼生长在“文化大革命”中的人，根本就没有怎么读书，还当什么作家呀。不能当作家，退而求其次，我们研究文学总可以吧？没想到读了硕士，连文学研究都要放弃，这不能不叫人失落。后来，姜老有一段话给我留下极深的印象，他希望“每个同学成为通才，而不是电线杆式的‘专家’”。当时姜老给我们规定了一些必修课，目录学、版本学、文字学、音韵学、训诂学，这是传统的学问，必须要学，而且要努力学好。此外，还有历史地理（陈桥驿）、历代职官（龚延明）、赋役制度（钱剑夫）、天文历算（刘操南）等选修课程，我们觉得确实也很重要，虽然听不懂，也要硬着头皮去啃书本，听讲座。有些课程的安排，当时真的不明就里。譬如《墨子》一书，作为先秦诸子中的重要一家，当然有必要研读，但是姜老请的是物理系王锦光老师，给我们讲《墨子》书中的物理学现象，还有《天工开物》《营造法式》等专书，在中文系，根本不会接触。这些课程对我们来说，完全是陌生的知识，听起来似乎是一团乱麻，不知道自己是在学什么。说实在话，这些课程内容浩繁，我们难以消化。但是有一点好处，即打开了我们的视野，让我们感受到世间学问的博大浩繁。后来我逐渐体会到，姜老安排这些课程，是想告诉我们一个道理，那就是，中国古代文化是一个博大精深的整体，我们每一个人进入这个领域，一辈子所得到的只能是冰山的一角，你要知道，山外有山，天外有天。姜老不希望研究生很早就钻进一个狭窄的题目中，而是在两三年的学习过程中开阔视野，培养寻找材料、解决问题的基本技能。至于如何研究具体的课题，那就要靠自己的修行了。我们每一个人，终其一生，不过守其一点而已，小有所成，就已经很不容易了，根本没有理由为此而沾沾自喜。晏殊有这样一句词："昨夜西风凋碧树，独上高楼，望尽天涯路。"王国维称之为人生第一境界。其实真正能步入这种境界，也并非易事。而进入这种境界，就必须经过传统文献学的训练，这是我们从事传统文化研究的基本技能的训练。能够步入第一重境界，你才会知道什么叫天外有天、山外有山，才会知道每一门学问都不是孤立的，与相关学科有着千丝万缕的联系。研究文学，不是读几部作品就可以的，而是功夫在诗外。我去南开大学向罗宗强老师汇报学习情况，主要讲了这点体会。罗老师说，这是你最大的进步，比读几百本书进步还要大。现在有好多教授还不明白这个道理，以为写了几本书，就是专家了，其实完全不是这回事。现代教育制度培养出来的人，尤其是数字化的时代，写一本书并不难，可以写十本二十本，都不新鲜，但多数是在同一个层次克隆自己。他可以打一枪换一个地方，从先秦写到当代，但是本质上并没有突破，只是做了一些表面文章而已。

关于传统文献学，内容比较丰富，我们需要专门来讲。我想用三句话概括今天的讲座，第一，研究文学，一定要跳出文学；第二，研究中国文学，一定要跳出中国的范围；第三，新的时代呼唤新的学问，我们没有资格妄自尊大，也没有必要妄自菲薄。我非常欣赏王国维曾说过的一段话："大抵学问常不悬目的而自生目的，有大志者未必成功，而慢慢努力者反有意外之创获。"这是他一生学术生涯的总结，对我们有很大的启发意义。我把这句名言送给大家，权作今天的结束语。

（2005年9月10日在北京师范大学文学院讲演的记录稿）

魏晋南北朝文学的价值

汉魏六朝时期是中国文化发展史上一个重要的转型时期，对于中国文化的发展方向产生了重要的影响，其中有很多经验教训值得总结。

一、关于“中古”的概念

这里所说的“中古文学”，与日本学术界常用的“中世纪”有点儿相近。中国学术界一般认同刘师培的《中国中古文学史》，把中古文学理解为魏晋南北朝文学。曹魏文学最辉煌的时代是汉末建安二十五年间，而建安文学的兴盛又不仅仅是在建安年间突然出现，而是东汉以来渐渐演变而成的。所以，研究中古文学至少应当从东汉做起。陆侃如先生认为魏晋时期最突出的特征就是玄学思潮，而扬雄堪称玄学思想的集大成者，所以他编《中古文学系年》从公元前五十三年扬雄出生开始。其实，刘师培心目中的中古文学，范围可能还要广泛一些。尹炎武在《刘师培外传》中称：“其为文章则宗阮文达文笔对之说，考型六代而断至初唐，雅好蔡中郎，兼嗜洪适《隶释》《隶续》所录汉人碑版之文。”[1]这段话比较准确地概括了刘师培的中古文学史观念，实际是指秦汉魏晋南北朝文学，刘师培另外一部专著就叫《汉魏六朝专家文研究》。今天所说的“汉魏六朝文学”，包括北方十六国、北魏、东魏、西魏、北齐、北周、隋代文学。我赞同这种观点，但是，我的中古文学概念，下限可能要到中晚唐。我划分中古文学的重要依据，就是文字载体纸张的发明、运用、抄写。通常认为，纸张的发现，至少可以上溯到西汉，这可以作为中古文学的开端，是纸质抄本时代的开端。雕版印刷的发明，约在晚唐五代时期[2]，文学转入新的形态，标志着中古文学的结束。宋朝人不屑于作注，不屑于卖弄学问，这是印刷史的巨大转折和知识流通的变化导致的。

二、物资载体的变化推动了文学创作的繁荣

我们知道，中国早期的经学传承，主要靠口传心授，五经各有师承，这在《汉书·儒林传》中有明确的记载。从现存

[1]《刘师培全集》，中共中央党校出版社1997年版，第16页。

[2] 宿白，《唐宋时期的雕版印刷》，文物出版社1999年版。

的资料看，早期经学家们所依据的五经文本，似乎差别不是很大，关键在一字差别之间如何解说。弟子各得其师一端而有所发展，到后来，必由师学发展而成为家学。但家学为标师承有自，仍要标榜师学。西汉时期，今文经学占据着官方统治的地位，但是他们各执一端，解说往往差异很大。在没有大量简帛书籍传播知识的情况下，弟子们对老师的师法、家法只能全盘照搬而别无选择。谨守师法，努力保持原样，就成为当时经生们所追求的目标。因此，师法与家法对于汉代学术而言，与其说是限制，不如说是经生们的自觉追求。各派之间要想维护自己的正统地位，就以家法与师法的传承作为依据来证明自己渊源有自。显然，这不仅仅是学术问题，更是政治话语权的问题。这当然已经远远超出学术范围。东汉以来，随着纸张的逐渐普及，书籍编纂取得了质的飞跃，学术文化呈现大众化倾向，也出现了集大成的倾向。今文经学支离其文、断章取义的做法，也就逐渐失去其神圣的光环。从西汉末叶到东汉时期，在思想文化界出现一种文化下移的趋势。如果我们细心梳理这个时期著作的资料来源，就会发现，有很多资料不见于今天存世的五经或者正史，或采自其他史籍，甚至来自民间传说亦未可知。据此，他们还可以对神圣经典及其传说提出质疑，匡惑正谬。这正说明当时的知识分子有了更多的阅读选择。正是在这样的背景下，马融、郑玄才有可能汇集众籍、修旧起废，完成汉代今古文经学的集大成工作。左思《三都赋》脱稿后，“豪富之家，竞相传写，洛阳为之纸贵”。《太平御览》卷六〇五载，东晋元兴元年（402），桓玄在建康自立称楚帝，就曾下令废除竹简，皆用黄纸抄写文件，纸的应用和推广逐渐取代了简帛，学术文化也因此而有了从量变到质变的飞跃。

三、多元文化的融合促成了文学观念的变化

从东汉开始的中国文化思想界，经历了一场空前的文化变革：儒学的衰微，道教的兴起，佛教的传入，形成了三种文化的冲突与融合。第一是外来文化（如佛教）与中原文化的冲突与融合；第二是传统文化与新兴文化（如道教）的冲突与融合；第三是官方文化与民间文化的冲突与融合。正是这三种文化的交融，极大地改变了东汉的文化风貌，也从根本上改变了中国文化的发展方向。这样就形成了魏晋南北朝文化的独特性。

从中国思想史、学术史的发展来看，这时期的学术思想表现得最为活跃。所以能够形成这种多元化的特色，是当时社会各方面综合因素相互作用的结果。首先，这个时期的社会结构大多处于分裂状态，战乱此起彼伏，朝代更替频繁。在这种情况下，统治集团很少有精力来顾及思想文化事业。相对而言，政治权力对于文化事业的干预比较少，思想文化就必然呈现一种放任自流的状态。在这种多元化的局面中，就当时文学发展而言，最值得注意，也是最重要的一个特点，就是它的回归文学的非功利性特征。在中国文学发展史上，摆脱政教的束缚，

将文学视为抒发情感的工具，追求艺术的完美，的确是这个时期文学的重要特征。这一点，与此前的文学迥然有别。

与上述特点直接关联，这个时期的文学呈现一种鲜明的异端色彩。传统儒学的分化，新兴玄学的繁荣，外来佛学的传播，为当时文人雅士的思想提供了广阔的拓展空间，士大夫的传统生活发生了变异。一个时期内，生活的怪异化，思想的极端化，形成了这个时期文人生活的重要特征。从两汉之际的桓谭《新论》，到东汉中后期的王充《论衡》、王符《潜夫论》以及仲长统《昌言》等，无不如此。怪异化、极端化的结果，就构成了“张力”的态势，就拓展了文化发展的空间，就形成了后世看到的丰富多彩的魏晋南北朝文学。这样说，并不是说这个时期的总体文学成就特别大，而是说这个时期的许多作家，文学成就各有高下，而其文学个性却异常鲜明突出，越名教而任自然，像祢衡的癫狂放肆，嵇康的“非汤武而薄周孔”，潘岳的“乾没不已”，陶渊明的“质性自然”，谢灵运的躁动不安，如此等等，均在文学史上堪称一“绝”。个性的张扬，表现在文学理论主张上，表现在文学创作方面，就是对独创性的自觉追求。曹丕说“诗赋欲丽”等“四科不同”，陆机说“夸目者尚奢，惬意者贵当，言穷者无隘，论达者唯旷”，皆意在张扬文学个性。儒学以礼教为本，主张克己复礼，反对怪力乱神，提倡中庸，反对极端。这种传统的观念，极大地束缚了中国文人的思想。在这样一个传统势力极盛的历史背景下，强调提出文学个性的问题，往往意味着儒学的式微，意味着摆脱束缚和自由发展的新的趋势。《世说新语》

《搜神记》《文赋》《文心雕龙》《诗品》等，无论是内容还是形式，在三千余年中国文学史上不仅是空前的，基本上也可以说是绝后的。曹操诗歌的雄浑悲凉、陶渊明诗的平淡自然、玄言诗的“微言洗心”、宫体诗的缠绵悱恻等等，均以其特立独行而在文学史上占据重要的地位，皆堪称中国文学史上的一“极”而无愧。而今，随着全球经济一体化以及文化多元化趋势的加速，我们的文学队伍急剧分化，理论研究相对困惑。认真总结六朝时期对外文化的吸收融合的经验教训，至今仍然有着借鉴意义。

四、割据政权背景下地方文献的兴盛

在漫长的中古时期，秦汉与唐代居于两端，都是统一的王朝，文化上呈现出一种集大成的状态，而在两个强盛王朝的中间，则是分裂的魏晋南北朝时期。这个时期，地方文献反而呈井喷状态，非常兴盛。

（一）地方文献编修的兴盛

作为西汉首善之地的三辅地区，还有高祖故乡丰、沛，以及中国文化重镇齐、鲁等地，纷纷兴起编修地方文献之风。东汉初年，光武帝下诏纂辑其故乡南阳风俗。西晋定都洛阳，晋武帝司马炎说："河南百郡之首，其风教宜为遐迩所模，以导齐之。"这些措施都具有导向作用。《隋书·经籍志》说："后汉光武，始诏南阳，撰作风俗，故沛、三辅有耆旧节士之序，鲁、庐江有名德先贤之赞。郡国之书，由是而作。"[1]帝都如此，地方势力群起而效之。一时间，地理、谱系之类的著述，竞为标题，成为人们炫耀门第的一种风尚，诚如皇甫谧《三都赋序》所说："家自以为我土乐，人自以为我民良。"

公元300年前后，"八王之乱"将西晋王朝推向灭亡。汉族大姓纷纷南渡，多有世功，占据高位。他们往往聚族而居，不失时机地修撰了大量的家族谱牒之类的著述，强调"忠臣生于德义之门，智勇出于将相之族"，既保留了历史记忆，也扩大了现实的影响。在北方，五胡入主中原，不同民族在不断的纷争中逐渐交融。为了获得执政的合法性，他们或自高门第，标榜正宗；或推行汉化政策，统一姓氏。于是，姓氏族谱类图书急剧增多。《隋书·经籍志》："晋世，挚虞作《族姓昭穆记》十卷，齐、梁之间，其书转广。后魏迁洛，有八氏十姓，咸出帝族。又有三十六族，则诸国之从魏者；九十二姓，世为部落大人者，并为河南洛阳人。其中国士人，则第其门阀，有四海大姓、郡姓、州姓、县姓。及周太祖入关，诸姓子孙有功者，并令为其宗长，仍撰谱录，纪其所承。又以关内诸州，为其本望。"[2]如京兆有《韦氏谱》《谢氏谱》、北地有《傅氏谱》；同一姓氏，还有不同分支，如《杨氏血脉谱》《杨氏

[1]《隋书·经籍志》，中华书局1973年版，第982页。

[2]《隋书·经籍志》，中华书局1973年版，第990页。

家谱状》《杨氏枝分谱》之类。这类家谱、姓氏谱等，承乱之余，初唐时依然保留“四十一部，三百六十卷。通计亡书，合五十三部，一千二百八十卷”。

在这样一个分裂、动荡的时代，个人显得微不足道，只能依托于族属关系而生存，而发展。王伊同《五朝门第》（中华书局2006年版）、姚薇元《北朝胡姓考》（修订本，中华书局2007年版）将这一复杂的历史现象勾画得清清楚楚。

（二）官修史书的兴盛

《隋书·经籍志》史部“霸史”“旧事篇”“杂传”“地理之记”“谱系篇”五类中，著录了四百七十部，四千九百六十七卷，占史部一半之多。现存《史记》《汉书》《后汉书》《三国志》等所谓“正史”的旧注中，多见征引。这类杂著很多成书于三国以后。

这个现象说明，割据政权建立之后，即使那些文化水准并不太高的统治者也都意识到掌握历史话语权的重要性，纷纷设立史官，博采旧闻，各奉正朔，修撰史书。《隋书·经籍志》著录的“霸史”，如《赵书》《华阳国志》《南燕录》《秦记》《凉书》以及《十六国春秋》等，均属于这类割据政权的官修史书。清代学者汤球辑录的《三十国春秋》等著述，让后人可以依稀看出那个混乱时代的某些影像。

此外，杂传类著述、州郡地志，如山水描述、都城建设、地名源流、异域风情、宗教地志等，更是层出不穷。《史通·杂述》分为十类："在昔三坟、五典、春秋、梼杌，即上代帝王之书，中古诸侯之记，行诸历代，以为格言。其余外传，则神农尝药，厥有《本草》；夏禹敷土，实著《山经》；《世本》辨姓，著自周室；《家语》载言，传诸孔氏。是知偏记小说，自成一家。而能与正史参行，其所由来尚矣。爰及近古，斯道渐烦。史氏流别，殊途并骛。榷而为论，其流有十焉：一曰偏记，二曰小录，三曰逸事，四曰琐言，五曰郡书，六曰家史，七曰别传，八曰杂记，九曰地理书，十曰都邑簿。"[1]这些著作多已亡佚，尚有部分内容散见于群书中，值得按类辑出。

（三）地理书应时而出

魏晋南北朝时期，战乱频仍，区域割裂。左思写《三都赋》，没有去过吴、蜀二地，因此他便请教张载，寻访岷邛之事。据唐写本《文选集注》所载《文选钞》注引王隐《晋书》说，他还曾向陆机询问有关吴地的事。由于这个缘故，各种地理书便应时而出。南齐陆澄将《山海经》以下一百六十家的地理著作，按照地区编成《地理书》一百四十九卷，梁任昉又增加八十四家，编成《地记》二百五十二卷。

随着统一王朝的建立，各地图书汇总到京城，为文化的发展繁荣奠定了坚实的基础。唐代的经学有"五经正义"，史学

[1]〔唐〕刘知几撰，〔清〕浦起龙释，《史通通释》，上海古籍出版社1978年版，第273页。

有“五代史”及《南史》《北史》，地理学有《括地志》《元和郡县志》等，这些集大成著作，充分地吸收了地方文献资料。

五、知识精英的主导作用为六朝文化的创造提供了基本保证

20世纪初叶，魏晋南北朝文化受到了强烈的批判。罪名有两个，一是“选学妖孽、桐城谬种”，二是形式主义。关于前一个问题，我们讨论得比较多了，此不赘述。后一顶帽子，至今未曾摘去。袁行霈先生说：“六朝文化是少数人创造的精英文化，少数人创造的精英文学。”过去，我们总是强调思想内容，而忽略了形式的重要性。事实上，任何一种文化，必须依托于某种形式之中，没有形式的内容是不存在的。它的思维模式、基本形态、主要范畴、理论框架等，都是中国古代文学理论批评的非常重要的创始阶段，或者说是它的成形阶段。譬如这个时期的玄学就非常独特。20世纪初，刘师培始把玄学与文学的关系列入考察的范围，可惜继者寥寥。直到汤用彤的大力倡导，这个问题才日益引起学术界的关注。汤先生的两部重要著作《魏晋玄学论稿》与《魏晋玄学与文学理论》可以说为这一重要课题的研究奠定了基础。《魏晋玄学论稿》收在《汤用彤学术论文集》（中华书局1983年版）中。这部“论稿”由《读〈人物志〉》《言意之辨》《魏晋玄学流别略论》

《王弼大衍义略释》《王弼圣人有情义释》《王弼之〈周易〉〈论语〉新义》《向郭义之庄周与孔子》《谢灵运〈辨宗论〉书后》《魏晋思想的发展》等九篇论文组成。作为一个博大精深的理论体系，玄学对于文学的影响既深且广。即以“言意之辨”为例，有言不尽意论，有得意忘言论，也有言尽意论。言不尽意，对中古文学思想的影响，表现在注重言外之意，这不仅是中国诗歌的特点，也是中国古代文学艺术共同的特点。诗歌讲究言外之意，音乐追求弦外之音，绘画重在象外之趣，其中的美学观念是相通的，即要求虚中见实。得意忘言，引入文学领域，可以引申出重神忘形的主张，具体表现在对神气、风骨、风力的提倡，还可以引申出形似神似之说。确实，汤用彤提出的这个题目，涉及思想史和文艺史的一个关键，应当认真探讨。汤用彤关于魏晋玄学与文学理论发展关系的讨论，见其《理学·佛学·玄学》一书（北京大学出版社1991年版）。其中《魏晋玄学与文学理论》是一篇讲演稿，涉及问题殊多。再譬如谢灵运的《辨宗论》“提出孔释之不同，折中以新论道士（道生）之说，则在中国中古思想史上显示一极重要之事实”。学者们再进一步探讨了这篇宏论的产生背景，还可以看出，这篇作品作于初到永嘉时，在他身体康复后大肆游览郡中名山胜水之前。就是说，这篇作品的意义，不仅显示了中古思想史上重要的演进轨迹，而且在谢灵运的山水诗创作中，它也是一个重要的积蓄和梳理思绪的必然结果，确有值得注意、值得探讨的深刻内涵。

这个时期文学发展的重要性，还在于它在中国文学发展史上发挥着非常重要的作用，即为唐代文学的全面繁荣作了充分的准备；没有魏晋南北朝文学的充分发展，也就不会有唐代文学的高度繁荣。即以多种文体的萌发产生与发展成熟而论，“永明体”的出现对于近诗的成熟无疑起到了催化剂的作用，六朝小说的探索为唐代传奇的发展奠定了坚实的基础，六代骈文更是取得了空前绝后的成就。《文心雕龙》《诗品》《文选》《玉台新咏》等，是这个时期重要的文学理论、文学批评著作，对唐代影响深远。《昭明文选》成为唐代士子的必读书，“《文选》学”成为专门学问。

学术研究不等同于学术评论，更不等同于学术创作，需要的是积累和借鉴。这就需要多种形式的学术交流。正如兴善宏先生所说，六朝文学研究在五六十年代的中国不大受重视，甚至常常受到指责，因而这方面的实质性成果较少；而在日本则为热点之一，成果较多。中日双方，研究方法不同，研究领域各异，但是殊途同归，都对六朝文学有所贡献，彼此之间的交流，更增加浓郁的兴趣。

（2006年12月8日在北京大学中文系和日本六朝学会共同举办的中日六朝文学研讨会闭幕式上的发言）

古典文献学及其现代意义

今天讲座，主要涉及两方面内容：一是古典文献学，二是古典文献学的现代意义。

一、古典文献学

梁启超《中国近三百年学术史》认为："广义的史学，即文献学。"他又说，"我们所提倡的国学，十有八九属于这个范围。"按照这个看法，文献学涉及经史子集四部之学。

万斯同《与钱汉臣书》曰："大凡儒者读书，必有先后。当先经而后史，先经史而后文集。就文集而论，当先秦汉而后唐宋，先唐宋而后元明，此不易之序也。"

张之洞《书目答问》"国朝著述诸家姓名略"称清代治学的根本路数就是从传统的"小学"入手："由小学入经学者，

其经学可信，由经学入史学者，其史学可信，由经学史学入理学者，其理学可信，以经学史学兼词章者，其词章有用，以经学史学兼经济者，其经济成就远大。”[1]这里所说的“经济”是指经世济用之学。

章学诚《校雠通义》应当是较早而又比较系统的论著，但是较为简略。20世纪30年代有郑鹤声的《中国文献学概要》。我个人最喜欢的著作是张舜徽的《中国文献学》。作者根据自己的研究体会，侧重于学术史而颇多精义。吴枫《中国古典文献学》较清晰地梳理了古代文献的史的线索，但是个人色彩不浓厚。相比较而言，黄永年《古籍整理概论》《古文献四讲》则有更多自己的见解。程千帆、徐有富《广校雠通义》以目录学、校勘学为中心，篇幅最大。余嘉锡（1883—1955）本郑樵《通志·校雠略》而著《古书通例》最为精到。

20世纪80年代初，我追随姜亮夫先生研习古典文献学，根据姜老的传授，我把传统的文献学方法分为四个层次：首先是传统的小学层次，其次是传统的史学层次，再次是十二部基本典籍，最后才进入综合研究阶段，譬如文学、史学、哲学的研究等。这是一种比较传统的由经史入手，逐渐展开的治学方法。

（一）传统的小学

读书先从识文断字开始，故曰“小学”。宋释适之《金壶

[1] 张之洞著，范希曾编，《书目问答补正》，上海古籍出版社1983年版，第344页。

字考》、王雰《字书误读》[1]、张位《发音录》[2]等记录了大量的识字断句的例子，涉及人名、地名以及常见字，很多误读今天已经约定俗成，但我们要知道古代的写法、读法和今天是很不一样的。譬如：

人名：繁延寿，繁音集。樊於期，於音乌。金日磾，日磾音密低。亢仓，音庚桑。万俟卨，音木其屑。冒顿，音墨咄。李傕，傕音角。李阳冰，冰音凝，误兵。甪里先生，甪音鹿。咎繇，皋陶同。仲虺，虺音毁。谷蠡，音鹿离，匈奴王名。摎毐，音刘蔼，秦始皇时人。

地名：牂牁，音臧歌。犍为，犍音虔。先零，零音连。枹罕，音夫谦。平谷，谷音峪。射洪，射音石。虹县，虹音绛。费县，费音秘。敦牂，牂音臧。姑射，射音夜。康居，居音渠。于阗，阗音甸。阌乡，阌音闻。身毒，音天竺，又曰天笃。休屠，音朽储。

其他常见读音：期月，期音基。虹，音绛。禊事，禊音系。冯夷，冯音凭。玄黓，黓音弋。大蜡，蜡音乍。月支，月音肉。邗沟，邗音寒。蒇事，蒇音阐，备也。女红，红音工。牢愁，愁音曹。蔓延，蔓音万，误慢。侯鲭，鲭音征，误倩。床笫，笫音滓，误第。小弁，弁音盘。嫪毐，音涝霭，士大夫之无行者。朝请，请音静。春曰朝，秋曰请。般若，音钵惹。逭巡，逭音逡。梵呗，音范败，禅音，吟声。裋褐，音坚曷。疆埸，埸音易，误场。百揆，揆音跪，误睽。踣仆，踣音匐，

[1] 见吴弘基著、吴敏霞校注《史拾》引，三秦出版社1996年版。

[2]《说郛续》卷三十二收录，《说郛三种》第十册，上海古籍出版社1988年版，第1530页。

误陪。祆庙，祆音轩，误妖。捐躯，捐音圆，误娟。

当然，传统的小学知识远不止于此，还包括目录、版本、校勘、文字、音韵、训诂等专门学问。

1.目录学

王鸣盛《十七史商榷》说："目录之学，学中第一要紧事。必从此问涂，方能得其门而入。然此事非苦学精究，质之良师，未易明也。"[1]我们读余嘉锡的《目录学发微》就可以深刻地体会到这一点。我大学毕业二十多年，目录学知识给了我最大的帮助，是我在学术研究上的指南针。有关目录学方面的研究著作已经出版了好多部，有的侧重于史的线索，如倪士毅《中国古代目录学史》（杭州大学出版社1998年版）；有的更强调应用性，如潘树广《古籍索引概论》（书目文献出版社1984年版）。

目录学不仅限于书目，还包括索引、类书、丛书、谱牒等。

书目类以《汉书·艺文志》《隋书·经籍志》、"三通"中的文献著录、《郡斋读书志》《直斋书录解题》以及《四库全书总目提要》最为重要。当然，从严格意义上说，这几部著名的目录，体例也各有差异。《汉书·艺文志》《隋书·经籍志》有小序而无题解，《通志·艺文略》没有小序也无题解，而《郡斋读书志》《直斋书录解题》则有题解。有小序和题解的目录最为重要。

《四库全书》仅仅是抄本，从版本的角度说，并不理想。

[1] 王鸣盛，《十七史商榷》卷一，中国书店1987年版，第1页。

如果读者想要了解《四库全书》所收著作，还有哪些重要版本，邵懿辰撰、邵章续录的《增订四库简明目录标注》最有参考价值。该书沿《四库全书》之旧编排，标注各种版本。朱学勤批本《四库简明目录》也是同类著作。孙殿起《贩书偶记》著录《四库全书》所未收录的图书11240种；其助手雷梦水编《贩书偶记续编》，收录6000多种。这些都是从版本著录方面对《四库全书》做了较多的补充。

《四库全书》编修过程中，出于政治的需要做了很多删改，仅禁毁的书就多达三千种（陈乃乾统计：全毁2453种、抽毁402种），加之限于当时的条件，很多该收的书没有收录，如《四库全书存目》就有六千余种（陈乃乾统计6739种）。因此，光绪以来，不断有学者和社会名流提出续修。1925年成立“东方文化事业总委员会”，1927年又成立“人文科学研究所”，随后，这些机构组织当时在北平的一大批专家学者编写了《续修四库全书总目提要》，共收录古籍三万余种，其中经部标点本已由中华书局1993年出版。随后，齐鲁书社将全部提要稿影印成三十七册出版，另附索引一册。1992年，《四库全书存目丛书》也列入出版计划，1997年由齐鲁书社出齐，共1200册，共收四库全目书4500种，六万余卷，其中宋刻十五种，宋钞一种，元刻二十种，明刻两千一百五十二种，明钞一百二十七种，稿本二十二种，均为世所罕见的重要版本。此后，又出版了《补编》100册，收录历代典籍219种。

最大的工程还是上海古籍出版社2002年出版的《续修四库全书》，收书5213种，包括对《四库全书》成书前传世图书的补选，也包括《四库全书》成书后续选，装订成1800册，其中经部260册，史部670册，子部370册，集部500册。可以说，中国历史上的重要典籍，大多网罗殆尽。这是无须争辩的事实。目前，《续修四库全书》业已结集出版。

但就现存古籍而言，还有很多散见于各地图书馆中的图书尚待开发利用。特别是其中的稿本、孤本、稀见本等，其价值虽有不同，但是作为祖国的文化遗存，应当想方设法保存下来，毕竟流传稀少，如果放任自流，就很容易散失，造成无法弥补的损失。这是其一。

第二，由于《续修四库全书》严格恪守《四库全书》规范，对于大量的宗谱、家乘、兵书、宗教类书籍收录甚少。佛、道类书籍，佛教收录还比较多，而道教书籍几乎还是空白。这不能不说是一个较大的缺陷。

第三，域外藏书虽有收录（如《文选集注》存录二十四卷、《文馆词林》存录二十三卷。此外，还有唐人的《雕玉集》，宋人的《姓解》等），但是，这方面的新资料尚有极为广阔的收录余地。20世纪前期编辑出版的《古逸丛书》《古逸丛书续编》就有很多没有收录。这是比较有名的书，尚且如此。我国的台湾、香港地区以及日本、韩国、越南、美国以及欧洲各国还有很多珍贵的藏书尚待开掘。值此盛世，应当把这些国之瑰宝收录回来。

第四，域外学人编撰的与中国有关的重要著作，如日本空海法师的名著《文镜秘府论》收录在《续修四库全书》，他的另一部重要著作《篆隶万象名义》也应当补入。而类似这样的著作在韩国、日本等还有不少，也应择要选录。

第五，《续修四库全书》对于敦煌遗书只收录成编者，对于零篇断简概不收录。这也留下许多遗憾。事实上，敦煌文献中大量的是零篇断简，吉光片羽，弥足珍贵。

第六，出土文献，包括金文、简帛、石刻等，更是20世纪中国学术的宝贵资料。而《续修四库全书》恪守《四库全书》体例，只能收录极小的一部分（如经部收录《马王堆帛书周易经传释文》，子部术数类收录《五星占》《天文气象杂占》等），多数失之眉睫（如遗失千年的郑玄《论语注》等），非常遗憾。

第七，谶纬之学作为两汉时期重要的文化现象，早就应当引起关注。但是，《四库全书》遵从传统经学观念，对于这类书概不收录。事实上，后人做了不少辑录工作，《纬书集成》就应当补编进来。

第八，《续修四库全书》中已经收录的古籍，还有更多、更好的版本可供选择，如陶渊明的集子，郭绍虞《陶集叙录》多所考辩，然尚多遗失。

又如袁宏道（1568—1610）的《珊瑚林》《花事录》等。前者见于《贩书偶记》子部杂家类著录，无刊刻年代，孙耀卿推断为明末刻本。清华大学图书馆所藏刻本一函一册，分上下卷；四周单边，无鱼尾，每半页八行，行十九字；版心下刻清响斋藏版；前有华亭陈继儒题序，手写上版；末有无咎居士冯贲识跋；卷首下题："古郢门人张五教编　钱塘后学冯贲校"，冯跋云："先生自择其可与世语者，为《德山暑谭》，梓行矣，兹其全也。”按《德山暑谭》今收在《袁宏道集笺校》卷四十四《潇碧堂集》中，作《德山麈谭》。据自序，作于万历三十二年（1604），游历德山之塔，纵横议论，门生张明教因而编次。袁中郎仅“拣其近醇者一卷付之梓”。知通行者仅为节录本，与全本相较，不过占四分之一。就是这四分之一的篇幅，也存在着许多异文，可以校改者不下数十处。在编排方面亦有较大出入。如“曾子所谓格物”条，在《德山麈谭》中列在第四条，而在《珊瑚林》中列在首条。至于佚文就更值得我们关注。《德山麈谭》收录仅八十余条；而《珊瑚林》上卷就一百四十六条，七万多字，下卷一百八十条，八万多字，总计三百二十六条，约十五六万字。

《花事录》未见著录，一函二册，分上下卷；每半页九行，行十九字；无行线，四周单框，手写上版，字体拙朴，似是明末刻本；卷首有“且以永日”朱文印；题“公安袁宏道集 繡水陈诗教、许宗海雠”；文前有袁宏道自序；自序下有“望绿阴斋”及“会稽周氏凤凰専斋藏”二印。此书以花分类，上卷收录各种花卉名目二十种，下卷收录二十五种。在叙述各种花卉名目时，采录历代与该花有关的人物故事、掌故趣闻，以为谈资。

又如清人蒋清翊《王子安集注》第二卷的《释迦如来成道记》，传世刻本均没有注，而其手稿尚存，虽然仅仅辑录旧注，理应表而彰之。类似这样的著作，仅就清华大学图书馆、中国社会科学院文学研究所图书馆的藏书来看，就可以举出很多。

鉴于上述情况，《补编》应当有限度地跳出《四库全书》的规范，对于今人整理的古籍文献有选择地加以辑录。事实上，《续修四库全书》已经做过这样的尝试，如收录马王堆文献，就是今人校释本。问题是该如何取舍，必须慎重讨论，否则易失于宽，流于滥。

就大的方面而言，《补编》至少应当包括下列内容：

第一，域外善本集成。有选择地收录台湾、香港、澳门地区和美国、日本、韩国、越南、欧洲等国的善本图书，至少应当将其藏书目录汇集起来。

第二，敦煌文献集成。包括黄永武《敦煌宝藏》和俄罗斯、英国、法国、美国、日本等收藏的敦煌文献。

第三，出土文献集成。包括金文、石刻、简牍、帛书。

第四，《续修四库全书》较之《四库全书》进步的地方就是收录了不少戏曲和小说。相比较而言，戏曲收录较多，而小说收录依然太少，且编排颇为矛盾。如子部有小说类，是传统的小说观念，而在集部又设小说类，似乎是白话小说，但是又有部分文言小说。这方面应有所考虑。

第五，稿本、稀见本及孤本。这类图书相当可观，应有所选择地加以辑录。

第六，为过去正统观念所鄙视的大量讲唱作品，如子弟书、弹词、宝卷。这类书再不集中整理，几乎面临着彻底失传的危险。

第七，《四库全书》《续修四库全书》已经收录，但是版本方面有可取者。

第八，《四库全书》《续修四库全书》未曾收录的重要著作。

如果称此书是“补编”，当然应当遵守成例，但是，又不能为其所囿，否则，就没有办法拓展。个人的观点，总目按照四部分类，而子目则可以作较大的调整。这个问题，需要集思广益，要有根据。这是一个比较重大的学术问题，任何随心所欲的做法都是绝对不能允许的。

2.版本学

从事古代文学研究，首先要选择一个较好的版本开始自己的经典阅读，否则容易被误导。我在清华大学教书时，曾跟随魏隐儒先生学习版本知识。清华大学图书馆藏有一部宋人马括编《类编标注文公先生经济文衡》，每半页十三行，行二十二字，黑口双边，双鱼尾；前集二十五卷，后集二十五卷，续集二十二卷，凡十八册；书端有注释；首册卷首有淳祐新海黄晷序，继之为马括记编刻此书经过；前集总目后有“时景定甲子梨于梅溪书院”牌记，图印右上方钤有朱印。景定乃南宋理宗年号，但是，魏先生根据行紧字密，且又是仿赵体刻字等特点，判断为元代后期（至少大德以后）刻本。再说，这枚印章也颇可怀疑，因为印章多在目录的第一行下方或正文第一页第一行下方。乍看起来，又找不到破解此谜的途径。这时，魏先生细心地在亮光下透视此页，终于发现其作伪的痕迹。原来，牌记为“时泰定甲子梨于梅溪书院”的“泰”字，书商挖改成“景”。泰定系元代年号。泰定与景定，相差整整六十年。而且，梅溪书院是元代大德年间才成立的，见《书林清话》。这是书贩用元版冒充宋版牟利的典型例子。有一段时间，我做

《玉台新咏》研究，本来不想做版本研究。客观地说，现在做版本研究很麻烦，要到各家图书馆去跑，而且很多图书馆的规章制度很不合理，好像就是难为你，最好别来看书。可是，既然选择了这样的课题，版本问题又绕不过去。

很多人认为，版本学只是与古代文学研究相关，其实不然，现代文学研究同样面临着版本学问题。随着时间的推移，现代文学研究对象离我们渐行渐远。不仅如此，由于现代文学研究受到政治的影响比较严重，很多作家多年退出研究者的视野；即使那些重要的作家，也由于种种原因存在着很多研究禁区或者错误的理解。新时期以来，很多资料逐渐解禁，史料问题逐渐凸显出来。

在这个领域，我们不能不提到樊骏的学术贡献。早在1989年，他就在《新文学史料》第1、2、4期上连续刊载八万字的长文《这是一项宏大的系统工程——关于中国现代文学史料工作的总体考察》，认为“就整个历史研究来看，史料工作的进展，明显地落后于理论观念上的更新”，“史料工作的基础和传统出现了明显的脱节现象和多种形式的空白”。此后，他发表了一系列的论文对此展开论述，引起了学术界的高度重视。这些成果，主要收录在2006年人民文学出版社推出的《中国现代文学论集》中，是现代文学史料及学科建设的标志性成就。经过数代学者的努力，现代文学文献的抢救搜集、研究整理，已经成为新世纪文学研究的重要方面。这项工作的意义，不仅是为现代文学学科保存资料，而且更着眼于这些文献本身巨大的文学和文化价值的传承。

3.校勘学

从广义来看，校勘学不仅仅是对读的问题，也包含着平行读书的治学方法。20世纪80年代，我在杭州大学求学期间，旁听蒋礼鸿“目录学与工具书”，感到非常实用。譬如《花间集》载牛峤《柳枝词》：“解冻风来末上青，低垂罗袖拜卿卿。”末上，一本作“陌上”，似通而实误。末上，即最先之意。《景德传灯录》卷二十四“有一片言语，唤作《参同契》，末上云：‘竺土大仙心。’”而“竺土”正是《参同契》第一句。因此，作“陌上”乃声近而误。

后来选修了沈文倬“广校勘学”，一个学期下来，对于校勘的方法与校勘学相关的文字、训诂、官职、地理、姓氏、年代等知识的意义，有了更深一层的了解。譬如《史记·天官书》第一句“中宫：天极星，其一明者，太一常居也。”此“宫”，应作“官”字。杨树达《积微居读书笔记》专文考证《史记》中“宫”“官”互误的例证。这里就涉及古代历算方面的知识。校勘学，说白了，就是多种古典知识的综合应用。

西汉整理典籍，首先就是从收集各类图书，广校异同开始的。朱熹《韩集考异》、彭元瑞《文苑英华考异》为校勘学史上的代表性论著。近人陈垣《元典章校补释例·校法四例》将校勘方法归为四个方面，即对校、本校、他校、理校，这些都是以往论著中重点论述的内容，其中理校最难。段玉裁《与诸同志书论校书之难》说：“校书之难，非照本改字不讹、不漏之难也，定其是非之难。是非有二：曰底本之是非，曰立说之是非。必先定其底本之是非，而后可断其立说之是非。”段玉裁、王念孙等人是校勘学大师，他们所以取得如此高的成就，根本原因就在于，他们在文字学、音韵学、训诂学等方面有着深厚的学养，对《说文解字》《广雅》《尔雅》《方言》《释名》《广韵》等著作下了很深的功夫，成为一代宗师。

文字、音韵、训诂之学，古代称为识文断字的“小学”，今天已成为专门之学，研究古代文学，虽不能深入钻研，也要略知前沿成果。现代出土文献很多，如果没有文字学的工夫，就无法识读文字，也无法判断别人的解说是否正确。在杭州大学读研究生时，知道姜亮夫先生和山东大学殷孟伦先生要联合编纂一部《经籍纂音》。为此，我们都曾协助抄录卡片，我负责抄录《经典释文》中的《庄子》音注。当时不明就里，后来读到北师大前辈吴承仕先生的《经籍旧音辨》，才知道他们是英雄所见略同。可惜吴承仕先生当时只编了二十五卷，战乱中佚失，只留下《经籍旧音辨序》《经典释文序录疏证》。这是我经常要翻阅的经典著作。我在杭州上“广韵研究”课，没有好好读，心里只是想着如何做文学研究，认为音韵学与我无关。后来做博士论文，选题为“永明文学”。“永明体”是中国古典诗歌从古体到近体转变的标志性诗体，其中，最鲜明的特征就是押韵、对仗、句式等形式方面的问题。因为不懂音韵学，我曾想绕开这方面的问题，直接从风格、句式等方面入手。我向葛晓音老师请教，她说，永明体的核心问题关涉音韵的演变，你要有自己的判断。如果绕开这个问题，这个研究的价值就会大打折扣。我别无选择，只能把《昭明文选》《玉台新咏》中所收比较可靠的六朝诗，每一个字都查出它在中古时期的韵部情况，之后再归类、比较，这样才能判断它的押韵以及押韵的演变。后来我的博士论文出版，也洋洋洒洒二十多万字，其他的内容多很平平，但是诗韵这部分，下了功夫，所得结论也有参考价值。罗宗强老师在《魏晋南北朝文学思想史》中引用了我的结论，这是对我的最大鼓励。

郭在贻老师讲训诂学让我着迷，他很少讲大道理，也就很少引经据典，就拿国内各大出版社整理出版的古籍，说明不懂训诂就容易出错的道理。听了他的课，让你觉得学问有深度，更有魅力。

（二）传统的史学

这个史学层面不是“二十四史”，不是像说书人那样把整段历史掌故、风云际会说得头头是道。我的观念中，传统的史学，指关于职官、地理、年号、干支、避讳等知识。

1.职官

在中国古代，没有现代意义上的专业作家，他们大都在统治集团内部供职，官位各不相同。有的时候，官位很高却没有实权；有的时候，官位虽低却重权在握。钱大昕《廿二史考异》说：“予尝论史家先通官制，次精舆地，次辨氏族，否则涉笔便误。”查找这方面的资料，以前多用纪昀（1724—1805）编纂的《历史职官表》七十二卷。该书以清代官制为纲，上溯先秦，将历代官阶变化排比论列，线索比较清楚。道光年间，黄本骥以此书为基础，缩编为《历代职官表》六卷，为一般读者提供了较大的便利。

从实用的角度，我推荐俞鹿年编纂的《中国官制大辞典》（黑龙江人民出版社1992年版）及龚延明编纂的《中国历代职官别名大辞典》（中华书局2019年版）。前者充分吸收了历代研究成果，按照官制起源、皇帝与皇室机构、中枢机构、中央行政各部门、地方行政机构、司法与检察机构、军事机构、职官考选制度、职官管理制度九个方面，考察了历代各类大小机构和官称情况，罗列一万三千六百余条词目，一一论列；书后附录各种索引及参考书目，便于查询。后者由序论、凡例、词目表、正文、后记五部分组成。在序论中，作者对于职官别名大量出现的原因及其派生规律作了归纳和总结。正文则收录上自三代，下及清末的职官别名凡九千四百余条。在同一条内往往又包含若干子条目，如果加上这一部分，则总词条超过三万条。

2.地理

中国古代最早的行政划分，有所谓大九州之说，即冀州、兖州、青州、徐州、扬州、荆州、豫州、梁州、雍州。秦朝统一中国后分为三十六郡。汉朝统一后，为了改变弱干强枝的局面，逐渐缩小州郡的空间范围。唐朝把全国分为十道，后来扩充为十五道。宋代则称路，最初为十五路，后来扩充到二十三路。省的概念源于元代。在中国古代，中国历史地理学学科隶属于历史学，重点研究对象就是这些行政的划分和地理沿革，如《汉书·地理志》《后汉书·郡国志》等就是这类著作的代表。《四库全书总目》提要称，这类书“乃读史第一要义”。

清末著名学者朱一新《无邪堂答问》卷三："古今地理之书，多不胜举，大略分为二类：一考山川脉络，一考郡县沿革。山川为经，郡县为纬。其中又有古今之不同，中外之各异。凡学问之事当从古书入，独天算、舆地先从今书入，今之舆地不明，古之舆地不能定其所在也。昔人读书，左图右史，舆地之学图为尤要。"[1]因此，现代意义上的中国地理学则带有跨学科的特点，既含有历史学的内容，又与地理学密切相关。

20世纪30年代，顾颉刚（1893—1980）等发起成立禹贡学会，创办《禹贡》杂志，标志着传统的舆地学开始向现代科学意义上的历史地理学的过渡。谭其骧先生主编的《中国历史地图集》是现代历史地理学走向成熟的里程碑性质的巨著。

从地理学的角度看，分自然地理和人文地理。人文地理应当包括历史沿革地理、历史地名学、历史城市地理、历史区域地理、历史人口地理、历史经济地理、历史政治地理、中西交通研究、边疆历史地理研究；自然地理主要研究历史地貌、历史气候、历史植物地理、历史水文地理等。邹逸麟主编《中国历史人文地理》（科学出版社2001年版）对此有系统的论述。

古代地理典籍非常丰富，如《禹贡》《山海经》《管子·地员》《穆天子传》《水经注》《越绝书》《华阳国志》《括地志》《元和郡县图志》《元丰九域志》《太平寰宇志》《舆地广记》《舆地纪胜》《方舆胜览》以及清代顾祖禹《读史方舆纪要》等最为代表，现在都有影印本或整理本，便于阅读。而像《水经注》这样的著作，更是研究的热点，已成

[1] 朱一新，《无邪堂答问》卷三，中华书局2000年版，第97页。

为一门显学。有些已经佚失的书，有清人王谟辑为《汉唐地理书钞》（中华书局1961年版）。[1]复旦大学历史地理研究所编《中国历史地名辞典》（江西教育出版社1986年版）和史为乐主编《中国历史地名大辞典》（中国社会科学出版社2005年版）是两部很有用的工具书，后者尤为实用。

3.年号

司马迁《史记·十二诸侯年表》起于西周共和元年，即公元前841年，这是中国历史上比较确实可靠的纪年的开始。从这年到汉武帝即位的公元前140年，帝王并没有年号，只有王公即位的年次。汉武帝即位，称为建元元年，是采用年号的开始。

新君即位，总是要改变年号，称为改元。同一个皇帝，也可以多次改元。譬如汉武帝在位五十四年，换了十一个年号；唐高宗在位三十五年，共有十四个年号；武则天在位二十一年，有十八个年号。明清以后，皇帝即位改元后，一般不再改动年号，因此皇帝便用年号来称呼。

改朝换代，第一件事就是改元。这种情况在分裂时代就显得异常复杂。同是一年，竟有五六个年号。有的是几个分割政权并存的年号，还有的是同一政权不同皇帝即位不断改元的，也有同一皇帝在一年之内不断改变年号。唐代封演著有《古今年号录》，今人李崇智编《中国历代年号考》（中华书局1981年版），汇录中国历代年号八百余个，列为一千二百余条，并有所考证。

---

[1]【增补】李德辉，《晋唐两宋行记辑校》亦为重要的地理游记著述，辽海出版社2009年版。

4.干支

干支纪年，是我国古代特有的纪年方法。干，指天干，即甲乙丙丁戊己庚辛壬癸；支，指地支，即子丑寅卯辰巳午未申酉戌亥。天干地支相配，为六十甲子，也叫青龙一周。古人记时通常用十二地支划分，记日、记年，多用干支。蔡邕《朱公叔鼎铭》称朱穆“延熹六年夏四月乙巳卒于官”。而同样是蔡邕所作的《朱公叔坟前石碑》又称：“维汉二十一世延熹六年粤四月丁巳，文忠公益州刺史朱君名穆字公叔卒于京师。其五月丙申，葬于宛邑北万岁亭之阳旧兆之南。”前作四月乙巳，后作四月丁巳。查方诗铭、方小芬《中国史历日和中西历日对照表》（上海辞书出版社1987年版），本年四月十一日为丁巳，本月无乙巳日。故《朱公叔鼎铭》作乙巳，误。

陈垣（1880—1971）《二十史朔闰表》（中华书局1962年版）记载自汉代初年到20世纪年间每年每月每一个朔日的干支，从汉平帝元始元年起，加列西历，唐武德五年起，加列回历。饶尚宽《春秋战国秦汉朔闰表》（商务印书馆2006年版）记述了公元前722年至公元220年凡九百四十二年间的全部朔闰日辰干支和朔日余分。[1]

5.名讳

许梿评选、黎经诰笺注、吴丕绩标点的《六朝文絜》收录梁简文帝萧纲文章《相官寺碑》称：“皇太子萧纬，自昔藩

[1]【增补】朱桂昌编著，《颛顼日历表》《太初日历表》《后汉四分日历表》是最新的工具书，先后由中华书局2012年、2013年和2014年出版。

邸，便结善缘。”萧纬，原本应写成萧讳，即萧纲。

以秦汉名讳为例。如秦帝讳：秦始皇，讳政字；秦二世，讳胡字。汉高祖，讳邦字。吕后，讳雉字。惠帝，讳盈字。文帝，讳恒字。景帝，讳启字。武帝，讳彻字。昌邑王，讳贺字。昭帝，讳弗字。宣帝，讳询字。元帝，讳奭字。成帝，讳骜字。哀帝，讳欣字。平帝，讳衎字。王莽，讳莽字。光武帝，讳秀字。明帝，讳庄字。章帝，讳炟字。和帝，讳肇字。殇帝，讳隆字。安帝，讳佑字。顺帝，讳保字。冲帝，讳炳字。质帝，讳缵字。桓帝，讳志字。灵帝，讳宏字。献帝，讳协字。普通人也为亲者讳。如：司马谈，讳谈字。故《史记》不用谈字，改赵谈为赵同。陈藩，讳藩字。后汉陈藩子逸，为鲁相国人，为讳改藩县曰皮。孔愉，讳愉字。孔安国父名愉。安国除侍中，表以黄门郎王愉名犯私讳，不得连署求解。不仅如此，还为皇后讳。汉元帝王皇后名禁，王莽改禁中为省中。刘安，讳“長”字，故其所著《淮南子》，長字皆曰脩。

（三）基本典籍

所谓基本典籍分为两大类，一是宽泛的理解，一是狭义的理解。

宽泛的理解内容非常广泛，包括：

1.正史：尤以十七史为重点。历史人物的事迹，历史事件的背景。

2.《东观汉记》《资治通鉴》《册府元龟》等。

3.《高僧传》《弘明集》《出三藏记集》等。

4.历代会要，两汉、宋、元、明、清的学案。

5.历代墓志。

6.历代学术著作：王观国《学林》、王应麟《困学纪闻》、顾炎武《日知录》、钱大昕《十驾斋养新录》《廿二史考异》、王鸣盛《十七史商榷》、赵翼《廿二史札记》《陔馀丛考》以及开明书店编的《二十五史补编》等。

狭义的理解，中国学问源于《诗》《书》《礼》《乐》《易》《春秋》所谓“六经”，汉代称为“六艺”。《乐经》不传，古文经学家以为《乐经》实有，因秦火而亡；今文经学家认为没有《乐经》，乐包括在诗和礼之中，只有五经。东汉时，除了五经以外，增加了《孝经》和《论语》，合为七经。唐代，把《礼经》分为三：《仪礼》《周礼》《礼记》，再把《春秋》分为《左传》《公羊传》《穀梁传》，增加到九经。到了唐文宗时期，又把《论语》《孝经》《尔雅》加进去，成为十二经。宋代为了抬高《孟子》的地位，朱熹作《孟子集注》，进入经的行列，于是儒家的经典成为“十三经”。这是儒家基本经典，也是中国文化最基本的典籍。当然也有在此基础上另推出一些典籍者，如段玉裁《十经斋记》（《经韵楼集》卷九）就在此基础上益之以《大戴礼记》《国语》《史记》《汉书》《资治通鉴》《说文解字》《九章算经》《周髀算经》，以为二十一经。大学问家对这些经典都非常熟悉，《黄侃日记》经常有“温经”的记载。

（四）综合研究

有上述学问作为基础，才能进入第四个层次，即综合研究阶段。今天的教育体制与传统学术次第正好相反，一开始就是综合研究，然后再划分，似乎有点儿本末倒置。

古典文献学涉及如此丰富的内容，而且都是很专门的学问，当然不可能样样精通。研习古典文献学的目的，就是应当随时关注、跟踪相关学科的进展，这样，在自己的研究过程中，如果涉及某方面的问题，可以知道到哪里去寻找最重要、最权威的参考资料。章学诚早就说过，读书治学的首要工作就是要辨彰学术，考镜源流。我想，古典文献学的作用就在这里。

二、古典文献学的现代意义

在过去相当长的一段时间里，我们不十分重视文献学，视为烦琐，以为掌握了某种先进的思想方法，就可以升堂入室，抓住中国文化的精髓。为此，我们曾“东倒西歪”，到处寻找这种放之四海而皆准的法宝。追寻的结果，是与我们民族的文化传统渐行渐远。一百年的经验教训昭示我们，在中国古代文学研究领域，没有别的捷径可走，只能在充分尊重自己文化传统的基础上，转益多师，我们的学问才能形成自己的特色，我们的研究才会有厚重的历史感。当然，这里强调传统文献学，无意夸大它的作用。事实上，进入学术领域有无数条途径，传统文献学只是其中一种治学的途径而不是目的。我们每个人在选择治学途径的时候，当然有着更为复杂的考虑，绝对是因人、因时而异的。

在文史领域，常有“一代不如一代”的说法。这是鲁迅笔下九斤老太的话。我刚进杭州大学跟随姜亮夫攻读研究生的时候，姜老已经八十岁了，眼睛高度近视。他常常感慨地说：“我的学问真的不能跟王静安先生比。王先生的学问多么渊博，读过《资本论》，又对中国的一切都通晓。我不行。”说这话的时候，姜老已经撰写了三十多部著作，这在当时，可是非常了不起的事。晚年的时候，姜老下决心把自己的学术探索归束在下列四类，即敦煌学、古史学、语言学和《楚辞》学。这四个领域已经让人不可企及了。我跟姜先生说：“我们怎么努力也赶不上您哪！”

我的博士生导师是曹道衡先生，他是游国恩的助手，常对我说：“游国恩先生的学问很棒。”当年，文学所在编撰文学史的时候，余冠英先生主持其事。曹先生随余冠英去拜访游国恩先生，请游先生审读《诗经》部分稿件。游国恩先生当场就跟余先生谈论起古代《诗经》学的著作，一口气说了几十部，如数家珍。

曹先生的家学渊源很深，他的从曾祖父曹元弼（1867—1953）是清末礼学大师，撰有《礼经学》《周易学》《孝经学》《礼经校释》等著作。曹先生自幼熟读先秦典籍，又从无锡国学师专诸名师受业，接受了良好的国学训练。他有一篇文章叫《读贾岱宗〈大狗赋〉兼论伪〈古文尚书〉流行北朝的时间》，是一篇名文。他读北朝文献，发现《大狗赋》里暗用了一个伪《古文尚书》中的典故。这篇作品，严可均归入曹魏时期。他觉得很奇怪，伪《古文尚书》在东晋时期才出现，曹魏时期的作者怎么会用到伪《古文尚书》中的材料呢？他怀疑作者的归属有问题，应当是北魏，而非曹魏。作者确定后，他要解决的另外一个问题就是伪《古文尚书》什么时候流传到北方。曹先生对《尚书》《左传》等先秦典籍非常熟悉，可以发现这样的问题。我对曹先生说："您有家学渊源，旧学根底，我们小时候不读书。"曹先生说："我们这些人经过了'文化大革命'，把最好的年华浪费了，没有时间读书。"

我本人1965年上小学，1976年高中毕业，正好是"文化大革命"十年时期。那个时候，每天就上半天课，还经常学工、学农、学军，真是没有怎么读书。我们这一代学人，尽管也写了几本书，但先天不足，不必讳言。我们唯一的长处，就是抓住了高考的机会，在以后的学习过程中，用功用心，保证了我们的学术链条没有中断。浅陋无知的时候，还胸怀大志；稍微深入地了解到学术的真谛时，才发现自己是多么浅薄。在我心底，确实有着一代不如一代的悲情。

近些年，我也招收了研究生。他们看了我写的几本书，说："刘老师，我们这代人不如你们那么自由。现在的教育制度逼得我们整天背诵，整天考试，根本没有时间系统读书。"他们说的可能是事实，但是，他们的读书条件肯定比我们好上百倍。我突然觉得，“一代不如一代”这句话，从逻辑上说是有问题的。进化论的观点认为，“一代要比一代强”，但在人文学术领域未必如此。马克思早就说过，古希腊、古罗马文明是不能够重复的，特别是古希腊的神话传说，那是人类童年的东西，不可能再现。就像成年人，再装小孩儿，就会被别人嘲笑，觉得别扭。一个时代自有一个时代的文学艺术，也有一个时代的学术文化。那么，我们这个时代的学术文化特色体现在哪些方面呢？我想体现在三个方面：一是出土文献，二是域外文献，三是电子文献。这些新内容，给传统文献学赋予了强大的生命力，极大地改善了我们的学术环境，强化了我们的学术信念，加速了学术转型的完成。而这，正是我所强调的所谓古典文献学的“现代意义”。

（一）出土文献

中国历来重视“文以载道”的文学功用，重视人生“三不朽”的永久名声，所以，碑刻文献异常丰富。北魏郦道元的《水经注》、宋代欧阳修的《集古录》、赵明诚的《金石录》、洪适的《隶释》乃至清代王昶的《金石萃编》和陆增祥的《八琼室金石补正》等论著辑录了丰富的碑刻文献。20世纪以后，出土碑刻文献尤为丰富。即以汉魏六朝唐代为例，赵万里《汉魏晋南北朝墓志集释》系统辑录了汉代至隋代墓志六百余种，均选用较好的拓本影印。赵超《汉魏晋南北朝墓志汇编》在赵著基础上，增补了后来出土的墓志加以整理出版，颇便初学。罗新、叶炜《新出魏晋南北朝墓志疏证》则辑录上述两书所未收者二百三十一种。高文的《汉碑集释》专录汉碑，以有原石或有原拓的碑刻为主，凡六十方，每方碑石都有比较详尽的校释。周绍良、赵超《唐代墓志汇编》及续编则专录唐碑，约五千种，都是《全唐文》所不曾收录的文字。

1998年《郭店楚墓竹简》出版，我读了以后，非常兴奋，写了一篇《振奋人心的考古发现》发表在《文史知识》上。

考古发现确实极大地开拓了我们的研究疆域，提供了很多新的认识。

过去我们读唐诗，对于李商隐的那首“宣室求贤访逐臣，贾生才调更无伦。可怜夜半虚前席，不问苍生问鬼神”印象极为深刻，认为贾谊怀才不遇。不可否认，被贬为长沙王太傅，对贾谊来说确实是一个重大打击；而就朝廷而言，未必就是贬抑贾谊，从一定程度上说，其实又隐含着某种重用的味道。

1973年湖南长沙马王堆汉墓发掘出大量的帛书与竹简，除常见《老子》《周易》外，还有一些哲学、历史、天文、医学类的著作，如《五行》《德圣》《黄帝内经》《伊尹·九主》《战国纵横家书》《春秋事语》《五十二病方》《房中术》《相马经》《五星占》《天文气象杂占》等，其中一块木牍上有年月：“十二年二月乙巳朔戊辰。”据此考订，该墓封于汉文帝十二年（前168）。

这一年，贾谊在北方去世。本来，这是一个偶然的巧合，但是我们从这里却找到了很有意思的联系。专家考证，该墓为长沙王相夫妇及其儿子的墓穴。他们生前应当与贾谊有所过从，因为贾谊在文帝三年出为长沙王太傅。从政治上说，长沙相和太傅、太保，均是辅佐长沙王的重要官吏。《新书》有《傅职》《保傅》等篇论述太师、太傅、太保、少师、少傅、少保、太史的职能，非常详尽，最主要的职责就是教授太子读书修身："此傅人之道也，非贤者不能行。"后来，这段文字进入《大戴礼·保傅》篇中，成为当时的公共读本。在汉代初年，诸侯王与天子的官职相同，辅佐诸侯也有这样的要求，而且要以古代的周公为典范，字里行间充满自负之情。

从年龄上看，两人也相差不多；再从长沙王官府和贾谊的住地来看，相去也不会太远，因为马王堆遗址与相传是贾谊的故居很近。从这些因素来考虑，长沙相的藏书，也很有可能为长沙王太傅贾谊所阅读。

过去，我曾写过一篇《班彪与两汉之际的河西文化》，分析了西汉与周边少数民族的关系，认为西汉前期，汉朝统治者还无法与匈奴抗衡，他们迫切要做的事情，首先就是稳定南方。所以，刘邦、文帝等对于南方非常重视，曾数派陆贾等人作为客卿安抚南越王。长沙国的地理位置非常重要，直接与南越国接境壤界，属于当时的前沿阵地。因此，对于汉朝君主来说，长沙国无论如何都必须放在首要的位置加以考虑。

文帝派遣贾谊作长沙王太傅，固然是为了缓解周勃等人对于贾谊的不满，而从当时的政治意义和军事意义上说，不妨看作对贾谊的一种实际锻炼和考验。对于年轻气盛的贾谊来说，这种安排，未始不是一件好事。到了长沙以后，他就不能再像以前那样只是纸上谈兵，而要更多地接触实际。马王堆出土的这些著作，就是当时长沙官员们特别关注的，其中若干地理类和军事类的著作，如《驻军图》《长沙国南部图》《刑德》等论著，贾谊应当阅读过，并且一定是他们讨论政事时的重要参考。这些对于年轻气盛的贾谊来说，确实是一个很好的阅读机遇和锻炼机会。这正是马王堆出土文献对我们的重要启示。

（二）域外文献

域外文献研究成为新时期一个不大不小的热点，影印了很多流失海外的中华典籍，甚至还出版了专门的学术刊物（如中华书局出版《域外汉籍研究集刊》等），这都表明了学术界对于中华古籍在海外流传的关注。若干年前，我曾写过一篇小文《从补课谈起》，专门谈到这个问题。近些年来，这个问题已经引起了学术界的广泛关注，出版了各类专刊和研究论著，呈现出方兴未艾的可喜局面。

（三）电子文献

随着计算机技术的发展与普及，古典文献的电子文本已经走进寻常百姓之家。过去几乎不能想象的事，现在也变得非常容易。

从目前发展趋势看，电子文献的意义还不仅仅表现在资料的存贮与检索功能，更表现在广阔的应用前景。2000年，斯蒂芬·金开始在互联网上发表自己的小说《植物》（*The plant*），读者每付一美元才能够看到更新的一章。随后，时代华纳、兰登书屋等出版商纷纷宣布将开展电子图书的出版工作。2002年美国曾举办一场“电子书籍”研讨会，有学者幽默地把这次研讨会界定为“下载或死亡”（Download or Die!）。[1]如何评价这种逆转的利弊得失，现在也许为时过早，但是不管怎么说，以信息技术为核心的文化转型已经势不可当。随着电子文献的革命性进步，以聚集资料为炫耀便没有意义。

根据《新京报》2008年6月4日C03版《电子阅读受困利益分成》一文介绍，新浪读书频道在收费阅读运营三个月以来，总收入为七十万元，月销售额高达100%的增长率。VIP会员数已达十万，合作作品超过一千部，合作出版社达到三十七家，合作的名家有十位。虽然这项工作还仅仅处于起步阶段，却已显示了无比广阔灿烂的学术前景。将来某个时候，地域的差异以及各层文人都没有差异了，剩下的便是比智慧，比能力，而不是比资料。

《四库全书》在过去绝大多数学者无缘捧读，而电子版的问世，几乎就等于把这部现存最大的丛书放在案头，随时查询。

---

[1]［美］哈罗德·布鲁姆著，江宁康译，《西方正典》，译林出版社2004年版。

《四部丛刊》三编收书五百余种，汇集了许多重要的版本，近九千万字。电子版不仅保留了原版面貌，而且还提供了查询的功能。

电子版《康熙字典》《中国历代石刻史料汇编》《先秦汉魏晋南北朝诗》《全上古三代秦汉三国六朝文》《十三经》《诸子集成》《全唐诗》《全唐文》《全宋词》《全金元词》《二十四史》等经史子集著作，也汇集到几张光盘上，多种检索功能，一键敲定。

出土文献、域外文献、特别是电子文献的横空出世，不仅仅丰富了古典文献学的内容，更重要的意义还在于下列三个方面：

第一，强化学术信念。

美国著名的文学理论家哈罗德·布鲁姆认为，在文学创作界，任何作家都会受到前辈文学名家和经典名作的影响，这种影响正如弗洛伊德所说的，是那种“熟悉的、在脑子里早就有的东西”，但是这种影响也会使后人产生受到约束的焦虑。这种唯恐不及前辈的焦虑常常会使后来者忽略了自身的审美特性和原创性，并让自己陷入前人文本窠臼而不得出，这就是美国批评家布鲁姆在《影响的焦虑》中所说的“面对前代大师的焦虑”。能否摆脱前代大师们的创作模式而建立起自己的创作特色并形成新的经典，这就是天才和庸才的根本区别。译者江宁康在《西方正典》前言中引用布鲁姆的话说：“影响的焦虑使庸才沮丧却使天才振奋。”

在文史领域，也常有类似的焦虑。我们很熟悉的口头禅就是“一代不如一代”。对于那些百科全书式的学者，我们常常高山仰止。但是后来，我突然发现，我们的学生居然也开始操持这样的论调，我就觉得有问题了。

我们这一代人，大多成长在“文化大革命”期间，不可讳言，在传统文献学方面，根底浅薄，视野狭窄，这是基本事实。可以肯定地说，更年轻的一代，一定可以很快地取代我们，引领新世纪的学术潮流。当然，如果我们总是把自己局限在传统文献学领域，要想超越前人确实较难。而出土文献、域外文献、电子文献，则是我们这个时代的独特优势，这还不仅仅是资料上的优势，更是学术理念上的优势。我们没有理由妄自尊大，也没有必要妄自菲薄。

第二，推动学术转型。

我在《纸张的广泛应用与汉魏经学的兴衰》（收在拙著《秦汉文学论丛》中，凤凰出版社2018年版）一文中以汉魏经今古文的兴衰为例，说明文字载体的变化对于学术的转型有着巨大的推动作用。我们知道，秦火之后，汉初学术主要是通过师徒间口传心授的方式加以传承；随着社会的稳定，民间藏书也陆续出现。这样就形成了不同的文本，今文经学、古文经学由此分野。如果仅仅限于学术层面，经学的纷争也许不会有后来那样的影响。

武帝以后，儒家学说被确定为主流意识形态，今文经学被立于学官，为官方所认可。为了维护这种学术霸主地位，今文经学自然通过各种方式打压古文经学的发展空间。西汉末叶，古文经学逐渐壮大，今、古文经学之间开始形成对垒态势，但此时的古文经学毕竟还处下风。东汉以后，古文经学日益兴盛，特别是汉魏之际，形势发生逆转，今文经学逐渐走向衰微，古文经学一跃而成为主流。对于这种现象可以从政治、经济、文化等不同方面加以解释。通过排比相关资料，我们不难发现，汉魏之际学术文化的转型与纸张的日益广泛的使用几乎是同步的。两者之间的变化，虽然还不能说是因果关系，但彼此影响、彼此推动，则是不言而喻的。

历史的经验告诉我们，一种沿袭既久的文化，如果没有更多的民众的参与，如果没有文字载体的变化，仅靠其自身，不可能完成其转型任务。纵观中国历史，每一次学术文化的转型，除了人们熟知的政治、经济以及军事等方面的原因外，还应当特别关注物质载体在其中所起到的重要作用。金文石刻伴随着春秋、战国之际的文化转型，逐渐取代甲骨文字；而竹简帛书又成为战国、秦汉之际重要的文字载体，推动了民间私学的创办，诸子百家由此而起；汉魏之际的文化转型，又与纸张的发明应用与广大知识分子的积极参与密不可分。从此，中国文化进入以纸质文本为基本载体的相对稳定的发展时期。

随着信息革命的到来，不管你愿意与否，我们都要经历一个从纸质文本向电子文献逐渐转化的历史阶段。在纸质文化时代，文化话语权还主要掌握在少数所谓文化精英手中。而今，随着网络的普及，这种文化特权被迅速瓦解，大众也可以通过网络分享部分话语权。因此，他们不再愿意听从那些所谓精英们的“启蒙”与教诲，而是要充分表达自己的意愿。

第三，建构学术体系。

如前所述，中国的传统学问早已不再局限于中国，已成为人类共有的文化财富。随着学术交往的国际化程度的加深，一个新的问题必然要提出来，即在充分吸收国外新潮理念的同时，如何建立自己的学术体系。

1898年，伴随着《天演论》著名观点“物竞天择，适者生存”的亮相，进化论进入中国。回顾20世纪的一百年，几次大的学术发现，比如20世纪前半段，出现的那些大师，一流学者，几乎都是从国外出访归来的，或者有在国外接受西学的背景，包括王国维。他们不约而同地选择了一种相同的学术理念，就是达尔文的进化论的理念。1904年春天，王国维发表《红楼梦评论》，随后，一系列重要的学术论著先后问世。某些坚守传统学术领域的学者对此似乎不以为然，认为王国维在汉唐注疏方面功力不够，言下之意，隐含微词；而趋新学者则认为王国维不过是一个伟大的半成品，其评价也有所保留。但是20世纪的学术发展实践证明，王国维的“预流”之作引领了一个时代的潮流。从当时的学术状况看，王国维的传统学术根基也许不是最雄厚的，但是他目光如炬，多所创获。这里说明了一个很深刻的道理，推动学术进步的根本因素还是观念的问题。随着马列主义思想方法的传入，特别是占据了中国思想界主导地位之后，中国学术界发生了根本性的变化。1953年，文学研究所成立之初就明确规定了治所的根本方针任务：“以马列主义、毛泽东思想的观点，对中国和外国从古代到现代的文学的发展及其主要作家主要作品进行有步骤有重点的研究、整理和介绍。”翌年，《文学遗产》创刊，发刊词中写道：“我们中华民族是一个历史悠久的民族。我们的文学遗产，由于很多卓越的前代作家的不断地创造和努力，也是极其光辉灿烂的。从《诗经》《楚辞》起，一直到‘五四’时代新文学奠定者鲁迅先生的作品为止，差不多每一朝代都有杰出的作家，在不同的文学种类中都有独特的成就。但是，这些文学的宝藏，不仅在封建社会不可能得到正确的评价，就是到了‘五四’以后，它们的价值和意义也还未能获得充分的科学的阐明。因此，用科学的观点来研究我们的文学遗产这一工作，就十分有待于新中国的文学研究工作者来认真进行。”这里所说的“科学的观念”，就是马列主义的思想方法，从根本上改变了中国学术界的面貌。

世纪之交的中国，中国古典文献学领域正发生着深刻而又重要的变化。我们都在思考：在坚守传统文献学的基础上，如何充分利用时代所提供的机遇，在文史贯通、古今贯通、中外贯通的宏大视野中，逐渐建构起具有中国气派的学术体系。这应当是新世纪中国古典文献学研究工作者所面临的最重要的历史任务。

（2009年8月16日在国家图书馆文津讲堂的讲座）

岭南的早期开发及其文化意义

根据自然地理学和历史地理学的理论，我试图将秦汉时期的文化分为八个区域，即三辅地区、河西地区、巴蜀地区、幽并地区、江南地区、河洛地区、齐鲁地区、荆楚地区。在此基础上，依据史传资料及现存著述情况考察秦汉各个时期不同区域文化的发展状况，得出的结论是，秦汉时期的文化发展，多集中在黄淮流域和江淮流域，而江南的开发及其文学的发展，西汉时期相对缓慢。东汉以后，情形逐渐发生变化，大有后来居上之势，为东晋南朝学术文化的繁荣提供了丰富的物质保障，也奠定了深厚的文化基础。

秦汉时期，“江南”是一个比较模糊的概念，有特指，有泛指，有广义，有狭义。从广义上来说，长江流域以南地区都可以称作江南，往往是“大江之南，五湖之间”的统称。司马迁《史记·货殖列传》将全国划分为四个经济区，包括陕西、山东、江南和龙门碣石北地区。这里所说的“江南”就包括了长江以南比较广泛的地区，甚至岭南地区。这个地区原本比较落后，秦朝统一中国之后，逐渐经略，渐成气候。《史记·秦始皇本纪》载，秦王二十五年，“王翦遂定荆、江南地，降越君，置会稽郡”。其后，又往南推移，定八闽、岭南等地，如《东越传》载：“以其地为闽中郡。”《史记·南越传》：“秦时已并天下，略定杨越，置桂林、南海、象郡，以谪徙民，与越杂处十三岁。”汉人与百越杂处，对于江南经济文化的开发起到了至关重要的作用。从狭义范围看，主要指“江左”和“江右”两个地区，包括会稽、九江、丹阳、豫章、庐江、广陵、六安、临淮、豫章等郡，即今浙江、江苏、江西以及皖南地区。

本文采取比较广义的理解，即“江南”包括江左、江右及岭南三个地区。三个地区的文化发展是不平衡的，《汉书·地理志》中所提到的江南文人，多出江左，说明该地文化发展相对较快，影响也较大，尤其是魏晋南北朝时期，逐渐成为当时中国文化发展最快的重要区域之一。

北方文人南迁地点除了历史上的江左之外，还有江右及岭南地区。

江右，素有“吴头楚尾”之说。吴称江左，豫章地区则称江右。秦汉时期，这个地区的发展比江左还要落后，就不要说与中原相比了。根据《汉书·地理志》记载，西汉平帝元始二年（公元2年），豫州面积占全国的2%，而人口则达到七百五十万，占全国人口的13%。然而豫章郡面积倍于豫州，人口仅三十五万，还不到豫州人口的二十分之一，占全国人口总数的1%。尽管如此，这个地区却有着多重文化相互交融的特点。

春秋战国时期，江右属于楚国辖区，汉末三国时期属于吴国领土。特殊的地理位置，使它深受荆楚文化、吴越文化、客家文化以及中原文化的多重影响。譬如赣南近于客家文化，上饶民俗与吴越文化相通；而赣西则与南楚风俗相近，受湖湘文化影响较深；九江又与鄂、皖两地民风接近；中原士人的南迁，也对江右产生影响。在这种多重文化的氛围中，东汉末期出现了名人徐孺子，即《滕王阁序》所说的“徐孺下陈蕃之榻”。此外，这个地区的文化名人还有唐檀、李淑等人。《后汉书·方术列传》：“唐檀字子产，豫章南昌人也。少游太学，习《京氏易》《韩诗》《颜氏春秋》，尤好灾异星占。后还乡里，教授常百余人。……永建五年，举孝廉，除郎中。是时白虹贯日，檀因上便宜三事，陈其咎征。书奏，弃官去。著书二十八篇，名为《唐子》。”可惜书已失传，不得其详。两汉之际的李淑亦是豫章地区的名人，《后汉书·隗嚣公孙述列传》《后汉书·刘玄刘盆子传》等载其《上疏谏更始》等文，论辩滔滔，颇有见地。这里最重要的文人是何汤，字仲弓，豫章南昌人，是东汉前期以经学显宦的桓荣弟子。当初，光武帝始立皇太子，选求明经，乃选拔何汤为虎贲中郎将，以《尚书》授太子。何汤又极力荐举自己的老师桓荣，从此，六十多岁的桓荣及其家族平步青云。

岭南，主要是指大庾、骑田、都庞、萌渚、越城岭五岭以南的广大地区，大致包括今天广东、广西、海南等地。

根据《史记·秦始皇本纪》，岭南地区划入中国版图，始于秦始皇统一中国后不久。他曾动用数十万兵力，征战数载，最后在始皇三十三年（前214）攻取岭南，建立了桂林、象郡、南海三郡，首次将岭南地区纳入中华统一的版图之中。当时大批南下将士都留在岭南“屯戍”，为解决他们的日常生活和婚姻问题，当地向秦王上书，要求派三万名未婚女子来岭南缝补衣裳，结果派送了一万五千人，随之也带来了中原地区的先进文化和生产方式。秦末汉初，中原战乱，赵佗建立了南越国，实行郡县制和分封制。汉初经陆贾游说，称藩于汉朝，在文化上与中原保持着频繁的接触。武帝元鼎六年（前111），武帝分五路大军灭南越国，将岭南地区分为苍梧、郁林、合浦、交阯、九真、南海、日南、儋耳、珠崖九个郡，归交州刺史部所监察。南越国从建立到灭亡，前后不过九十三年，其文化的发展，融入很多中原文化的因素。特别是秦末收复之战及汉武帝收复战争，前后有大批中原士人南迁，“与越杂处”，将中原先进文化带入岭南地区。从20世纪80年代发掘的南越王墓出土的大量珍贵文物可以充分证明这一点。

东汉后期，岭南广大地区的文化发展，也与各地士人的介入及文化传播有重要关系。汉末北海郡人刘熙于建安中往来苍梧、南海，教授门徒数百人；南海郡人黄豪，精通《论语》《毛诗》，弱冠前往交趾部，刺史举茂才，因寓广信，教授生徒；吴人虞翻触犯孙权，贬谪交州，“虽处罪放，而讲学不倦，门徒常数百人”。在北方文化的熏染下，以陈钦、陈元、陈坚卿三代《左传》世家为代表，显示出岭南文化的崛起。陈钦，苍梧广信人，师从黎阳贾护，为《左传》学史上重要的人物。《汉书·儒林传》：“汉兴，北平侯张苍及梁太傅贾谊、京兆尹张敞、太中大夫刘公子皆修《春秋左氏传》。谊为《左氏传》训故，授赵人贯公，为河间献王博士，子长卿为荡阴令，授清河张禹长子。禹与萧望之同时为御史，数为望之言《左氏》，望之善之，上书数以称说。后望之为太子太傅，荐禹于宣帝，征禹待诏，未及问，会疾死。授尹更始，更始传子咸及翟方进、胡常。常授黎阳贾护季君，哀帝时待诏为郎，授苍梧陈钦子佚，以《左氏》授王莽，至将军。而刘歆从尹咸及翟方进受。由是言《左氏》者本之贾护、刘歆。”陈钦子陈元，少传父业。东汉建武初年，陈元与桓谭、杜林、郑兴俱为学者所宗。当时朝议欲立《左氏传》博士，范升以为《左氏》浅末，不宜立为学官。陈元为此写下著名的《上疏难范升奏左氏不宜立博士》，两人反复辩难达十余个回合，最终确立《左氏》官学地位。太常选博士四人，陈元为第一。这在当时是引人瞩目的事件，对后来的学术文化发展产生了重要的影响。《左传》在东汉时期最终为学者所认可，陈元之功不可或缺。故《论衡·案书》篇说：“光武皇帝之时，陈元、范叔上书，连属条事是非，《左氏》遂立。范叔寻因罪罢。元、叔天下极才，讲论是非，有余力矣。陈元言讷，范叔章诎，《左氏》得实，明矣。”《隋书·经籍志》著录司徒掾《陈元集》一卷久佚，今存文二篇。岭南文人还应提及的一个人物是养奋，著有《贤良方正对策》，见于《后汉书》。上述诸人事迹，多已收进《广州先贤传》。可见，东汉后期，在北方文化的熏染下，岭南地区也形成了一个略具规模的文人群体，叙写了岭南文学发展的新篇章。

（2012年11月4日在澳门大学的讲演）

文学史研究的途径与意义

今天，我演讲的题目叫《文学史的途径和意义》，是一个思考了很久的问题。同学们不一定都有兴趣，但我相信大家对文学都有兴趣。我在这里想要问的第一个问题是，什么是文学？我们为什么要研究文学？以前，我不会问自己这样的问题，天经地义，我觉得这不是问题；但是现在，我不得不这样问。以前，我们似乎很懂文学，现在发现很不懂了。不懂的原因，是因为最近三十年，变化实在太大了。比如说“什么是诗”？在座的都喜欢读诗，也有很多人写过诗。就说我自己吧，也曾经有过做诗人的梦想，但是后来发现很多诗我读不懂，特别是朦胧诗。此前读了很多颂歌式的诗篇，后来读了不少拨乱反正的诗歌，都好懂，也容易被感动，朦胧诗就不一样了。北岛有一首特别有名的诗《生活》，题目两个字，诗就一个字：网。这叫不叫诗呢？传统的观点认为，诗总应该有格律、有节奏、有情感，可是北岛的这首诗呢，没节奏、没格律、没情感。你说它不是诗吧，它确实又有诗的韵味，因为人就是生活在网络当中，就像马克思给人的定义，“人是一切社会生产关系的总和”。人在现实生活中不能离群索居，人具有社会群聚的属性。如果把人扔到荒岛上，长期与外界没有任何来往，他可能就要发疯。人是群居动物，生活在网中。很多人标榜高蹈远遁，其实只是想走终南捷径而已。从这个意义上说，《生活》又是一首好诗。这叫不叫文学呢？我想应当承认它是文学。现在的网络文学、手机文学，过去很难登大雅之堂，将来很可能蔚为大观。就像当年的词，刚兴起的时候，被很多文人看不起。早期也有不少诗人尝试写作，如鲍照写的数字诗，以数字领起，从一说到十，完全是文字游戏诗。白居易也写过一首诗，不是数字，而是从一个字到九个字，组合起来，就像埃及金字塔。这些文字游戏，后来竟然演变成词，成为一代文学。所以，网络文学、手机文学，说不准将来也成为一种新的文学形式。尽管现在官方的文学大奖是不会把这类作品列入评选范围的，但是将来如何就不好说了。所以说，“什么叫文学”，还真是个问题。

文学本身都变了，文学研究也必然要随之发生变化，这是不言而喻的。为什么研究文学史，有两种解释：一种是为了还原历史，走近历史的场景。问题是历史能否被还原？我过去相信历史是可以被还原的，但事实证明，这只是一厢情愿。举一个最简单的例子，两个人打架，公开闹矛盾，甲说甲有理，乙说乙有理，第三方去调节。第三方改天陈述昨天的事实时，力求站在公正的立场，抓住主要问题申述这件事情的来龙去脉，貌似公正，其实已经发生变异。这样，一个简单的事情，就可能出现三种陈述。昨天刚刚发生的事件，后来者的陈述都有可能发生变异，除非是有现场录像，全部记录下来，才有可能说完全真实。问题是，如果历史研究只是把这种真实完全展现出来，那又有什么用呢？第二种说法就是：研究历史不是为了还原历史，是为了说明今天，也就是著名的“一切历史都是当代史”。我们研究历史，确实有今天的立场，每个人心目中都有他自己的历史。但是这个论断不能无限推衍。如果历史变成了一个任人打扮的东西，那历史还靠得住、信得过吗？正因为如此，就引出了今天要讨论的话题，文学史研究的意义到底在哪里。

我们这一代人是随着改革开放的大潮一起走过来的，在学术方法上，在学术理念上，都曾经历过无数变化，也努力拓展新的理论语境、新的研究空间。但是到头来却发现，我们竟然无路可走。老路走不通，新路没方向。从目前种种现象看，中国文学史研究处在一个瓶颈状态，扩大一点说，整个文史研究都面临这个困境。归纳起来，主要问题有如下几种：

第一是学术研究的学位体和项目体倾向，越做越琐碎。据权威部门统计，现在从事古代文学研究的有三万多人。这可能还是正式从业者，应不包括在座的学生。这三万多人是怎么培养出来的呢？从恢复高考的七七级开始，无一例外，都是从学位体、项目体中走出来的，从学士、硕士、博士一路走来，先选一个题目，围绕着这个题目翻资料，整理成文；走上工作岗位后，再做项目。我还是比较幸运的，大学本科毕业就分配到清华大学教书，那个时候还没有课题，虽然工资低，但大家是平等的，只是埋头读书，努力写作，没有项目要求，没有论文数量和等级要求。好像是20世纪90年代初期，科研项目出现了，项目、论文数量和等级，成为衡量一个学者的重要标准。我们不断地被项目推着走。通常三年一个项目，很难有五年到十年的。这叫我想起一段往事。清华大学每天下午4点就放大喇叭，号召大家“为祖国健康工作五十年”，敦促大家锻炼。就算人生最有效的工作期限是五十年，申请项目、完成项目，就要耗费好多年，哪儿还有时间去认真读书，认真思考。大家普遍感到，现在的学术越来越匠气，这是项目体的必然结果。不断地做项目，不断地克隆自己，越做越表面化，越做越匠气化。诸位智商都不低，在座的每一位，按照既有的知识储备，现成的写作模式，从先秦一直写到当代，稍花费点儿精力，都可以做到，至于写得好不好，那是另外一回事。现在有一些人，出了很多书，于是很自负，很自豪，其实，他只是平面克隆自己。从事人文科学研究，首先要有人文情怀，当人文学术变得匠气十足的时候，“人文”二字便不复存在。

第二是图书越多越不读书的现象。1977年，我正在农村插队，听说北京王府井书店要销售旧版的文学名著，很多人彻夜排队买书。那些名著，现在多是耳熟能详的作品，如托尔斯泰、巴尔扎克、杰克·伦敦的著作。在“文化大革命”期间，这些书多被列为禁书，根本看不到，也没听说过。我在“文化大革命”期间曾读过一本书，已经没头没尾了，书背上不知是谁写了“子夜”二字，我们就把它当作黄色小说来读。我们能读到的文学作品，主要是鲁迅的著作，还有浩然的小说、张永枚的诗歌。粉碎“四人帮”之后，广大知识青年求知欲那么强烈，不是没有原因的。恢复高考的七七、七八、七九这三届大学生，可能别的本领不多，但好读书，好钻研，却是共性。现在不然，书多到读不完的程度。据说，我们每年出版图书多达四十多万种，而美国是多少呢？才十九万种。问题是，这四十多万种书，有多少文化精华？有多少能够经得起历史检验而保存下来？我相信大家心里都有笔账。很多书，还没出版，就已注定死亡。只要有钱、有权，就可以出书，著作等身很容易。1984年我在杭州读书，当时姜亮夫先生已经八十岁了，总共写了三十多种书，涉及四部。八十岁以后，他要收缩学术范围，归为四类，即楚辞类、历史类、语言类、敦煌类。我们对他很佩服，五体投地。那时候，我们能够发表一篇文章都不容易，老人家却能够写这么多书。现在呢，书是一堆一堆的印，给谁看呢？一是给自己看，二是给想写书的人看。在座的各位，为写论文，不得不把老师的书拿来翻一翻，如此而已。这些书有多少学术价值，为学术界增添多少学术成果，很少有人过问。其实说起来，这些书不仅不能说增加学术分量，反而是制造垃圾。这样说虽然不无夸张的成分，却也离事实不会太远。如果我们知道自己每天都在制造垃圾，为什么还要写？这不是自欺欺人，浪费生命吗？

第三是强调国际化的弊端。20世纪80年代初，我们多还关起门来做自己的小学问，对外面的世界一无所知，而外面的世界太大。学问面前，人人平等，不要以为我们是中国人，可以读懂老祖宗的书，学问就一定做得比别人好。有句老话，横看成岭侧成峰，远近高低各不同。从外面看，可能比在里头的人看得更清楚。访学回来，观点变化了，我写过一系列文章介绍美国的中国文学研究情况，其中一篇叫《别求新声于异邦》（收在拙稿《回归中的超越》中，凤凰出版社2011年版），专门介绍海外有关声病理论研究的最新成果。去年，北京外国语大学出版社出了一本书《北美中国文学研究论文集》，其中有一篇介绍美国中国学研究的文章，一开始就把我十五年前的文章提出来了，认为基本情况没有发生重大变化，有认识价值。我在这些文章中，没有说空话，更没有作廉价的吹捧，只是就事实说话，承认我们的知识结构、学术视野和学术训练还很不够。但是现在情况变调了，强调国际化，动辄唯洋人马首是瞻，学术会议一定要加上“国际”二字似乎就上档次，成规模。据说，香港有专门出租洋人的公司。现在学中文的外国人很多，会说中国话，也略知中国文化一二。你需要什么样背景的洋人，都可以提供。其实会议主办方并不在乎洋人的学识如何，只要洋人在台上一坐，就可以叫国际会议，会议经费就有十倍增长。这些，我们都能理解，一切为了钱。更有甚者，要想晋升教授，就必须到国外生活至少半年。有的学者因为在国外生活了一年半载，结识了某位知名教授，就到处宣称自己是某洋人导师的弟子。其实，他的中国老师非常出名，可是他数典忘祖。一个学者，虽然没有必要狂妄自大，但是，也要有起码的学术自信，不能自我矮化。余英时说过：“我可以负责地说一句，20世纪以来，中国学人有关中国学术的著作，最有价值的都是最少用西方观念作比附的。”这话说得可能绝对，但他是有资格说这话的。他说如果一个从事中国文史研究的人，先有一个外国的框架，那势必不能细心地体会中国史籍的本意，而只能把它当个报纸一样从字面找到他所需要的东西。这有点儿像我们现在做硕士论文、博士论文和课题一样，只是翻资料，没有认认真真地读资料，我们只是找一些为我所用的东西，表面化、匠气化、自我矮化，这个是当前挺严重的问题。

第四是强调个人化倾向。当今社会，古代文学研究的处境越来越尴尬：一方面是人民群众对于古典文学作品的阅读热情在不断升温，另一方面却是古典文学研究日益“边缘化”“私人化”，研究成果只供学术圈内从事相关论题研究的人阅读，被封闭在狭窄的范围内。所谓科研完全变成研究者的个人兴趣，与人民群众之间的距离越来越远。一些自命为文化精英的研究工作者，自以为很了不起，故作高深，长期躲进书斋，沉湎于个人的研究想象，追求个人价值的实现。所谓专家，又拿不出专家的成果，殊不知，他已经被社会抛弃。我所供职的文学所在国内有很高的声望，其中一个重要的原因就是接地气，做了很多文学普及工作。文学所成立已经六十多年，其中一项重要工作就是编选文学读本。余冠英的《诗经选》《三曹诗选》《乐府诗选》，俞平伯的《唐宋词选释》，钱锺书的《宋诗选》——《宋诗选》而不是《宋诗选注》，钱锺书坚决不要“注”字，他说“我要自己选，我要自己注，我的特点在选不在注”。总之，这些学者或者文学所，之所以能够获得如此广泛的社会声誉，跟他们对文化的真心普及密切相关。今天还有多少人愿意做这种文化普及的工作？在多数人眼里，文化普及不是学问，只有拿出一部部砖头一样的著作才是学问。问题是，谁还有闲心看那些毫无新意的砖头著作？我很担心，长此以往，我们的学科会逐渐萎缩，逐渐被社会淘汰。这是当前学术的最大隐患。不管你怎么标榜高深，人文学科离不开人，离不开社会，一旦脱离现实，脱离社会，这样的学术是没有生命力的。

第五是追求商业炒作而误读经典的恶习。曾几何时，媒体制造了大量的学术明星，一夜成名。中国人多聪明，只要把他引进门，就会有自己的判断。普及传统文化，难免要出错，再伟大的学者也会出错，要有容错心态。但是，我们又不能走向另一个极端。有些人，大言不惭地说是从事文学研究，其实是学术创作。学术，需要想象，但是学术想象只能一级跳远，绝不允许三级跳。当前，文学日益边缘化，经典日益被消解，文学工作者也随着大众沉浸在文学的狂欢中，追求趣味性、休闲性、消费性，将严肃的学术研究变成娱宾遣兴的工具，迎合浮躁风气，可谓比比皆是，不能不引起我们的重视。

怎么解决上述问题，我想到两个相关的问题，一是回到经典，二是反思文学史研究。前一问题，我在很多场合讨论过、介绍过，这里姑且不论。反思文学史，就要回答下列问题：文学史到底有什么意义？文学史的属性是什么？研究文学史的目的和途径是什么？我认为文学史具有双重属性，一是文学属性，一是历史属性。

就文学属性而言，我们首先应该懂文学，起码具备三个条件，一是艺术感受，二是理论素养，三是文献积累。艺术感受不用说，在座的多是喜欢文学的人，若对文学毫无感受，那就别看文学作品了。但我相信，所有的人都会对自己喜欢的文学作品有独到的理解。年轻人哪有不喜欢文学的，当你读一首好诗，总会被感动吧？所以文学是青年人的事业。我在南开大学读本科时，最初接受的教育非常“革命”。当时还没有现在这样精美的教材，都是油印读物，《诗经》所选的无外乎《硕鼠》《伐檀》之类。1979年春天，叶嘉莹先生给我们开选修课，开场白就讲她为什么要回国讲授古典诗歌，然后念了自己的两句诗，即“书生报国成何计？难忘诗骚李杜魂”。《诗经》《楚辞》，李白和杜甫，这是中国人的精神导师。叶先生带着这么一种对祖国文化强烈的热情回到中国。她讲古诗，就有一种别样的情感、别样的魅力。她讲《诗经》，更重视像《黍离》这样的作品，“彼黍离离，彼稷之苗。行迈靡靡，中心摇摇。知我者，谓我心忧；不知我者，谓我何求”。这样的作品具有感发生命的力量。读着这些诗，内心很是感动，其实我也不知道自己忧什么愁什么，只是觉得被深深感动。叶先生讲古诗十九首，第一首“行行重行行，与君生别离。相去万余里，各在天一涯”就讲了很长时间，讲得很细，由诗歌讲到人生。文学首先是写人的，写人的喜怒哀乐，写人的最精微感觉。从那个时候起，我被古典文学深深地吸引住，从此进入古代文学领域。

再说理论素养问题。读大学时，罗宗强先生总是教导我们要重视理论，要有理论思维。什么是理论？我一直以为理论就是文学概论，或者说，理论就是马列主义，或者是现在标榜的西方某某斯基的著作就是理论。20世纪80年代，国内出版大批西方理论著作，我也曾狂热地搜罗各种新潮论著，希望有一天可以恍然大悟，抓住理论的武器，横扫天下。但是，直到今天，我还是没有找到一种放之四海而皆准的理论，没有任何一本书可以直接拿来就为我所用。过去我们信奉文学概论，视之为指挥棒，指东往东，指西往西，很少怀疑。20世纪五六十年代，理论家们都是马列主义方面的权威，文学史工作者只需遵循他们阐释的理论从事研究就可以了。80年代，西方理论泛滥，文学史工作者又不得不按照西方的观点走。如今，据说理论家大逃亡，文学基本理论很少有人问津，曾经的理论家纷纷转向文学史研究，或者走向文化史，走向思想史，又搬出很多新的概念。这时，我们曾有过一段短暂的欢乐，终于可以摆脱别人的理论，随心所欲地做自己的研究。可是，当我们静下心来思考的时候，又发现很多问题摆在那里，却说不出来，于是不得不向学术史求教。结果发现，20世纪以来最重要的学者，若说传统修养，在当时恐怕很难说是第一流的。譬如王国维，生活在一个并不富裕的普通家庭，后来到北京、上海，给人打工，为报纸杂志写文章，给富人藏书编目。他就活了五十年，却做出了那么杰出的成就，这是为什么？读《黄侃日记》，里面对王国维颇多微词，集中到一点，是说王国维对于汉唐注疏并不熟悉，只是强调发现新材料，而对旧学并无发明。这也许有一定道理，但需要分析。1925年，王国维在清华国学研究院作了一场演讲，主要介绍近十年来学术上的大发现，发现了敦煌宝藏，发现了蒙古材料，发现了甲骨文，发现了秦汉简牍。

他说，新学问大都由于新材料。王国维更重视新材料的发现，黄侃则强调在寻常材料中发明问题。学术史证明，以王国维、陈寅恪为代表的一批新锐，引领了时代潮流。这给我们一个深刻的启迪，那就是，推动学术的变革，最终体现在学术理念的更新，而不仅仅是学术的积累。学问再大，能大得过图书馆吗？能大得过现在电脑的存储吗？双脚书橱没有用，关键是如何激活资料，这就需要理论的眼光，需要学术的素养。所以我想可以得出这样的结论，文学史的属性需要艺术感受和理论素养来支撑。

那么文献积累的作用又体现在哪些方面呢？这就不能不说到文学史研究的历史属性了。文学史，就其本质意义而言，属于历史学研究。作为历史学范畴，就要考虑历史学的一些基本问题，这是过去文学史所忽略的。文学研究多关注人的感觉，研究人的思想，而历史学关注的，往往不是观念上的东西，而是制度建设、社会结构等问题。大体而言，前者形而上，后者形而下。我们都知道，社会结构不同，社会环境不同，就形成了不同的社会阶层。曾有一部很有名的电影《我叫刘跃进》，进电影院前，我曾开玩笑说，我应该开个博客，名字都想好了："我真的叫刘跃进。"走出电影院就不这么想了。电影里的人物虽然与我年龄相仿，但是遭遇很不一样。我是这个时代的幸运者，恢复高考后第一批考上大学，选择了自己愿意做的工作，长期从事文学研究事业。这部电影的深刻意义在于，它揭示出我们这个社会不同阶层的不同问题。我记得2006年曾有一部书叫《中国当代社会阶层分析》，把当时社会分为九个阶层。这种社会学的研究方法，对我们很有启发。毛泽东在《湖南农民运动考察报告》的开篇就说，谁是我们的敌人，谁是我们的朋友，这是革命的首要问题。对于社会的认识，应从社会阶层的分析开始。这是所谓历史属性的特点之一。

历史属性的第二个特点，是文学史家要关注文人的生存环境和物质条件。中国古代文人都是社会中的人，他吃什么，喝什么，挣多少钱，怎么养家糊口，都很现实。看《鲁迅日记》，鲁迅当年在教育部任职时工资很低，后来应聘到厦门大学，工资大概从一百八十块涨到三百多块。那个时候，工资往往还不能全发，一半现金，一半是各种债券。文学所老前辈王伯祥日记，从1924年记到1976年，详细记载每半个月开支，很有历史价值。再看王国维，当时北京大学聘他，他没去，后来清华学校成立研究院请他去，月薪四百元，他应聘。清华大学出版社2010年出版《王国维未刊来往书信集》，相当一部分是写给孩子或者好友的信札，家长里短，日常琐事，包括上海买房子多少钱，结婚多少钱，请个保姆多少钱，吃顿饭多少钱，算起来，那时的日子还真是不错，雇一个保姆才两三块大洋，一部《四部丛刊》，教授用一个月的工资就能买下来。我1982年大学毕业的时候，这套书重新印，五千块钱一套。我那时的工资才五十二元，得用十年的时间，不吃不喝，才能买下这套书。当然，今天很容易了，连电子版都有了，我们算是赶上了好时代。再看杜甫，最初进入长安，多么自负，要“致君尧舜上，再使风俗淳”，到最后以卖药为生，寄食友朋，艰难困苦到了极点。后来，朝廷给了他一个小官，他就高兴赴职，谁承想，那点儿薪水连家都养不起。我常常想起恩格斯在马克思墓前说的话，说马克思最伟大的发现就是“人首先要吃喝住行”，然后才能从事其他活动。经济基础决定上层建筑，我们都会说，如何落实，就需要我们用历史学的研究方法研究文学。

历史属性的第三个特点是文献学方法的综合运用。走近历史也好，解释历史也好，首要的工作是要寻找到有效的途径。我认为，最佳的途径是文献学。我一向认为，文献学不是一门学科，而是一种读书的途径，目录、版本、校勘、文字、音韵、训诂，现在听起来很高深，我们不可能在每个领域都能够得心应手，但一定要了解这些学问的最新研究动态。尤其是目录学，最是读书捷径，是学术领域的导游图。一位从事理论研究的学者，想做明清思想史研究，他听说黄宗羲弟弟曾写过一部兵书，不知到哪儿去找，便问到我。我利用目录学的知识，很快就告诉他最早的刻本是什么，哪部丛书收录。他很感激，在我不过是很简单的事。我以前曾要求学生学会作编目，两个内容，一是原始材料，二是研究现状，这就是训练。现在，我也不要求学生们都这样做了，他们会很烦，不愿意下死功夫。其实，文献学是一门很古老的方法，也需要我们的更新。我曾经在很多场合说过，文献学包括传统和现代两个部分。现代文献学包括数字文献、出土文献和域外文献三个部分，这是以往文献学所不曾有的内容。《二十四史》《四库全书》等大型文献，现在已有各种电子版。出土文献，也可以说是空前绝后了。我们又赶上前所未有的开放时代，读书便捷，视野开阔。

在这样的历史时期，读不好书，做不好学问，再也不能怨天尤人，只能怨自己。故此，我主张重回经典，认真读好一本书，写好一本书。现在编写出一百本书都不难，但写好一本书真是太难了。人这一辈子，能够留下多少东西真不好说，不用说藏之名山，留之永远，我们在自己的学科内，能做出一点儿可以为后来者参考的成果，就已经很了不起了。

最后一个话题，我们读那么多书，写那么多文章，目的是什么？对这个问题的理解，我曾经历过三个不同阶段：大学毕业时分配到清华大学工作。那时的清华大学还是工科大学，所以，图书馆的古籍少有问津，长年被冷落。我当时决心献身中国文学事业，不问其他，一头扎在书堆里，翻阅那些多年没人动过的古籍。一天下来，弄得灰头土脸，图书馆的王若昭老师问我："小刘啊，你看起来不呆不傻的，何必搞这些旧东西？"那个时候，我会理直气壮地说："唉，传统文化总得有人干嘛。"又过了一些年，我就觉得这话有点儿空泛了，挺无聊，其实就是喜欢，没有理由的喜欢。后来又发现，光说喜欢也不行，做学问总得有一个基本的目标。前几年读段玉裁和顾千里的文集，突然找到了一个新的答案：做学问，要跳出狭隘的个人兴趣，也许才会有更宽广的视野。当时，段玉裁已经七十上下，《说文解字注》业已完成初稿，为学界领袖。顾千里本来自称是段玉裁的私淑弟子，势头正盛，两个人就因为《周礼》中的一个字，撕破脸皮。《周礼》记载说，当时的学校建立在"西郊"，有的本子作"四郊"。"四"与"西"字形相近，容易致误。两人各不相让，为这一个字写了四五万字的论争文字，有好事者把这些论争文字编辑成书，广为流传；另有好事者觉得这样做对两人声誉不好，尽力销毁这部书。张舜徽在《清人文集别录》中不无感慨地说，两人的论争如泼妇骂街，有失学术尊严。确实，他们这样做大可不必。两人都是学林名宿。段玉裁《说文解字注》，已是一个不朽的学术名著；顾千里校书，学界早有口碑。顾批黄校，书价连城。不过，顾千里人微言轻，我们看他的《思适斋集》，多是给人打工的文字记录。段玉裁也曾给人打工，成名成家后，就把自己打工的位置让给顾千里，为阮元做十三经校勘。他们本来应是很好的朋友，最后因为一个字的论争而分道扬镳。张舜徽认为是意气之争，其实这背后还有一个学术理念问题。顾千里有一句名言，说中国古代典籍，多毁在一代代的校勘整理上。为此，他提出一个很著名的口号，即对古书的整理要“不校之校”，不能轻易改动古籍一个字，这是一种学术理念。今天的校勘学，依然遵循这种理念。譬如选定一个底本，这个底本不能改一个字，只可出校记，用以保证古书原貌。段玉裁则提出另外一个著名的观点，他认为校勘古籍，校异同为易，定是非为难，定底本是非尤难，最难的是定作者之是非，这已经超出校勘学的范畴。在段玉裁看来，整理古籍不仅仅是为还原历史，更重要的是深入历史的内部，解释历史的真相。20世纪以来的第一流学者，其实都在遵循着段玉裁的这种学术理念，解释和追寻历史的真相，用陈寅恪的话说，对古人抱有了解之同情。说到底，从事文史研究，最终的目的是追求历史人物的思想感情，探究历史人物的内心困惑。从这个意义上说，研究历史，从某种意义上说，也是在研究自己。

个人依然不能遗世独立。学术研究更要超出个人的天地，走向社会，走向人生，也许才更有价值。我常常想，当今学者如毛，著作如林，为什么没有涌现出众多的一流学者？也没有涌现出一流的文学家？20世纪三四十年代，西南联大、西北联大、四川李庄的中研院，生活环境不可谓不艰难。梁思成、林徽因抵达李庄后住在江边的小房子里，林徽因生病卧床。她说，如果日本鬼子再打过来，她就只能跳江而死。那是怎样艰难困苦的岁月，很多学者依然潜心读书，做出了许多令人艳羡的成就。条件艰苦却成就辉煌，这不能不归功于这些学者的崇高的思想境界。20世纪80年代以来，我们就方法论问题展开多次探索，但并未解决问题。回过头看，问题不在方法，而在学术研究的目的。这个问题不解决，很难取得更大的成就。这些年来，我们太关注个人的进退荣辱，脱离社会，脱离大众，这才是阻碍学术进步的根本所在。

回到文章开始提出的问题，可以得出这样的结论：今天，我们研究文学史，最根本的目的，不仅仅是满足个人探索的欲望，更重要的还是为了国家的利益，为了现实的需要，为了未来文化的发展。我最后用顾炎武的一句名言结束今天的讨论，那就是：“文章须有益于天下，有益于将来。”

（2013年12月14日在西北大学侯外庐系列讲座上的讲演）

改革开放四十年文学研究理念的变与不变

2014年11月15日，在北京大学中国古文献研究中心做题为《古典文学文献研究的若干问题》的讲座。

2015年3月14日，在北京大学国学院做题为《豪华落尽见真纯——重读经典的启示》的讲座。

2016年3月2日，第二次在北京大学中国古文献研究中心做题为《抄本时代的文献问题》的讲座。

2018年是改革开放四十周年，事先与廖可斌教授商量，拟围绕“改革开放四十年文学研究理念的变与不变”这个话题谈谈我的想法。

回想起来，20世纪80年代初期，古典文学研究刚刚摆脱机械僵化的社会学研究方法的束缚，艺术分析成为一时热点。叶嘉莹先生借鉴国外文艺理论，细腻地分析传统文学的艺术特色。袁行霈先生也把研究重点集中到“中国诗歌艺术研究”这一主题上。他们的研究成果犹如一股清泉注入中国古典文学研究界。傅璇琮先生的《唐代诗人丛考》出版，又让很多青年人看到传统学问的魅力所在。80年代中后期，新方法论风靡天下，宏观文学史讨论风起云涌。1985年非常特殊，这一年，人们戏称为“文艺方法论年”。3月，《文学评论》等单位在厦门组织召开“全国文学评论方法讨论会”。4月，文学研究所等单位在扬州组织召开“文艺学与方法论问题学术讨论会”。10月，中国艺术研究院等单位在武汉召开“文艺学方法论学术讨论会”。古典文学研究界关于新方法论的讨论相对滞后。1986年《文学遗产》第3期刊发《古典文学宏观研究征文启事》，反应强烈，波及面很广。1987年，由《文学遗产》《文学评论》《语文导报》等单位在杭州召开“古典文学宏观研究讨论会”，此后，又陆续在桂林、大连、漳州等地召开古典文学研究方法论学术研讨会，这种热潮一直持续到1989年。此后，方法论的探讨逐渐退潮。

几年来的宏观文学史讨论，直接催生了一大批文学史著作，并推动中国文学史学史学科的建立。重要的著作有，邓绍基、刘世德、沈玉成主编的多卷本《中国文学通史》（人民文学出版社陆续出版），章培恒、骆玉明主编的《中国文学史》（复旦大学出版社1996年版），张炯、樊骏、邓绍基主编的《中华文学通史》（华艺出版社1997年版），袁行霈主编的《中国文学史》（高等教育出版社1999年版）；文学史批评，如戴燕的《中国文学史权力》（北京大学出版社2002年版）、董乃斌、陈伯海、刘扬忠主编的《中国文学史学史》（河北人民出版社2003年版）、陈广宏的《中国文学史之成立》（上海古籍出版社2016年版）、余来明的《“文学”概念史》（人民文学出版社2016年版）等都是在这样的宏观背景下产生的。

20世纪90年代，曾有过一段相对沉寂的过渡时期。世纪之交，古典文学研究界呈现“回归文献、超越传统”的发展态势。21世纪以来，随着改革开放的深入，综合国力的提升，人们在总结过去的成就与不足时，自然会联系到新中国成立以来近七十年的历史，联系到过去一百年的历史，甚至还要上溯千年，比较中外，视野越发开阔，心态相对平和，评价也更加客观。此前，我在《世纪之交的中国古典文学研究》《世纪之交的文学史料研究》《新时期中国古典文学研究的回顾与展望》《弘扬民族精神　探寻发展规律——古典文学研究六十年感言》等文中曾对近年研究有所论述，大致包括几个方面，一是研究队伍空前扩大，学术梯队已经形成，学术研究后继有人。与此相关联，综合性、专业化的研究学会相继成立。二是国际间的学术交流活动已经成为常态。三是研究方法不拘一格，研究领域不断拓展，研究成果源源不断。虽有平庸之作，但邃密扎实的学术力作亦不在少数。四是学术研究目的日益明晰，努力站在历史高度，深刻理解人民大众的理想追求，密切关注时代变迁与社会发展。五是学术研究重点业已明确，即加快构建中国特色的学科体系、学术体系、话语体系，已成当务之急。相关论点，请参见我的《古典文学文献学丛稿》（学苑出版社1999年版）、《走向通融——世纪之交的中国古典文学研究》（知识产权出版社2005年版）、《回归中的超越——文学史研究的多种可能性》（凤凰出版社2011年版）等论著。

事实上，四十年来的学术成就远远不止于上述几个方面。

卢兴基的《建国以来古代文学问题讨论举要》（齐鲁书社1987年版）、赵敏俐、杨树增的《20世纪中国古典文学研究史》（陕西人民教育出版社1997年版）、梅新林主编的《当代中国古典文学研究》（中国社会科学出版社2010年版）、黄霖主编的《二十世纪中国古代文学研究史》（分总论、诗歌、词学、散文、小说、戏曲、文论等七卷，东方出版中心2006年版）等著作，洋洋洒洒，数百万字，论述极为详尽。

在学术现代化的进程中，中国古典文学研究工作者艰辛探索，积极整合学术力量，系统整理历代文献，勇于寻求理论突破，日益明确自身使命，在经典中寻找方向，在传统中汲取力量，在创新中积累经验，在回归中实现超越，初步建构起具有中国特色的古典文学研究宏大体系。

一、学术梯队的日益完善

改革开放四十多年来，中国古典文学研究呈现出前所未有的活跃局面，其中一个重要成就是研究队伍日益扩大，学术梯队已经形成，学术研究后继有人。与此相关联，综合性、专业化的研究学会相继成立。

中国古典文学研究大体经历了五个发展阶段：改革开放之初到20世纪80年代前期为第一阶段，老一代学者、新中国成立后前十七年培养的大学生是学术界的核心力量；80年代中后期为第二阶段，以78级、79级硕士研究生为业务骨干；80年代末到90年代初为第三阶段，恢复高考后77级、78级、79级大学本科毕业生经过十余年磨炼，陆续登上学术论坛；世纪之交为第四阶段，主要的学术力量是1980年以后考入大学的年轻学者，他们经过系统规范的大学教育，逐渐成为学术界的中坚力量；21世纪为第五阶段，2000年前后考入大学的新生代开始在学术界崭露头角。

80年代初期，学术界百废待兴，出现严重的青黄不接局面。为了迅速改变这种状况，古典文学界的首要任务，是及时整理出版前十七年甚至前五十年的研究成果。于是，一大批文学名著和学术论著在很短时间内得以再版，填补了一段空白。老一代学者身肩重任，既要潜心整理过去的成果，又要撰写新篇。钱锺书的《谈艺录》等论著的再版，特别是《管锥编》的问世，把新时期中国古典文学研究推向新的高度。大学毕业于20世纪五六十年代的学者，经历了较多的政治磨难，失去了太多的科研时间，开始新的学术征程时，多已步入中年。他们重新拾起业务，焚膏继晷，兀兀穷年，焕发出前所未有的热情，开辟研究领域，探索学术方法，在比较艰苦的条件下，殚精竭虑，极大地推进了中国古典文学研究的进步。

在前辈学者的感召下，80年代初毕业的前几批研究生以时不我待的劲头，迅速加入学术行列中。他们的人生阅历丰富，人到中年才获得读书机会，所以异常勤奋。他们不满足于过去的研究方法，渴望超越自己，超越前代，开始探讨自己的学术道路。

80年代末、90年代初，新三届大学毕业生逐渐进入学术领域。他们大都接受过老一代学者的教诲，获得了博士学位。他们努力继承前辈学者博赡谨严的优秀品格，充分利用年轻优势，拓宽视野，吸收国内外研究成果，将自己的研究建立在扎实的基础之上。

1980年以后的大学教育逐渐规范系统，此后十多年培养出来的学生，有着比较规范的学术意识和学科意识，稳步推进学术发展。2000年前后走出大学校门的新生代学人，大多有着境外求学的经历，学术视野开阔，以问题为中心，多点布局，遍地开花，成为新时代的亮点。

与之相应，综合性、专业化的文学研究学会为学者之间的交流，为研究成果的传播提供了良好平台。这些学会，有的是综合性的，如中华文学史料学学会、中国文学批评研究会；有的是按照文体设立的，如中国词学研究会、中国散文学会、中国乐府学会等；有的是按照时代设立的，如中国唐代文学学会、中国宋代文学学会、中国近代文学研究会；有的是按照地区设立的，如中国世界华文文学学会；也有的是以作家名义设立的，如中国屈原学会、中国杜甫研究会、中国李白研究会；还有的是以专书名义设立的，如中国《文选》学研究会、中国《红楼梦》学会等。很多学会还创办专刊，如中国唐代文学学会有《唐代文学研究通讯》，中国乐府学会有《乐府学》，中国《红楼梦》学会有《红楼梦研究》等。

二、学术水准的普遍提高

20世纪以来，中国学术经历了多重变革，深刻地改变了传统学术的面貌。改革开放四十多年，中国古典文学研究在下列三个方面有重要突破。

（一）激活传统课题

新材料的发现，新方法的运用，推动传统课题研究取得重大突破。以“《文选》学”研究为例，这是一门古老的学科。唐宋时期即成为专门之学，而在20世纪初期却成“妖孽”，被打翻在地。从1949年到1978年，中国大陆“《文选》学”方面的研究论文不足十篇。1988年在长春召开了首届《昭明文选》国际学术研讨会，揭开了《文选》研究的序幕。1992年、1995年又分别召开了第二、第三届学术讨论会，参加人数多在七八十人以上，《文选》研究呈现出复兴的趋势。这些年来，《文选》版本研究非常活跃，《文选》文体探讨颇具特色，《文选》文本分析细致入微。总之，今天的《文选》研究，已从过去单一的文学评价走向综合研究，体现时代特色的集成性研究成果业已问世。“《文选》学”的普及性工作也在有序推进中，《文选》重新回到大众视野。

（二）开拓研究领域

首先，敦煌文学研究引人瞩目。1982年在甘肃召开了敦煌文学研究座谈会，这是有关敦煌文学和敦煌学术的第一次研讨会，此后成立了中国敦煌吐鲁番学会，又在杭州成立了敦煌吐鲁番学会语言文学分会，有组织地开展一系列卓有成效的研究工作，创办学术刊物，汇总文献目录，编纂文献总集，进行专题研究。像敦煌变文、敦煌曲子词、敦煌诗歌、敦煌其他文体等，都有比较深入系统的研究成果。其中，敦煌变文研究最引人瞩目。1954年，周绍良编的《敦煌变文汇录》出版，这是最早汇辑敦煌变文的著作。1957年，王重民等六位学者编的《敦煌变文集》，收集更为完备。1983年，潘重规在此基础上补缺订正，出版了《敦煌变文集新书》。项楚的《敦煌变文选注》除校录之外，还对敦煌变文做了注释。黄征、张涌泉的《敦煌变文校注》集变文研究之大成，成为目前最为完善的敦煌变文著作。敦煌诗歌研究，以徐俊的《敦煌诗集残卷辑考》和张锡厚、伏俊琏主编的《全敦煌诗》为代表。敦煌学研究，以及与此相关的西域文学研究已成为当今最具活力的学术领域之一。[1]

其次，中古时期北方文学研究也有重要进展。曹道衡和沈玉成的《南北朝文学史》将过去被视为“文学作品几乎绝迹”

[1]【增补】甘肃教育出版社2013年推出敦煌讲座书系，包括张涌泉的《敦煌写本文献学》、伏俊琏的《敦煌文学总论》、吴丽娱的《敦煌书仪与礼法》、郑阿财的《敦煌佛教文字》、李小荣的《敦煌变文》、赵声良的《敦煌石窟艺术总论》等论著。

的十六国及其以后的北方文学分为不同的发展阶段，进行纵横比较，提出了一系列富有启发意义的创见，厘定了中古北方文学研究的基本格局，代表着近十年来中古文学研究的最高成就。如何在此基础上推陈出新，还有很多问题值得深入思考。我们对中古北方文学的评价，还采用南朝文学的审美标准，认为南朝文人北上，南北文化交流，中古北方文学由质朴而华丽，逐渐实现了“南朝化”，得到了世人的认可。问题是，隋代的王通、李谔，初唐的陈子昂，中唐的白居易等，都对文学的“南朝化”给予批判，认为南朝文学“彩丽竞繁，而兴寄都绝”。他们推崇文学的现实功能，倡导文学要为时、为事而做，而不是为文而文。中国文学有“诗言志”与“诗缘情”的传统，也有“迩之事父，远之事君”的实用传统。时代不同，地域不同，南方文学倡导抒情言志，北方文学重视事父事君，自有不同的传承系统，不能用单一的标准规范评价不同的文学传统。从这样一种观念出发，中古北方文学的资料整理、系统研究还有很多工作要做。

再次，元明清文学研究取得丰硕成果。诗文资料的整理、作家行迹的研究，文学现象的探讨，相关研究工作几乎全面铺开。大型丛书的出版也催生了许多学术增长点。《古本戏曲丛刊》最初由郑振铎主持完成四集。此后，经过一代又一代学者的努力，在庆祝中国共产党成立一百周年之际，最终完成了十集的编纂工作。该书共收入元、明、清传奇和杂剧等1193种，合计成书141函1398册，是当代古籍整理出版的最重要的成果之一。其他戏曲总集如《全元戏曲》《全明戏曲》《全清戏曲》等多已出版，或在编校出版过程中。刘世德、石昌渝、陈庆浩主编的《古本小说丛刊》，最初也是由郑振铎推动立项的。石昌渝主编的《中国古代小说总目》，文言和白话小说兼收，是迄今为止收录最为全面的中国古代小说目录学著作。与此相关的还有《古本小说集成》等，也是大型丛书。这些成果极大地推动了元明清戏曲、小说研究的深入。《红楼梦》研究依然保持着旺盛的人气，版本与文本研究，相关名物研究，“红学”史研究，“红学”普及推广等，都可谓硕果累累。

（三）文学考古研究

近四十年来，地不藏宝，出土文献，不绝如缕，引发了广泛的讨论。上海博物馆收藏的《孔子论诗》，楚地发现的大量与祭祀相关的楚简，极大地推动了《诗经》《楚辞》的文学考古研究。与此相关联，近年盛行的抄本理论研究，又一次引发了屈原及其《楚辞》的年代及真伪问题的争论。这里特别强调“又一次”，因为20世纪前期，对屈原是否存在，《楚辞》是否为先秦作品，多有争论。不过，那时的争论往往是二元对立，要么否定屈原的存在，要么肯定《楚辞》就是屈原的作品。其实，中国早期文献有着比较复杂的生成过程，屈原应有其人，《楚辞》在先秦也定有流传。但今天流传下来的作品，是否都是先秦原貌，确实不宜遽然论定。

考古资料、最新理论都在促使我们思考：现有的学科划分是否合理？中国的学术传统强调文史哲不分家。只有研究对象的不同，没有严格的学术分野。后来，我们的专业越分越细，将活生生的历史强制性地划分成条条块块。条块分割的结果是，隔行如隔山。文学研究界对于考古学界的成果，对于相关理论的关注，显得比较隔膜，人为地限制了自己的学术视野。21世纪以来，综合研究得到越来越多的重视，这种状况开始得到初步改变。

三、文献整理的时代特色

近年，随着科学技术的进步、国家经济实力的增强，影印出版古籍丛刊，深度整理重要典籍，成为学术界的热点之一。[1]四十多年来，以中华书局和上海古籍出版社为龙头，系统组织出版别集、总集、工具书、资料汇编等著作。别集整理成果以“中国古典文学基本丛书”和“中国古典文学丛书”两套丛书最具有代表性。人民文学出版社也推出了“明清别集丛刊”等。总集整理，逯钦立编的《先秦汉魏晋南北朝诗》、全国高等院校古籍整理研究工作委员会组织开展的“九全一海”（《两汉全书》《魏晋全书》《全唐五代诗》《全宋诗》《全宋文》《全元文》《全元戏曲》《全明诗》《全明文》《清文

[1]【增补】南江涛，《改革开放四十年来的古籍影印出版》，刊《中国出版史研究》2018年第1期。南江涛、贾贵荣，《新中国古籍影印丛书总目》，国家图书馆出版社2016年版。从1949年到2010年，新编丛书四百四十三种，涉及子目五万条。具体到改革开放四十年，古籍丛书（按一种计算）、经典著作、类书、工具书等一千余种，涉及古籍子目近六万种。

海》）、黄仕忠主编的《新编子弟书》等，是具有代表性的成果。可以说，文献整理、史料研究工作正处在一个前所未有的最好历史时期。[1]

纵观中国的学术发展，文献整理主要有三种形式，第一种是相对单纯的注释、疏通。譬如东汉后期郑玄的遍注群经，这是古籍整理的最基本、也是最重要的形式。第二种是系统的资料汇总，多以集注方式呈现出来。譬如《昭明文选》的六臣注，清人校订十三经，大多带有集成特点。第三种是疏解古籍大意，具有思想史价值。譬如魏晋时期郭象的《庄子注》、王弼的《周易注》等，与上述两种恪守文字校勘原则的传统注释学很不相同，实际上是一种义理的推衍，思想的阐发。

上述三种文献整理形式都很重要，并无高低薄厚之分，也没有孰轻孰重之别。没有单纯的字词的训释，没有典章制度、历史地理、历代职官的解说，对于一般读者来讲，很多古籍根本无法读懂。所谓的集注、所谓的义理阐发也就无从说起。所以，单纯的文字注释，依然是最重要的文献整理形式。两汉以来的两千多年间，经典文献的整理与传播，主要是通过这种方式进行的。每一位整理者都有一个愿望，就是希望自己的校订注释著作是定本。从学术发展实际看，这种想法只是一厢情

---

[1]【增补】20世纪90年代以后，现代文学史料研究出现重要转机。2003年12月，清华大学、北京大学、河南大学、中国现代文学馆、北京鲁迅博物馆等五家单位共同发起“中国现代文学的文献问题座谈会”。2004年10月，由河南大学文学院、《文学评论》编辑部、洛阳师范学院中文系联合举办的“史料的新发现与文学史的再审视——中国现代文学文献问题学术研讨会”在开封和洛阳召开。2005年第6期的《中国现代文学研究丛刊》发表“现代文学史料学”专号。2005年，新华出版社出版刘增人等的《中国现代文学期刊史论》，2014年，中国社会科学出版社出版徐鹏绪的《中国现代文学文献学》等。

愿。历史上，从来就没有过所谓定本之说。尽管如此，一代又一代的学者仍孜孜以求。文献整理还是得从基本的文字训释开始，这是前提，是基础。

当然，一个时代自有一个时代的学术。将来的学术史在回顾我们这个时代的学术业绩时，该怎样总结和评价？我想，最鲜明的特色就是大规模的古籍影印整理。目前，很多文献整理还比较粗疏，甚至说不上整理，而是文献堆积。很多地区都在一窝蜂地以地域冠名，编纂大型丛书。就数量而言，已经远远超出《四库全书》的规模。这些工作当然很重要，但还远远不够。传统文献学以目录、版本、校勘、文字、音韵、训诂等为核心内容。如果我们总是把自己局限在传统文献学领域，要想超越前人确实较难。不过，新的时代总会提出新的命题，也总会提供新的机遇。1925年，王国维在清华国学研究院做“近十年来中国学问之大发现”讲座，认为一切新学问皆由于新发现。四十多年来，出土文献、域外文献以及电子文献为传统文献学平添了许多新的内容，最能体现文献整理的时代特色。

学术贵在发现，也贵在发明。新资料的发现，确实让人欢欣鼓舞。但同时，一味强调新材料，忽略传统学术，也很难真正认识到新资料的价值。学问的高低，不仅要比谁掌握了更多的新资料，更难的是在寻常材料中发现新问题。这需要学术功力。清代著名学者阮元组织学者校订十三经的同时，还提出另外一种设想，即通过一种胪列众说的方式，把清代学术成果具体而微地保存下来。游国恩主编的《离骚纂义》《天问纂义》等著作，初步实现了阮元的设想，每句诗下罗列历代注释、考订成果，然后下按语，点到为止，引而不发，给读者留下无限的想象空间。今人裘锡圭主编的《长沙马王堆汉墓简帛集成》、李若晖编纂的《〈老子〉集注汇考》等，也是系统整理经典文献的尝试，全面总结前人成果，充分体现时代特色。这是改革开放四十年中国古典文学研究取得学术成就的重要基础。

四、理论研究的根本方向

研究文献学不是目的，而只是一种方法，一条途径。就像盖房子，文学史料只是砖瓦，没有建筑学家的设计，终究不能成为房子。文学史是一座大厦，需要材料的支撑，更需要整体设计。只有这样，原本枯燥乏味的原材料才能焕发出有血有肉的生命活力。这就需要理论的跟进。[1]

马克思《〈黑格尔法哲学批判〉导言》这样写道："批判的武器当然不能代替武器的批判，物质的力量只能用物质力量来摧毁；但是理论一经掌握群众，也会变成物质力量。理论只要说服人，就能掌握群众；而理论只要彻底，就能说服人。所谓彻底，就是抓住事物的根本。但人的根本就是人本身。"[2]

[1]［英］柯林武德著，何兆武、张文杰译，《历史的观点》的译者序，中国社会科学出版社1986年版，第23页。

[2]《马克思恩格斯选集》第1册，人民出版社1972年版，第9页。

回想四十多年前那场真理标准的讨论，最初不过是一个哲学命题，最后竟转换成为一种看得见、摸得着的物质力量，极大地推动了改革开放的进程。当然，并不是所有的理论都具有这种强大的逻辑力量和物质潜能。只有那种能够说服人的理论才具有这样的力量。如果想要说服人，这种理论就必须彻底；所谓彻底，就是抓住事物的根本。

中国文学研究的历史实践告诉我们，推动文学研究事业的进步，学术观念的更新才是根本。如果说文献基础是骨肉的话，那么文学观念就是血液。两者互为表里，相辅相成，缺一不可。一个有骨有肉的研究才是最高的境界。在实际研究工作中，我们常常顾此失彼，或者厚此薄彼，把两者割裂开来，甚至对立起来，缺乏通融意识。

无须讳言，我们曾有过片面追求观念更新、理论先行的教训，习惯于借用现成的观念来阐释我们的研究对象。我们也曾信奉苏联灌输的研究模式去探寻规律，沉迷于机械的社会学研究方法。我们更曾迷信西方现代学说，用以“净化”我们的传统。一时间，“老三论”、“新三论”、现代派、后现代派等，各种新方法论轮番登场。“文学研究者变成了业余的社会政治家、半吊子社会学家、不胜任的人类学家、平庸的哲学家以及武断的文化史家。”[1]这又涉及学科边界问题。一方面，我们画地为牢，各说各话，鸡犬之声相闻，老死不相往来，甚至还相互怀有偏见。从事文学研究的人对历史常有偏见，觉得

[1]［美］哈罗德·布鲁姆著，江宁康译，《西方正典》，译林出版社2004年版，第412页。

他们见物不见人；从事历史研究的人对文学界也有成见，认为文学研究是见人不见物；从事哲学研究的人认为文学仅仅是对客观世界甚至是对哲学的间接折射，不能直接揭示宇宙与社会的本质与真理。文学、历史学界也有人认为哲学研究没有学问，因为他们物、人皆不见，只讨论形而上的东西。另一方面，我们又渴望彼此了解，也都知道，历史可以为文学提供直接素材，文学也可以是历史与哲学的反映。譬如，对于先秦两汉历史文化的研究，文史哲研究者所使用的材料大体是相同的，只是观察的角度有所不同而已。谈到屈原，我们不仅想到屈原的思想和形象，还有他的时代，他的生存环境，还有楚地风物，等等，涉及历史学、地理学、哲学、人类文化学、社会学等多学科的知识与方法。从这个意义上说，打破内部藩篱，进行跨学科研究，就很有必要。问题是，这些话题说了很多遍，学术界也多有尝试，但成功者有限。有的文学研究工作者，从古代文学研究到现当代文学、民间文学，最后还会研究到史学、哲学甚至政治、经济学，每一部成果都可能引起一定的社会轰动效应，但时过境迁，多数所谓成果如天边游云一样散去，没有多少人还记得起他们的作品。有的文学研究工作者，爱用训诂学上"一声之转"的方法，由甲到乙，由乙到丙，由丙到丁，转来转去，似乎古代任何作家的任何作品，都有可能产生关系。学术研究允许根据一些材料发挥适当的想象，就像跳远，脚踏实地，跳出一步，对古人抱以了解之同情。但仅此而已，不能再据以进行三级跳。学术研究不是学术创作。多学科跨界研究在方法论上容易犯的一个毛病，就是忽视了学术有边界、学术有内涵的基本道理，忽视了外延不能无限扩展的规矩。无节制的跨学科研究可能会获得暂时的声誉，却由于缺乏相关学科的基础知识，缺乏基本的学术训练，往往后继乏力，其成果也很难长久保存下去。这样的成果，可以浪得虚名一时，却让作者付出一生的代价，风险还是比较大的。

世纪之交，当迷雾散去，我们突然发现，放之四海而皆准的理论渐行渐远。面对如此纷繁复杂的变化，中国古典文学研究界似乎没有做好足够的思想准备，一时间也曾迷失方向，或加入大众狂欢之中，解构经典，颠覆传统；或转向传统文献学，潜心材料，追求厚重。客观地说，古典文学研究回归文献学，强调具体问题的实证性研究，确实比那些言不及义的空洞议论更有价值。但这种回归也隐含着某种危机，长此以往，必将弱化我们对于理论探寻的兴趣，最终会阻碍中国文学研究的重大突破。

一个民族要走在时代前列，就一刻不能没有理论思维，一刻不能没有思想指引。时代课题是理论创新的驱动力，学术研究也必须与时俱进，应对时代提出的新问题。近年，记忆文化理论、口述历史理论、写本抄本理论，其实都在努力通过不同的途径去努力接近历史真相。尼采说，世界上没有真相，只有对真相的解释。“后真相”（Post-truth）的时代思潮，促使我们对历史角色塑造问题、经典资料来源问题、历史想象与文学想象异同问题等进行重新思考。长期以来，我们对历史材料的处理相对简单，依违两端，要么疑古，要么佞古，即便是中立的“释古”，或曰“走出疑古时代”，其本质还是相信或者不相信现存史料。事实上，现存的史料有不同的来源，有当时的信史，也有后来的羼入，种种复杂的叠加，形成很多矛盾的存在。

2015年，在傅刚兄的积极策划下，北京大学举行了一场有趣的中美黉门对话，提出了很多有趣的话题。我汇总了一下双方讨论的话题，主要涉及下列五种关系。

第一是文学想象与历史想象的关系。

近百年来的出土文献那么多，但是并没有从根本上改变中国文化的基本面貌。同时不可否认，中国的早期文献又有很多矛盾性。特别是唐代以前的文献，这种矛盾性随处可见。读司马迁的《史记》，有点像读小说，细节真实到让人不可思议。由此看来，中国早期的文献，历史、文学往往混杂在一起，都有想象的成分。那么文学的想象与历史的想象，有什么不同呢？最近读到《批评家的任务——与特里·伊格尔顿的对话》这本书，再比较柯林伍德的《历史的观念》，两书都谈到了想象，一个是文学的想象，一个是历史的想象，两者有什么区别？按照他们的观点，文学的想象是通过历史事件、故事情节、人物形象来展示历史发展的内在规律，而历史家的想象是通过对历史事件的分析，把现象背后的东西揭示出来。历史也好，文学也罢，其主旨都应揭示历史的深邃。

第二是文本变异与文本固化的关系。

早期经典文献经历了从口头传说到书诸金石简帛，纸张发明之后，抄本出现，然后到雕版印刷，逐渐形成经典。一切历史，都源于口述。对此，中西方学者的理解大同小异，区别是阐释经典的方法和态度。西方学者通过演绎推理的方式，用细节去重构历史；中国学者通过归纳整理的方式，从整体去印证历史。更重要的是，中国学术界对于秦汉以来的学术传承非常重视，但是又受到制约，将他们的记载当作不容置疑的“凭证”。在他们记载的基础上研究历史。西方学者首先是批评，从否定开始；中国学者首先是尊崇，从理解开始。理解是因为相信，所以才有同情的理解。西方学者没有狭隘的专业意识，遇到什么问题就研究什么；中国学者有着强烈的专业情怀。西方学者重在探索的乐趣，而中国学者则更重在实用主义。主流意识则强调现实关怀，对于那些琐碎的问题不屑一顾，视之为裹脚布式的研究。

举例来说，早期文献传播途径不同，同一故事便有不同记载。有关《西京杂记》的作者有多种说法。倪豪士根据毛延寿丑化王昭君这个细节，推断这部书出现在齐梁中后期。类似情形还有，《吕氏春秋》《淮南子》《列女传》《新序》《说苑》等，故事来源各不相同，故事情节、细节都有出入，就有一个互文性问题。即便是同一本书，前后记载也可能矛盾。比如《商君书》《管子》《晏子春秋》《荀子》《韩非子》，很难说一定是个人所著。《复旦学报》2016年第6期刊发日本学者小南一郎的《〈楚辞〉的时间观念》，他在文章中指出，文化人类学研究表明，文明程度较低的民族中，时间观念往往是循环式的时间观念，直至永远。这个时期的人们基本上感觉满足，较少忧虑。进入文明较高阶段之后，尤其是中央集团统治后，新的直线式时间观念产生。这时的人们开始充满忧虑，时间的背后是悲剧性的本质，即人终有一死，而时间永恒。“子在川上曰：逝者如斯夫，不舍昼夜。”按照这样的观念看《离骚》，就有三个时间观念：第一部分是主人翁第一次出发以前的部分。从时间观念来说，这个部分是在直线性质的时间里万事不如意，所以他放弃直线性质的时间，向天界作第一次的出发。第二部分记述天界游行的前半段，包括他跟女神们的接触，描写的是主人翁在圆形时间里的彷徨。第三部分是第二次出发以后记述新的天上游行，从空间观念来说，是以迈向更宽广的地域为目标的彷徨。在这个过程中，他发现了新的时间。这个时间超越直线性质的时间和循环的时间，是充满喜悦的绝对性质的时间。所以会有这三种不同的时间观念，从逻辑上来推断，可能是由不同的叙述者造成的。这可能就是一些学者读《离骚》时，可以读出不同作者的原因吧？这种本文细读，还是很有意义的尝试。这个结论不是否定屈原，而是指出一种现象，即早期文献以某人命名，这个人并一定就是唯一的作者。

再举一个例子，按照德国著名学者扬·阿斯曼在《文化记忆》中的观点，一种文化形态的建立，通常经过“回忆文化”“记忆文化”“文化认同和政治想象”这三个过程。所谓“回忆文化”，多是当事人的记忆，并不断经历着重构，不仅重构着过去，而且组织着当下和未来的经验。罗马历史学家塔西佗曾在其关于公元22年的《编年史》中提到了最后一批罗马共和国亲历者的故去。八十年是一个边界值。它的一半，即四十年，似乎意味着一个重要门槛。从四十年到八十年，第一代亲历者全部陆续退出历史舞台。随之而来的就是文化记忆。在从口传到写本的转换过程中，那些吟游诗人、祭司、教师、艺术家、官员、学者等充当着重要的角色。他们传述历史，有真实的依据，也有合乎情理的想象。这便与文学发生关系，与第一个问题发生关系，即文学与历史都在想象中开始。统一体制建立之后，统治者通过权力的介入，强化“文化认同和政治想象”。西汉初年，乐府的建置，《郊祀歌》的创作，背后都有权力的影子，都在试图控制着历史的叙述。这是因为谁掌握了历史的叙述，谁就掌握了未来。因此，我们必须指出，在政治、文化权力介入以后，很多文献被遮蔽，乃至被有意修改，是大量存在的事实。托古改制，谶纬盛行。这是公然的造伪，姑且不说。早期家学、私学为了争夺正统话语权，往往把自己说得高大上，别人都是假的。俄罗斯学者瓦西里·巴甫洛维奇·瓦西里耶夫的《中国文学史纲》认为中国的文献，只有《周易》《诗经》《论语》可靠，其他都有汉代以后的痕迹。为什么会这样？这不能不考虑西汉初年“过秦”，只有把秦朝说得残暴，才越发证明汉代的可贵。一个新政权建立后，通常会对前朝大加挞伐。一部二十四史，都是新朝编订。

第三是原始文献与后来文献的关系。

我们通常认为现存最早的刻本或者抄本就是原始文献。但实际上还不那么简单。假如有一天，真的从地下挖出一部六朝时期的抄本《史记》，一定就比现存的更原始、更可靠吗？未必。我们知道，司马迁的《史记》在两汉是被锁在深宫的。两汉之际，班彪获得一部抄本，王充曾从问学，有可能看到过，《论衡》中的有关记载，就与后来的《史记》有所不同。东汉末年蔡邕流落江南，读到《论衡》，叹为异书，就是看到了很多新的资料、新的提法。《史记》在广为流传之前是否遭到修改乃至篡改，都还很难说。所以，哪一部是原始的，就说不定了。

第四是早期文献真实性和非真实的关系。

中国早期历史似乎不可靠，所以引起很多人怀疑。两个月前，我参观宝鸡青铜器博物馆，看到2003年发现的27件青铜器，其中一件记载了单氏家族与周天子的关系，与《诗经》《史记·周本纪》的记载多有吻合。还有鲜卑族的发迹，自从在大兴安岭嘎仙洞中发现了鲜卑族告天文书石刻后，《魏书》所记鲜卑人的历史，便找到了源头。中国的历史，就其整体而言，就是这么确切不移，尽管中间有很多人为的篡改，但历史依然被清晰地记录下来。

第五是早期文献的综合研究与个案研究的关系。

早期文献是口耳相传，图和画的关系非常密切。图书二字，本身就是"图"和"书"相合而成。可能的事实是，先有图，后有字，然后才有书，才有历史的叙述。所以图像研究很值得关注。

更需要强调的是，在日益开放的时代，中国人必须用我们自己的头脑进行思考，实事求是地决定什么东西能在我们自己的土壤里生长起来。一百多年来的中国文学研究，在取得重大成就的同时，也确实存在着过多依赖国外理论来规范中国文学实际的弊端。从表面看是方法问题，其实是理论观念问题。构建中国文学特有的学科体系、学术体系和话语体系，理论创新迫在眉睫。

五、回归经典的历史趋势

理论上的突破，首先还要回到经典。经典的意义就在于它深刻地展示出人类共通的问题，具有永恒性和普遍性。文学是人学，更是社会生活的反映。文学经典的最大特色，就是写出了人所具有的社会属性，超越时空，引起共鸣。

这里所说的经典有两重含义，一是马克思主义经典，二是中国传统文化经典。两者来源不同，但在当今中国事实上已经引领了古代文学研究的发展方向。一段时间，关于传统文化与马克思主义的关系存在着一种认识误区，认为传统文化是农业文明的产物，在遇到工业文明产物的马克思主义之后，其历史糟粕便一览无遗。改革开放四十年的实践证明，把西方文化（包括马克思主义）与中国传统文化对立起来的观点，不仅在理论上站不住脚，在实践中也会对我们的工作造成伤害。在新形势下如何理解马克思主义与传统文化的关系，如何运用马克思主义基本原理去阐释中华传统文化的特质，去弘扬中华民族的美学精神，去指导中国古典文学研究，这是一个亟待解决的问题。

恩格斯的《在马克思墓前的讲话》里有这样一段名言："正像达尔文发现有机界的发展规律一样，马克思发现了人类历史的发展规律，即历来为繁茂芜杂的意识形态所掩盖着的一个简单事实：人们首先必须吃、喝、住、穿，然后才能从事政治、科学、艺术、宗教等等；所以，直接的物质的生活资料的生产，因而一个民族或一个时代的一定的经济发展阶段，便构成为基础，人们的国家制度、法的观点、艺术以至宗教观念，就是从这个基础上发展起来的，因而，也必须由这个基础来解释，而不是像过去那样做得相反。”[1]历史的发展，服从于社会基础的变化。个人的生存环境，人类的未来发展，也应该由此做出解释。但在具体研究中，可能由于学科划分的原因，我们只是关注作家的精神创造，而忽略其背后的经济因素。罗素的《西方哲学史》英国版序言：“在大多数哲学史中，每一个哲学家都是仿佛出现于真空中一样；除了顶多和早先的哲学家思想有些联系外，他们的见解总是被描述得好像和其他方面没有关系似的。”“这就需要插入一些纯粹社会史性质的篇章。”[2]由此看来，这种弊端并非中国特有。进入21世纪，文学所主办的《文学评论》《文学遗产》与高校科研单位联合举办多场研讨会，集中讨论中国传统经济生活与文学创作的关系，逐渐改变过去那种脱离物质生活实际去研究文学的空疏弊端。

恩格斯的《反杜林论》又说：“一切存在的基本形式是空间和时间，时间以外的存在和空间以外的存在，同样是非常荒诞的事情。”[3]这个道理很简单，时间和空间是物质存在的形式。人类社会的发展、变化，都只能在时间和空间中进行。研究历史、研究文学，不能脱离特定的时间与空间，否则只是空中楼阁。近些年来，文学编年研究、文学地理研究、作家精神

---

[1]《马克思恩格斯选集》第3册，人民出版社1972年版，第574页。

[2]［英］罗素，《西方哲学史》，商务印书馆2004年版，第9页。

[3]《马克思恩格斯选集》第3册，人民出版社1972年版，第91页。

史研究、作家物质生活研究等，注意将历史事件、历史人物放到特定的时间与空间中加以还原，其实质就是运用了马克思主义的基本立场、观点去研究文学，走进历史人物与文学人物的内心世界，所得结论切实可据，触摸可感。

关注阶级与阶层的变化，也是经典作家反复讨论的问题。不同阶级、不同阶层自有不同的文化需求，因而产生了不同的文学形态。不同的时期，社会和家庭结构通常会发生不同的变化，文学会很敏锐地反映出各种社会角色和社会地位之间的比例关系变化，以及规范和调节各种社会互动关系的价值观念变化。研究文学，需要社会学的视野，需要注意文学中所反映的这种阶级和阶层的变化，以及他们的文学诉求。20世纪初，随着敦煌文献的发现，中国平民文学引起学术界的高度关注。30年代，郑振铎就撰写了《中国俗文学史》，打破了长期以来我们的文学史只关注精英文化的禁锢，开创了文学研究的新局面。最近四十多年，地不藏宝，《神乌傅（赋）》、田章简牍等出土文献极大地丰富了中国文学史的内容。人们注意到，中国文化思想界的空前变革，推动形成东汉文化平民化与世俗化的趋势，建安文学由此而起。在中国文学史上，文学体裁、文学题材，乃至文学思潮，往往源于民间。即便是一些外来文化，也经常是通过民间扩展开来，逐渐影响到上层社会，最后演变为士大夫文化。其实，当代文化的变化又何尝不是如此。随着社会变革的加剧，社会阶层的分化也呈加速态势。90年代中后期，就有一批反映社会下层民众生存状况的所谓“底层写作”引起了文坛的关注。

以上所述，是经典作家早就论证过的一些基本原理，只是我们又重新发现了它们的价值而已。中国传统文化经典也面临着重新认识、重新评价的问题。中国古典文学作品中蕴含着丰富的传统文化精髓。

每个学科都有自己的经典著作，譬如中国文学，前有“选学”，后有“红学”。再往前推，其实文史哲不分，都尊奉着共同的经典，那就是所谓的“六经”（《诗》《书》《礼》《乐》《易》《春秋》）。这些儒家经典，是中国文化最基本的典籍。它们传递着一些共同的价值观。这些重要的思想，在中国古典文学作品中随处可见，潜移默化、润物无声，深刻地影响着中国人的价值观、世界观、人生观。马克思主义中国化，正是建立在这样一个传统价值观基础之上，由此焕发出强大的生命力。正是从这个意义上说，回归经典，就是回归到马克思主义经典上来，回归到中华优秀传统文化经典上来。这是改革开放四十年中国古典文学研究得到充分发展的基本经验。

六、古典文学的现实感召

如前所述，一切有价值、有意义的学术研究，都应该反映现实、关照现实，都应该有利于解决现实问题，回答现实问题。文学的力量在于兴发感动。叶嘉莹先生的《杜甫秋兴八首集说》，将杜甫的创作放在特定的时间、空间，站在历史的高度给予理解，让我们深刻地体会到杜甫创作成就的取得，离不开时代，离不开人民，更离不开崇高的思想境界。近年来，叶先生致力于古典诗词吟诵的传承和推广。在她的言传身教之下，一些年轻学子走上学术研究的道路，更多的人爱上诗歌，爱上诵读，领略到中国古典诗词的魅力。2020年11月28日，记录叶嘉莹先生对中国诗词贡献的文学纪录片《掬水月在手》，获评第33届中国电影金鸡奖最佳纪录/科教片，说明古典诗词和文学研究正在获得大众的认同。沿着这样的方向，我们的学术研究还有着广阔的发展空间。

前辈学者的学术实践告诉我们，如果把学术研究仅仅视为满足好奇心，或者是为了稻粱谋，那是没有生命力的。真正优秀的研究工作者，胸中要有时代，要有社会，要有民生。只有这样，他才能站在历史的高度，深刻地理解人民大众的理想和追求，密切地关注时代的变迁与社会的发展，把自己的研究工作与人民大众的需要、国家民族的命运联系在一起，才能获得发展的生机，才能提升学术的品位。这样的研究成果一定会有气象，有温度，有生命力。这是前辈学者留给我们的最深刻的精神启迪。

七、文化交流的特殊媒介

文学是国际文化交流的特殊载体，起到了沟通民心、传达民意的作用。中国古典文学研究的国际化也是我们追求的目标。

近百年来，我们更多地注意到近代中国接受外来文化的影响，而忽略了中华优秀传统文化对周边国家和地区的浸润，以及对世界文明的贡献。近年，一些高校成立了海外汉籍研究所，创办刊物，出版丛刊。这项工作从三个方面展开：一是编写文献目录，二是出版专题丛刊，三是开展系统研究。目录方面，有严绍璗的《日藏汉籍善本书录》（中华书局2007年版）、黄仕忠的《日藏中国戏曲文献综录》（广西师范大学出版社2010年版）、王小盾等编的《越南汉喃文献目录提要》、马月华的《美国斯坦福大学图书馆藏中文古籍善本书志》（广西师范大学出版社2013年版）、安平秋、曹亦冰、卢伟的《美国图书馆藏宋元版汉籍图录》（中华书局2015年版），以及范邦瑾的《美国图书馆藏中文善本书续录》《美国哈佛大学燕京图书馆藏中文善本书志》《柏克莱加州大学东亚图书馆中文古籍善本书志》《西班牙图书馆中国古籍书志》（均由上海古籍出版社出版）等。2015年，“海外中文古籍总目”项目启动，该项目将编成一套最为完备的域外汉籍目录。专题丛刊有黄仕忠主编的《日本所藏中国稀见戏曲丛刊》（广西师范大学出版社2006年版），林明德主编的《韩国汉文小说全集》（中国文化学院出版社1980年版），陈庆浩等主编的《越南汉文小说丛刊》（学生书局1987年版），王三庆、陈庆浩等主编的《日本汉文小说丛刊》（学生书局2003年版），孙逊、郑克孟、陈益源、朱旭强主编的《越南汉文小说集成》（上海古籍出版社2010年版）等。文化部还组织全球汉籍合璧工程，全方位地收集整理流失海外的中国古籍。至于研究著作，更是如雨后春笋，不胜枚举。

中华文学不仅滋育了华夏儿女，而且对周边国家乃至欧美也产生了重要影响，在世界文明宝库中占据着重要位置。儒家经典如《诗经》《尚书》《春秋》等很早就传入朝鲜半岛，并通过一系列教育举措及科考制度，儒家的“德智”“仁政”等政治理念以及忠孝节义等道德伦理思想在当地产生积极影响。从《奎章阁图书中国本综合目录》（韩国首尔大学编）等韩国现代书目中，可以看到中华典籍在朝鲜半岛留存的踪影。《旧唐书·东夷传》记载，日本曾多次派遣唐使前往中国，“请儒士授经”。很多人在回国时，“尽市文籍，泛海而还”，从中国带走了大量汉文典籍。《日本国见在书目》（《古逸丛书》本）等日本古代目录学专书，也保留下了丰富的历史印记。[1]

从现代考古资料看，中国与西方的交流应当早于汉代的张骞。中华优秀传统文化通过丝绸之路，早就传到欧洲。法国安田朴编纂的《中国文化西传欧洲史》告诉我们，17世纪以来，英、法、德、意等国的图书馆也收藏了大量中华典籍。在这个时期，很多中华典籍中的一些典故，甚至一些著作也开始引起了西方学者的关注。很多有识之士发现，东方文化可以将国家精神意志、民族文化理念、社会责任意识、道德修养追求等内化为个体的自觉，有助于消除人与人、人与社会、人与自然的隔阂，弥合国与国、族与族、家与家的分歧，具有化解矛盾危机、整合社会力量的重要作用。这些思想，在当今纷繁的世界依然有其现实意义。

[1] 孙猛的《日本国见在书目详考》有详尽注释，上海古籍出版社2015年版。严绍璗的《日藏汉籍善本书录》（中华书局2007年版）厚厚三大册，可见中华典籍在日本的流传。

近代以来，西方文化强势介入中国，深刻地改变了中国的面貌。长期以来，我们对于国外的新思潮、新理论，往往过于急切地吸收、转化，用来指导中国的学术研究。我们曾信奉苏联灌输的研究模式去探寻规律，沉迷于机械的社会学研究方法；我们也曾迷信西方现代学说，用以“净化”我们的传统。不能否认，借鉴国外的方法论探索，会有思想史意义，但在学术史上能留下多少东西，历史会给出答案。

把中国古代文学优秀作品及中国古典文学研究成果推向海外，同时，把国外优秀的研究成果吸收进来，已日益得到广大学者的重视。《文学遗产》较早地开展了这方面的工作，积极组织发表国外学者具有原创性的学术论文，时刻注意介绍海外研究信息及相关资料，开辟“海外学者访谈”专栏，对术有专攻的海外学者进行专访，不仅介绍某一学者的成就，更重要的是通过专访，介绍海外最新的研究信息及趋势。这些成果已结集出版。[1]中国学者有关古典文学研究的论文，如何有效地传播出去，目前还有很多工作要做。

在出版界，以上海古籍出版社、中华书局等为代表，出版了大量的介绍海外汉学研究的丛书，在学术界产生了较大的影响。现在，海外出版机构与国内相关部门密切合作，陆续推出了很多中国学者的著作，讲好中国故事，传播中国精神，沟通学术信息，促进文化交流，朝着平等、包容、借鉴、吸收的方向迈进。这是一个良好的态势。

[1]《文学遗产》编辑部编，《学镜——海外学者专访》，凤凰出版社2008年版。

八、中华文学的观念建构

长期以来，中国古典文学史研究多以汉民族文学为主体，在很大程度上忽略了中国多民族文学发展的实际。即便是汉民族文学史，也有诸多缺憾，整个框架主要是借助西方观念构建起来的，与传统中国文学多有脱节。更何况，中国文学不仅吸收外来文明，也一直在积极地传播自己的文化，为繁荣世界文明做出自己的贡献。

著名文学史家郑振铎有一个理想，即文学史不仅要打通古今，包含各种文体，更要展现中华多民族文学的辉煌。他自己撰写过多种文学史，有着丰富的经验。他更希望组织各行专家，撰写一部综合性的文学史。后来，余冠英、钱锺书、范宁等人主持编纂的三卷本《中国文学史》，唐弢主编的《中国现代文学史》，毛星主编的《中国少数民族文学》，则将这一设想变成现实。改革开放以后，文学研究所同人沿着老所长指引的方向继续努力，完成了《中华民间文学史》（祁连休、程蔷主编，河北教育出版社1999年版）、《中国文学通史》（邓绍基、刘世德、沈玉成主编，人民文学出版社陆续出版）等著作，在海内外产生广泛的影响。这里特别要提到中国社会科学院文学研究所与民族文学研究所合编的《中华文学通史》（张炯、邓绍基、樊骏主编，华艺出版社1997年版）首次将古代、现代、当代文学以及历代多民族文学放在一起加以考察，初步实现了很多学者希望看到文学史古今打通、多种文体打通、多民族文学打通的“三通”。文学研究所很早就成立了台港澳文学与文化研究室，中华文学史料学学会也顺势而为，在中国古典文学史料研究分会、中国近现代文学史料研究分会之外，另设中国民族文学史料研究分会，拟设海外华文文学研究分会等，将中国文学史研究延展到更为深广的时空中去，展现出绚烂的发展前景。

经过长期探索，学术界适时地提出“中华文学”概念，并不断地丰富其内涵。学者们普遍认为，中华文学不仅仅是横向意义上的中华多民族文学的简单整合，也不仅仅是中国大陆、中国台港澳文学和海外华文文学，更重要的是，“中华文学”是一个建立在大中华文学史观基础上的相对独立的学科体系、学术体系和话语体系，既是现实的实践问题，也是深邃的理论问题。

2015年3月16日，中国社会科学院文学研究所、民族文学研究所主办的《文学评论》《文学遗产》《民族文学研究》联合举办“中华文学的发展、融合及其相关学科建设”学术研讨会，就中华文学命题的提出及其理论意义、中华文学形成过程中的本质特征及内涵外延、中华文学在各个不同历史时期所呈现出来的不同特色及其在中华民族历史融合与民族精神建构过程中的巨大作用等问题展开热烈讨论。此后，《文史知识》开辟“中华文学”专栏，邀请专家就上述问题发表意见。我们还与西北民族大学同人共同策划选题，在相关报刊组织专栏文章，呼吁将中华民族文学经典纳入中华文学史编写系统，纳入大学中文系教学计划。

（一）努力回归中国文学本原

中华民族有着悠久的文学传统，在漫长的岁月中，在相对独立的空间里，自我革新、缓慢发展。1905年9月2日，随着清帝一纸谕令，给中国延续了上千年的科举制度画上句号。又过了十年，1915年9月，《青年》杂志（第二卷更名为《新青年》）创刊，倡导建设新文化、摧毁旧传统的宗旨，由此揭开新文化运动的序幕。1917年，胡适发表《文学改良刍议》，揭开了文学革命的序幕。在政治文化领域，“打倒孔家店”，成为最响亮的口号。在文学领域，《新青年》杂志第3卷第5号“通讯”一栏发表了钱玄同致陈独秀的信，信中说：“惟《选》学妖孽所推崇之六朝文，桐城谬种所尊崇之唐宋文，则实在不必选读。”后来概括为“选学妖孽、桐城谬种”，成为新文化运动口诛笔伐的对象，被打翻在地。[1]从此，传统文学研究日渐式微，被迫走上革故鼎新的征程。

改造，从传统学科的分化开始。文学、历史、哲学分道扬镳，彼此悬隔。中文学科内部又将语言和文学分开，文学再细分古代、现代和当代；古代继续划分，有先秦、两汉、魏晋南北朝、唐、宋、元、明、清文学。具体到一个时代，譬如唐代，又分初唐、盛唐、中唐、晚唐；研究初唐文学，再分“初唐四杰”“沈宋”；研究“四杰”，又分王、杨、卢、骆。总之，学科越分越细，只见树木，不见森林。即便是树木也多不

[1]“妖孽”一词，见陈琳《为袁绍檄豫州》：“司空曹操祖父，故中常侍腾，与左悺、徐璜并作妖孽，饕餮放横，伤化虐民。”

完整，只是碎片。就这样，活生生的历史被肢解得七零八落，丰富多彩的文学史被割裂成一个个电线杆子式的个体。

文体的归并是对中国古典文学的第二项改造。本来，《昭明文选》《文苑英华》将中国古代文体划分出近四十类文体，《文心雕龙》自《辨骚》以下至《书记》凡二十一篇，论述各种重要文体多达五十种。在众多文体中，除诗、骚外，多数为文章。至少在先秦两汉，文学的大宗是广义的“文”。20世纪前后，在西方“四分法”的文体观念影响下，中国古代文学作品也被限定在诗歌、戏剧、小说、散文四类中，前三类为主流，而文章大宗，反而退居次要地位。20世纪以来的中国文学史一个最大的短板，就是丰富多彩的文章成了蕞尔小国。

作家身份的鉴别是对中国古典文学的第三项改造。《文选》收录了一百三十多位作家，《文心雕龙》论及的作家有二百余人。两份名单对比，重叠颇多。在刘勰、萧统的正统文学观中，中国文学渊源于五经，很多经学家被视为文学家。如前所述，他们的这种观点并非无据。他们所推举的文学家也多经得起历史的考验。但是按照现代文学标准，很多文学家被排除在文学史之外。唐、宋、元、明、清以下的文学史就更加“纯粹”。

回顾一百多年来中国文学研究的历史，在看到巨大成就的同时，我们也不能不遗憾地指出，20世纪以来沿袭多年的文学研究，尤其是中国古典文学研究，在很大程度上与中国文学史的实际还有相当大距离。其中一个重要原因，就是我们奉为圭臬的一些重要理论主张，大都是依托于西方语言哲学建构起来的，很难涵盖中国文学史的全貌，也很难用来解释复杂多变的中国文学现象。回到中华文学的本原，贴近中华文学的实际，是建构中国文体学和叙事学理论体系的前提和基础。

（二）全面展现中华文学风貌

据我所知，民族院校文学系学生除阅读本民族文学经典外，通常还要修读汉民族文学经典阅读课。《诗经》、《离骚》、李白、杜甫、元稹、白居易、韩愈、柳宗元，都有介绍。反观综合性大学中文系，似乎很少有开设民族文学经典课程的。这与中文系名实不符。中华各民族文学经典，是中国文学重要的组成部分，理应是中国语言文学系研究的对象。

中华各民族文学的发展，在我国的宋、辽、金、元时期曾出现一个高潮。譬如产生于11世纪的维吾尔族古典名著《福乐智慧》，产生于13世纪的《蒙古秘史》，以及著名的中国少数民族三大史诗——《格萨尔王传》《江格尔》《玛纳斯》等，其中相当一部分至今还流传在民族地区，是真正意义上的活的文学，充分展现了中国广袤疆土上文学的多样性，是中华各民族文化的骄傲，也是宣传中华民族文化的最好的教科书。他们的影响早已超越国界。[1]

回顾一百多年来中国文学研究的历史，在看到巨大成就的

[1] 参见李炳海的《民族融合和中国古典文学》（东北师范大学出版社1997年版），刘亚虎、邓敏文、罗汉田的《中国南方民族文学关系史》（民族出版社2001年版），郎樱、扎拉嘎的《中国各民族文学关系研究》（贵州人民出版社2005年版）等论著。

同时，我们也不能不遗憾地指出，20世纪以来沿袭多年的中国文学研究，尤其是中国古代文学研究，主要还是依照传统的历史分期、地域划分或者社会学的民族概念，将本属于整个中华民族的古代文学，分割成孤立或单一的历史、地域、王朝、民族去研究，鲜有涉足不同时期、不同地域、不同民族之间文化与文学的交汇、交流、交融的动态研究，缺乏对中华民族历史上各民族之间文化与文学多元一体的综合性研究。

习近平总书记《在文艺工作座谈会的讲话》强调："中华优秀传统文化是中华民族的精神命脉，是涵养社会主义核心价值观的重要源泉，也是我们在世界文化激荡中站稳脚跟的坚实根基。""我们要结合新的时代条件传承和弘扬中华优秀传统文化，传承和弘扬中华美学精神。"这里所说的中华文化，当然是指多民族优秀的传统文化，其中蕴含着丰富的中华美学精神，是我们文化自信的重要来源。

我们认为，科学认识并研究中华文化多元一体、同源共生的本质，重新认识各民族文学在推进中华文化历史形成中的重要作用，确实还有很多工作要做。从目前的学术发展情况看，最迫切的工作是，系统深入地清理史料，准确描述在中国历史的不同时期中华各民族文学汇聚、融通的历史过程，再现中华文学的整体风貌。近年，国家哲学社会科学基金支持的一些重大课题，就充分照顾到中华多民族语言文学的实际，开展系统的资料整理与研究，全方位地展现出中华文学的复杂性和多样性。我们相信，这些工作必将有助于推动中华文学理论体系建设，进而推进社会主义核心价值体系建设，创建具有中国特色的社会主义新型文化。

（三）系统整理各民族文学史料

全国绝大多数省区市建立了少数民族古籍整理出版工作机构，组织编纂《中国少数民族古籍总目提要》，从目录入手，摸清家底，也很有参考价值。

国家民委组织发起的《中国少数民族古籍集成》（汉文版）历经十年准备，于2002年10月出版发行。这是中国第一套系统整理出版的少数民族古籍丛书。

大型民族史诗如藏族的《格萨尔王传》、维吾尔族的《福乐智慧》、蒙古族的《江格尔》、柯尔克孜族的《玛纳斯》、彝族的《阿诗玛》等还有不同类型的整理本。近年出版的《格萨尔文库》，煌煌三十巨册，是少数民族史诗整理的重大成果。[1]这些著作以无可辩驳的事实证明，中国是史诗资源丰富的国度。

此外，上海古籍出版社推出的“清代少数民族文学家族诗集丛刊”，巴蜀书社推出的“古代西南少数民族汉语诗文集丛刊”，国家图书馆出版社推出的“清代蒙古族别集丛刊”，云南省民语委办公室组织编撰的“汉族题材云南少数民族古籍译注丛书”“云南民族古籍丛书”等。这些丛书是中国少数民族的史诗、叙事诗以及少数民族作家别集的集大成著作。

[1]《格萨尔文库》编纂委员会编，《格萨尔文库》（30册），上海古籍出版社2018年版。

从这些古典作品中，我们发现，各地区各民族之间的文学交融，广泛而深刻。汉族地区流传的一些故事，也在少数民族地区传播，如彝族的《董永记》《劝善经》《孔子》，傣族的《唐王》《唐僧取经》《王莽篡位》，白族的《梁山伯与祝英台》《白扇记》等，为少数民族群众接受并广泛传播。

纵观中国学术发展史，凡是做出重要成就的学者，无不具有一种通识，一种深厚的学养。他们既不拘泥成说，故步自封，又不孤立地偏信某些材料而漠视对文学史实的全面考察；既不忽略对具体作品的细致辨析，又不脱离对某一时期文化背景的深刻认识。应当承认，他们所走过的学术道路，至今仍然有着不可替代的启迪意义。归结到一点，就是守正创新，努力在继承前人优秀成果基础上，结合新的历史条件给予不断的发展和创新。

我们研究文学史的目的，显然不仅仅是为广大读者提供某种系统的文学发展的知识，更重要的，还是从丰富多彩的文学史探索中逐渐建立起具有中国特色的文学理论框架或理论主张。新的时代呼唤新的学问，在经历了一百多年的中西方全面交融的历史实践之后，我们有必要重新倡导实事求是的原则，对具体材料做具体分析，这是历史唯物主义的基本态度，也是未来中国古典文学研究进一步发展的理论方向。

（2018年9月19日在北京大学中国古文献研究中心的讲座）

董仲舒与《春秋》“大一统”观

我以前都是站在讲台上讲课，今天确实有点劳累，先申请坐下来，请谅解。三个小时前，我还在天目山那边做主题发言，大会还没结束，我就提前退出，乘车直接赶到这里。五年前，也是在这个“风则江大讲堂”，我做过一次讲演。今天能见到老朋友，还有很多新面孔，很高兴。五年的时间，过得真快。这次来，有一个很大的感触，就是高速公路特别拥挤。这说明我们这里的经济特别发达，特别有活力。当然，客观上也给我们的出行带来麻烦。今天在路上耽误的时间太多，以至于我顾不上吃饭，直接上讲台。

上次讲座，我主要介绍了20世纪以来中国文学研究发展变化的情况，谈到20世纪初期五四运动前后，在科学民主精神的引导下，中国文学是如何发展的。今天，我想谈谈中华“大一统”的问题。

说到“大一统”，自然离不开董仲舒，不妨先从董仲舒说起。

一、大儒董仲舒及其“大一统”观的提出

说到董仲舒，大家首先会想到一句特别有名的话——“罢黜百家，独尊儒术”。1974年评法批儒运动，董仲舒作为儒家文化的代表，成为大批判的靶子。今天重提董仲舒，必然要涉及儒家思想，还要涉及“罢黜百家，独尊儒术”这个命题的时代背景。

董仲舒是中国历史上非常有名的大儒，他一辈子只做一件事，就是研究《春秋》。他从小学的就是《公羊春秋》。《公羊春秋》的作者叫公羊高，生活在战国初年。《公羊春秋》是一部解释《春秋》的著作。《春秋》本是鲁国的编年史，上起鲁隐公元年（前722），下至鲁哀公十四年（前481），记录鲁国十二公二百四十二年间的大事。《春秋》大多只记载时间、人名、地名，事件往往一笔带过，极为简略，有时连事情的本末也不交代清楚，为了便于后人理解，就有不少人给《春秋》作传，著名的有《左氏春秋》《穀梁春秋》和《公羊春秋》。《春秋》三传，各不相同。在经学史上，通常把《公羊春秋》和《穀梁春秋》视为“今文经家”的代表，把《左氏春秋》视为“古文经家”的代表。

经学史上的今文和古文问题，历来争论很多，线索纷繁，这里不拟展开。大体说来，在早期，今文经学比较得志，被视为官方学问，而古文经学到很晚才被认可。西汉后期，关于《左传》是否应立于官学，曾有过一场激烈的交锋。为什么会

有这样的纷争呢？这主要是争夺话语权的需要。古文经学的一个特点集中在“实事求是”这四个字上。古文经学家对经书的解释，不敢随意发挥，相对保守。这是否意味着，今文经学就不完全实事求是呢？也并不是如此简单。早期的经学，不论是古文经，还是今文经，主要靠口耳相传，师徒相授。于是便有了所谓家学、师承的不同。那时还没有纸张，传授的内容，弟子们或记在心里，也有的记在简牍上。古文经学一直在民间流传，来源较早。西汉前期，在孔子旧宅墙壁中发现的很多先秦古书，用的就是古文字，当时有一种形象的说法，叫蝌蚪文，这是汉代以前的篆书。

今文经学比较复杂，因为一直为社会所认可，传授的时间可能较早。譬如《公羊传》，始于战国初年，直到汉景帝时才被记录下来。今文经学家解说经书有一个最大的特点，就是注重实用，常常和当时的社会现实紧密地联系起来。《公羊传》认为，《春秋》有“微言大义”，公羊学家总是试图在《春秋》字句中找寻一些奇异之论，牵强比附。比如说某个地方发生地震，明明是天灾，也要和人祸联系起来。他们从经书上找到一些例证，然后给予解释。实际上，他们是想借助经书的解释，表达知识分子对社会政治的介入。可见，公羊学派有着鲜明的政治主张和功利思想。

董仲舒从小学的就是《公羊传》，非常刻苦，有三年不窥园的传说。董仲舒的著作很多，《汉书·艺文志》有“董仲舒百二十三篇”“《公羊董仲舒治狱》十六篇”。其中最著名的是《春秋繁露》，从题目就可以看出，是阐释《春秋》的著作。在董仲舒看来，《春秋》无所不能，甚至有关刑法方面的问题，也要到《春秋》中去找答案。《汉书》中的《五行志》《食货志》《匈奴传》等都曾引用到《春秋繁露》。有些片段见于今本《春秋繁露》，有些则不知道是从哪儿来的。

董仲舒还是著名的文学家，有别集流传。《古文苑》就收录了《董仲舒集叙》。《春秋繁露》还收录了他的《山川颂》，与《韩诗外传》关于仁者乐山、智者乐水的说法相近，以山水比拟人的品德，虽不是模山范水之作，也代表了当时的一种审美观点。董仲舒的辞赋创作代表是《士不遇赋》，唐初所编的《艺文类聚》曾予收录，抒发了作者怀才不遇的情绪。作者认为，当时小人当道，是非颠倒，他自叹进退维谷，无所适从，于是想到了伯夷、叔齐的高蹈避世，想到了伍子胥和屈原的毙命江心，他们的下场很是悲惨。尽管如此，他依然一心向善，不愿意向世俗妥协。

这篇小赋涉及很多内容，用语尖刻，影响很大。唐代著名文学家元结的《自箴》《汸泉铭》《湋泉铭》《恶圆》《恶曲》等名文就多有模仿。与董仲舒同时稍晚的司马迁也写过一篇《悲士不遇赋》，五百年后的陶渊明同样写过一篇《感士不遇赋》，内容差不多，都是怀才不遇的感慨。陶渊明说他读了董仲舒与司马迁的赋以后，感叹真风告逝，只能从异代寻求知己。正像杜甫那样，视宋玉为异代知己："摇落深知宋玉悲，风流儒雅亦吾师。怅望千秋一洒泪，萧条异代不同时。"这是中国知识分子的一个传统，就是不断地从先贤中找到一种精神的力量，抚慰自己的心灵。陶渊明从董仲舒、司马迁的身上看到了自己学习的榜样，由此可见董仲舒在他心目中的位置，一定是非常正直的形象。

董仲舒感叹自己怀才不遇，也是实情。他官位不高，境遇不顺，连生平事迹都很简单。当然，换一个角度看，他生逢蒸蒸日上的汉武帝时代，又是幸运的。他敏锐地抓住了稍纵即逝的历史机遇，提出了一系列政治主张，而这些思想主张又被汉代统治者所接受，成为统治阶级思想的重要组成部分，你能说他“不遇”吗？司马迁也确实不幸，惨遭宫刑，但是他清醒地看到了历史的大势，把自己的不幸放在一旁，给后人留下一部《史记》，一部中华民族的谱系。

董仲舒一生醉心于《春秋》，认为《春秋》的核心就是“大一统”。他说：

> 《春秋》大一统者，天地之常经，古今之通谊也。今师异道，人异论，百家殊方，指意不同，是以上亡以持一统，法制数变，下不知所守。臣愚以为诸不在六艺之科，孔子之术者，皆绝其道，勿使并进。邪辟之说灭息，然后统纪可一而法度可明，民知所从矣。[1]

所谓“大”字，有尊大、尊美之意，换言之，也可以说以一统为大。“统”字，东汉何休释为“始也，总系之辞”。董仲舒认为大一统是天意，既然是天意，就是大道，不能改变。

[1]〔汉〕班固，《汉书》卷五六，中华书局1962年版，第2523页。

天不变，道亦不变。道，是《春秋》大义。董仲舒特别强调，人要有所敬畏，敬畏自然，敬畏天道，敬畏祖宗。人在做，天在看，所以我们必须恪守现状，追求仁爱，保持忠正等。中国人有一个特点，无论是最高统治者，还是普通百姓，无论做什么事，心中都有一个“天”的存在。中国人没有一个统一的宗教观念，而是多神论，在山里看见一棵大树，也要拜一拜。但是中国人信天，任何一种外来的信仰，都得服从天意。所以天意从来不可言道，却无时不在。这是董仲舒思想的逻辑起点。由此出发，他提出了一系列的主张，其中以“大一统”观最引人瞩目。

为什么董仲舒在汉武帝时代提出这样的思想主张？为什么董仲舒的思想至今仍有现实意义？要回答这个问题，我们必须回到当时的历史现场。

二、从黄老之学到独尊儒学

从历史上看，秦与汉衔接紧密，但思想来源是不同的。秦朝的思想来源主要是法家，与三晋文化相关联，而刘邦集团的主要成员来自楚地，受楚文化影响甚深。两个政治集团有着完全不同的思想来源。对历史稍微了解一些就知道，秦朝之所以能够打下天下，是因为他们成功地破解了合纵之术，采用了连横战略。所谓合纵，就是以楚国为中心，将南北诸国联合起来，一起抗秦。所谓连横，依然是以楚国为中心，西则秦国，东则齐国。无论是合纵，还是连横，楚国都是中心。楚国的向背，直接关系战国的走向，关系楚国的存亡。楚国的最大失误，就是听信了张仪的鼓动，放弃了合纵的政策，犯了颠覆性的错误，最终被秦国一步步逼到绝路。按照实力，楚国非常强大，足以统一天下。很可惜，楚国统治者选择了一个错误的政策，导致了亡国的下场。秦人统一天下后，最是楚人不服，发誓“楚虽三户，亡秦必楚”。最终，还是楚人刘邦、项羽等联手，把秦国消灭了。又经过八年的楚汉相争，天下终于一统。

经历了秦末的战乱，八年的楚汉相争，干戈日用，苍生涂炭，承乱之余，骸骨蔽地。这个时候，选择什么样的治国方略，便是当时的知识分子和统治集团必须回答的问题。从现实政治来说，百废待兴，不能再折腾下去，如何安抚天下，西汉初年的统治者充分重视思想家的建议，采用黄老之术。最初，刘邦打天下的时候，对文人是很看不起的，非常抵触。陆贾经常给他讲治国的道理，刘邦说，我是凭着武力打下天下的，仅凭你们的夸夸其谈，能有今天吗？陆贾说，正因为秦始皇不信老祖宗的道理，所以二世而亡。如果你依然不接受教训，汉帝国也不可能长久下去的。刘邦听了很紧张，就叫陆贾写一本书，总结历史经验。这本书就是《新语》，一共十二篇，主要讨论秦为什么亡，汉为什么兴，答案是，在当时的背景下，最好的国策就是“无为而治”。

黄老之学应当是楚文化的一个重要内容，这些思想逐渐从楚国向各地传播开来，一度成为当时的统治思想。黄老之学，就是黄帝和老子的学说。《汉书·艺文志》里记载了《黄帝四书》等，1972年马王堆出土的一批书近似于这类著作，于是冠以《黄老四经》。马王堆汉墓的下葬年代很清晰，是汉文帝十二年（前168）。可见这个时候，黄帝之说很盛行。老子学说广泛流传于楚地。在近年的出土文献中，不时见到《老子》的身影。秦汉之际黄老之学的盛行，材料非常丰富，不用过多论证。

长期以来，我们一直认为黄老之学就是无为而治，就是放任自流。其实黄老之学更是一种韬光养晦的智慧。从历史上看，天下承平的时候，统治阶级通常会接受儒家思想；天下变乱的时候，一定是老子学说盛行。可以说，《老子》既是一部深邃的哲学著作，又是一部教你如何处世的著作。刘邦去世后，吕后当权，大封吕氏子弟。王陵非常生气，对陈平说："我们跟高祖打天下的时候曾有盟誓，非刘氏而王者，天下共诛之。而今，吕氏违背高祖旨意，你们居然无动于衷！"陈平说："面折廷争，我不如你，但是保留汉家天下，你不如我看得远。"陈平的办法就是把自己伪装起来，从此不问世事，伺机而动。吕后去世后，陈平便与周勃等人联手把吕氏家族一网打尽，恢复了汉家刘氏的权势。可见，所谓的黄老之学，往小了说，是一种权宜之计；往大了说，是一种治理天下的方略。汉文帝、汉景帝时代，国家依然倡导黄老之学，儒家思想虽有抬头，但并没有上升到统治思想。

汉武帝从小接受儒家思想教育，启用儒生自是首选。但是他想把儒家思想作为统治思想，却受到窦太后的阻挡。直到登基六年后，窦太后去世，他才真正甩开膀子贯彻自己的主张。元光元年（前134），汉武帝二十一岁，下诏征集治国方略，董仲舒、公孙弘等乘势而起。董仲舒上书的核心内容就是讨论前面提到的所谓《春秋》“大义”问题。可见，儒家思想作为统治思想，并不是一帆风顺的过程。

前面说过，楚汉相争的时候，刘邦很看不起儒生，甚至把儒生的帽子拿来当尿盆用。平定天下后，各位将领醉后争功，不成体统，刘邦也拿他们没办法。最后不得已，他听从了叔孙通的建议，从鲁国招来三十多位儒生，制定朝仪，颁布天下。这时，刘邦才感觉到当皇帝的威严。从此，刘邦对儒生另眼相看。西汉初年，儒学的作用依然有限。儒学真正得到全面重视，还是在汉帝国建立七十年以后的汉武帝时代。这是董仲舒为什么在汉武帝时代提出用儒家思想统治天下的第一个背景，即从黄老之学到儒学，有一个变化的过程。

三、从地方到中央

如何处理好中央和地方的关系，这是中国自统一以来必须时时面对的问题。西汉统治者总结秦朝灭亡的原因，其中一个重大的失误，就是没有形成一个盘根错节的统治机制。于是刘邦大封子弟。但随之而来的问题是，刘氏子弟中，所封之地大小不均，贫富各异，很不平衡，结果导致汉景帝末年吴楚七国之乱的爆发，给汉帝国敲响了警钟。

贾谊早就指出，地方势力过大，柄失于朝，权移于下，形成“尾大不掉”的局面。晁错也不断地进言，希望汉景帝早做决断，削减地方割据势力。这些对策，对当时的诸王有很大的威胁。吴楚七国发兵，借“清君侧”，叫喊着把皇帝身边的坏人清理掉。汉景帝迫不得已把晁错杀掉。可谁都知道，这些地方势力不过是用这个口号做幌子，最终觊觎的是最高权力。晁错虽被腰斩，他们照样叛乱不已。汉景帝后来也明白了这些，知道地方势力太大，直接要威胁到了中央集权，这可不是小事。汉武帝上台，做的第一件大事，就是大大地消除地方的势力。比如淮南国，一分为三。像原来的吴楚七国，被分割成若干小国。在经济政策上，武帝启用了大商人桑弘羊，商人有一个特点，就是唯利是图。桑弘羊采取强硬的盐铁专营政策。食盐的贩运、销售，钱币的铸造等，都收归国有。而在此前，这些都是各地方诸侯的专利。河南商丘的梁孝王墓出土了很多钱币，都黏合在一起，足有千斤。不仅如此，地方官员也由诸侯王自己任命，各自设置。这哪里还像一个统一的中央集权国家呢？所以汉武帝强硬地将这些权力统统收回，中央按照统一的标准选派官员，统一任命，统一管理。这是董仲舒为什么在汉武帝时代提出用儒家思想统治天下的第二个背景，即从地方到中央。

四、解决边患问题

秦始皇三十三年，就是公元前214年，秦始皇攻下岭南，设立了桂林郡、象郡、南海三郡，为开发当地，下令将那些士兵就地解散，定居下来。为了安抚这些人，秦始皇还从内地招募了数万未婚女子送到岭南，让南迁的士兵安居乐业，这对于岭南的稳定和开发起到很大的作用。今天，我们可以在福建看到闽王墓，在广州看到越王墓，还有广西合浦的汉墓，都叫人震撼。这里确确实实是与海外交流的前沿地带。楚汉相争之际，边疆纷纷闹独立。闽南地区、两广地区等原本为中央所控制。楚汉相争之后，这些地方纷纷独立。刘邦忙于战争，一时无暇顾及，只好派使者到南方去，承认他们相对独立的地位。1997年，广州发现了南越王墓，下葬的年代是汉文帝时期，发掘出大量的珍贵文物，可见当地的富庶。元光元年（前134）之后，汉武帝独揽大权，迅速派强兵将岭南全部收复。

对于汉帝国而言，最大的威胁是在北部和西北地区，长期以来一直采取带有屈辱性的和亲政策，虽然没有大的战争，但是匈奴等依然不断地骚扰中国。前几年，我们编纂了一部《丝绸之路与中国文学》，我在前言中说，修筑长城实际上是"以守为攻"，结果还是守不住，长城没有能够挡住匈奴侵扰的步伐。高祖七年（前200），刘邦讨伐叛军，带兵深入今天的山西大同，当时称为平城，结果被匈奴包抄，断了退路，差点困死在那里。幸亏陈平设计，才逃了出来。回来后，刘邦被迫接受娄敬的建议，采取和亲政策，北方才换得暂时的安定。刘邦为此赐他姓刘，从此，史书上的娄敬，便成了“刘敬”。

《史记》记载，刘邦死后，匈奴单于给吕后写了一封信，极尽羞辱之词。吕后询问大臣的意见，樊哙拍着胸脯说：“借我十万精兵，纵横驰骋匈奴中。”在场的老臣当面质疑：“当年高祖困在平城，你不是也在场吗，当初怎么没有冲出来呢？而今说这话不是欺君吗？”当时确实如此，朝廷没有能力解决匈奴问题，只能继续采取和亲政策。吕后死后，汉文帝即位。汉文帝起于代王，深知边地环境的险恶。汉人所以屡次战败，一个重要的原因是，匈奴是游牧民族，人马彪悍。剑桥大学考古实验室专门研究马的驯化史，他们研究了世界各地发现的马骨骼，有亚洲马、欧洲马、中东马等，从骨骼变化看野马的驯化，包括马鞍的使用情况。由此看来，匈奴的战马与中国内地的马有较大的区别。汉文帝、汉景帝时期对马的问题日益重视：开辟马场，引进良种，规定良马不得出关等。近些年，在汉景帝陵墓周围，发现了陪葬坑，有四万多陪葬的兵马俑。这给我们透露出一个重要信息，就是汉景帝时期对于马的问题格外重视，思考着如何解决外患问题。汉武帝上台后，围绕着是继续执行和亲政策，还是彻底解决边患等问题，曾展开过激烈的讨论。最终，汉武帝选择了战争的手段，经过近半个世纪的征伐，拓边攘夷，不仅是“列四郡，据两关”，还包括开发西南，平定百越、征服朝鲜等战役，边患问题得到比较彻底的解决。《汉书·匈奴传》载，太初四年（前101），汉武帝下诏伐匈奴说：“高皇帝遗朕平城之忧，高后时单于书绝悖逆。

昔齐襄公复九世之仇，《春秋》大之。”这是董仲舒为什么在汉武帝时期提出用儒家思想统治天下的第三个背景，即解决边患问题。

五、从文学弄臣到政治精英

战国以来，地方政权养士之风甚盛，西汉初年依然如此，吴王刘濞、楚王刘交、齐王刘肥、淮南王刘长，还有汉文帝、汉景帝登基之前，都是这样。这些士人给主子们著书立说，实际上就是一个文学弄臣而已，不可能发挥更大的作用。随着中央集权的强化，这些知识分子慢慢地意识到国家强盛的意义，于是纷纷应诏，从地方到中央，纷纷提出自己的政治主张，为当朝献策。

从统治者的角度看，他们也认识到这些读书人对于国家的治理有着不可替代的作用。汉武帝登基不久，就征诏枚乘进京。汉武帝怕他路途颠簸，用草垫子把车轮子裹起来。当时枚乘已经很老了，最终还是死在路上。枚乘之死具有某种象征意义，实际上标志着盘根错节的王侯文化逐渐走向终结，标志着无为而治的黄老思想逐渐走向终结，标志着居安思危的忧患意识逐渐走向终结，也标志着汉帝国进入一个思想文化高度统一的全新时期。

在《春秋》“大一统”观的统领下，秦汉思想家和文学家顺应时代要求，积极有为，创造了属于他们那个时代的文化成果。

在《难蜀父老》《封禅文》等文中，司马相如多次谈到《春秋》，深刻地领悟到《春秋》“大一统”的核心价值。他的《子虚上林赋》比较了诸侯与天子的异同，最终归结到天子，归结到一统。他临死前还写了一篇著名的《封禅文》。严助是汉武帝时期一位著名的文学家，来自会稽。汉武帝即位之初，为吸引优秀人才，特设文学贤良。严助借此机会进入高层，得到汉武帝的关注。闽越的军队攻打东瓯，东瓯求情。有人主张放弃，认为那是闽越与东瓯的问题，与中央朝廷无关。严助别具眼光，认为一定要支持东瓯，解决边地的安稳问题。司马相如和严助来自边地，在事关国家完整的重大事件面前，表现出鲜明的政治态度，因而得到汉武帝的重视。

司马迁也志存高远，对战国以来的纵横风气颇为欣赏，而在现实生活中却颇感压抑，感叹生不逢时，顾影独存。尽管如此，他从董仲舒那里深刻地理解了《春秋》“大一统”的意义，忍辱负重地编纂出一部究天人之际、通古今之变的《史记》，全面系统地勾画出中华文明自五帝以来“不绝如线”的谱系。

在汉帝国走向强盛的历史进程中，以董仲舒、司马相如、严助、司马迁等为代表的一代文豪，在统一帝国的文化建设中发挥了重要作用。

（一）进一步规范文字，为中国的文化一统奠定基础

春秋战国时期，各国文字并不统一。即便是距离很近的诸侯国，文字也不尽相同。从秦始皇开始，书同文，车同轨，这是一项重要的国策。李斯、赵高等人都参与编写了一些文字学著作，就是要从小学开始，识文断字，强化国家认同感。这些书在秦汉之际非常流行。后来司马相如、扬雄等人在前人基础上继续修订字书，这些著作历代都有修订、补充和改写，是中华文脉绵延不绝的重要载体。

（二）整理图书，迎接文化高潮的到来

秦汉以来，朝廷对图书收集十分重视，汉高祖刘邦初攻咸阳时，丞相萧何率先收藏秦朝的律令图书。汉武帝时，下令征集全国图书。这些举措为汉代文化的发展奠定了基础。西汉后期，刘向、刘歆父子领衔，大规模地整理先秦典籍，并制定了一些规则，编纂了《别录》《七略》等，影响极为久远。以后，每逢盛世，总有大规模的修书盛举，唐代有五经正义，开成石经，宋代有雕版印刷，整理出十三经，明代有《永乐大典》，清代有《四库全书》，等等。

（三）创作辞赋，使其成为一种最具国家气象的文体

王国维说，一代有一代的文学，汉赋、唐诗、宋词、元

曲，皆所谓一代之文学。汉赋作为一代文体，体现了国家的意志，具有相当的实用功能。汉代流传的一些文字学著作，多采用韵文方式，如《凡将篇》《急就章》等，多是七言句式，可能是便于记诵的缘故。司马相如、扬雄等人的辞赋创作，在描写物象时，多以类相从，近似一部《尔雅》。我甚至怀疑，辞赋也是一种普及汉字的文体。

（四）创建乐府，通过礼乐制度渲染帝国的权威与执政的合法

秦始皇统一六国后，巡视天下，并让李斯撰写七篇颂词，刻在石上，希望流传久远。此外，秦始皇还设立乐府，以礼乐演奏的方式，强化历史的叙述。汉承秦制，依然重视乐府建设。从今天的观点看，政府征集民间歌谣，组织文人创作，都在一定程度上体现了国家的意志，目的是彰显政权的合法性和继承性。

汉代是中华民族历史上一个强盛的朝代，也是强化中华民族文化认同的重要时期。“大一统”观是这个时期的核心观点，影响极为久远。有一种说法，崖山之后无中国，还有所谓新清史说。无外乎是说，中国文化有所割裂，并非一脉相承。其实，只要看看《清实录》，参观北京的历代帝王庙，就会知道这种说法是多么不靠谱。康乾盛世，尊奉中华始祖，修建历代帝王庙，中间供奉的就是太昊伏羲氏、炎帝神农氏、黄帝轩辕氏的三皇神位和少昊金天氏、颛顼高阳氏、帝喾高辛氏、

帝尧陶唐氏、帝舜有虞氏的五帝神位。两边是夏商周三代以下至明代愍帝的神位，强调“中华统绪，不绝如线”。我们讨论《春秋》“大一统”观念的来龙去脉，只能得出这样的结论，即中华“大一统”观已经融入历代中国人的血液当中，成为我们民族一种根深蒂固的观念，这是中华民族源远流长、历久弥新的根本所系。

（2020年11月12日在绍兴文理学院风则江大讲堂上的讲演）

延安精神与文学所传统

一、回望延安精神

1935年10月19日，中央红军主力抵达陕北吴起镇，宣告二万五千里长征的结束。

从这一年开始到1948年3月党中央总部迁移至河北西柏坡为止，在十三年的时间里，陕北黄土高原上集结了几十万华夏儿女，为中华民族的解放英勇奋斗。正如《抗日军政大学校歌》所唱："黄河之滨，集合着一群中华民族优秀的子孙。人类解放，救国的责任，全靠我们自己来担承。"何其芳曾这样记录着1938年初到延安的见闻："延安的城门成天开着，成天有从各个方向走来的青年，背着行李，燃烧着希望，走进这城门。"延安的物质条件非常匮乏，为什么还会让那么多人向往？在残酷的战争岁月里，革命者的斗志为什么还会那么昂扬？分散各处的根据地为什么还会那么团结一致？对于共产党人来说，答案只有一个，那是一种精神的力量，是对共产主义的信仰，对中国特色社会主义的信念。这种信仰、信念来源于中华民族五千年的文明进步，来源于近代以来中国人民争取民族独立、人民解放的浴血斗争，来源于中国共产党领导人民进行革命、建设和改革的伟大实践。在马克思主义的指引下，在长期的革命实践中，中国共产党人绘就了自己的精神谱系，为中华民族的伟大复兴凝神筑魂，这是我们增强“四个自信”的最坚实的基础。

延安精神生动地诠释了这样一种信仰、信念。坚定正确的指导思想和政治方向是延安精神的灵魂。解放思想、实事求是的思想路线是延安精神的精髓。全心全意为人民服务的根本宗旨是延安精神的实质。自力更生、艰苦奋斗的创业精神则是延安精神的表现。

2013年，我在中国延安干部学院接受培训，有机会比较系统地阅读了党和国家第一代领导人在延安时期撰写的重要著作，深刻理解了毛泽东思想的深刻内涵，同时也深刻地理解了延安精神与文学研究所学术传统的内在联系。

二、从“鲁艺”走出来的文学所人

文学研究所有十四位来自鲁迅艺术文学院（以下简称“鲁艺”），他们是：沙汀、吴伯箫、曹葆华、卞之琳、何其芳、天蓝、陈荒煤、贾芝、杨思仲、毛星、钟惦棐、井岩盾、王燎荧、朱寨等。

沙汀（1904—1992），原名杨朝熙、杨子青，笔名沙汀、尹光，四川安县人。1927年加入中国共产党，积极从事左翼文学运动。1938年与何其芳、卞之琳等人同赴延安，在“鲁艺”文学系任教。同年与何其芳一道随贺龙赴晋察冀抗战前线工作。1940年返川做文艺组织联络工作。1978年沙汀调中国社会科学院文学研究所担任所长。

吴伯箫（1906—1982），原名熙成，山东人。1938年到延安，进入中国人民抗日军政大学学习。结业时，毛泽东同志为他写下“努力奋斗”的题词，予以勉励。1942年5月，参加了延安文艺座谈会，聆听毛泽东同志的讲话，进一步确立了为工农兵服务的思想。1979年8月担任文学所副所长。

曹葆华（1906—1978），本名曹宝华，四川乐山人。1927年，考入清华大学西洋文学系。抗日战争全面爆发后，奔赴延安。1940年，在延安“鲁艺”文学院任教，并加入中国共产党。1943年，调入中共中央宣传部，主要负责翻译马列主义经典著作。1949年，随中宣部进入北京，仍在中宣部编译室工作。1962年，何其芳任中国社会科学院文学所所长期间，将其调入文学所文艺理论组，参与《古典文艺译丛》的翻译介绍工作。

卞之琳（1910—2000），1929年入北京大学英文系就读，接近英国浪漫派、法国象征派诗歌，从事新诗创作，被公认为“新文化运动”中重要的诗歌流派“新月派”的代表诗人。抗日战争初期曾访问延安，并一度任教于“鲁艺”文学院。卞之琳曾任北京大学西语系教授，中国社会科学院文学所研究员。

何其芳（1912—1977），原名永芳，四川万县（今重庆市万州区）人。1930年秋就读于清华大学外文系，开始发表小说、诗歌。1931年秋进入北京大学哲学系。1937年卢沟桥事变爆发后，回到四川教书，参与编辑《川东文艺》，宣传抗日和进步思想。1938年8月到延安，在“鲁艺”文学院任教，同年11月加入中国共产党。1939年7月任“鲁艺”文学系主任。1947年10月任朱德总司令的秘书。1948年任中央马列学院教员。1953年2月，主持创建文学研究所，任副所长。

天蓝（1912—1984），原名王名衡，在延安期间，与曹葆华合译，周扬编校，出版《马克思恩格斯列宁论艺术》等。

陈荒煤（1913—1996），原名陈光美，笔名荒煤、沪生。湖北襄阳人。20世纪30年代初加入左翼戏剧家联盟、左翼作家联盟，并加入中国共产党。1938年秋赴延安，在“鲁艺”戏剧系、文学系任教。新中国成立后，陈荒煤先后任文化部电影局局长、文化部副部长等职。1978年调任中国社会科学院文学研究所任副所长。80年代初期，他主持召开了“文化大革命”后第一次全国文学学科规划等重要会议，并发表了大量理论文章，带领文学所走在思想解放的前沿。

贾芝（1913—2016），原名贾植芝，山西省襄汾县人。1938年赴延安，在抗日军政大学、“鲁艺”文学院学习，后从事法文翻译、诗歌创作。1950年，创办中国民间文艺研究会。1953年，调入中国社会科学院文学研究所。1980年任中国社会科学院少数民族文学研究所所长、研究员。先后出版了专著《民间文学论集》和《新园集》，热情赞扬劳动人民的文学创作，阐述了民间文学的地位和作用。他还主持编选了《中国歌谣选》《延安文艺丛书·民间文学卷》《中国新文艺大系·民间文学集》《新中国民间文学五十年》等。

杨思仲（1919—2015），笔名陈涌，广州人。1938年到延安，进入“鲁艺”文艺理论研究室。曾任《解放日报》副刊部副主任。新中国成立后任中国社会科学院文学研究所研究员。1987年先后担任《文艺理论与批评》《文艺报》主编。主要从事鲁迅研究与文艺理论研究，有《陈涌文艺论集》等论著。

毛星（1919—2002），原名舒增才，四川德阳人。1937年10月赴延安，先后在陕北公学和中央党校学习。1938年3月加入中国共产党。后到“鲁艺”学习，并做研究工作。1952年调北京大学文学研究所任秘书主任、研究员，从事中国古典文学、民间文学的研究工作。1979年2月，参加筹建中国少数民族文学研究所，并担任领导工作。

钟惦棐（1919—1987），1937年赴延安，入“抗大”，次年转“鲁艺”。1939年在华北联合大学文艺学院任教。1948年调华北局宣传部。1949年后在文化部艺术局、中央宣传部文艺处从事文艺理论研究。1978年任中国社会科学院文学研究所研究员，1979年在《文学评论》第四期上发表《电影文学断想》，引起学术界高度重视，被视为80年代最重要的电影理论家。

井岩盾（1920—1964），原名井延盾，山东东平人。1940年到延安入“鲁艺”学习，曾任中国作协创作研究室副主任、中国社会科学院文学研究所副研究员。20世纪30年代开始发表作品。著有作品集《辽西纪事》《在晴朗的阳光下》《摘星集》等。

王燎荧（1921—1995），重庆人。1938年毕业于陕北公立学校。先后担任陕甘宁边区关中分区抗敌后援会秘书长、延安中共中央党校学员，延安行政学院文工队、中原军区文工团、延安中央党校研究室、晋冀鲁豫边区人民文工团编剧以及文学研究所研究员，中国社会科学院文学研究所研究员，兼任全国马列文学理论研究会和全国毛泽东文艺思想研究会副会长。

朱寨（1923—2014），原名朱鸿勋，山东人。1939年到延安，进入“鲁艺”学习，1941年加入中国共产党，1943年毕业后到“鲁艺”文艺理论研究室工作。1945年8月奔赴东北，在中共黑龙江省委宣传部工作。1954年调中共中央宣传部文艺处。1958年，朱寨调至中国社会科学院文学研究所工作，曾任当代文学研究室主任、文学研究所学术委员会主任，中国社会科学院荣誉学部委员、中国当代文学研究会会长等职。

来自延安“鲁艺”的文学所人，多参加过延安整风运动，不少人聆听了毛泽东同志发表的《在延安文艺座谈会上的讲话》，认识到文学创作与文学研究必须以人民为中心，明确了革命文艺工作的正确方向。他们从“关门提高”到走向社会，深入农村、部队、工厂，融入群众，体验生活，积极改变自己的学风和文风。他们的文学思想和学术实践深刻地影响到文学研究所近七十年的发展。

三、文学所的学术传统

文学所在筹办之初，研究人员主要来自两路大军，一是以郑振铎为代表的高校科研系统，二是以何其芳为代表的延安系统。过去对于文学所的高校科研系统关注较多，忽略了延安的传统。其实，延安精神对文学所的影响更深、更广。

第一个传统，贯彻执行党的正确路线，发挥国家级科研机构的引领示范作用。这是延安精神的灵魂所在，也是文学所最重要的传统。

我在撰写《文学所的精神》（《岁月熔金——文学研究所60年记事》序言，中国社会科学出版社2013年版）一文的初稿是这样表述的："贯彻执行党的路线，发挥国家级科研机构的引领示范作用。"文学所老领导王平凡同志认真地加上"正确"二字，强调"贯彻执行党的正确路线"。而这，也是人们在总结延安精神时特别强调的一点。党的正确路线，就是在延安时确定的毛泽东思想，这是指导中国革命从胜利走向胜利的指导思想。坚持党的正确路线，是文学所成立近七十年最基本的经验、最重要的特色。作为第一代文学所领导班子，以何其芳为代表的文学所工作者，坚持以马克思主义作指导，积极组织学术活动，投身于火热的社会生活之中，在党和政府的思想文化领域发挥了国家科研机构的积极作用。20世纪五六十年代的中国，各种思想文化方面的论争，可谓风起云涌，此起彼伏。譬如1954年关于《红楼梦》的大讨论，文学所是全国学术界关注的焦点。何其芳坚持实事求是的工作原则，既要服务大局，又较好地区分政治与学术的复杂关系，为人才培养和学术发展奠定了良好基础。此后，文学所还发起或直接参与了若干重要的学术论争活动，在共和国初期的学术探索中留下了深刻印记。何其芳还曾在毛泽东主席直接指导下，组织文学研究所编辑《不怕鬼的故事》，毛主席对何其芳撰写的序言先后两次进行修改，并批示出版，具有重要的政治意义。80年代初，以沙汀、陈荒煤为核心的第二代文学所领导班子，依然坚持延安的学术方向，积极配合思想解放运动，组织全所乃至全国文学界就“实践是检验真理的唯一标准”等问题展开讨论，并且对“文化大革命”以后文学研究队伍、研究现状及课题情况进行摸底调查，重建基本作者队伍，确定科研发展方向，在促进文艺界的思想解放以及恢复文学研究生机等方面发挥了不可替代的积极作用。

第二个传统，坚持解放思想、实事求是的原则，遵循学术规律，整合团队力量，夯实学科基础。这是延安精神的精髓，也是文学研究所在学术界保持较高学术声誉的根本保障。

文学所的学术骨干除延安系统外，另外一个重要来源就是高校和科研出版部门，譬如俞平伯、孙楷第、吴晓铃等出自北京大学系统，余冠英、钱锺书等出自清华大学系统，范宁来自天津师范大学，蔡仪来自中央美术学院，王伯祥来自上海开明书店，陈涌来自《文艺报》，等等。近七十年来，文学研究所在三个方面做出了重要的贡献。

一是文学理论研究和文学批评活动。新中国成立之初，党和国家第一代领导人非常重视文艺工作，在一些重要会议上发表了一系列的讲话。文学所老一代科研工作者，围绕着文学作品和文学理论问题，积极参与到文学理论研究与当代文学批评实践中，对于《林海雪原》《红日》《红旗谱》《苦菜花》《青春之歌》等作品进行比较广泛深入的研究，撰写出大量的富有创见的文学评论和文学理论著作。60年代，蔡仪主编的《文学概论》，毛星、朱寨等人编写的《十年来的新中国文学》集中反映文学所对文学理论和当代文学的整体把握。改革开放之初，邓小平在中国文学艺术工作者第四次代表大会上发表重要讲话，提出“文学为人民服务，为社会主义服务”的基本方针，指明了我国文学艺术创作的发展方向。这一时期，文学所围绕着我国新时期文学与人性、人道主义、文学方法论、文学主体性、文学史学建构等问题展开深入讨论。朱寨主编的《中国当代文学思潮》、张炯主编的《新中国文学五十年》《20世纪中国文学经验》等著作，王春元、钱中文、杜书瀛等分别撰著的《文学原理·作品论》《发展论》《创作论》等，在80年代的学术热潮中引领时代的风尚。

二是文学史的撰写活动。余冠英、钱锺书、范宁等人主持编纂的三卷本《中国文学史》，唐弢主编的《中国现代文学史》，毛星主编的《中国少数民族文学》，祁连休等主编的《中华民间文学史》，邓绍基、刘世德、沈玉成主编的多卷本《中国文学通史》，张炯、樊骏、邓绍基主编的《中华文学通史》以及文学所集体编纂的《中国大百科全书·中国文学卷》等研究项目，多带有集成的特色，时获殊荣与赞誉，在海内外产生广泛的影响。文学所至今依然在文学史研究的理论与实践方面保持着这样的学术传统，并不断发扬光大。

三是文学史料的整理工作，包括中国文学史料，如《古本戏曲丛刊》《古本小说丛刊》《中国近代文学研究资料丛书》《中国现代文学史资料汇编》《中国当代文学研究资料》以及我国少数民族民间文学史料丛书的编纂等。还包括外国文学资料，如《苏联文艺理论译丛》《外国古典文学名著丛书》《外国古典文艺理论丛书》《马克思主义文艺理论丛书》等。这里尤其要提到经过几代学者的不懈努力，编纂时间长达六十八年的《古本戏曲丛刊》的出版。这部戏曲丛刊一共十集，收录元明清杂剧、传奇、宫廷大戏一千一百九十三种，集中汇聚中国灿烂辉煌的戏曲文化遗产，是新中国成立以来最重要的古籍专题丛书。

第三个传统，尊重学术个性，鼓励广大科研人员潜心研究，撰写传世之作。这与延安精神中强调自力更生、艰苦奋斗的创业精神一脉相承。

文学所建立之初，郑振铎、何其芳根据每位学者的特长安排工作，发挥作用。王伯祥研究《史记》，俞平伯研究《红楼梦》和唐宋诗词，孙楷第研究古典小说，余冠英研究古典诗歌，钱锺书兼顾中西，则有《管锥编》问世。蔡仪的《新美学》、吴世昌的《罗音室学术论著》、唐弢的《鲁迅论集》等也都已成为各自学科的经典著作。何其芳本人撰写的《论〈红楼梦〉》亦被推为学术名著。

第四个传统，贯彻“双百”方针，坚持“二为”方向，始终把文艺为什么人的问题放在学术研究工作的重要位置。这是延安精神的本质，也是文学所始终遵循的根本宗旨。

人民需要文艺，文艺也需要人民。人民的需要是文艺存在的根本价值所在。习近平总书记指出，“社会主义文艺，从本质上讲，就是人民的文艺。”坚持文艺为人民服务、为社会主义服务，这是党对文艺战线提出的一项基本要求，也是决定我国文艺事业前途命运的关键。文学研究工作者究竟该如何为人民大众服务呢？《在延安文艺座谈会上的讲话》的发表，“鲁艺”的实践，给我们指明了两个方向，一是大众化，二是民族化。党的十九大报告更是明确指出，坚持以马克思主义为指导，坚守中华文化立场，立足当代中国现实，结合当今时代条件，发展面向现代化、面向世界、面向未来的，民族的、科学的、大众的社会主义文化，这是发展中国特色社会主义文化的根本方向。

在普及基础上的提高，在提高指导下的普及，这也是文学所一贯遵循的一个原则。文学所成立之初，郑振铎、何其芳等领导根据不同专家的特长，请他们编注经典选本，余冠英的《乐府诗选》（1953年出版）、《三曹诗选》（1956年出版）、《汉魏六朝诗选》（1958年出版），王伯祥的《史记选》（1957年出版），钱锺书的《宋诗选》（1958年出版），俞平伯的《唐宋词选释》，以及在他们主持下编选的《唐诗选》等，都是大专家编写的文学读本，前后印行数十万册，在社会上产生了广泛而又深远的影响。他们的名字往往是与这些文学普及读本联系在一起的。近四十年，文学所秉承传统，又陆续编选了《古今文学名篇》《唐宋名篇》《台湾爱国诗鉴》《文学所文史讲座丛书》等，并在修订《不怕鬼的故事》的基础上新编《不信神的故事》等，赢得了各个方面的赞誉。

第五个传统，转变思想观念，提高思想境界，从“小我”走向“大我”。毛泽东同志《在延安文艺工作座谈会上的讲话》的最后一部分特别谈到了文学艺术工作者思想改造的问题，要真正转变观念，走出空想空谈、轻视实践、脱离群众的小我，走向人民大众中，走到火热的社会实践中。

今天，我们确实应当认真地想一想当代学者的使命是什么，这个时代的主题是什么，我们追求的终极目标是什么。做学问，题目可以有大有小，但是必须要有宽广通透的学术视野和关注现实人生的精神境界。否则，我们的学术只能越做越技术化，而缺少人文情怀；越来越脱离社会，而引起人们对于文学研究的误解乃至排斥。

用学术服务社会，服务人民，说易行难。毛泽东同志《在延安文艺座谈会上的讲话》热切希望“鲁艺”的学员走出小“鲁艺”，投身到大“鲁艺”中，把自己的知识和才华贡献给社会和人民。上述专家学者积极投身到时代的洪流中，勇于担当，拓宽视野，创造出具有深刻人民性和现实感的作品，发挥出启迪民心、凝聚力量的作用。

四、继往开来，守正创新

宣传延安精神，总结文学所传统，明确我们这一代人的使命和担当。

首先，坚持学术研究的原创性与时代性，始终把理论创新作为提升研究水准的重要抓手。在近代中国最危急的时刻，中国共产党人找到了马克思列宁主义，并坚持把马克思列宁主义同中国实际相结合，用马克思主义真理的力量激活了中华民族历经几千年创造的伟大文明，使中华文明再次迸发出强大的精神力量。文学所每年都要组织马克思文艺理论论坛与马克思主义文艺理论青年论坛，编辑出版《马克思主义文艺研究》辑刊，积极推动马克思主义文艺理论中国化迈上新的台阶。

其次，文学所坚持学术研究的继承性和民族性，始终把历史文献研究与文学史理论研究作为夯实研究基础的重要手段。我们要像司马迁那样，述往事，思来者，究天人之际，通古今之变，把学问做在祖国的大地上，积极推动中华文学研究的深入发展，强化中华民族共同体的意识。

再次，文学所在坚持学术研究的系统性与专业性的同时，走出学术象牙塔，践行为人民做学问的理念。我们在河北保定、山西晋城建立了两个国情调研基地，组织中青年研究人员深入阅读、研究原始文献，梳理新中国成立以来的核心问题和经验。我们还与河北省社会科学院建立晋察冀红色文化研究中心，参与策划《华北抗日根据地及解放区文艺大系》的编纂工作，获得了广泛的好评。

通过党史学习，通过实践活动，我们深刻地认识到，从事社会科学研究，一定要关注社会；从事人文学科研究，自然应该有人文情怀。只有关注时代、关注社会、关注民生，我们的研究才能和人民群众的需求统一起来，才能更有效地实现文学研究的价值，才能更深刻地彰显学术成果的意义。

（2021年6月21日在文学所庆祝建党百年活动讲稿）

第二辑

左右采之

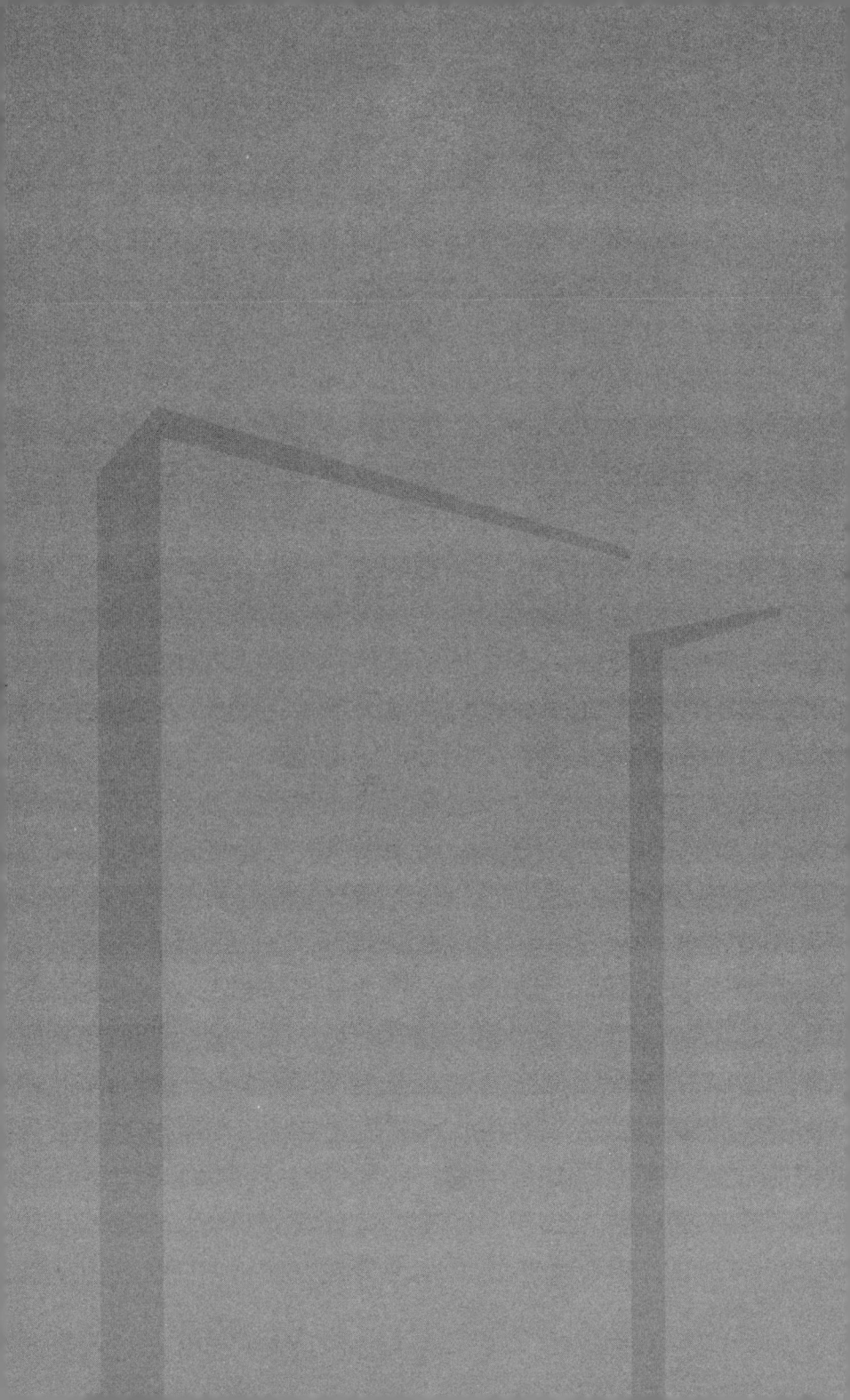

佛教与中国文化结缘的启示

“缘”是佛教文化的核心理念，充满辩证色彩。这个命题，似乎不言自喻，稍加辞色，便落言筌。但要给予确切的解说，却又茫然无绪。诚如各位先生所说，佛有佛缘，道有道缘，儒有儒缘，当然，文也有文缘。

佛教与中国文学结缘，肇自两汉之际。自兹以降，佛教对于中国文学的影响既广且深；若做概括，荦荦大者至少有如下数端：第一，佛教改变了中国文学的发展方向；第二，佛教拓宽了中国文学的思维空间；第三，佛教丰富了中国文学的体裁、题材。譬如长沙马王堆一号汉墓出土的T形帛画所表现出来的上天、人间和地狱观念还比较简单，甚至还有一种幽暗的美。而王琰的《冥祥记》及大足石刻所表现的地狱就非常恐怖，令人不寒而栗。过去，我们的文学作品里常常有《大言赋》《小言赋》之类的题材，极尽夸张之能事。至于文学体裁及题材方面的例证，如近体诗的出现，如魏晋志怪小说的繁荣，更是举不胜举。对此，学术界多有论述，这里可以存而不论。

过去往往将汉唐文学并称，其实汉唐很不相同。汉代融汇中原各个地区文明的精华，铸成中华文明外儒内霸的特质；而唐代则融汇周边少数民族文化、特别是西域文明的精华，涵养中华文明有容乃大的胸襟。作为一种外来文明，佛教与中国文学的结缘，可以给我们很多启示。

第一，中华文化以其深厚的底蕴和博大的风采，具有强大的民族亲和力。

中华文明在其开创初期，实际已经包容着黄河、长江、漠北、岭南的多元区域性格，并在其历史发展中，呈现出向中原内汇聚以及中原文化向四周辐射的双向性认同趋势。佛教进入中国，其实也是一种双向选择：佛教选择了中国，中国也选择了佛教，并使之融入中华文明的血脉，与儒家学说、道家思想一起，为民族亲和力的形成起到了深刻的润滑作用。隋唐统一和五代十国混乱，而进入宋代之后，辽、金崛起于北方，元、清统一而疆域辽阔，均为少数民族占据最高政治舞台，但依然继承、丰富和推进着中华文化的血脉，没有出现世界其他地方出现过的文明中绝的野蛮时代。辽代疆域极盛时期，实行北南两面官制，“以国制治契丹，以汉制治汉人”。元代开国，采纳耶律楚材的主张，“以儒治国，以佛治心”。忽必烈的周围形成儒士幕僚集团，甚至他本人也被尊为“儒教大宗师”。在改朝换代、民族冲突转剧之际，多元文化成为中华民族生生不息的黏合剂，互借所长，融合再生，使整个民族文化在痛苦中重获新的辉煌，这是世界文化史上很难看到的奇观。

第二，中华文化以其中和的气质和集美的胸襟，具有对不同文化智慧甚至宗教派别的强大的兼容性。

中国文化吸收了印度佛教，同时又改造了印度佛教，吸收外来文化，不仅不会使自己原来的文化传统中断，而且还会大大地促进自身文化传统更快、更丰富、更健康的发展。由于中国地大族众，各民族的精神信仰有很大的区别，没有文化上的兼容哲学，势必国无宁日。凭借着中国文化的中和精神和兼容哲学，各文化流派和宗教流派往往能够在长期的共存和冲突中，逐渐发现和汲取对方的长处，寻找和重释相互沟通的精神脉络，在某种特殊的文化张力和渗透中寻找共同发展的可能。魏晋玄学实现了儒道的合流，李唐王朝，三教并重，宋代则真正完成了儒、佛、道三教的融合。逐渐成为官方意识形态的程朱理学，“出入于释、老，反求诸六经”，受到过佛学的启发，甚至吸收和改造了佛学的某些因素，这是人所共知的事实。金、元时代与儒者关系极深的道教全真派，创教之初就“欲援儒、释为辅”，丘处机拜会成吉思汗时，建议向儒者垂询治国之道，“以敬天爱民为本”。并不是说他们创造的教派和学理有何等高明之处，而是说中国文化的内质中存在着化解冲突、走向共存的因素。尤其在当今民族冲突、宗教冲突、文化冲突日益成为困扰世界的焦点问题时，这种兼容精神就显得更加难能可贵。

第三，中华文化以其向外开拓发展和进行形式转移的强大功能，为自己扩大了可资利用的智慧资源，加强了自己在新领域的创新性。

佛教是一种外来文化，进入中国以后，迅速大众化与本土化，转化成为中国文化的重要资源。不可否认，由宋至清的官方正统或道统文化具有崇古守旧的弊端，但是民间文化和介于雅俗之间的诸多文化形态却保存着相当活跃的智慧流通、转移和创新的成分。在文学方面，一种文体发展到极致而转向僵化、衰落的时候，往往有一批敏锐的、有才华的文人把智慧拓展和投入另一种尚处于民间的文体之中，从而打开了一片创新的天下。正如鲁迅所说："旧文学衰颓时，因为摄取民间文学或外国文学而起一个新的转变，这例子是常见于文学史上的。"[1]作为时代性文体的宋词，是隋朝把西域胡人的俗乐转化为燕乐，初、盛唐时期流传于教坊，由无名氏依曲填词，中、晚唐有著名诗人参与其事，最终大盛于两宋。元曲据说是由"近代教坊院本之外，再变而为杂剧"。所谓"院本"就是流行于伶人聚居的行院中的戏曲底本，可见也是民间艺术形式刺激了文人创作"新声"的灵感。成为明清时期标志性文体的小说，在晚唐五代接受了佛教俗讲的影响，于宋元时期流行于民间，在明代由富于创造力的文人参与，才出现《三国演义》《水浒传》《西游记》和《金瓶梅》等"四大奇书"的。这一系列重大的由俗入雅、以雅化俗的文体转移和创新的现象，说明中国文化最有创造性的部分不是封闭的，而是开放的，向不同的文化层面开放。这一点与"五四"新文化运动以后，中国文化向外国文化开放，从而推动自身的现代化进程相比，是可以相互辉映的。

[1] 鲁迅，《鲁迅全集·且介亭杂文·门外文谈》第6册，人民文学出版社1981年版，第95页。

第四，中华文化讲究事物和艺术的整体性和有机性，注意事物的内在脉络和外在联系，在文化创造中强调人与自然的协调与和谐。

佛教强调众相因缘，儒家强调天人关系，老子强调事物法则。“人法地，地法天，天法道，道法自然。”中国医学讲究把人体作为有机整体，人体又作为自然整体的一部分。宋朝太医局翰林医官铸造第一具针灸铜人，清朝宫廷太医使用《明堂经络图》，都是把人体内外各组织器官看作不可分割的有机整体，由一症状而作全息透视，牵一发而动全身，通过局部刺激而调动全身的内在潜能。中国绘画不拘泥于定点透视，而讲究流动视点的统合观察，山水云林，远近浓淡，都以心和自然直接相对，从中体悟出诗趣画境。园林艺术讲究“虽由人作，宛自天开”，讲究曲折错落布局，达到曲径通幽的诗趣；又巧妙运用“借景”，把远近山峦塔影、河湖树木借来与园内之景相映成趣。中华文化精华中这种对人、对艺术、对天地万象的协调性和整体性的理解，与现代的环境保护意识有相通之处，甚至在这种意识中平添了一点诗意。

更重要的是，中华文化在继承传统与吸收外来文明的发展过程中，创造性地开拓了自己的思维空间和理论体系。两千年来，佛教文明与中华文明的结缘已经修成正果。现在面临的问题是西方文明与中华文明的碰撞与交融。中国文学研究汲取百年精华，从外来文明与传统文明的交融中正悄然经历着第三次意义深远的历史转型。

过去一百多年，作为强势文化代表的西文论著，我们多有译介，而中国的著述却很少对外传播，这当然是一种不对等的文化交往，正如佛教传入中国初期一样。随着西方文明的广泛传播，中国文化同时也在积极寻找着自主创新的发展道路。改革开放近三十年来，一个日益强大的中国，在文化形态上，自然不再甘心于套用某种舶来的观念去解读中国文化，而是要将这种外来文明的精华融入中国文化的血脉中，这显然是一种进步。在这样一个历史背景下，重新回首佛教和中国文学的因缘际会，确实可以从中得到很多有益的启示。最重要的一点，立足于本民族的伟大传统，以开放的胸襟容纳百川，这是中国文化走向世界、走向未来的必由之路。

（2006年8月30日在《人民政协报》主办的中华缘学术座谈会上的发言）

中华古籍在世界传播的意义

众所周知，早在唐代，日本遣唐使就从中国带走了大量汉文典籍，《旧唐书·东夷·高丽传》曰："俗爱书籍，至于衡门厮养之家，各于街衢造大屋，谓之扃堂，子弟未婚之前，昼夜于此读书习射。其书有《五经》及《史记》《汉书》，范晔《后汉书》，《三国志》，孙盛《晋春秋》，《玉篇》《字统》《字林》；又有《文选》，尤爱重之。"[1]初唐武德七年（624），刑部尚书沈叔安前往朝鲜半岛册封建武为上柱国，并讲授《老子》，"其王及其道俗等观听者数千人"。他们对于中国文化的认可并潜心求学的精神，由此可见一斑。从《奎章阁图书中国本综合目录》等韩国现代书目，我们可以看到中华古籍在朝鲜半岛留存的踪影。

中华古籍传入朝鲜半岛似乎又早于日本。据神田喜一郎《中国书籍记事》一文载，"距今一千数百年前，从朝鲜传来

[1]〔后晋〕刘昫等撰，《旧唐书·东夷·高丽传》，中华书局1975年版，第5320页。

的《论语》和《千字文》，是中国典籍传入日本的源头。到了公元8世纪，我们的祖先开始从中国大量输入各类典籍”[1]。日本曾多次派遣唐使前往中国，“请儒士授经”。很多人在回国时，“尽市文籍，泛海而还”[2]。从中国带走了大量汉文典籍。《日本国见在书目》（《古逸丛书》本）等日本古代目录学专书，也保留了丰富的历史印记。近代日本学者森立之的《经籍访古志》收录了日本六十多家藏书，其中善本六百五十四种。岛田翰的《古文旧籍考》[3]考察了日本所藏中、日、韩刊刻的汉籍版本源流，分别考证旧抄本、宋椠本、旧刊本、元明清及韩刊本，厘为四卷。严绍璗的《日本藏汉籍珍本追踪纪实》收藏了日本所藏汉籍七千余种。在此基础上，作者又发凡起例，研几抉微，以极大的毅力完成了三巨册《日藏汉籍善本书录》，对于中华汉籍流传日本的情况，做了历史性的总结。[4]

法国安田朴编纂的《中国文化西传欧洲史》告诉我们，欧洲对于中华古籍的认知早在17世纪即已开始。英、法、德、意等国的图书馆也收藏了大量中华古籍。[5]在这个时期，很多中华古籍中的一些典故甚至一些著作也开始引起西方学者的关注。譬如以道德教育为主旨的蒙书《明心宝鉴》就最早地被翻

[1]［日］内藤湖南著，钱婉约、宋炎辑译，《日本学人中国访书记》，中华书局2006年版，第181页。

[2]〔后晋〕刘昫等撰，《旧唐书·东夷·日本传》，中华书局1975年版，第5341页。

[3] 最初名《古文旧籍考》，北京图书馆出版社2003年影印出版时更名为《汉籍善本考》。

[4] 严绍璗，《日本藏汉籍珍本追踪纪实》，上海古籍出版社2006年版。《日藏汉籍善本书录》，中华书局2007年版。

[5]［法］安田朴，《中国文化西传欧洲史》，商务印书馆2000年版。

译成西文。[1]

近代以来，域外汉籍逐渐引起了国人的重视，杨守敬等人开其先河，大量回购、记录流传到海外的中华古籍，编写有《日本访书志》（辽宁教育出版社2003年版），此后，商务印书馆所编的《古逸丛书》等就是其中的珍本。新时期对于域外汉籍的研究已经成为学术界一个不大不小的热点，影印了很多流失海外的中华古籍，甚至还出版了专门的学术刊物（如中华书局出版的《域外汉籍研究集刊》等），这都表明学术界对于中华古籍在海外流传的高度关注。

根据历史的经验，中华古籍在世界的传播，有的是主动输出，譬如1869年，美国向清政府赠送西文图书，想交换中国最新人口资料。清王朝回赠了大约一千册中国图书，这是美国国会图书馆最早也是最有价值的特藏。有的则是被动的，甚至是被掠夺而去。近代四大藏书楼之一的浙江吴兴陆心源的皕宋楼藏书在光绪三十三年（1907）系被日本人全部购走，现藏于日本东京静嘉堂文库，一直是国人心头的伤痛。[2]尤其是日本军国主义侵略中国期间，无恶不作，疯狂掠夺。据专家统计，劫往日本的中国文献典籍有23675种，合为2742108册；中国历代字画15166幅，中国历代古物28891件，中国历代碑帖9378件，中国历代地图56128幅。[3]这更是一段血腥的历史记

[1]［法］安田朴，《中国文化西传欧洲史》，商务印书馆2000年版。

[2] 参见徐桢基编《陆心源》一书所附资料，陕西人民教育出版社2007年版。

[3] 严绍璗，《追踪日本军国主义者在中国掠夺的文化资材》，见《日本藏汉籍珍本追踪纪实》，上海古籍出版社2005年版，第483页。

忆。郑振铎的《劫中得书记》《续记》等文章中，对于日寇焚毁、掠夺中华典籍的斑斑劣迹，做了具体而微的记载，也把我们带到了那个战火纷飞的年代：1932年1月28日，日寇轰炸上海，商务印书馆、东方图书馆被毁。我们从张元济日记、古籍书目序跋及其与友朋信札等文献中可以对此有详尽的了解。[1]在这场灾难中，郑振铎在上海的寓所被日军扫荡，失书十余箱，全部的弹词、鼓词、宝卷及小唱本均丧失无遗。“烬余焦纸，遍天空飞舞若墨蝶。数十百片随风堕庭前，拾之，犹微温，隐隐有字迹。”1937年8月13日，日寇攻入上海，他寄存在虹口开明书店里的古书被焚。《失书记》：这次大火烧掉“凡八十余箱，近二千种，一万数千册的书”。[2]中国图书史上有所谓“五厄”“十厄”之说，而近代以来，对于华夏民族文献的焚毁、吞噬，莫过于日寇。譬如1940年日寇轰炸北碚，清华图书馆的很多珍贵古籍也被焚毁。日寇这种灭裂华夏民族文化的野蛮暴行，又何止这些？看到自己民族的文献被焚毁在家园、被盗运到国外，郑振铎先生痛心疾首，发愤要存亡继绝，“收异书于兵荒马乱之世，守文献于秦火鲁壁之际”。《劫中得书记》就生动地记述了这段“大类愚公移山，且将举鼎绝膑”的悲壮历程。他说：“私念大劫之后，文献凌替，我辈苟不留意访求，将必有越俎代谋者。史在他邦，文归海外，奇耻大辱，百世莫涤。……每一念及，寸心如焚。祸等秦火，

[1]《张元济书札》，商务印书馆1991年版。《张元济傅增湘论书尺牍》，商务印书馆1983年版。《张元济古籍书目序跋汇编》，商务印书馆2003年版。

[2] 郑振铎，《西谛书话》，三联书店1983年版，第265页、273页。

惨遭沦散。安得好事且有力者出而挽救劫运于万一乎？……故余不自量，遇书必救。”“夫保存国家征献，民族文化，其苦辛固未足埒攻坚陷阵，舍生卫国之男儿，然以余之孤军与诸贾竞，得此千百种书，诚亦艰苦备尝矣。”他还说：“我们的民族文献，历千百劫而不灭失的，这一次也不会灭失。我要把这保存民族文献的一部分担子挑在自己的肩上，一息尚存，决不放下。”“为了保全这些费尽心力搜罗访求而来的民族文献，又有四个年头，我东躲西避着，离开了家，蛰居在友人们的家里，庆吊不问，与人世几乎不相往来。”1940年底重庆政府派故宫博物院古物馆馆长徐鸿宝（森玉）到上海协助鉴定古籍收购工作，他目睹工作情况，致信蒋复璁说西谛等人“心专志一，手足胼胝，日无暇晷，确为人所不能。且操守坚正，一丝不苟，凡车船及联络等费，从未动过公款一钱”。对这段悲壮的抢救民族文献的经历，西谛曾借用龚自珍的诗句“狂据文献耗中年”加以概括，称自己“性疏狂而好事。初搜集词曲、小说、弹词、宝卷，继集版画，皆举世所不为者也。抗战中为国家得宋元善本、明清精椠一万五千余种”[1]。郑振铎最初希望做一个纯粹的学者，不愿浪费时间。但是，当民族危难来临时，当国家工作需要时，他义无反顾地投身到伟大的事业中，为“大我”而牺牲“小我”，成功不必“自我”。正是从这个意义上，李一氓说：“对于郑先生，我以为他是中国文化界最值得尊敬的人。”[2]

[1] 国家文物局编，《郑振铎文博文集》插页，文物出版社1998年版。

[2] 见拙文《郑振铎：中国文化界最值得尊敬的人》，收在《跂予望之》中，凤凰出版社2020年版。

由此看来，中华古籍在世界范围内的传播，并不都是和风细雨，也遭遇过悲惨的经历。但是，不论是主动输出，还是被人宰割，作为中华文明重要载体的古代典籍，迄今依然灵光独存，始终是华夏儿女心中最宝贵的一份历史遗产，须臾不能忘记。近代以来，域外汉籍逐渐引起国人的重视，黄遵宪、黎庶昌、杨守敬、罗振玉、张元济、傅增湘等人追踪蹑迹，比类成编，大量记录、回购流传到海外的中华典籍。其中，杨守敬所编《日本访书志》、商务印书馆所编《古逸丛书》等就是这些记录或回购的初步成果。改革开放三十年来，随着研究工作的深入开展，域外汉籍的回购、研究业已成为学术界一个不大不小的热点，很多流失海外的中华典籍得到影印，中华书局还出版了专门的刊物《域外汉籍研究集刊》，这都表明了学术界对于中华古籍在海外流传的关注。

中华古籍虽然历经磨难，但在传承文明、咨政育人等方面起到了不可替代的重要作用。这是一笔宝贵的文化遗产，更是建设社会主义先进文化、贯彻落实科学发展观和构建社会主义和谐社会的宝贵文化资源。1981年，中央下发了《关于整理我国古籍的指示》，成立了国务院古籍整理出版规划小组，教育部也适时成立了高校古籍整理委员会，开展了卓有成效的古籍保护工作，一大批古籍得到整理出版。近年来，这项工作又通过实施中华再造善本工程等文化项目，加强了对古籍再生性的保护、开发和利用。文化部又根据中央领导同志的批示，召开了全国古籍保护会议，正式成立全国古籍保护中心及全国古籍保护工作专家委员会，确定了第一批全国古籍保护试点单位，决定编纂《国家珍贵古籍名录》，并在此基础上编纂《中华古籍联合目录》。所有这些，都表明了党中央和国务院对于古籍整理工作的重视，为中华古籍的保护、整理、利用以及向海内外广泛传播，提供了千载难逢的历史机遇。[1]

整理保护，是为了更好地利用。《国家“十一五”时期文化发展规划纲要》制定实施的“走出去”重大工程项目，是一项意义深远的举措。随着中国综合国力的提升，我们希望中国文化在世界范围有更大的影响。而古籍的传播就是最好的途径之一。我们不会再像陆心源藏书那样流失海外，而是积极主动地输出中国古籍文化，让更多的人深入了解中国传统文化的精髓所在，让更多的人深入理解现代中国核心价值观的意义所在，真正在世界范围确立文化大国的形象。

今天，我们这些从事传统古籍文化研究的学者聚集在这里，讨论这样一个具有深远意义的问题，其终极目的就是为这样一个伟大的工程增添一砖一瓦，贡献我们的智慧和力量。

（2007年9月6日在《古籍整理研究学刊》编委扩大会暨中华古籍在世界学术研讨会上的致辞）

[1]【增补】2022年4月，中共中央办公厅、国务院办公厅印发《关于推进新时代古籍工作的意见》，全面论述了新时代古籍工作的总体要求，是新时代做好古籍工作的纲领性文件，具有深远的战略意义。

谁绕开文献学，学术界就一定绕开他

中国传统文献学是一门古老的学问，同时又是一门生机勃勃的学问。正是通过这门学问，我们才能真正窥测到中国传统文化的博大精深，因而这门学问也就成为我们进入传统文化领域的必由之路。可以这样说，谁绕开文献学，学术就终究绕开他。这已经而且并将不断地被学术史所证明。

基于这样一种意识，早在1982年，在桂林举行的文学研究规划会议上，代表们就提出了成立中华文学史料学学会的设想。1985年初，中国社会科学院文学研究所副所长马良春发表《关于建立中国现代文学史料学的建议》[1]，并与同行酝酿成立一个研究文学史料的学术团体。1988年10月，在上海社会科学院文学研究所的支持配合下，召开了一次海峡两岸的筹备会议。1989年10月成立中华文学史料学学会，并召开第一届会员代表大会，推举马良春同志任会长。1990年，由上海百家出版

[1] 马良春，《关于建立研究文学史料学的建议》，《中国现代文学研究丛刊》，1985年第1期。

社出版《中华文学史料》第一辑，著名学者钱锺书欣然为封面题签，留下了永久的纪念。中华文学史料学学会于1991年9月第一次在民政部注册登记，负责人徐迺翔。1991年9月，会长马良春去世。11月，中华文学史料学学会第二届理事会在北京召开年会，推举贾植芳教授为新一任会长，并产生了由五十二人组成的第二届理事会。

在文学研究所的主持下，早在20世纪80年代就曾出版过“中国现代文学史资料汇编”甲乙丙三编、“中国现代文学运动、论争、社团资料丛书”八种、“中国现代作家作品研究资料丛书”六十余种、“中国现代文学书刊资料丛书”（如《中国现代文学期刊目录汇编》《中国现代文学总书目》《中国现代文学作者笔名录》等），还计划分古代卷、近代卷、现代卷和当代卷四个部分。其中现代卷八十余种已经出版，近代卷、当代卷也陆续推出。很多学者也从理论上阐述了文学史料学的价值。史料学会成立后，还在《作家报》开辟专栏，在国内外引起了高度重视。

那个时期，经费十分紧张，没有条件开会，更没有条件出版论文集，很长时间没有任何活动。1997年在徐州师范大学召开第三届理事会，贾植芳继续担任会长，以后就不了了之。转机在2003年，此后的第四、五两届会议逐渐归于正常。2003年10月28日至29日在北京召开第四届会员代表大会，修改了学会章程，推举贾植芳任名誉会长，包明德任会长，刘跃进为常务副会长兼法人代表。其他副会长有陈伯海、傅璇琮、陈漱渝、蒋守谦、裴效维、杨镰、牛运清、董之林、刘福春、赵存茂等，副秘书长有陈青生和薛天纬。会议还聘请了丁景唐、王景山、李福田、邱明皋、姜德明、徐迺翔等为顾问。

这一年前后，学术界发生了很大的变化，用今天的话来说，就是思想淡出，学术突显。

2003年，清华大学召开了“中国现代文学文献研究座谈会”。

2004年10月，河南大学、洛阳师范学院又联合《文学评论》编辑部召开了以“史料的新发现与文学史的再审视——中国现代文学文献问题学术研讨会”为题的中国现代文学文献问题学术研讨会，强调论从史出，提出史料收集整理是研究的先导，呼吁通过文献的收集、整理寻求研究的新突破口，带动整个学科的发展。

2005年第6期的《中国现代文学研究丛刊》发表“现代文学史料学”专号。2004年，在这前后，现代文学史料研究著作出版多种，如贾植芳、陈思和主编的《中外文学关系史资料汇编》（上、下）、刘福春的《新诗纪事》《中国新诗书刊总目》出版。后者收录1920年1月到2006年1月间出版的一万八千七百余种汉语新诗集、诗论集的目录，并附有书籍说明和著者简介，是迄今为止最全的新诗书刊目录。2005年，新华出版社出版了刘增人等纂著的《中国现代文学期刊史论》，集资料汇编与总体研究为一体。下编专辟“史料汇编”一项，包括期刊叙录、研究资料目录等。而这“叙录”一体即与中国学术传统建立起紧密的联系。人民文学出版社2004年5月推出的金宏宇的《中国现代长篇小说名著版本校评》，选取了《家》《子夜》《骆驼祥子》《创业史》等八部名著，对校其不同版本，探讨版本变迁的历史原因与修改的长短，这是借鉴古典文献学的传统惯例、汲取以往现代文学文献研究成果而做的一次重要尝试。

当代文学史料的积累与整理还刚刚起步，文学所当代文学研究室联合全国三十多家单位协作编辑的《中国当代文学研究资料》，迄今已出版八十多种，计两千多万字。当代文学已经发展了五十多年，远远超过现代文学，而史料建设似乎还远不能适用日益丰富的当代文学发展的实际，这个问题应当引起高度重视。

也是在这一年的4月11日至15日，中华文学史料学学会与宜宾学院联合举办“中华文学史料学国际学术研讨会”，六十余位与会学者提交了五十多篇精彩论文，会上会下有热烈讨论和深入交流，还酝酿创办学会网站、专刊，申请课题等，无疑将对文学史料学学科的现代化、系统化、科学化和理论化，起到重要的推动作用。那次会议的成果有两项，第一是为了适应学术发展的需要，与会代表建议成立古代和近现代两个分会，第二是在相隔十五年后又出版了《中华文学史料》第二辑。这一辑的出版也不容易，有幸得到汪致正、学苑出版社的郭强和当时还在报社的祝晓风的鼎力支持。汪致正捐款五万元，郭强不计成本出版此书，祝晓风撰写《2005，见证文学研究“史料年”》发表在《中华读书报》2005年11月9日头版。为此，我们还曾计划出版“中华文学史料学研究丛书”，并拟定了书目。

筹资分会的事很快就付诸实践。2006年分别在开封和南昌成立了近现代文学史料学分会（登记号：3944-1，2006年9月）和古代文学史料学分会（登记号：3944-2，2006年11月），2017年在西昌学院的会议上成立了民族文学史料学分会。学会还计划成立海外华文文学史料学分会等。海外华文文学研究方兴未艾，几乎每年都要召开学术研讨会，影响越来越大。近现代文学史料研究分会在开封会议之后，于2007年在聊城大学举办了第二次年会，还在学术期刊《现代中国文化与文学》第七辑上（巴蜀书社，2010年1月）开辟《史料研究》栏目，首发“中华文学史料学会近现代分会年会”专题论文，由胡博、段美乔撰写《主持人语》。

中华文学史料学学会成立近二十年来，积极倡导推动对文学史料、传统文献学的研究和传播工作，得到了越来越多的关注，也逐渐形成一些共识。

第一，关于文献史料研究的价值，大家的认识逐渐趋同。80年代各种理论思潮，你唱罢来我登场，各领风骚数十天。而今，崇拜洋人学术的时代已成过去，文化上的自信正在回归。欧美汉学界业已意识到这个问题，觉得自己不再被崇拜，颇感失落，于是釜底抽薪，不断推出新理论。近年颇为盛行的所谓抄本时代的研究就很有趣。这种理论的成果就是《剑桥中国文学史》，几乎抹去所有大家小家的区别，理论依据就是抄本是靠不住的，只有看得见的版本才是真实的。这样做的目的，其实就是为自己的研究争取到更多的话语权，其结果是消解了经典。对此，我表示怀疑，但也不可否认，其中也有合理的意见。一百年前，日本学者内藤湖南提出所谓“唐宋分野”的话题，认为唐代和宋代确有不同。而今的抄本理论依然继续这个话题。这是因为，周秦汉唐文学主要是抄本时代的产物，而宋代以后，则进入刻本时代，文学观念、文学载体、文学形式、文学内容、文学成就都有不同。从这个角度看，内藤湖南、欧美汉学都有值得关注的成分。但是，无论如何，我们应当对经典保持一份敬畏，保持一种尊敬。我在《中国近现代稀见史料丛刊》出版座谈会上发表了一篇“史料永远不会过时”的即兴发言，特别提到了傅斯年在《历史语言研究所工作之旨趣》中说过的话。他说：“近代的历史学只是史料学，利用自然科学供给我们的一切工具，整理一切可以达到的史料……”因此他说了几条标准：（一）凡能直接研究材料，便进步。凡间接地研究前人所研究或前人所创造之系统，而不繁复细密地参照所包含的事实，便退步。（二）凡一种学问能扩张它研究的材料便进步，不能的便退步。（三）凡一种学问能扩充它做研究时应用的工具的，则进步；不能的，则退步。结论是“上穷碧落下黄泉，动手动脚翻史料”[1]。当然，史料不能解决一切问题，这里牵涉到一个史料与史识的问题，胡厚宣说过一段特别有名的话：“史料与史观是史学的两个方面，并不是对立的两种学说。史料与史观，必须共同相辅，才能成为史学。史料与史观，是一件东西的两种成分，任何一种是不能脱离了另外一种而独立了的。史学若是房屋，那么，史观是工程师，史料是木材砖瓦。只有工程师而没有木材砖瓦，和只有木材砖瓦而没

[1] 中华书局编辑部编，《中研院历史语言研究所集刊论文类编》，中华书局2009年版。

有工程师，是同样盖不成房子的。只有正确的史观，没有正确的史料，和只有正确的史料，没有正确的史观，是同样写不出正确的历史来。”[1]没有史料的发现，很难有学术大踏步的前进。所以，在学术研究上强调史料的价值，永远不会过时。前面提到的发言经过整理发表在《光明日报》，我在会议上说过这样一句比较偏激的话：“谁绕开史料，学术界将来一定会绕开他。”编者特别将此话提炼出来放在醒目位置。可能很多人会反对，但是我们从事史料研究的学者，大多还是认可的。

第二，关于文献史料研究的目的，大家的理解还有分歧。在我看来，学术研究无外乎两个目的，一是有用的知识，二是有智慧的思想。文献史料研究，主要提供有用的知识。从表面看，似乎卑之无甚高论，其实这里也有高低之分。就最低要求而言，文献史料的整理，就像整理家务，干干净净，有条不紊。需要的东西，随手就可以拿到；客人来访，也会觉得赏心悦目。这样的工作，积以时日，可以做得很好。但，这不应当是学术研究的目的。张晖曾编过黄侃的《量守庐学记续编》，他在后记里提到一个很有趣的话题，即学术研究贵在发明还是贵在发现？20世纪20年代，王国维主张“新学问大都由于新发现”，就是发现新资料，推动学术的发展。黄侃主张学术研究贵在发明，就是对十三经等原始资料非常熟悉，资料就摆在桌面上，看大家能否从寻常材料中发现不同寻常的问题。发明、发现，孰是孰非，今天执着去谈已没什么意义，因为学术研究

[1] 胡厚宣，《古代研究的史料问题》，云南人民出版社2005年版，第6页。

的要义，贵在发现的同时，也必须贵在发明。这次会议论文集收录的大多数文章，大都属于这类问题。尽管方法不同，但都体现出一种辨伪存真的精神。当然，学术水准的提高，还不仅仅需要积累，更需要学术的见识。朱一新的《无邪堂答问》卷一说，考证须学，议论须识，只有把两者结合起来，才能达到最佳的境地。如果只有文献史料的积累整理而无学术见识，则愈学愈愚。虽考据精博，专门研究名家，但依然无益。这道理无人不晓，但是很难做到精致。原因在哪里？《朱子语类·读书法》认为问题的症结，就是缺乏对经典的敬畏，缺乏平心静气的心态。现在又何尝不是如此？

第三，关于文献史料研究的前景，大家的看法基本乐观。经过三十多年的沉淀，这类研究多数经过了岁月的检验，很多结论、很多材料，多少年后还时常为后来者提及。但是现在也出现了盲目的乐观，以为只有文献史料才是学问。这又走向另外一个极端。从学术上讲，文献史料确实不可或缺，但是，我现在又有一种危机感，觉得我们很多学者为史料而史料，为考证而考证，很多问题其实没有多少学术价值，更没有学术史意义。这是问题之一。还有一个问题，就是从事文献史料研究的学者，多埋首故纸堆，自拉自唱，自我欣赏。我们应当考虑一下，我们这些文献史料研究的学者是否可以为社会、为大众做一点工作，把我们的研究与社会的需要稍有结合。文学研究，一定要密切关注我们身边正在发生的重大事件。最近三十年，中国经历了巨大的变化，各个方面都取得了空前的成就。我们的文学创作、文学研究，理应与时俱进，拿出无愧于我们这个时代的经典著作，为这个时代留下浓墨重彩的一笔。这就需要我们从两个方面入手，一是学术的专精研究，二是学术的普及工作。专精研究是我们大家共同追求的目标，而学术的普及工作则未必得到所有学者的重视。从历史上看，第一流的文献史料研究工作者，他们心中总是装着大众读者，郑玄遍注经典，清人整理文献，很多就是从普及着眼的。所以我倡议，我们的文献研究工作者，还是应当做更加有用的学问，这种学问，既为学术界提供有用的文献资料，也为社会、为大众提供有用的知识。而后者现在尤其需要我们共同努力。

总之，中国传统文献研究，相对来说，投入、产出不甚合比例，相对寂寞。但是，这门学科又充满了生机和活力。我们坚信，随着学术研究的深入展开，这门学科的意义、这门学科的价值必将为更多的有识之士所认可。我们为了一个共同的目标走到一起，就是明证；而且，近年连续召开的现代、当代、古代文献研讨会，就是明证。

（2007年11月23日在西北大学召开的
中华文学史料研讨会上的致辞）

走向深层历史

中国社会科学院文学研究所于2007年12月19日至20日在北京友谊宾馆组织召开了“文学史写作的理论与实践”国际学术研讨会。近百名学者提交的七十余篇论文，围绕着文学史写作的理论与实践两个重要问题，展开热烈讨论，广泛涉猎了中国古代文学、现代文学、当代文学、比较文学、民间文学、文学文献学以及文学基本理论、文学史研究方法等，视野开阔，论述深入。与会学者普遍认为，这次会议非常重要，它既是对过去百年文学史写作经验的一次系统总结，又对新世纪文学史写作具有一定的导向意义。综括起来，大致涉及四个方面的重要问题，即：①文学的界定；②文学史的撰写；③文学史的反思；④文学史的拓展。而尤以最后一个问题最为重要。

一、文学的界定

一百年前，人们在撰写文学史时，总要开宗明义地讨论什么是“文学”；一百年后，我们在谈论文学史写作的理论与实践问题时，依然还要追问这个最基本的问题。高建平在介绍西方文学观念演变的时候，也谈到现代意义上的文学观念实际上出于18世纪以后。因此，有的西方学者甚至认为，莎翁的创作并不是现代意义上的“文学”。陈国球由此追问，按照现代的文学观念，那么《诗》《骚》是否也符合现代意义上的“文学”标准呢？我在《秦汉文学编年史》和《秦汉文学地理研究》的编纂过程中，所面临的最大问题还不是资料的收集，而是收录的标准。诸如什么是“文学”，什么是“文学家”，什么是“文学作品”，用什么样的标准评价文学等，看似约定俗成，细究起来却颇有分歧。历史就是这样，往往有着惊人的相似之处。一百年来，相同、相近的问题困扰着我们的研究者。不仅古代文学研究如此，张中良在谈到现代文学研究时亦持大文学史观。

什么叫大文学史观？研究撰写文学史，首先必须对文学及所谓的大文学史观有所界定。在中国古代，至少在孔学四门中，文学主要是指学术文章。近代以来，文学的界定发生重大变化。刘方喜的《什么“是”文学，抑或，文学如何更好：究竟该如何提问》就从这里入手，探讨了这个问题的来龙去脉。他认为，“五四”以来，尤其新时期以来，我们的文学观念有着一条由“纯”而“杂”的演变脉络：我们曾经以现实主义与浪漫主义去框定我们的文学史，也曾短暂地从“纯文学”的角度去建构我们的文学史，这些做法的一大问题是文学史的丰富性受到了严重的遮蔽。现在我们似乎走向了另一个极端，使文学无限泛化，而这种相对主义的过分泛化的文学观念会给文学史的研究与写作带来混乱，并且形成其无法摆脱的悖论性的困境：如果一切皆文学，文学无边界，那么文学史写作就几乎无法进行。文学泛化论的最大问题恰在彻底取消了价值标准。

由“文学”观念的辨析，学者们又由此寻绎“中国文学”的特质，探讨中国文学的传统。张未民的《何谓“中国文学”？》从“中国”这一概念的古今含义演变入手，认为“中国”这一概念在古代东方/东亚所蕴含着的是一种独特的东方式的国家理念、国家思想、国家体系实践，我们须由这一概念的独特性去认识“中国性”和“中国文学”。“中国文学”是数千年来被东方这块土地上偌大的社会人群所不断建构起来的文学共同体。陈国球在《“抒情精神”与中国文学传统——普实克论中国文学》中则以普实克的名著《抒情的与史诗的：现代中国文学研究》作为探讨对象，论述了他在该书提出的中国文学传统中的“抒情精神”。

二、文学史的编纂

中国文学史的编纂，被称为20世纪中国文学研究的四大增长点之一。根据陈飞的《〈中国文学专史书目提要〉编著随想》所提供的信息，作者亲见和确知的文学史专史著作已逾千种，加上其他具有专史性的著作，达两千多种，可谓洋洋大观，层出不穷。南哲镇提交的论文《韩文版中国文学史教材探讨》也向我们介绍了二十多部韩文版的《中国文学史》。我们相信，在台港澳地区和国外，《中国文学史》著作自然不在少数。

这些文学史著作为什么如此风起云涌地被编纂出来呢？这次会议主要论及了四个方面的原因：一是日本所编的《中国文学史》的影响；二是西方科学化观念的影响；三是近代留学生的作用；四是意识形态的影响。

杜轶文的《日本明治时期中国文学史写作实践之考察》向我们展示了日本从明治三十年（1897）到大正时期（1912—1926）开始的中国文学史研究的一个侧面。作者选取古城贞吉、儿岛献吉郎、藤田丰八、笹川种郎的中国文学史研究著作为主要研究对象进行考察分析。在此基础上，总结出日本明治时期中国文学史研究的特点及其意义。同时，通过中日两国早期的中国文学史的比较，更具体地呈现出早期中国文学史研究上的多样性。而日本的中国文学史著作很快被译成中文出版，对中国早期的中国文学史研究起了一定的引导作用。

近代以来的科学化观念对于中国文学史编纂的影响，赵利民的《论中国文学史观的科学化特点的形成及反思》、耿传明的《文学史的写作与现代性的知识建构特性》、陈国恩的《中国现代启蒙主义文学史观论》等文做了深入的探讨。赵利民从研究中国文学史观的“科学化”特征的形成入手，认为近代以来，中国面临内忧外患的危局，有识之士别求新声于异邦，向西方寻求救国的真理。科学技术及与之相关的科学精神被作为最重要的技术资源与思想资源进入近代中国。在此大背景下，“新史学”便应运而生，梁启超、夏曾佑的新史学，以章太炎为代表的“国粹派”都不同程度地以西方科学知识与社会科学理论对旧史学进行改造。“五四”前后以胡适为代表的科学化的历史研究方法等都贯穿着科学的精神与方法。与近代科学的历史观密切相关，自近代始，文学史观突破了传统文学史观的循环性、复古性的特点，走向以“进化”“进步”甚至是“革命”为特征的文学史观。耿传明、陈国恩等沿着相近的思路，反思近现代学术界关于历史观与文学观的形成及其特色。如耿传明以胡适的《白话文学史》为例，分析了作者的历史观和文学观以及与此相应的文学进化观念。文章指出，这种历史观与文学观实际上是建立在一种统一的世界观、人性观、文学观、价值观基础之上，追求一种普遍化、客观化甚至绝对化的科学知识。这种西方传入的科学观对于中国文学史的编纂自然有其积极意义，但是回过头看，其消极影响亦不容忽视。从某种程度上说，现代文学史写作是一种知识与权力的结合。叶舒宪的《本土文化自觉与文学人类学的“文学”“文学史”观——西方文学观对中国本土的知识创新与误导》对此展开论述。从积极的方面说，西方文学观套用于中国本土的知识创新，“诗文”正统被小说、戏剧所打破，现代多学科角度的文学批评取代诗话与评点式传统。从消极的方面说，西方“文学”观套用于中国本土的知识误导，最典型的莫过于文学的四分法。西方文学观移植到中国，受到新文化和新文学运动的一致推崇和喝彩，却没有意识到其巨大的副作用。

留学生对于西方思潮在20世纪初叶的传入，自然功不可没。周棉的《留学生群体与中国传统文学的现代转型——论中国现代文学史写作的一大残缺》指出，近代以来在中国社会转型和文学转型过程中，留学生群体可以说具有决定性的重要作用，而中国传统文学的现代转型和中国现代文学的发生和发展更是离不开留学生群体这一主导力量。首先，留学生群体是中国传统文学向现代文学转型的最早推动者、最主要的倡导者和承担者。其次，发动或推动“五四”文学革命和“五四”新文化运动的主要期刊的主要编者和作者大多具有留学背景。另外，推动中国传统文学的表现形式向现代转型的关键性代表人物，大都是具有现代传播意识的留学生精英。更重要的是，具有留学背景的作家以丰富的创作实绩，充分展示了中国传统文学向现代文学转型的过程。我们读程新国的《庚款留学百年》（中国出版集团东方出版中心2005年版）是可以深刻地印证这种观点的。

至于意识形态方面的影响，我们更是感同身受。张全之的《中国现代文学史写作中的“五四文学革命”》对此有所论述。

客观地说，一百年来，文学史的编纂，成就是巨大的。唯其如此，在20世纪末叶也应运催生了中国文学史学史这样一门独特的学科。

三、文学史的反思

面对着如此丰厚的文化遗产，新的世纪，学术界在盘点着过去成绩的同时，也在反思着其中的不足。陈晓明在《后现代语境中的文学史叙事》中强调，历史主义的观念和方法在今天依然无法放弃。因此，文学史叙述的整体性问题依然值得关注。叶舒宪则针对一个世纪以来“中国文学史”的写作误区，特别提出要清理、批判积存已久的三大症结，即文本中心主义、大汉族主义和中原中心主义，强调要相对地还原固态文学的活态文化语境。在我看来，这里实际上涉及对于史实与史料的认知与处理。我们过于恪守既有的常规，而忽略了文学发展的细节和过程。西方史学界强调所谓“碎片”（fragments），认为它们看似毫不相干，但是从中依然可以反映出错综复杂的历史真实。对此，扬之水在《用“格物”之眼贴近文学——一种研究方法的可能、实践与意义》中提出一种解诗的途径，即通过对诗（广义的诗）中之物的解读，而触摸到诗人对生活细节的观察与体验，以揭示出物在其中所传递的情思与感悟，由此使得一些多半是在文学研究与文学史写作视野之外的诗意更加丰沛。

综合性的文化研究再一次被提起。文学史，说到底，是历史学的一个重要组成部分，既然如此，就无法摆脱对客观环境的依存和顺应。故钱穆在《中国文化与中国文学》中指出："欲求了解某一民族之文学特性，必于其文化之全体系中求之。"梁启超则用"史网"加以概括。其实，文学终究是人学，而人，又是一切社会关系的总和。因此，社会历史的方方面面，包括人口史、家庭史、风俗史无不浸染其中，更何况与作家更加密切的政治史、经济史。文学史的编纂，就必须照顾到这些纷繁复杂的因素。孟繁华通过现当代文学史上"乡土文学"与"农村题材"的演变生动说明，一个题材的变化，一种基调的把握，无法脱离特定的历史场景。石昌渝的《清代文学的历史特征——封建专制条件下历史、政治、文化、社会与文学的关系》就是一次比较有意义的综合探讨。张中良的《还原中国现代文学史的"生态系统"》探讨了还原现代文学的多样形态的可能性，如新与旧、雅与俗、激进与守成、市民文学与乡土文学、左翼与自由主义、文人文学与民间文学、左翼文学的正统与另类、延安文学的正统与另类、创作与翻译、大陆文学与海外华文文学等，有些文学形态表面上看起来是矛盾冲突的，但实际上相互依存。温儒敏教授将文学史研究分为三个层次，认为逼真地再现文学史原貌终究是一渺不可及的"梦"。文学史研究的根本意义，就在于"寻根"，寻求文学生命之根。因此，文学史的探讨，要在还原与追溯之间寻找一种张力，一种创造性的想象和艺术直觉。

过去五十年，学术界在探讨文学史编纂的意义时，往往强调对于历史规律的追寻。在这次会议上，刘汉初和傅刚两位对此提出了质疑。从当前探讨的倾向来看，学者们更多地强调了对于历史的感觉、历史的印象，还有同情之了解；更多地注重于历史细节的追寻，和对于历史过程的描述，而不津津乐道于观念史的生成。应当说，这是这次学术研讨的一个比较有趣的现象。当然，强调对于历史的想象和体验，并不是脱离历史随意发挥，恰恰相反，它依赖于作者对于史料的精熟和对史实的体察。此外，李继凯寻觅《原创性的文学史》，于景祥强调《文学史写作的真实原则》，丁国旗呼吁《文学史写作的“生命化”》精神。所有这些，都表明了学者对于过去文学史编写的反思。

四、文学史的拓展

提交的七十余篇论文中，可圈可点的实在太多，这里也只能粗线条地归纳出六个方面：

（一）唯物史观的价值

文学史的编写当然可以千变万化，但是马克思主义的唯物史观依然是最重要的指导思想。这不是一句空洞的口号。回顾过去一百年文学史研究的实践，重温马列经典，使我们再一次认识到马克思在《神圣家族》中所说的意义。他说："历史，并不是把人当作达到自己目的的工具来利用的某种特殊的人格。历史不过是追求着自己目的的人的活动而已。"正是这样一种理念和追求，马驰在《历史唯物主义与文学史写作》中坚持评价历史事件和人物的唯物史观的标准，即要把对象放到历史发展的总过程中去，看其对社会历史发展所起的作用及其大小，看其是顺应历史发展的客观规律、符合历史发展方向，对社会进步起推动作用，还是违背历史发展的客观规律、与历史发展方向背道而驰，对社会进步起阻碍作用。依据这样的历史观，我们研究和写作文学史，就是要回答我们的文学该向何处去这样一个文学的重大问题。这是构建社会主义核心价值体系的必然要求。

与此相关联，我们强烈地意识到，一个有社会责任感和历史使命感的文学史研究工作者，应当从中国文学创作实践中汲取精神的滋养。中国文学从它产生之日起，就与现实生活结下不解之缘。文学扎根于现实的土壤，又通过艺术形象反映、影响现实生活。因此，一部文学作品是否及时正确地反映时代生活，就成为评价其文学价值的重要尺度。古代文学史上的屈原、李白、杜甫、苏轼、曹雪芹，现代文学史上的鲁迅、茅盾、巴金、老舍等人所以获得后人的广泛尊重与爱戴，最重要的原因就在于，他们的作品真实地、深刻地反映了各自时代的风貌，反映了人民的理想与追求、时代的苦难与抗争。贴近生活、贴近人民，中国文学家把自己一腔的理想和抱负与国家、人民紧密地联系在一起，就使得他们的人格得到升华与净化，使得他们的作品具有深刻的人民性和现实感，这是一个历久弥新的传统。中国古代历来重视诗品和人品的关系。你再有才气，人品不好，广大的欣赏者就是不买你的账。历史真是一个最公正的裁判。清代文学家沈德潜说：“有第一等襟抱，第一等学识，斯有第一等真诗。如太空之中，不着一点；如星宿之海，万源涌出；如土膏既厚，春雷一动，万物发生。古来可语此者，屈大夫以下，数人而已。”清代另一位文学家刘熙载也说“诗品出人品”。我们的文学史研究工作者，确实不能回避这些重大的问题。潘碧华的《马来西亚华文文学的历史记忆》通过对于马来西亚华文文学创作的历史梳理发现，凡是与现实生活、现实政治发生重要关联的文学，往往会给后人留下深刻的历史记忆。这是一个很重要的启迪。文学，毕竟是现实生活的深刻反映。如何挖掘文学的这种潜质，如何发挥文学的这种功能，“史识”就彰显出强大的生命力。李建军指出，在不断地撰写中国文学史的过程中，在对文学史发展过程展开描述的时候，不可避免地显示着研究者和编写者的价值标准和文学理想。编写历史实质上是在芜杂的材料中发现真相，揭示规律，提供启示的工作。一切历史的书写，最终决定于研究者的“史识”，决定于他对那些重要历史命题的基本判断。因此，文学史家的价值标准和文学理想，就决定了他的著作的基本风貌。这是每一个修史者应当自醒的问题。

（二）文学史多样化的问题

文学史研究离不开主流意识形态，但是，它的编写方法却可以多样化。就中国文学史的编写而言，至少应当涉猎三个领域：一是汉民族的汉字文学史，我们以往出版的一千多部文学史基本上都可以归入此类。二是汉字文化圈的汉字文学史。陈庆浩的《汉文文学史之编纂之若干问题》强调的是古代朝鲜、日本、琉球和越南人的汉文作品写作，以及现代遍布世界各地，特别是东南亚和美洲华裔的文学创作。潘碧华的《马来西亚华文文学的历史记忆》也属于这个范围。三是华夏多民族的文学史以及文学通史。近年出版的《中国各民族文学关系研究》就是成功的尝试。

至于文学史研究对象的问题，也得到与会者的高度关注。文学史编写的目的决定了文学史的取材与评价。在特定的历史时期，我们可以把政治标准放在第一位，自是一种不同的文学史。但在通常的情况下，文学史的编纂，更重要的意义在于，反映文学发展历史上曾经出现过的现象，并透过这些现象，追寻背后的意义。即使是那些被认为在政治上、文学上存在问题的现象，也不应当回避，而是探寻为什么会出现这些负面现象。这才应当是文学史研究工作者应有的宽广胸怀。譬如这次会议有好几篇论文涉及近现代的“鸳鸯蝴蝶派”问题。汤哲声提交的论文《中国现代通俗文学的“现代性”和怎样入史》以“鸳鸯蝴蝶派”作为探讨的对象，努力恢复他们的“文学身份”，注意到现代通俗文学在整个20世纪具有系统性、完整性以及现代通俗文学与新文学有着文化上的差异及其媒体性和市场性两个鲜明特点。而栾梅健的《丰赡的文学之河与研究缺位》则比较鲁迅与张恨水的创作。不同层次的文学，当然也涉及乡村与城市。王筱芸的《都市文学—文化研究：文学史写作的新方式》从都市文化入手，探讨了这个问题的当代意义。

（三）为三十年文学喝彩

这个话题是由贾雷蒂教授的论文引起的。2008年是改革开放三十周年。在开辟中国特色社会主义道路、形成中国特色社会主义理论体系的过程中，中国文学研究界也经历了，或者正在经历着深刻的变化，诸如学术观念的变化、学者队伍的交替、研究领域的拓展、民族特色的彰显，各个专门学科的深入探索，都在共和国学术文化发展的史册上留下浓重的一笔。为了及时地总结这段历史的经验教训，很多出版社和杂志社都将出版专书或开辟专栏，就若干重大的理论问题与实践问题进行宏观探讨。一些学者在回顾这三十年的历史时，很自然地就想到了20世纪初叶的三十年，但也是语焉不详。而贾雷蒂的《三十年代中国对新文学的一种回顾》则以《新文学大系》的编纂为线索，发现20世纪30年代有一种特殊的现象，即对轰轰烈烈的五四运动怀有特别深切的留恋。他们做了很多有意义的文化积累工作，既为已经结束的文化时代留下历史印记，也为自己这一代人所做出的历史贡献建立一座纪念碑。回想刚刚过去的三十年，我们也应当做一历史的回顾，为这三十年的中国文学竖立块碑石，进一步推动新世纪中国文学史研究的深入。这也是这次会议的重要收获之一。

（四）文学史的分期及评价

蒋寅的《基于文化类型的文学史分期论》提出一种以文化类型为依据来划分文学史时段的文学史分期法，将20世纪以前的古代文学划分为三个发展阶段：①商周至东汉末，这是贵族文学占绝对地位的贵族文学时代；②建安时代至唐末，这是士族文学逐渐取代贵族文学成为主流的士族文学时代；③北宋至清末，这是庶民文学逐渐上升，最终压过士族文学，占据主流地位的庶民文学时代。

1985年，黄子平、陈平原、钱理群在《文学评论》第5期上发表《论“二十世纪中国文学”》试图打破现当代的界限，认为“‘二十世纪中国文学’这一概念首先意味着文学史从社会政治史的简单比附中独立出来，意味着把文学自身发生发展的阶段完整性作为研究的主要对象”。这种看法为很多学者所认可。郝明工的《文学史的中国断代与现代文学史的中国起点》认为，中国现代文学史的起点取决于文学运动的现代性向度与年代性维度之间能否一致，而中国文学的现代发展历经百年才得以趋向完成。由此，有必要展开“百年断代”研究，中国现代文学就是“二十世纪的中国文学”。王一川在《论中国现代Ⅰ和现代Ⅱ文学》中以20世纪80年代中期（后朦胧诗、寻根文学和先锋小说等）为界，从清末到20世纪80年代中期为中国现代Ⅰ时段，从80年代中期起至今为现代Ⅱ时段。由此中国现代文学史可划分为两个时段：中国现代Ⅰ文学史和中国现代Ⅱ文学史。前者以中国文学“走向世界”为目标，后者以中国文学“走在世界”为目标。朱德发在《再论重构“现代中国文学史”学科理念》中强调指出，“现代中国文学”与“中国现代文学”，是两个内涵与外延不同的学科范畴。“中国现代文学”主要指涉的是1917年至1949年这个历史区间的中国新文学，而“现代中国文学”的开端是与中国社会现代化同时起步的，应追溯到甲午之战与戊戌变法。

当代文学已经成为热点。张志忠在《当代文学史写作方式的有关思考》中特别提到历史的标准与文学的标准不能简单等同的问题。我们不能仅仅根据政治标准、社会变化来评价过去的文学意义。杨义就此指出，当代文学的史料收集与历史评价还有很多工作要做。不论作品的倾向性如何，他们毕竟反映、记录了那个特定年代的特定精神风貌，应当说符合历史的真实。程光炜的《历史重释与“当代”文学》认为只有通过不断的“重新提出”，“当代文学”才能获取它的历史活力和“真正”含义。这是迄今为止“重写文学史”的口号仍在这个新兴学科中不绝如缕的一个根本原因。萨支山以柳青研究为例，强调说明了每一种评价的背后实际上都隐含着文学史叙述的角度和评价标准问题。当代文学史的评价容易出现偏颇，亦和资料的收集整理不足有关。白烨指出，当代文学史料的收集、整理，不单单是把史料作为研究对象，也是一种深刻的文学批评。孟繁华在《中国当代文学通史与问题史》中就当代文学史的分期、编纂阐明了自己的看法。宋如珊的《台湾的大陆当代文学史述评》又给我们提供了另外一种与中国大陆当代文学史全然不同的描述和关照。这当然是一个很有趣同时也很严肃的话题。

（五）文学编年史与文学地理研究

恩格斯在《反杜林论》中说："一切存在的基本形式是时间和空间，时间以外的存在和空间以外的存在同样是非常荒诞的事情。"正是为这样一种新的理念所推动，文学编年研究、文学地理研究成为新世纪的学术热点。陈文新在《文学编年史如何建立叙事的整体感》中结合其主编的十八卷《中国文学编年史》（湖南人民出版社2006年版），论述了他对于文学史叙事的整体感追求。於可训的《构建用材料和事实说话的文学史——"中国现当代文学编年史"编撰拾得》与陈文新遥相呼应，从现代文学编年史的撰写构造了一个"用事实说话"的文学史的逻辑和秩序。文学地理研究不仅仅局限于汉民族不同地区的文学，还应当在民族共同体的视野下，关注华夏多民族文学的发生、发展状况。因此，这是两个相互关联而又有区别的视野。前者关注的主要是汉民族不同区域的文学。张泉的《试析中国区域文学史的现状及意义》介绍了20世纪80年代以后内地出版的大量的区域性文学史。但是总体上评价不高。主要问题是，视角和观念缺乏新意，以及低水平重复。不过，作为一个不可缺少的长线课题，区域文学史毕竟是区域研究中的一个专门领域，也是“重绘中国文学地图”系统工程中的一个学术增长点。后者关注的是华夏各民族之间的文学关系，探寻华夏民族文学的性格要素和生命过程。刘跃进从时间的角度编纂《秦汉文学编年史》。这次提交的论文《秦汉区域文化的划分及其意义》则以秦汉文学空间为研讨对象，将秦汉时期的文化分为八个区域，即三辅地区、河西地区、巴蜀地区、幽并地区、江南地区、河洛地区、齐鲁地区、荆楚地区，并从史传目录的著录考察各个时期的文化发展情况。他的《多元文化的融汇与三辅文人群体的形成》《河西四郡的设置与西北文化的繁荣》《“三楚”的疆域及其文学传统》《黄河以北地区的文学发展》《江南的开发及其文学的发轫》《梁孝王集团的文学想象》《秦汉时期的巴蜀文学》《“鲁学”解》《释“齐气”》等论文，则是具体的展开。郭延礼的《20世纪第一个二十年四大女性文学群体》则从时间与空间的纬度关注20世纪第一个二十年（1900–1919）的四大女性文学群体。安藤阳子的《日本占领时期东北文学在文学史上的定位问题》以所谓的“满洲国”女作家吴瑛的文学为个案，分析“满洲国”中国文学的特色，而探讨是否应该在中国文学史中有它独立的篇章。

（六）比较文学的新视野及其他

柳晟俊的《论〈全唐诗〉所载新罗与唐两国人的交游诗》、琴知雅的《中国文学与韩国汉文学——关于韩中比较文学史记述的体验》等论文，试图从比较文学的角度去剖析中韩文化交流的渊源及其文化的异同。谭佳的《试论晚明文学史的现代性话语建构》试图从现代学者关注“晚明文学”入手，论述了晚明文学史的现代性话语建构与现代中国思想潮流的密切关系。

这次讨论还涉及文学批评史上的观念问题、编写问题，如党圣元的《中国古代文学批评中的“进步观”》、袁济喜的《编著中国文学批评史如何传承与更新》；新编专题文学史问题，如李建平的《关于编撰〈中国抗战文艺史〉的一些思考》、赵敏俐的《关于撰写〈中国诗歌通史〉的几点思考》，还有傅刚的《传记与传记文学》、徐德明的《中国白话小说中的诗词赋赞的蜕变和语言转型》、李怡的《教学型文学史：文学史写作的最大的盲区》等，都与文学史编纂的观念、方法密切相关。至于大量的个案研究，更为文学史的编纂提供了具体而微的片段。马银琴论《孟子》与《诗经》的关系，张中宇也选取《诗经》作为样本论述科学取样方法，陈君从《两都赋》论及东汉前期政治文化的趋向，衣若芬从性别反思角度入手论述了蔡文姬，吴光兴分析了先唐“文章”的概念，范子烨辨析了陶渊明的《饮酒》（其五）异文及其意义，许继起论述了魏晋南北朝清商乐的建置，赵建成以汉魏六朝小说为例阐述文学史编写的多样性原则，罗丽容论及宋词、元曲的历史传承问题，刘汉初阐述了以作品风格作为辨伪依据的有效性问题，杨子彦从英雄与豪侠两个概念入手分析了《三国演义》与《水浒传》的内在区别，荒木猛分析了《金瓶梅》词话本与崇祯本的异同及其意义，夏薇讨论了《红楼梦》的版本问题，杨彬彬以晚清曾懿为研讨对象，杨联芬论述了革命加恋爱模式的形成背景，陈才智总结了陈友琴古典文学研究的成就，段美乔论述了汪曾祺在20世纪40年代的文学活动，萨支山从当代文学史的角度分析了柳青的意义，周瓒以新诗为例论及“经典化”形成的各种因素，陈大为论述了80年代中期以来的后现代诗歌创作，钟怡雯论述了“五四”诗歌在诗史的典律化过程中的意义，如此等等，都为文学史提供了丰富的素材和视角。但是限于时间和篇幅，这里不能一一论列了。

综上所述，我们的文学史研究，经过三十年的反思、探索，正在走向多元化。在这个过程中，最重要的标志就是，告别浅层次的文学分析，逐渐步入历史的深层。在可以预见的未来，中国文学史研究者更重要的任务，不仅仅是解释历史事件，更应从这些众多纷繁的历史叙述中，获取更多的理论上的思考，从而建立起具有中国特色的中国文学史观。在此基础上，编纂具有新视野、有深度的中国文学通史，便成为新世纪的期盼。

（2007年12月20日在北京友谊宾馆举办的文学史写作的理论与实践国际学术研讨会上的总结）

办好学术期刊的一点建议

首先，我想扼要汇报一下“中央单位学术类期刊主编”班第二小组的讨论情况。我们这个小组成员所负责的刊物，办刊宗旨、业务性质以及管理体制都有很大的不同。好在我们的组长、副组长都有着丰富的管理经验，甚至就是《管理学家》杂志的负责人，因此很会调动大家的智慧、能力，直陈胸臆，畅所欲言。大家一致认为，通过这次集中学习，收获确实很大。第一，各位主讲人通过丰富具体、深入浅出的讲解，让我们了解到当前文化出版行业改革的最新精神，提升了我们的理论思维能力。第二，了解到很多政策法规方面的信息。感触比较深的是听了司长所做的《解读报刊管理有关法律法规》的报告，使我深深地感到，过去我们只知埋头办刊，现在我们必须要抬头看路。第三，通过小组会、会后会，各兄弟刊物交流经验、展示成果，不仅沟通了感情，更重要的是，也为我们今后的办刊提供了很多有益的思路、

其次，我想进入今天要汇报的主题，两句话：一是分类管

理，二是坚守阵地。

当前，我国的文化出版体制改革正处在攻关阶段。过去坐堂式的办刊、办报模式已经走到尽头，社会推动着我们的报刊事业必须改革。关键是如何改。培训班领导提出了今年的三大任务，一是事业单位中具有法人资格的报刊出版单位转企改制，二是优化结构，整合资源，三是做大做强一大批文化出版企业。听起来确实令人振奋。柳斌杰署长还提出了更振奋人心的目标：经过十年奋斗，变文化出版大国为文化出版强国。目前，我们的文化出版主管部门都看到了市场的力量，看到了改革的方向。但同时我们小组在讨论的时候也在呼吁，在改革浪潮风起云涌的时候，更应强化分类管理。也就是说，该推向市场的必须推向，该政府部门完全资助，就必须全额资助。譬如我们小组有四位同志是中国社会科学院各个研究所主管的刊物负责人，《欧洲研究》和《拉丁美洲研究》读者面不可能太宽，读者、作者相对稳定。像这样的刊物就不能推向市场。

说到这里，我就要谈到第二个话题，我们的期刊在走向市场化的同时，还应当有所坚守，而且必须坚守。

即以我所在的文学研究所的两份刊物为例，《文学评论》和《文学遗产》都已创刊五十多年，历史悠久，在中国文学研究领域有着举足轻重的学术影响。我们的定位非常清晰，不能走向市场化；我们的宗旨也非常明确，就是守住我们的学术阵地，守住我们的思想阵地。报刊出版行业，各有分工，有的负责文化传承，有的致力于文化传播。我们的刊物，主要起到文化传承的作用。

说到传承文化，谈何容易。像《文学遗产》这样的专业刊物，其研究对象主要是中国古代文学，应当说，范围不可谓不广，虽说不上是阳春白雪，但毕竟远离现实生活，关注的人终究是少数。在80年代末到90年代初，由于办刊经费紧张，一度濒临停刊。危难识朋友。在我们最危急的时候，很多关心我们刊物的科研院校和出版单位同人，伸出援助之手，使我们得以坚持到今天。我们心里真的很清楚，我们的作者和读者真正是我们的衣食父母。为此，我们一代代编辑用心编刊，就不仅仅是为稻粱谋，也有着浓郁的热爱祖国文化、回报学界厚爱的情感在里面。

当前，我们面临着很多困难，同时也有很多发展的机遇。挑战与机遇永远联系在一起。

第一是经费投入不足，办刊举步维艰。我们属于全额拨款的事业单位，办刊经费非常有限。为了确保稿件的学术质量，我们还得坚持三审制度。具体说，主编、副主编不看一审稿，放手由责任编辑组稿、审稿。副主编二审，主编三审。之后，还要双向匿名，外聘两位专家评审。很多作者说，外审才是“鬼门关”，因为他们无法攻关。被外审否定的稿子，即便是主编也没有特权放行。同时，为了确保刊物的编校质量，我们还高薪聘请专业出版社最好的校对专家，每期都逐一把关。所有这些，都大大增加了办刊成本，常常弄得我们捉襟见肘。这样做劳心劳力，值不值？我们认为值，学术界也认可我们的做法。

第二是网络化的挑战。随着科学技术的进步，报纸期刊网络化几乎可以肯定是必然的趋势，只是时间早晚的问题。2008年，文学研究所的两份刊物被院里确定为重点期刊。《文学遗产》将获得的十五万元资金迅速投入网络版的建设中。2009年4月，创办了《文学遗产（网络版）》，开设有“论文选萃”“新作首刊”“前沿探索”“名家学境”“学术随笔”“域外汉学”“文献辑录”“学术信息”等栏目，尤其是创办了全国古代文学学术信息月报，广泛联络全国有古典文学和古典文献学博士学位单位的高校，建立通讯员制度，每月汇总各高校科研部门的学术信息。《文学遗产（网络版）》是真正起到沟通全国古典文学研究信息发布的平台。这样做，依然需要大量的经费支持，而且在编辑部人手没有增加的情况下，几乎每一个人都在加倍工作。

第三是国际化的机遇。中国的学术文化已经不再仅仅属于中国，而是全人类共享的精神财富。现在，在世界范围内，中国文学逐渐得到越来越多的国外学者的重视，研究成果也非常丰富。目前，我们每期向海外发行三百多本，主要面向著名大学和研究机构。我们的目标是，《文学遗产》不仅代表中国的学术水平，而且要成为世界上研究中国古代文学的标志性“学术刊物”之一。这个过程可能还有很长的路要走，但这是一个发展的方向，值得我们去努力。

困难，挑战，机遇，想躲也躲不掉，只能直面现实，认真应对。好在我们有一个非常好的团队，大家同心同德，殚精竭虑，都把这份刊物当作事业来做，做得很苦。当前，我们的学术环境不是很好，甚至可以说非常恶劣。在这种情况下，我们还要努力保持这份学术刊物的纯洁，更是难上加难。过度量化的评估机制，给我们的刊物造成很大的压力，想保持一种平常心都很困难了。

这里，我从一个纯学术刊物编者的角度呼吁，呼吁我们的各级政府部门，对这类目前还没有什么市场价值的精神产品给予更多的道义上和物质上的支持；呼吁我们的编者、作者、读者，各守本分，各尽其能，在我们的学术期刊上多发表一些无愧于这个时代的学术力作，千万不要让我们的后代嘲笑我们不学无术。

（2010年3月8日在第三十二届中央单位学术类期刊主编岗位培训班上的发言）

人文学术期刊的责任

一、《文学遗产》历代主编的学术旨趣与办刊风格

学术刊物，主编是灵魂，编辑队伍是主干。两者相互配合，才能把一份刊物办好。1954年3月，《文学遗产》创办，在《光明日报》上开辟专栏。从那以后，中间尽管断断续续，特别是20世纪60年代有过一段中断。20世纪80年代，《文学遗产》改为专刊，一直延续到今天。从创刊至今，《文学遗产》共有五位主编。历任主编与编辑有不同的个人学风、学术旨趣和办刊理念，也给杂志的学风和文风带来相应的变化，梳理《文学遗产》在不同时期的办刊思想，可以看出其对学术风气的引领作用，看出其自身的学风和文风，同时也会反映出特定时代的学风与文风。适逢《文学遗产》庆祝创刊六十周年，编辑部最近编了一部纪念文集，请了六十多位作者，老、中、青都有，年龄最大的是程毅中先

生。纪念文集还发表了徐公持、曹道衡老师当年对余冠英的访谈。这篇访谈过去一直没有正式发表。文学研究所是1953年2月22号成立的，在北京大学临湖轩召开了成立大会。这在《王伯祥日记》里有记载。曹道衡老师1953年7月份进入文学所。1954年《文学遗产》创刊时，曹道衡参与了部分编辑工作，是《文学遗产》编辑部的学术秘书。《文学遗产》历代主编所处时代不同，为人处世风格也不同，但是有一个共同点，就是对于学术的追求是一样的。《文学遗产》第一任主编是陈翔鹤。《文学遗产》第4期刊发王德华教授的文章，论述了陈翔鹤最初主持《文学遗产》工作的艰辛和业绩。在那个特殊的政治环境下，既要保证学术本色，又要配合各种政治运动，实属不易。陈翔鹤先生“文化大革命”期间写了《陶渊明写〈挽歌〉》，最后被批斗，含冤而死。第二代主编是余冠英。在文学所，余先生口碑、学问都很好。凡是跟他有过接触的人，都非常尊重他。我来文学所的时候他还在世。当时文学所一些老人，如曹道衡、邓绍基、刘世德、陈毓罴等，每年春节都结伴去余先生家拜年。可见余先生在后辈人心目中的地位！按照现在的标准，余先生的学术成果不算很多，但是余先生的几部选本，到今天为止，不可替代！事实上，余先生的成名作正是他的选本，而不是他的学术论文。除此之外，还有他的学术组织能力，包括主持《文学遗产》，在社会上产生重要影响。改革开放之初，他是《文学遗产》复刊后的第一任主编。余先生的办刊宗旨比较强调文学性。同时，我们必须承认，在文学所老一代学者中，除了何其芳，余冠英是最讲政治的人。最近看《王伯祥日记》，我注意到，何其芳召集的会议，如果何其芳有急事不能参加，何其芳通常会委托余冠英去主持，由此推想，余先生在政治上是比较靠得住的，人品也受到尊敬。也正因为如此，《文学遗产》复刊之后，他很快就把全国第一流的学者聚拢起来。这些学者大多在《文学遗产》发表过文章。当时，不在《文学遗产》发表文章，似乎就没有进入古典文学研究界。这是余冠英那一代的学术魅力所在。徐公持是第三代《文学遗产》主编。在学术上，他是一个实力派人物。这是文学所都知道的一个词，说某某人是实力派，说明他的学问比较厚重。曹道衡、刘世德、邓绍基、陈毓罴、沈玉成等就是这样的学者。曹先生、邓先生、陈先生都已离开我们，我也曾通过组织纪念会、追思会、发表若干文章等方式，介绍他们的学术业绩。陈毓罴先生是文学所里难得的通才，古代文学研究室的老师都很敬重他。陈先生的著述似乎不多，最有影响的就是合著的《红楼梦论丛》。此外，他还是《浮生六记》的专家，大家公认他是通人，读书很多。在文学所，你的学问好与不好，不在有多少著作。有些学者可以上至先秦，下到当代，一路都有文章，但未必就是通人。这就像穿衣服，一天一件，未必能说明什么。真正的通人是对中外文学的把握，对古今学术的把握，经得住时间的检验。徐公持先生比上面提到的前辈略微年轻，但是与他们保持着很好的关系，也可列入通人之属。徐先生四十多岁就担任了《文学遗产》主编，有思想，有干劲。那些年，在徐先生倡导下，

《文学遗产》主持了好几次全国性的学术大讨论，包括宏观文学史讨论、文学方法论的讨论、20世纪学术史的讨论，等等，都是徐先生倡导起来的。可以说，徐先生那一代学者，讲政治、讲学问，非常敏锐。学术研究，不能离开政治，不能不讲政治。讲政治有利于认识和理解古代社会，也有利于学术境界的提升。设想一下，如果没有80年代中期的各种学术讨论，如果我们还延续着20世纪五六十年代的学术路数往下走，怎么可能会有今天的繁荣昌盛？所以，我们应当感谢那个时代，经过拨乱反正，学术研究逐渐回归到本源。今天看来是必然，而在当时确实不容易。学术研究不是道德评判，不是排座次，更不是知识的堆积。20世纪80年代的宏观文学史讨论，也为今天留下了一个重要的话题：文学史研究是研究规律，还是研究问题？文学史有没有规律？文学史有没有尽头？今天在讨论学术“碎片化”的问题时，背后的潜台词就是文学要探讨规律，要探讨背后的东西。“碎片化”出现的原因，主要是在80年代宏观文学史讨论之后，由于宏观文学史讨论走到了极端，题目越来越大，促使人们反思，结果又走到另外一个极端，即倡导回到历史的细节当中，希望通过细节“还原历史”。但矫枉过正，以致今天的学术界处于一种相对沉寂、相对无助的状态。学术的共同体形同散沙，主要原因就是缺少共同的学术价值观。而在20世纪80年代，是有共同的学术价值观的，那就是追求宏观的学术规律和文学史规律。20世纪五六十年代也是有共同的学术价值观的，拨乱反正前后也有。而今，这种共同的价值观没有了。

陶文鹏先生是第四任《文学遗产》主编。我和陶先生搭班共事多年，他年长我十多岁。陶先生是诗人，浓郁的诗人气质常常感染我们。而我，是学文献出身的人，缺乏诗性。我们正好取长补短，所以合作起来特别愉快。陶先生特别欣赏有才情的文章，他的欣赏水平绝对是一流的。大家都知道他是唐宋文学专家，其实，他对现代文学也有很深的造诣。他曾经编过一本《中国现代名诗三百首》（署名文鹏、姜凌，北京出版社2000年版），很有独到的选家眼光。我们欣赏古诗，如果能够和新诗做比较，其实是很有趣的话题。古今文学是相通的。一个人只读古诗，或者只看新诗，其欣赏水平就受到限制。在我看来，在古今诗歌的贯通上，当今很少有人能够比得上陶先生。他的这种贯通还不是那种贴标签式的贯通。他是真懂诗的人，这是他的最大特点。陶先生还有一个过人之处，就是善于奖掖后进。作为主编，事情那么多，但他总是不厌其烦地把自己的写作心得告诉作者，甚至帮助作者改稿。我当副主编以来，常常起草编后记，陶先生总是认真修改，将可有可无的字词删去，将重复的替换，将逻辑关系理顺。经过他的修改，文字干干净净，逻辑清清楚楚。老北大培养出来的高才生就是不一样。而今，我接手《文学遗产》，面临着许多困惑，为此，也召开了很多座谈会，组织了很多笔谈。最初，我们都希望在方法上寻找到一条出路，但是，找来找去，还是没有现成的方法可供借鉴。最后发现，方法不是最重要的，重要的还是作者的思想境界问题。我在《文学遗产六十年》一文中对此做了初步的总结。

我希望，《文学遗产》能够更上一层楼，我也知道，这并不容易。所以，我们需要共同努力。

二、学术的传承创造，是我们努力的方向之一

六十年来，《文学遗产》坚持站在学术研究的前线，组织编发稿件。同时，我们经常举办各种学术会议，论辩交锋，以文会友。20世纪五六十年代，《文学遗产》集中就屈原与《离骚》，陶渊明、谢灵运与山水诗，《桃花扇》与《长生殿》的历史背景，现实主义与浪漫主义的传统开展讨论。80年代拨乱反正，《文学遗产》开展宏观文学史观的讨论，站在了思想解放的前沿。90年代关于中国文学研究学科建设与学术史的回顾等，都在学术界产生重要影响。21世纪以来，《文学遗产》更是在四个方面有所推进：第一是更新研究理念，推陈出新，加强对传统文献学、中国文体学，尤其是对文学经典的研究。第二是拓展时空维度，海纳百川，将华夏各民族文学纳入中华民族文学研究的大视野。第三是强化综合比较，旁罗参证，将物质文化、制度文化、地域文化、媒体文化以及性别文化等不同专业知识和研究方法引进文学研究领域，将古今文学与中外文学联系起来，将文学艺术与相关学科贯通起来。更重要的是第四点，即反思文学研究的意义和价值，反思研究工作者的思想境界问题。通过这些努力，我们希望有助于重构中国文学史体

系，并在文学理论研究方面有所突破，有所建树，为当代文学理论建设和文学创作实践提供丰富的文化资源。

六十余年来，《文学遗产》高度重视学术思想的传承，发表三千多篇学术论文，培养了几代学者。我们还通过“学者研究”等栏目，及时总结前辈学者的治学经验，传播他们的治学理念，金针度人，启迪后学，让学术薪火代代相传。为此汇集而成《学境》一书。同时，借助通讯员制度，开辟“博士新人谱”等栏目，为青年学者搭建学术平台，展示他们的最新成果。这是《文学遗产》高质量稿件源源不断的制度保障。

六十余年来，《文学遗产》努力拓宽学术研究的视野，开辟“海外学术信息”“海外学者访谈”等栏目，沟通中外学术信息，强化中外学术交流，呈现开放的办刊理念。这些文章也集结成《学镜》，作为他山之石，供我所用。中国的学术文化已不仅仅属于中国，而是全人类共享的精神财富，中国文学必将得到越来越多国外学者的重视。

三、人文期刊应当承担社会责任

《文学遗产》杂志编辑部加大选题策划力度，专门增设“本刊特约”栏目，陆续发表一批关注社会现实的优秀论文，尝试将古代文学研究与重大现实问题结合起来，取得了较好的效果。

（一）钓鱼岛问题

2014年第1期，《文学遗产》发表了罗时进的《明清钓鱼岛诗歌及其相关文献考述》。该文对明清钓鱼岛诗歌及相关文献进行了系统梳理，论述了明清两代文人对这些岛屿的不断发现、记录、描绘和注解，为“钓鱼岛自古以来就是中国的固有领土”这一历史事实组织了古代文学方面的充足证据。杂志编辑部组织专家学者召开“《明清钓鱼岛诗歌及其相关文献考述》座谈会”，《人民日报》《光明日报》《中国社会科学报》《中华读书报》相继做了报道，引发社会关注。

（二）甲午战争反思

2014年第4期，《文学遗产》组织发表了关爱和的《甲午之诗与诗中甲午》和左鹏军的《甲午战争与近代诗风之创变》。两篇论文针对甲午战争一百二十周年祭，总结了甲午海战后中国诗歌创作以国难诗史和民族心史为主题的诗界高潮，分析了这一阶段叙事性和批判性大为增强的诗风新变，从诗歌表现领域深刻揭示了甲午战争给中国人民带来的巨大灾难和伤害。

（三）经典的当代价值

2014年第5期，《文学遗产》以“经典与当代价值”为题，特约了一批著名学者，对中国古代文学经典文本的当代价值，以及传统文化经典对弘扬社会主义核心价值观的重要作用，进行了深入探讨。

2015年是一个特殊的年份。第一，世界反法西斯胜利暨中国人民抗日战争胜利七十周年。《文学遗产》第三期发表《天下兴亡，匹夫有责——追忆抗日战争时期古代文学研究工作的爱国情怀》。第二，《新青年》创刊一百周年。我们围绕着“选学妖孽，桐城谬种”等话题组织研讨会，进行反思，还组织了“文选·文章学·方法论为中心的学术史”学术研讨会，“桐城派·文章学·方法论”为中心的学术史研讨会。第三，科举制度废除一百一十周年，我们约请专家撰写科举与文学关系的学术论文。

四、人文学术期刊的制度建设与人文情怀

2010年以来，我们就如何办好《文学遗产》，认真总结半个世纪以来的办刊经验。

目前，中国刊物主要由三大系统构成，一是社科院系统（包括各省社科联刊物）的专业刊物，在当前评价体系中占据核心位置；二是大学学报，所占比重非常庞大；三是高校自办的以书代刊的同人刊物，如雨后春笋，数量激增。这些刊物各有分工，又相互补充。如何更好地发挥这些人文刊物的主导作用，净化自身便成为首先要考虑的问题。过去，皇帝的女儿不

愁嫁，而今，学术刊物本身也受到了来自各方面的拷问。刊物的评价体系就像一把双刃剑，悬在上方。

2012年，我们与香港几所大学协商筹办一次海峡两岸文史期刊的座谈会，后来由于种种原因此事未果。但是这个问题一直萦绕于怀。2013年4月初，《文学遗产》编辑部同人专程赴台，就文史期刊的编辑、印刷等方面的问题，进行专题调研。我们专程拜访了《汉学研究》（台湾“国家图书馆”汉学研究中心），《历史语言研究所集刊》《古今论衡》（以上“中研院”史语所），《中国文哲研究集刊》《中国文哲研究通讯》（以上“中研院”文哲所），《台大中文学报》（台湾大学），《政大中文学报》（台湾政治大学），《国文学报》（台湾师范大学）八家刊物编辑部，与汉学研究中心、“中研院”史语所、“中研院”文哲所、“中研院”近史所、台湾大学、政治大学、台湾师范大学等学术机构的学术负责人、期刊负责人、期刊编委以及台湾“国科会”期刊处负责人、台湾“教育部”中文学门负责人先后进行了晤谈，共同探讨人文学术刊物的办刊经验和教训。年末，又参加浙江大学文学院主办的“大学中文学刊与大学当代文学使命”高端论坛，依然围绕着如何办好文史刊物展开讨论。看来，学术刊物确已成为问题。

学术期刊最重要的目的就是要甄选优质的学术论文发表。最好的学术期刊，就是要吸引最好的论文来稿，并甄选出最好的论文给予发表。学术期刊的一切制度建设，就是希望公平、公正地选出论文。一般来说，比较好的学术刊物是不怕没有好稿子的，怕的是没有好的制度保证优质论文的甄选。目前来说，台湾最好的学术期刊已经全部做到了双向匿名评审，来保证所发表论文的学术质量。对大陆学术期刊而言，这个双向匿名的审稿制度从形式上、流程上都是容易学的，而在具体实行过程中，又会碰到很多的问题。

所谓双向匿名，就是一篇稿件寄到编辑部，通过编辑部的初审之后,编辑部会聘请审稿人进行审读。在审稿过程中，审稿人不知道稿件作者的真实身份，作者也不会得到审稿人的真实身份。这样就能保证评审过程的公正。但很多论文根本没有机会匿名送到审稿专家手里，就直接被编辑部否定了。所以学术界的朋友经常会问，编辑部如何保证通过初审的论文都是好论文？有没有一种可能，很好的论文连初审都没有通过就被放到一边了。如果有的话，怎么避免这种问题呢？这是一个非常严厉的质问。如果这个环节没有处理好，所谓的公平、公正如何能实现呢？最突出的问题是，双向匿名评审确有误伤忠良的可能。很多成熟的作者，往往不拘小节。也许，仅仅是一个形式上的小问题，就予否定。而很多平庸的稿件，往往在形式上中规中矩，也有可能就被那些不负责任的外审通过。如果两份匿名审稿意见有肯定，也有否定，那么就要继续请第三位匿名审查专家评审。这就是所谓的“疑难稿件”。这些稿件如何处理呢？《汉学研究》是提交编委会，再做最后的审核。《文哲研究集刊》是由三人小组再进行审查，他们叫“决审”，填写“决审审查书”。若有一位决审委员认为文章不合适，则不但疑难稿件不能刊登，连审查通过的稿件也需要撤下，再继续修改。但无论制度怎么严密，编辑人员、编委会怎么谨慎，总不可能做到完全公平。比如说，每个刊物有自己的编辑、人际网络，那么他的初审（编辑初审也好、同人初审也好）、匿名评审总有自己的立场和信念。还有，学术界会有一些把关太严的专家，也有一些把关太松的专家。像《文哲集刊》就明确说明，会把这两类专家在评审专家的名单中过滤掉。但无论如何，总会误伤一些好论文。所以，经常会出现，一篇文章投给《文学遗产》没有发表，却在《汉学研究》上发表了。反之，也有。《史语所集刊》就发表过大陆刊物退稿的论文。这不能说明退稿的刊物一定出现了学术不公正，只是说明，再好的刊物都不能包打天下，把天下所有的好论文都囊括其中。何况，其背后还存在一个理念性的东西，即学术研究要有研究者的个性，那么，学术期刊是否需要个性呢？如果刊物有自己的风格和特色，必然会排斥一些与其风格、特色不符的论文。这个问题也不必讳言。

《文学遗产》的编辑程序。第一，是两位编辑的匿名评审的制度，主编裁夺。第二，如何避免大同行范围内误伤，那就要尊重责编的推荐。第三，是如何积极主动约稿刊发各位高水平的文章，希望得到各位的支持。第四，是文章过长的问题，过去形成了学术文章八股，穿靴戴帽。近两年我们刊发了一些长文，譬如第一期正文九篇，多是两万字以上。但是问题来了，就是转载率大为降低。第五，是文章的校对问题。这种差错往往发生在冷僻琐碎的考证文章上，相对宏观的文章则较易校对。当然这些都还是技术性的问题。技术化、规范化的潮流浩浩荡荡，势不可当。在目前体制下，如何解决学术标准化与人文个性化的问题，也是问题。人文的本质是人，文是人的外化。人的不同，千差万别，如何在人文与科学之间寻找到某种平衡，很值得思考。

2014年6月，由《文学遗产》编辑部主办的“学术期刊制度建设与学科发展研讨会”在中国社会科学院文学研究所召开，来自中国社会科学院文学研究所、中国社会科学院期刊与成果项目评价部、北京大学、中国人民大学、复旦大学、山西大学、黑龙江大学、南京师范大学、西南大学、首都师范大学、《中国社会科学》杂志社、国家图书馆《文献》编辑部、全国高校古委会《中国典籍与文化》编辑部、《复旦学报》编辑部的二十余位专家、学者出席并发表看法。《光明日报》《中国社会科学报》《中华读书报》《文艺报》等媒体列席会议。本次会议旨在进一步推进人文学刊的制度建设与古代文学学科的发展。

综合同行的意见，一个基本共识已经形成，即制度建设是学术公平、公正的重要保证。现代学术期刊的制度建设首先要从双向匿名评审制度的推进开始。《文学遗产》编辑部从1999年开始实行双向匿名专家审稿制度，并严格执行三审程序。此外，本刊还建立、健全了一系列编辑、管理制度，取得了较好的效果。具体做法包括：一、实行发稿会制度；二、进一步严格校对程序和校对标准；三、创办并完善《文学遗产》网络版，开通《文学遗产》微信公众账号；四、强化外审专家的责任意识。

在执行制度的过程中也遇到一些问题。首先，制度的作用，通常是“保底”，可以把滥用权力的可能性降到最低。但是，仅靠制度会追求四平八稳，丧失活力，我们要想办法完善现有制度，在平衡制度与个性之间达到最大公约数。其次，在办刊过程中，我们还要处理好守株待兔与主动出击的关系。制度建设主要针对正式的学术论文，而学术争鸣文章、笔谈文章和约稿文章则应有更大的灵活性。像《文学遗产》这样的刊物，应当坚持以服务高端为其办刊宗旨，承担起引领学科发展的任务，发表文章要带有示范意义，因此，定向约稿势所必需。再次，制度建设，对编辑和外审提出了更高的要求。编辑队伍的建设，我们都比较重视，如何提高外审的质量，还有很多问题需要讨论。从编辑部的角度说，聘请外审专家，应当考虑各自的学术路数与风格，尽量避免助长外审专家的个人好恶。而外审专家应当从学术创见、理论价值和论证逻辑等方面对论文进行评判，而不应当过于关注技术问题。更重要的问题还在于，我们是人文学术刊物，应当转变观念，突破狭隘的“书斋学问”，更多地融入现代社会的文化建设中，提高思想境界，用学术服务社会。这是我们的努力方向，任重而道远。

（2015年3月12日在清华大学首届学术期刊文学编辑论坛暨中国高校系列专业期刊文学学报研讨会上的发言）

机遇和挑战

——《中国文学年鉴》创办四十年感言

我1991年到文学所工作。从那时起，就一直为《中国文学年鉴》撰稿，也得到了编辑部各位同人的支持，心怀感念之情。2017年，我担任《中国文学年鉴》主编，更深度地介入了编辑部工作。

今天谈三个问题：第一是创办《中国文学年鉴》的艰难历程；第二是办好《中国文学年鉴》的指导思想；第三是做好《中国文学年鉴》的制度保障。

一、创办《中国文学年鉴》的艰难历程

《中国文学年鉴》1981年创刊，原名《中国文学研究年鉴》，90年代初改为今名（以下简称《年鉴》）。《年鉴》先后由中国社会科学出版社、中国文联出版公司、社会科学文献

出版社和作家出版社出版。从2001年起，作为国家新闻出版署批准的年刊由编辑部自行出版和发行。2012年，开始由编辑部负责编辑，中国社会科学出版社出版发行。2021年卷已经出刊。从创刊到今天，《年鉴》已走过四十年的历程。

从1981年至1988年出版的《中国文学研究年鉴》看，其学术性主要体现在三个方面：第一，《年鉴》囊括了现行的文学研究领域的主要学科，并在1981年创刊号上，把过去一直未引起特别重视的"国外中国文学研究"作为一门研究学科标出，陆续介绍了美、英、日、苏等国对中国文学的研究情况。第二，对各学科进行分门别类的介绍，力求再现和突出每年度的研究工作重点，以及新的研究成果和新的学术观点。第三，《年鉴》开辟了"文学研究论文选辑"专栏，如1981年卷收录了多学科论文选，1982年卷收录了纪念鲁迅诞辰一百周年论文选等，展现了《年鉴》对文学资料整理的系统性和时效性，在当时具有检索和实用性的功能，很受欢迎。

1989年，由于办刊经费紧张，出版八期后，《年鉴》被迫停刊。停刊后，社会上反映强烈。国内一些高等院校、文学研究机构及大学教师、文学工作者纷纷来信要求复刊, 国外一些图书馆、高等院校、汉学研究机构及部分学者也表示渴望能重新见到《年鉴》。20世纪90年代初，在极其困难的情况下，文学所想方设法，创造条件，坚持复刊，将1989—1990年编辑为一本，1991—1992 年编辑为一本，从1993 年起恢复为年度内容的《年鉴》；又根据社会的需要和形势的发展，适当调整了《年鉴》的框架结构、编排方式，在加强原有栏目的分量外，还增设了文学创作情况及其介绍评价等栏目，为此决定改名为《中国文学年鉴》，使之名实相符。

很长一段时间，《年鉴》是以书代刊的形式由出版社出版。如前所述，2001年开始作为期刊，由编辑部自主编辑、出版和发行。随着互联网的迅速发展，一些搜索引擎、大型数据库的出现，论文目录和文学新书目都可以更方便、更快捷地从网络上获得。在这种情况下，编辑部经反复研究和慎重考虑，决定逐渐弱化《年鉴》的工具性，增加其学术性，“反映年度文学风貌，聚焦年度文学热点，展示年度文学成就，记录年度文学进展”，尽量收录一些更贴近文学发展现实和读者更希望看到的内容。至此，《年鉴》成为国内唯一涵盖从创作、论争到批评、研究的大型文学年刊，可谓一册在手，纵览文坛全局。

四十年来，《年鉴》得到了业内同行的认可，也荣获了专业的奖项荣誉。继《中国文学年鉴》（2016年卷）、《中国文学年鉴》（2018年卷）获得中国地方志指导小组和中国地方志学会主办的“第五届全国地方志优秀成果（年鉴类）”专业年鉴三等奖之后，《中国文学年鉴》（2019年卷）再次获得“第六届全国地方志优秀成果（年鉴类）”专业年鉴二等奖。这无疑是对本刊专业水准、文化贡献所做出的充分肯定和褒奖。另据专业人员研究统计，截至2009年，《中国文学年鉴》在日本已经被八十八家图书馆和资料室收藏。

这些成绩的取得实属不易，是文学所全体同人齐心协力、团结合作的结果。

由于《年鉴》工作没有纳入我院各个层级的评价体系中，长期以来没有得到应有的重视。因此，编辑部的工作往往面临很大的压力。编辑部要委派专人负责不同学科，不断地和各个研究室沟通，负责组稿、集稿工作。编辑部主任还要负责统稿工作。尽管每一个环节都有落实，但结果并不都是一帆风顺的。在印刷和发行方面，编辑部主任要亲力亲为，不仅要跑印刷厂，还要管发行，联系高校图书馆推销图书，可谓费心劳力。

更大的困难是经费不到位。20世纪80年代末90年代初，《年鉴》曾一度停刊。在复刊之后的十多年里，《年鉴》依然步履维艰，难以为继。为保证刊物的正常出版，2007年，文学所制定了《<文学年鉴>合作办刊暂行办法》，争取社会资源，以支付《年鉴》的印制费、稿费、编辑费、编委审稿费、办公设备购置费和编辑部日常工作经费。譬如“当代艺文志”栏目刊登高等院校和文艺、文化及社科研究单位宣传材料，刊登文学、文化、社科图书宣传彩页，特设“论文摘要”“论著评介”栏目，对达到《年鉴》选稿水准的论文、论著给予介绍。这是一项迫不得已的措施。

从2012年起，《年鉴》纳入院创新工程，印刷费的问题得到根本解决。但是编辑部日常经费依然没有着落。《年鉴》具有独立刊号、独立编辑部。为了刊物的长远发展，我们曾想利用《年鉴》刊号，创办新的学术刊物，改变被动局面。叫人感到欣慰的是，院里对《年鉴》工作越来越重视，我们也希望把《年鉴》办得越来越好。

二、办好《中国文学年鉴》的指导思想

从历代的文学现象和当代的创作实践中，我们不难理解，文学是特殊的社会意识形态形式之一。文学事业的这种特殊性，陈荒煤同志在《中国文学研究年鉴》创刊号“前言”中，从七个方面做了精到的概括：

第一，文学不再是少数人或少数社会集团的活动，而是国家有计划、有领导、属于广大人民群众的社会活动。

第二，文学事业是整个无产阶级事业不可分割的一个组成部分，要保证和加强党的绝对领导。

第三，党对文艺工作领导的一种重要方式，是开展文学评论和文学研究工作，丰富和发展马克思主义的文学理论，用以指导今天的创作。

第四，党明确要求文学创作为千千万万的劳动人民服务，为社会主义建设服务，要求作家和人民紧密联系在一起，深入并熟悉生活，逐渐建立马克思主义的世界观。

第五，党重视文学的作用，当然希望文学在反映生活中反映并宣传党的政策方针，但又不能简单地要求文学作品“图解政策”。

第六，文学事业是党的整个思想战线上的一个重要部分，每逢政治思想战线上发生较大的争论和运动时，文学战线往往不可避免地成为争论的焦点或运动的中心。

第七，中国是一个多民族的有数千年文化发展历史的国

家，有无比丰富的、有自己民族特点的文学遗产，如何正确对待、继承和发扬我国古代文学遗产，如何正确对待外来文化的影响，是我国思想界一项长期的战略任务。

陈荒煤同志还就《年鉴》的定位做了具体说明："编辑和出版这本《年鉴》的目的，就是希望反映我国文学研究的基本情况和重要成果，并汇集有关文学研究和评论的重要文献和资料，提供国内外研究中国文学工作者和其他有关人员的查考和使用。"

陈荒煤同志的前言，阐明了《年鉴》的两个重要作用，一是引领作用，二是存史作用。这是《年鉴》创办四十周年不忘的初心。

先说引领作用。

《年鉴》自创刊起，即以专栏（特辑）形式，收录中央领导同志及文艺界领导者关于文艺工作的重要讲话和文件，记载近年党的有关文艺工作的方针和政策。这已成为每卷《年鉴》的主题和全书主旨，起到了引领作用。

譬如2014年，《人民日报》开设专栏"文学观象"，《年鉴》给予高度重视。2015年10月15日，习近平总书记《在文艺工作座谈会上的讲话》公开发表；10月20日，《人民日报》刊登《中共中央关于繁荣发展社会主义文艺的意见》，学习出版社推出中共中央宣传部《习近平总书记在文艺工作座谈会上的重要讲话学习读本》。2016年，中国共产党成立九十五周年，习近平总书记在庆祝大会上做了重要讲话，强调中国共产党已做出的伟大历史贡献的意义，同年，总书记又发表了《在哲学社会科学工作座谈会上的讲话》。2018年是改革开放四十周年，2019年是五四运动爆发一百周年，新中国成立七十周年。围绕这些重大历史事件和21世纪繁荣发展社会主义文艺的纲领性文献，《年鉴》组织发表文章，取得了良好的社会效果。

再说存史作用。

《年鉴》自创刊以来，唯一的原创部分，是每个学科的“研究综述”。这是体现《年鉴》学术水平的主体栏目，在《年鉴》创办中起着核心、关键的作用。

《年鉴》在组织研究综述稿件方面，比较注意发挥老学者的特长。这部分工作通常由研究室组织完成，绝大多数作者是本所研究室的研究人员，绝大多数审稿专家是《年鉴》编委。

2021年6月25日，在文学所举办的纪念《年鉴》创刊四十周年座谈会上，大家回顾了《年鉴》的办刊风格和优良传统，特别强调了两点，一是陈荒煤先生在创刊词中所指明的科研方向，二是樊骏先生带领学生撰写研究综述时所呈现出来的严谨求实的学风。陈荒煤同志的观点已述。这里再说说樊骏先生的组织工作。

樊骏先生十分重视“研究综述”的写作。他不是把写述评的工作简单地交给某个年轻研究人员就万事大吉，而是有着明确的要求。老编辑严平同志回忆说，当时还制定了编撰研究综述的程序：一是要求年轻人通读该年度本学科所有的研究文章和著作，并做出检索卡片；二是划分重点和非重点，重点文章和著作需做出较为详细的提要卡片；三是经过讨论确定写作大纲；四是召开研究室会议，由个人汇报，交流写作心得，听取大家意见；五是写作与审稿，修改定稿。有的重要刊物如《现代文学研究丛刊》，最后一期出刊较晚，他们还要跑到工厂去看文章校样。

在编写过程中，他们把是否具有学术创新点、是否挖掘出新的资料、是否有新的论述作为学术判断标准，让研究综述真正体现文学发展的前沿性。所有划为重点的文章，樊骏都会亲自阅读，还要组织写作组成员讨论，包括宏观的把握和细节的评价，让他们提出自己的看法。然后，樊骏再提出自己的意见，确定写作大纲。从标题到文字，从逻辑到结论，他们反复研讨，反复修改，直到定稿，这是一个艰苦的漫长的过程。但是，文章发表时，樊骏先生总是把自己的名字放在年轻人之后。

这项工作至少有两个方面的作用：一是对樊骏的研究生涯有意义。他在现代文学研究方面发表了很多关于现代文学学科发展的重要见解，被视为现代文学学科的奠基人之一。他的很多研究材料和分析结论就来自这些述评研究。二是对年轻人的学术发展有意义。他们从实践中学会了如何收集文献，如何整理资料，如何提炼问题，如何撰写论文。这种传、帮、带的方法，很值得推广。

很可惜，不知从什么时候开始，《年鉴》研究综述工作成了鸡肋，很多人不愿意承担这项费时费力的工作，因为它不算科研成果，无名无利。研究室承接了这项工作，只是为了交差，多摊派给年轻人，再加上组织者缺乏责任心，得过且过，整体水平难免下降。这个问题已经到了非解决不可的程度。

三、做好《中国文学年鉴》的制度保障

总结经验教训，《年鉴》最重要的工作是要做好制度保障，制定工作流程，强化编辑培训，明确成果认定，确保经费充足。

第一，与时俱进，做好栏目设计工作。

1992年，《中国文学研究年鉴》改为《中国文学年鉴》之后，增加了创作部分，包括“长篇小说”（故事梗概、节选）、中篇小说（故事梗概）、散文随笔、诗歌四部分。2016年“网络文学研究热点综述”从原来的“文艺理论热点问题综述”中分列出来，以顺应新媒介文艺的极速发展。从2018卷开始，又特设“中国域外汉籍研究综述”。每期《年鉴》还有编辑说明和英文目录。这些都符合科研局印发的《中国哲学社会科学学科年鉴编纂出版规定》。

《年鉴》已有较为固定的栏目，包括本刊特辑、纪念专辑、现状考察、热点聚焦、创作综述、作品选载（含长篇小说梗概、中篇小说、短篇小说、散文、报告文学、诗歌）、研究综述、论文摘要、论著评介、学术会议、文坛史料、文学纪事、资料辑要、当代艺文志等，涉及文学创作、文学事件、文学论争和文学研究的方方面面。我们还将利用互联网信息将《年鉴》与网络、智能手机联动，建立微信公众号。

第二，彰显学术价值，做好“论文摘要”“论著评介”栏目。

过去办刊，搜集文献资料比较困难。而今，学术成果大量产出，网络查寻极为便利，如何优中选优，选精拔萃，让《年鉴》具备“一册在手，纵览全局”的权威性，确实不是一件简单的事。《年鉴》的做法是，充分吸收各学科在读博士生参与遴选、摘编、撰写书评等项工作。这样，既减轻了“研究综述”撰写者的压力，保证了撰稿进度，同时扩大了选择的范围，提升了稿件的质量，还为《年鉴》培养了一批年轻作者和读者。博士生是科研队伍的新生力量，他们的撰稿热情很高，从不拖延；即使偶有参差，也能及时补救。

第三，公开透明，完善制度建设。

《年鉴》涉及文学学科门类齐全，编辑部专职编辑人员又不多，因此，每年在主题策划方面，主要依托各个研究室，聘请研究室主任担任编委和审稿专家，有时根据需要也会外聘少量院外审稿专家，协助审定作品的创作综述、学科的研究综述等内容。同时，因有“作品选载”栏目，每年需要外聘小说、散文、诗歌等方面的专家，协助进行作品推荐、遴选工作。

在稿件编辑校对等方面，实行三审制度和外聘校对制度。

一是责任编辑初审。《年鉴》责任编辑负责与编委协商，按学科分类约请作者撰写稿件，之后对稿件进行采编、初审工作。原创稿件（主要是学科学术综述、作品创作综述、书评等），由编辑审查学术水平、文字质量等，提出修改意见。若不符合基本要求，则另择作者重新撰写。转载作品，责任编辑根据刊物要求，对选目提出增删意见，同时审查摘编稿件的内容质量。

二是审稿专家复审。通过初审的稿件，按学科分送相关审稿专家进行学术审定，审定意见返回后，由责任编辑转告作者，对稿件作进一步修改、完善。转载作品，同时请院内外不同审稿专家协助审定选目。

三是编辑部复审。经过采编、外审的稿件全部提交编辑部主任汇总后，通过编辑部审稿会讨论，决定全书用稿情况。

四是编辑部主任（副主编）、主编终审。由主编、副主编终审定稿，主要针对政治导向、学术质量、社会效果、是否符合党和国家的政策法规等方面进行审查。

五是强化责任校对工作。责任编辑全程参与三校流程。一校时，责任编辑负责对初审原稿进行逐字逐句的校读，二校、三校换不同编辑，在与原稿核红基础上复查、复校。编辑部主任负责三校清样的通读工作。为保证质量，编辑部还会特邀有编辑经验的博士后人员参与校对工作。近年来，由于编辑部人员变动较为频繁，在三校不理想的情况下，还会根据实际情况增至四校，甚至五校。

按照工作流程，编辑部在每年6月前向中国社会科学出版社提交齐清定书稿，确保下半年出版并发行。

在四十多年的办刊过程中，《中国文学年鉴》编辑部坚持正确的政治方向，坚持实事求是的严谨学风，如实地反映了年度中国文学的主要成果和基本情况，客观地记录了年度中国文学创作与研究的进展过程和重大事件，成为当代中国文学创作和文学研究不可或缺的“编年史”。陈荒煤、许觉民（洁民）、何西来、王善忠、张炯、杨义、陆建德等诸位所领导先后担任编辑委员会主任（主编），汪蔚林、白烨、陶国斌、赵存茂、毛晓平、牛松丽、邱建、周永琴、陈定家、刘方喜、祝晓风、刘延玲、李煜华、程朝霞、马旭、徐志超（在站博士后）等一代又一代的学人为《中国文学年鉴》的编辑工作付出大量心血。作为主编，我要向这些年鉴人表示由衷的敬意。

（2022年4月21日在中国哲学社会科学学科年鉴编纂人员培训班上的发言）

愿识庐山真面目

1996年，根据文化遗产遴选标准，庐山被评为世界自然与文化双重遗产，登录《世界遗产名录》。其实，不必登录这样的名录，庐山就已经为中国人所熟知。庐山的自然风光，美不胜收，即使没有到过庐山，我们从小也都知道陶渊明曾长期隐居在庐山脚下，“采菊东篱下，悠然见南山”；也背诵过李白的诗：“飞流直下三千尺，疑是银河落九天”，那是描写庐山的瀑布；苏轼的诗：“不识庐山真面目，只缘身在此山中。”阐发了深刻的人生哲理。当然，还有毛泽东书写的“天生一个仙人洞，无限风光在险峰”，既描写仙境，也阐述哲理，与庐山优美的自然风光、悠久的文化底蕴相得益彰。在中国人看来，庐山获得自然与文化双重世界遗产身份，是再自然不过的事了。

但是如果我们继续追问，庐山文化的底蕴还有哪些，历代咏叹庐山的诗词到底有多少，又都从庐山中体味到哪些值得深思的哲理，我们一下子还真不知道从何入手。民国年间，吴宗慈编《庐山诗文金石广存》（江西人民出版社1996年版），收录颇丰。1996年，在庐山被联合国教科文组织确认为双重遗产的那年，江西人民出版社出版了经胡迎建辑补的新版，给读者提供了极大便利。

此后，在郑翔、胡迎建两位学者的主持下，众多学者历时三年，广泛收集有关庐山的历代诗词，辑得三千五百余人的一万六千多首诗词，编为《庐山历代诗词全集》十二巨册，六百余万字，洋洋洒洒，让人叹为观止。

全书分为三国至隋诗卷、唐诗卷、宋诗卷、金元诗卷、明诗卷、清诗卷、民国诗卷以及唐至民国词曲卷等八个部分，后又附录四个部分，即：蛰园击钵吟、癸酉庐山雅集、花径景白亭群贤留题第一集及新体诗。

所选作品，凡有著名出版社出版的精校本，就依据新本；如果没有，就采用《四库全书》本或其他版本，并均注明出处，以备查询。

每位作家，都有作者简介。从表面看来，文字不多，平淡无奇，但是要为三千多位作者逐一作传，实属不易，因为很多作者的资料非常难寻，只能通过各种类书、方志才能寻觅一二。尤其难得的是，全书还为每一首诗作简明扼要的注释，如果不是对庐山的历史和风景特别熟悉，这项工作几乎无从下手。所有这些工作，都体现了较大的原创性，因而也就确保了本书所具有的较高的学术价值。

我本人比较熟悉汉魏六朝诗歌，就我所阅读的这部分内容而言，可以说编排比较合理，注释详略得当。而我所不熟悉的内容，自然获得了更多的知识。仅此，我也应当特别感谢这些编者，为我们的文化建设事业贡献了一份力量。当然，我也应当特别感谢推出这套巨著的上海古籍出版社。全书装帧典雅，印制精美，版式也非常疏朗，阅读起来给人赏心悦目的欣喜。

当然，庐山文化是一个说不尽的话题，她是江右一颗耀眼的明珠。秦汉时期，这个地区的发展相对于江左还比较落后。根据《汉书·地理志》记载，西汉平帝元始二年（公元2年），豫州面积占全国的2%，而人口则达到750万，占全国人口的13%。然而豫章郡面积倍于豫州，人口仅35万，还不到豫州人口的二十分之一，占全国人口总数的1%。尽管如此，这个地区却有着多重文化相互交融的特点。春秋战国时期，江右属于楚国辖区，汉末三国时期属于吴国领土。特殊的地理位置，使它深受荆楚文化、吴越文化、客家文化以及中原文化的多重影响。譬如赣南近于客家文化，上饶民俗与吴越文化相通，而赣西则与南楚风俗相近，受湖湘文化影响较深。九江又与鄂、皖两地民风接近。中原士人的南迁，也对江右产生影响。在这种多重文化的氛围中，东汉末期出现了名人徐孺子，即《滕王阁序》所说的“徐孺下陈蕃之榻”。此外，这个地区的文化名人还有唐檀、李淑等人。《后汉书》记载了李淑的《上疏谏更始》等文，论辩滔滔，颇有见地。魏晋南北朝时期，以慧远为代表的一代高僧，驻锡庐山，弘扬文化，形成了建康、长安、庐山鼎足而三的文化格局。前两个地方曾是南北朝的都城，而庐山则是南北文人学者乃至政界名流向往的圣地，当时的第一流文人学者，如北方的鸠摩罗什及其四大弟子，南方的陶渊明、谢灵运等，多与慧远、与庐山结下不解之缘。这也应了唐朝诗人刘禹锡所说，山不在高，有仙则名。

慧远就是庐山的仙人。他的著作，譬如著名的《庐山记》，写得摇曳多姿，声情并茂，在当时就非常有名，同时稍后的刘孝标就将此文收入《世说新语》注中。全文见严可均《全晋文》辑录，转引如下：

> 山在江州浔阳南，南滨宫亭，北对九江。九江之南为小江，山去小江三十里余，左挟彭蠡，右傍通州，引三江之流而据其会。《山海经》云：庐江出三天子都，入江彭泽西，一曰天子障，彭泽也，山在其西，故旧语以所滨为彭蠡。有匡续（《水经·庐江水篇注》作匡俗）先生者，出自殷周之际，遁世隐时，潜居其下。或云，续受道于仙人，而适游其岩，遂托室岩岫，即岩成馆，故时人感（《水经注》作谓）其所止，为神仙之庐而名焉。其山大岭，凡有七重，圆基周回，垂五百里。风雨之所摅，江山之所带，高岩仄宇，峭壁万寻，幽岫穿崖，人兽两绝。天将雨，则有白气先抟，而缨络于山岭下。及至触石吐云，则倏忽而集，或大风振岩，逸响动谷，群籁竞奏，其声骇人，此其化不可测者矣。众岭中，第三岭极高峻，人之所罕经也。昔太史公东游，登其峰而遐观，南眺五湖，北望九江，东西肆目，若登天庭焉。其岭下半里许有重岩，上有悬崖，古仙之所居也。其后有岩，汉

董奉复馆于岩下，常为人治病，法多神验，病愈者令栽杏五株，数年之间，蔚然成林。计奉在人间近三百年，容状常如三十时，俄而升仙，绝迹于杏林。其北岭两岩之间，常悬流遥沾，激势相趣，百余仞中，云气映天，望之若山，有云雾焉。其南岭临宫亭湖，下有神庙，即以宫亭为号，其神安侯也。亭有所谓感化（缺）七岭同会于东，共成峰崿，其岩穷绝，莫有升之者。昔野夫见人著沙弥服，凌云直上，既至，则踞其峰，良久乃与云气俱灭，此似得道者，当时能文之士，咸为之异。又所止多奇，触象有异，北背重阜，前带双流，所背之山，左有龙形，而右塔基焉，下有甘泉涌出，冷暖与寒暑相变，盈灭经水旱而不异，寻其源，出自于龙首也。南对高峰，上有奇木，独绝于林表数十丈，其下似一层浮图，白鸥之所翔，玄云之所入也。东南有香炉山，孤峰独秀起，游气笼其上，则氤氲若香烟，白云映其外，则炳然与众峰殊别。将雨，则其下水气涌出如马车盖，此龙井之所吐。其左则翠林，青雀白猿之所憩，玄鸟之所蛰。西有石门，其状似双阙，壁立千余仞，而瀑布流焉，其中鸟兽草木之美，灵药万物之奇，略举其异而已耳。自托此山二十三载，再践石门，四游南岭，东望香炉峰，北眺九江，传闻有石井方湖，中有赤鳞踊出，野人不能叙，直叹其奇而已矣。

可惜的是，由于我们恪守狭隘的文学观念，这样优秀的作品从未进入文学史视野，非常遗憾。

《范成大笔记六种·吴船录》记载了庐山脚下的东林寺："凡山之故物，如袈裟、麈扇，皆已不存。承平时独有晋安帝辇、佛驮耶舍革舄、谢灵运贝叶经，更李成乱，今皆亡去。成屯此寺，故与西林寺并，得不爇，而唐以来诸刻皆无恙。最可称者，李邕寺碑，开元十九年作。并张又新碑阴，大中十年作。李讷《兀兀禅师碑》，张庭倩书。颜鲁公题碑之两侧，略云：永泰丙午，真卿佐吉州。夏六月，次于东林。仰庐阜之炉峰，想远公之遗烈。升神运殿，礼僧伽衣。观生法师麈尾扇、谢灵运翻《涅槃经》贝多梵夹，忻慕不足，聊寓刻于张、李二公《耶舍禅师之碑》侧。自鲁公题后，世因传此石为张李碑。又有柳公权《复寺碑》，大中十一年作，书法尤遒丽。又有李肇、蔡京、苗绅等碑，皆佳。""寺有《西林道场碑》，隋太常博士渤海欧阳询撰，大业十二年作，而不著书人姓名。笔意清润，微有肉，酷似虞永兴，然结字之体，则全是率更法。疑询在隋时作此体，入唐始加劲瘦刻削也。颜鲁公题其碑额之上，亦以永泰丙午岁游东林时来。大略谓缅怀远、现之遗烈，跻重阁，观张僧繇画佛像、梁武帝甓绵锦囊，因题欧阳公撰永公碑阴。然其实乃题碑额之上，非碑阴也。碑阴别有大中时游人题名，笔法亦不凡。"[1]跃进按：此事又见《唐诗纪事》记载，未辑录文字。前面提到的民国吴宗慈编《庐山诗文金石

[1]〔宋〕范成大撰，孔凡礼点校，《范成大笔记六种·吴船录》，中华书局2002年版，第230—231页。

广存》“题识镵石雷”辑录一百一十六字，但是没有参考范成大之文，故时有异文未校出。如“谢灵运翻《涅槃经》具多梵夹”，具，显然当作贝。“梁武蹙线绣钵袋”似不如“梁武帝蹙绵锦囊”为佳等。另外，这条材料再次告诉我们，谢灵运通梵文，译佛经，这与日本所藏《悉昙藏》收录谢灵运《十四音训叙》佚文相互印证，牵涉中古时期中印文化交流的一个重要问题。

由此想到，是否可以考虑再编纂一部《庐山历代文献集成》，它所牵涉的问题肯定远远超出庐山本身，也许有助于我们对于中国文化有一个全新的认识。

（2011年5月18日在《庐山历代诗词全集》新书发布会上的致辞）

古代文学研究的当代意识

一、古代文学研究繁荣表象掩盖下的困境及其原因

一些研究者认为，古代文学研究的目的就是清理文学遗产，还原历史情景，无关当代社会语境。这种观念，由来已久。梁启超在《清代学术概论》中曾说："学问之为物，实应离'致用'之意味而独立生存。"梁氏强调传统学术研究的独立品格，却忽略甚至排斥古代文学研究与现实接轨，其消极影响不容小觑。长期以来，确实有一些研究工作者对古代文学研究在当代社会中的真正意义，鲜有思考和探寻，只是为学术而学术，最终将研究带入孤僻、冷门乃至琐碎的境地。这种倾向，自20世纪90年代以来，似乎有一种无形蔓延的趋势，集中表现为对当代文化建设漠不关心，对许多重大现实问题缺少必要的回应，对人民群众十分需要的古代文化的普及和传承工作多所忽略。这是造成古代文学研究日益偏离当代社会的主要原

因。而古代文学研究当代价值的失落，反过来又进一步加深了其“边缘化”和“私人化”的窘境。

事实上，这一现象的背后，隐含着对文学理论一些基本看法的分歧。一种观点认为，文学研究，尤其是古代文学研究，应当纳入科学的范畴，而不是学以致用的工具。这种观点忽略了文学及其研究的本质特征，即文学与文学研究的出发点和落脚点，都离不开人，离不开社会。文学歌颂什么、反对什么，文学史要弘扬什么、抑制什么，都有一个思想方法问题和立场问题。这就要求文学研究工作者，深入社会实践，了解民众生活，站在社会思潮史的背景下，以社会人生为中心，观察文学，理解文学，才能更好地推动文学研究事业的发展。

我最近写了一篇文章，叫《学术研究同样有一个“为了谁”的问题》，纪念毛泽东同志《在延安文艺座谈会上的讲话》全文正式发表七十周年。其中第一个问题就提到：“为人民大众服务是学术研究工作的根本宗旨。”[1]这是认真思考的问题，不是应景文章。《在延安文艺座谈会上的讲话》正确引导了当时的文艺运动，把文艺工作队伍很好地组织了起来，推动了革命文艺的蓬勃发展；《在延安文艺座谈会上的讲话》也为新中国文化事业的发展奠定了坚实基础，是我们党的宝贵政治财富和思想财富。延安鲁迅艺术文学院，是产生人民艺术家、文化活动家的摇篮。新中国成立后，许多来自“鲁艺”的文艺工作者，成为我国思想文化宣传部门的骨干，他们发扬

[1] 刘跃进，《学术研究同样有一个“为了谁”的问题》，《光明日报》2013年10月18日“光明论坛”。

“文艺为工农兵服务”的优良传统，在文艺服务人民方面做出了更多、更新的贡献，堪为我们学习的楷模。

改革开放三十多年来，随着社会的发展和形势的剧烈变化，在学术事业空前繁荣的同时，也存在一些迫切需要解决的问题。例如少数学者思想不端正、追名逐利，甚至存在学术品质不端等道德问题；学术研究本身则存在风气浮躁、不接地气、脱离现实和人民的现象。这些情况令人担忧。

二、重新思考古为今用之“用”

用学术服务于社会，同时又要服务于学术界。两个服务，缺一不可。在此基础上还有推进学术进步的当代意识，这是更大的服务。

（一）形而下之“用”

一是服务于社会的方式多种多样。我们为地方建设服务，是一种服务，文学国情调研，也是一种服务。积极开展普及工作更是一种服务。二是服务于学科建设，做有用的学问。我们做各种资料汇编、文献类编、集成研究、协同研究，都是学科意义上的服务。我在多种场合倡导回归经典，要站在今天的历史背景下，利用现有的大好时机，重新整理经典文献。姜亮夫先生的学术成就以及我们的学习体会，我与师弟江林昌教授合写的《姜亮夫先生及其〈楚辞〉研究》（《文学遗产》1998年第3期）有过初步的论述。他特别强调不要总是讲授浮泛的通论，务实忌虚，要启发式地讲解名著。姜老强调，这样安排，“目的在于扩大学生知识面，以求能了知中国文化中的成就及其对人类曾担负过的责任及将来应负的更大责任，而且在研究一切人文科学时能综合参考各学科以增强其成果的可靠性、真切性，使加深加密其成果。这也是开拓学生心胸，开拓其综合能力，目光四射，使能达到更真确的境地，庶几能放射其触角，打开视野，使上下左右前后相关涉的事理、物理的真实无所隐避”。这样，使初学者“具有‘普照’整个专业与中国全部文化史（至少是学术史）的能力及从事各种学术研究（分类）的能力，而且存永久坚强的毅力，自强不息的精神，艰苦卓绝的气概，不作浮夸，不为文痞”。[1]

姜老的教学与研究，切合实际，具有很强的指导意义。

第一是强调目录学，他在开学典礼上就告诫我们一定要熟读《四库全书总目》。他给我们安排的必修课，实际上就是以目录学为中心而展开的。

第二是选题要有生机，他在《楚辞今绎讲录》中说：“首先要看写的文章有没有发展的生机。如果这篇文章被你写下去就写完了，好的可算是个总结，也就没有发展的生机了。这样的文章要少写。而要选择最有生机、最活泼的题目来写，写出这一

[1]【增补】刘跃进、江林昌，《姜亮夫：民族爱国思想支配着我的学术研究》，《光明日报》2017年3月27日“光明学人”。

篇，还能引出几十篇文章。这关系到我们今后的研究问题。”道理容易理解，具体操作起来，并不容易。只有对某些专题有精深的研究，才能真正了解选题的重要，才能触类旁通。

第三是收集资料要有竭泽而渔的功夫。按照姜先生的看法，作专精研究的首要工作就是对自己的研究对象了然于心。唯其如此，做资料长编就显得越发重要了。这自然是属于工具书的范畴。姜亮夫先生说：“编工具书这件事，我们研究学问的人，非做不可。可惜有些学人不大看得起工具书和编工具书的工作。回忆我的老师王国维先生，他每研究一种学问，一定先编有关的工具书，譬如他研究金文，就先编成了《宋代金文著录表》和《国朝金文著录表》，把所能收集到的宋代、清代讲金文的书全部著录了。他研究宋元戏曲，先做了个《曲录》，把宋元所有的戏曲钞录下来，编成一书。所以，他研究起来，就晓得宋元戏曲有些什么东西。……他的《宋元戏曲史》虽然是薄薄的一本书，但是，至今已成为不可磨灭的著作。因为他的东西点点滴滴都是有详细根据的。”[1]事实上，姜先生自己也是这样做的。他研究《楚辞》，而有《楚辞书目五种》；研究敦煌学，而有《莫高窟年表》；研究历史，而有《历代名人年里碑传总表》。这样做，能使自己的研究建立在前人基础上而有所发展。姜先生反对靠贬低他人学说以装潢自己的不良学风，更反对无视他人成果而闭门造车。姜先生对于专业工具书的重视，从表面看来只是一个学术方法问题，而究

[1] 姜亮夫，《敦煌学概论》，云南人民出版社1999年版，第5页。

其实际，还涉及学风问题，时至今日，这番教诲仍然具有较为强烈的现实意义。

（二）形而上之“用”

学术无禁区，学术的本意就是探索未知。而人类未知的领域实在太广泛，因此学术也就没有边界。这是一个基本事实。而人文学科又有其特殊性，“人文”二字是核心。探索人的文化，就必然要探索与人密切相关的历史、社会与人生。我们学习古典文献学，对象很旧，但是思想要新。姜亮夫先生九十大寿时，回顾自己一生的治学体会，曾做过如下概括：

> 我是以人类文化学为猎场，以中国历史为对象，用十分精力搜集资料，然后以古原始的传说，以语言学为基本武器，再以美国摹尔根《古代社会》和法国毛根《史前人类》的一些可信据的结论为裁截的基础，又时时与自然科学相协调，这是我做学问的秘诀。而抓住一个问题死咬着不放，是我的用力方法。

姜亮夫先生研究先秦文史，往往是从分析古语词的产生及其演变入手，这就是他所说的“以语言学为基本武器”。反过来，每分析语词，总是将其放在相应的历史文化背景中去考察，务得其真，此即所谓“以人类文化学为猎场”。通过如此融会贯通，其具体问题的来龙去脉也就揭示清楚了。姜亮夫先生研讨《楚辞》是这样，研究先秦其他文史问题亦如此。清末学者朱一新在《无邪堂答问》卷一中说："考证须学，议论须识，合之乃善。"这里所说的"学"主要在文献的积累，而"识"则是历史的眼光。"识"要建立在"学"的基础上，而"学"又须"识"来提升品位。

如何提高"识"？姜老的研究实践和教学实践告诉我们，真正有价值的研究，必须要有人文关怀和当代意识，这是提高学术见识的关键一环。姜亮夫先生将自己的研究与国家的前途命运紧密联系在一起，他研究古代历史，研究敦煌文献，研究屈原和《楚辞》，无不缘于他反复陈述过的渴望祖国强盛、酷爱传统文化的家国情怀。因而他的研究也具有强烈的现实感，这是他的学问往往超越一般固守书斋学者的地方。

五四运动以来，很多学者都是如此。他们积极融入社会意识形态发展的主流中，直接参与当时的思想论争。胡适的《白话文学史》曾掀起了一场波澜壮阔的文学革命运动。在这场"白话运动"中，张静庐、范烟桥、胡怀琛等人的中国小说研究，吴梅的中国戏曲研究都大放异彩，为推动中国社会思潮的进步贡献了力量，同时创立了古代文学研究的现代范式。先驱们认为，文学应该是为人的文学，同样，古代文学研究也应该是为人的研究。鲁迅就主张文学为人生的现实主义，他称之为"在高的意义上的写实主义"。他在《中国小说史略》这部文学史论著中，把一切意识观念、历史文本与人的生存境遇联系起来，关注它们与人的实践活动的关系。郑振铎《中国俗文学史》认为，民间通俗文学是促进中国文学发展的一个重要因素，重视它在民众中的影响和流传的价值，开创了中国俗文学的广阔天地。

新中国成立后，中国古代文学研究的老一辈学者热心投身于共和国的文化建设，提出了许多重要的学术命题，也是现实问题。譬如关于中国古代文学“人民性”的揭示，关于现实主义和浪漫主义文学传统的辨析，都彰显出他们自觉地学习马克思主义的思想方法和建设新型主流文化的热情。程千帆在《书绅杂录》中明确表示：“研究古代文化文学，是为了活着的人，不想到这一点，我们的研究便没有意义。我们把杜甫讲得再好，杜甫也不知道了。我们把杜甫讲得更深刻一些，是为了更多方面贴近文学史本体，是为了现代人，是为了现代的文化创意，包括创作，包括建立我们的文化体系。”今天的古代文学研究工作者，应当自觉地、迫切地继承和发扬这一传统。

由此看来，我们今天纪念姜亮夫先生，显然不能仅仅停留在一般意义上的学术层面，还应关注取得这些业绩的更深层次的因素。这使我想到习近平同志2012年11月29日在国家博物馆参观《复兴之路》基本陈列时的一段讲话。他说：“历史告诉我们，每个人的前途命运都与国家和民族的前途命运紧密相连。国家好，民族好，大家才会好。实现中华民族伟大复兴是一项光荣而艰巨的事业，需要一代又一代中国人共同为之努力。空谈误国，实干兴邦。”姜亮夫先生将自己的研究与国家的前途命运紧密联系在一起，他无疑是学术领域的实干家，更是一个伟大的爱国者。从这个意义上说，姜亮夫先生留给世人的，不仅仅是他的学术，还有学术背后所蕴含的精神财富。这精神财富，更是我们这个时代的荣耀。

（三）古为今用的实践

我们倡导古为今用，就是要立足传统，关照现实，肩负起传承文明、服务当代的历史责任。为此，有必要重申“两个关照”。

首先，要关照文明传承中文献整理和理论研究的关系。当今古典文学研究界，文献整理的水平日益提高，而理论研究则相对滞后。文献整理是理论研究的基础，而在此基础上做好结合现实问题的理论研究，具有更高的当代价值。何其芳先生在《文学艺术的春天》中写道：“我们的研究目的到底还并不在于证明我们今天的许多文艺观点古已有之，而在于发掘我们的祖先根据古代的创作和他们的智慧概括出的经验和见解，特别是那些具有独特的创造性的经验和见解，用它们来丰富马克思主义的文艺理论。”因此，古代文学研究者应该加强理论修养，关注现实，从丰富的历史文化资源中，发掘出对今日社会进步有巨大推动作用的精神文化财富。这是时代的要求。

其次，要关照服务社会时自己所应肩负的责任。学术研究成果当然是用来回馈社会，让广大读者接受的。而我们今天的研究工作者更多地关心专业读者，总是想把自己的著作写得高深厚重。这本无可厚非。但是，如果古代文学研究总是这样曲高和寡，为学问而学问，为研究而研究，甚至忙于塑造自身的“名士”“野老”形象，不理会人民大众的需求，就会失去人民群众的支持，最终为人民群众所抛弃。因此，我们在关注专业读者的同时，丝毫不能忽略普通读者的需求。

再次，要明确学术研究的发展方向。学术工作者来自人民群众，学术研究的本质也是为了人民群众，也要依靠人民群众。如果学术研究不关注人民群众，人民群众又怎么会关注学术研究？树高千尺在根深，学术研究只有立足于人民群众，才能枝繁叶茂，欣欣向荣；如果脱离人民群众，那就成了无根之木，凋零枯索。那么，学术工作者究竟该如何为人民群众服务呢？一是科学化，二是大众化，三是民族化。科学是20世纪的重要主题，科学地清理中国文化的历史依然是当今的重要工作。大众化的方向，就是在普及基础上的提高，在提高指导下的普及，提高全民族的文化素质。民族化的方向，就是学术研究应该关注民族的形式和特性。

三、适应时代需要，勇于观念的转变

学术研究工作者，应该具有怎样的价值目标和学术追求？关于这个问题，可能有多种不同的答案。古人讲“立德”“立功”“立言”，都有各自的不朽价值追求。今天的学术研究工作者，不能钻故纸堆，一心追求个人名利的实现，或者通过哗众取宠来追求关注度，而是要站在时代的高度，承担起现实关怀的文化责任，彰显学术研究工作者的文化力量，实现学术研究的真正价值。

诚然，学术研究是一种个性化很强的劳动，受到个人学术兴趣的制约，但是，个性化劳动绝非局限于个人的生活和视野。回顾学术史，我们发现，文学研究的意义和价值的实现，最终取决于研究者的思想境界。如果把学术研究仅仅视为满足好奇心，或者是为了稻粱谋，追求在小圈子内分享的文学研究，那是没有生命力的。其结果必然会使理想缺位，自我边缘化，与现实社会、与人民群众越来越远，就走不出徘徊的困局。真正优秀的研究工作者，要站在历史的高度，深刻地理解人民大众的理想和追求，密切地关注时代的变迁与社会的发展，把自己的研究工作与人民群众的需要和国家民族的命运联系在一起，才能获得发展的生机，才能提升学术的品位。30年代，著名音乐家冼星海在法国留学时，看到祖国的危难，在悲痛里“起了应该怎样去挽救祖国的危亡的思念”，为人民留下了不朽的音乐作品。

1933年，姜亮夫先生在《民族月刊》上发表《殷夏民族考》，首先提出了“夏民族以龙为图腾”的理论命题。1983年姜先生在《夏殷两民族若干问题汇述》的“小引”中，解释了《殷夏民族考》的写作背景：“写此文时，正是‘九·一八’、‘一·二八’接踵而来之时，在上海生活的艰苦，还耐得住；而租界的乌气，随时亲身经历，气愤懊恼时时遇到，发发牢骚也不可能，写诗无人要，小说太渺茫，戏剧未写过，还是从个人稍稍有些修养、有点把握的史学考论入手。此文发表后，本来计划写‘民族性’、‘民族文化特点’，更不自量，想第四卷写‘民族贡献与今后出路’，但民族文化特点，用‘龙’‘凤’两字为引子而再深入。问题愈来愈多，以至于大病。”[1]此后，历经黄文山、李则纲、卫聚贤等人的接力，至闻一多写作《伏羲考》时，更是明确指出龙是我们立国的象征，发明龙图腾是为了实现中华民族“团结起来救国”的理想。抗战胜利后，龙图腾说一度被忽略。1979年以后，在振兴中华的爱国主义浪潮中，《龙的传人》不断被传唱，在全世界华人圈引发共鸣，知识分子选择性地对《伏羲考》作了经典化处理，重拾了龙图腾的旧话题，借助媒体将这个命题播入民间。而推究原始，姜亮夫是这一振聋发聩的理论命题的第一倡导者，为现代中国思想文化建设，做出了不可磨灭的历史贡献。[2]正是这种勇于担当的精神，让他们拓宽了视野，获得了广阔的研究空间，他们的研究成果本身也具有了深刻的人民性和现实感，真正发挥出启迪民心、凝聚力量的作用。这是前辈学者留给我们的最深刻的精神启迪。

顾炎武《日知录》卷十九大声呼吁文章，必须“有益于天下，有益于将来”。今天，我们确实应当认真地想一想当代学者的使命是什么，这个时代的主题是什么，我们追求的终极目标是什么。做学问，题目可以有大有小，但是，必须要有宽广通透的学术视野和关注现实人生的精神境界。否则，我们的学术只能越做越技术化，而缺少人文情怀；越来越脱离社会，而

[1] 姜亮夫，《古史学论文集》，上海古籍出版社1996年版，第256页。

[2]【增补】施爱东，《中国龙的发明：16-19世纪的龙政治与中国形象》，生活·读书·新知三联书店2014年版。

引起人们对于文学研究的误解乃至排斥。由此看来，解决研究者的思想境界问题，才是解决问题的根本。

学术研究不是一项旧社会中贵族式的个人文化消遣，它是与人民休戚相关的事业。如何处理好与人民、与时代、与国家的关系，决定着这一事业的发展、前途和命运。世界上没有所谓抽象的、孤立的、超越于社会历史之上的文学艺术发展史。重要的学术研究，无不因其深入有力地作用于社会历史，而获得其在学术研究上的牢固位置。

（2013年10月22日在浙江大学古籍研究所
创建三十年庆祝活动上的致辞）

文学的文化价值

一、文学中的民族精神

中国文学家，忧国忧民，有着比较强烈的历史责任感和社会使命感，讲究学行一致，表里如一；讲究文以载道、积极入世，“为天地立心，为生民立道，为往圣继绝学，为万世开太平”。张载的这句名言就鲜明地表现了东方作家注重人的精神修养和历史责任感的特点。中国优秀的知识分子，在人品上虽然不能尽善尽美，甚至还有不少可议之处。难能可贵的是，他们随时在现实生活中反省自己、调整自己，真诚地把自己的命运与国家的前途、民族的新生联系在一起，努力追求比较完美的人格理想，因而得到后人的理解与赞赏。他们的创作，强调“文章合为时而著，歌诗合为事而作”，认为文学艺术是社会政治生活的反映，通过文学艺术可以考察一个时代的政治得失和民心向背，可以起到“补察时政，泄导人情”的巨大作用。“治世之音安以乐，其政和；乱世之音怨以怒，其政乖；亡国之音哀以思，其民困。”或者用唐代诗人刘禹锡的话概括：“八音与政通，文章与时高下。”从他们身上可以得到许多启示。最重要的一点，就是不能忘记一个知识分子的历史使命感和社会责任感。

先秦时期以《诗经》和《楚辞》为代表。《诗经·王风·黍离》就曲折地反映了时代的苦难，而《诗经·豳风·东山》则直接抒写了诗中主人公久戍得归、自幸免于死伤之苦的欣慰之情以及归途中思念久别家园时惶惑不安的心情。《楚辞》中的《离骚》《哀郢》《涉江》等都是反映个人理想与时代生活的典范之作。

秦汉以下，我国文学与现实生活的关系变得更加密切。汉代司马迁的《史记》、汉代大赋等表现了气势磅礴的时代风貌。前者“究天人之际，通古今之变，成一家之言”，后者则体大思精，“润色鸿业”，体现了汉帝国的宏伟规模和升平气象。魏晋南北朝时期，我国处于分裂状态，有远见的文学家投身于统一中国的事业中。曹操的《短歌行》《步出东门行》《蒿里行》《薤露行》、曹植的《送应氏》、陈琳的《饮马长城窟行》、庾信的《哀江南赋》等均为代表。

唐宋文学是我国封建时代的文学高峰。初唐时代“宁为百夫长，胜作一书生”的尚武精神，盛唐时代“欲穷千里目，更上一层楼”的宽广胸襟，中唐时代“天意君须会，人间要好诗”的历史氛围，晚唐时代“夕阳无限好，只是近黄昏”的衰煞气象，都是通过文学作品充分地表现出来的。特别是李白和杜甫在8世纪同时出现，标志着唐代诗坛的极度繁荣。“诗仙”李白的诗反映了盛唐气象，而“诗圣”杜甫的诗则反映了安史之乱后大唐帝国由盛而衰的历史过程。两位伟大诗人的作品把这段由盛而衰的历史转折时期的特点充分地展现出来，所以后人又称杜诗为“诗史”。

960年，赵匡胤陈桥兵变，黄袍加身，建立了宋王朝。12世纪初叶，女真族的金政权强大起来，1125年灭辽，1126年攻破北宋都城汴梁，1127年初撤兵北上，同时把宋徽宗、宋钦宗父子押解北方，这就是岳飞的《满江红》中所说的“靖康耻，犹未雪；臣子恨，何时灭”的历史背景。就在这一年，宋徽宗的第九个儿子先在北方称帝，又南逃到杭州，建立了偏安江左的南宋政权。“山外青山楼外楼，西湖歌舞几时休？暖风熏得游人醉，直把杭州作汴州。”著名诗人林升用极其沉痛的笔调表达了恢复中原的爱国激情和对偏安一隅的统治者的愤恨之情。13世纪初，蒙古族称雄北方，建立元政权，灭掉金朝后，随即南下，于1279年灭掉南宋，建立了中国历史上第一个非汉人统治的统一王朝——元。

宋朝从960年建立到1279年灭亡，前后凡三百余年，在政治思想方面，虽然加强了中央集权的统治，倡导程朱理学，把儒家强调的封建等级制度的信条进一步绝对化起来，但是，尖锐的民族矛盾和既贫且弱的社会矛盾始终没有解决，一些希望有所作为的政治家试图通过各种改革措施扭转被动局面，于是有了范仲淹的改革，史称“庆历新政”；而后又有王安石的变法，史称“熙宁新政”。两宋文学家就生活在这样一个历史背景之下，他们的思想、创作，无不打上鲜明的时代烙印。范仲淹在《登岳阳楼记》中唱出了“先天下之忧而忧，后天下之乐而乐”的高尚旋律，王安石的《游褒禅山记》则表现了这位杰出政治家渴望探索的精神风貌。

南宋约一百五十年，民族矛盾空前尖锐，半壁江山落入金人之手。南宋王朝与金人签订了丧权辱国的“绍兴和议”：划定东起淮河中流，西至大散关为宋金边界，岁贡金国银二十五万两，绢二十五万匹。宋高宗赵构乞和媚敌，对金统治者竟然自称“世世子孙，谨守臣节”。这真是一个充满血泪和耻辱的时代，一个烽烟四起、万众愤慨的时代。面对着山河破碎、南北分裂的惨痛现实，许多作家不约而同地拉开了收复中原的爱国主义大旗，唱出了时代的最强音。标志着南宋文学最高成就的，就是伟大的爱国主义诗人陆游和伟大的爱国主义词人辛弃疾。在这两位伟大作家的周围云集了许多重要作家，不可胜数。如张元干、张孝祥、刘克庄、刘辰翁、刘过、陈亮等。他们既是爱国主义作家，同时又是爱国主义的仁人志士，文武双全。他们的一生，“为祖宗、为社稷、为生民”，梦寐以求抵御外侵、恢复统一。因此，他们的作品强烈地抒发了抗敌到底的决心，他们中的一些作家甚至投笔从戎，直接投身于抗敌斗争中去。

宋元以后，随着城市的繁荣和市民阶层的兴起，文学创作也相应进入一个全新的时期。最突出的表现就是通俗文学逐渐成为文坛一股不可忽视的潮流。关汉卿的杂剧创作，反映了下层劳动人民受奴役、被压迫以及争取自由的心声；而四大古典文学名著《西游记》《三国演义》《水浒传》《红楼梦》拥有更广泛的读者，影响至今。

近代文学由龚自珍拉开序幕，他大声疾呼："九州生气恃风雷，万马齐喑究可哀。我劝天公重抖擞，不拘一格降人才。"他所写的《病梅馆记》批判当时扼杀人才的种种弊端，引古喻今，具有鲜明的时代特色。魏源在鸦片战争前后所写的《江南吟》《都中吟》《寰海》《秋兴》等形象地反映了鸦片战争这一史事，表现了深厚的爱国感情。张维屏的《三元里》《三将军歌》形象描绘了三元里人民抗英斗争的雄伟场面。当时"诗界革命"的代表是黄遵宪，他的《哀旅顺》《哭威海》《台湾行》《度辽将军歌》等控诉日本侵略者在甲午战争中的暴行，使人痛感亡国危机迫在眉睫。同时，他对于清王朝的腐朽统治深表愤慨。当时人们称之为"诗史"。谭嗣同的《狱中赠大刀王五》："望门投止思张俭，忍死须臾待杜根。我自横刀向天笑，去留肝胆两昆仑。"充满爱国激情，历来为人所传诵。

五四运动前后，一场真正意义的文学革命随着我国社会的巨大变革而展开，注入更为深刻的反封建文化的内涵。鲁迅先生对几千年封建礼教进行了深刻的批判，而郭沫若则以浪漫情怀表达了与旧世界彻底决裂的精神和对祖国新生、自我更新的热情讴歌，他们是"五四"新文化运动的两面伟大旗帜。"左联"成立，推动了马克思主义在文化界的广泛传播。茅盾的《子夜》、巴金的《家》《春》《秋》、老舍的《骆驼祥子》、曹禺的《日出》《雷雨》等，都是那个时代生活的最深刻反映。在中国共产党的领导下，中国文学家逐步解决了文学为什么人的大方向问题，表现了新的时代和人物，创作了《白毛女》《太阳照在桑干河上》《暴风骤雨》等优秀作品，为新中国的成立摇旗呐喊。

这种不屈的品格，也可以说是一种民族精神，乐而不淫，哀而不伤，坚强乐观，充满理想。我们的古乐，凄婉悠长，在沉郁中净化着人们的心灵。我们的绘画，以梅、兰、菊、竹为花中君子，超脱而不厌世，宁静而不消沉。我们的文学，根植于现实的土壤，表现出积极乐观的精神和善有善报、恶有恶报的传统。即便是悲剧题材也要处理成爱与生命的胜利。《孔雀东南飞》的结尾以极其感人的笔调渲染了刘兰芝和焦仲卿死后的悲壮氛围：墓地有松柏梧桐，浓荫覆盖，林中又有一对鸳鸯相向而鸣，似乎是两人精魂所化，象征着两人的爱情永久不渝，再没有什么力量能把他们拆散。这样的结果就像梁山伯和祝英台的故事中二人化作双飞蝶一样，将这悲剧的题材处理成爱与生命的胜利。有情人不能成眷属，但是在理想的天国里，他们还是不放弃自己刻骨铭心的追求，或为比翼鸟，或为连理枝。窦娥含冤，死后也化作六月飞雪，终得昭雪。这是一种极为可贵的艺术精神，气脉不绝，生命不息，一直从上古走到今天，而且将会永远走向未来。

二、文学中的家国意识

在中国人的心中，家是最小国，国是千万家，每个人的生命体验都与家庭、家族、国家紧密相连。从家出发，个人、家庭、群体、国家乃至天下，一脉相承，共同支撑着我们的理想。这就是中国人的家国情怀，并成为中华民族生生不息的文化基因。

首先，中国人的家国情怀基于我们祖先对天的敬畏。天是最高的境界。天既是抽象的，又是具体的。从自然层面来说，日月运行，不为尧存，不为桀亡，自有其亘古不变的运行规律。从社会层面来说，天就是老百姓。《尚书·泰誓》（上）所说，“民之所欲，天必从之。”《左传》也有类似的表述：“国将兴，听于民；将亡，听于神。”在中国古代，民的地位是很高的。由此说来，敬天就是敬畏百姓、敬畏生命。

中国古代思想家早就指出，谁能获得百姓的信任，谁就会赢得最终的胜利。谁损害老百姓的利益，谁就必然招致灭亡。《尚书》多次强调知人安民的重要性。《荀子·王制》把君与民的关系比作舟与水的关系。水可以载舟，也可以覆舟。《管子·牧民·四顺》也说：“政之所兴，在顺民心；政之所废，在逆民心。”天地间，民为贵，这是非常重要的民本思想。从个体的人来说，他的一言一行也必须心中有天，以德昭示天下。在中国传统文化中，个人与家庭、与社会、与国家、与天下是密切相关的，所谓修身、齐家、治国、平天下，讲的就是这个道理。这种家国理论，以修身为起点，强调内心修养、个人行为的重要性，最终以经世济民为目标，因为一个人的好坏，不仅仅是个人的问题，它关系到家族的荣耀，关系到国家的盛衰，更关系到天下兴亡。陆游说“位卑未敢忘忧国”，不是一句空话，反映出中国人的普遍心理。

如何做到“修齐治平”，《中庸》还有两句话特别重要，一是正心诚意，二是致知格物。心正，才能意诚。诚有天道、人道之别。天道的关键在于诚，而人道的终极目标则是对诚的追求。《周易》就强调君子当进德修业，修辞立诚。欧阳修在《朋党论》中也说，君子“所守者道义，所行者忠信，所惜者名节。以之修身，则同道而相益；以之事国，则同心而共济，终始如一”。道义、忠信、名节，都与诚有关。守道以诚，才能做到“富贵不能淫，贫贱不能移，威武不能屈”。报国以诚，就能同心共济，坚守“鞠躬尽瘁，死而后已”“人生自古谁无死，留取丹心照汗青”的信念。致知格物，即推诚于物，致意于实，就是强调实践的意义。明代大儒王守仁在《答顾东桥书》中就指出：“知之真切笃实处即是行，行之明觉精察处即是知。知行工夫，本不可离。”习近平总书记2014年5月4日在和北京大学师生座谈时指出：“从某种角度看，格物致知、诚意正心、修身是个人层面的要求，齐家是社会层面的要求，治国平天下是国家层面的要求。”这符合认识论和实践论的统一。

其次，中国人的家国情怀还体现出对国家统一的认同。《礼记·礼运》将远古历史的运行，分为“天下为公”与“天下为家”两种形态。天下为公，是说天下乃天下人共有之天下，是谓大同。当历史进入私有制社会以后，以血缘为纽带，天下为家，公天下变成了家天下，这是国家的雏形。如何维护国家的统一，社会的稳定，便成为核心问题。董仲舒在《举贤良对策》中强调指出，大一统是“天地之常经，古今之通谊也”。对此，任何人都不能质疑。周秦汉唐，中国封建社会真正实现了国家的统一、富强，奠定了中国大一统的基础。康乾盛世，尊奉中华始祖，修建历代帝王庙，强调“夫天下者，天下人之天下也，非南北中外所得私。舜东夷，文王西夷，岂可以东西别之乎”。在乾隆眼中，“中华统绪，不绝如线”。[1]这是“《春秋》大义”中最核心的观念，也是中华民族源远流长、历久弥新的根本所系。在中华一统的前提下，天下兴亡，匹夫有责。每当中华民族危亡之日，正是彰显家国情怀之时。无数仁人志士舍小家顾大家，舍小爱成大爱，救亡图存，慷慨赴死。我们不会忘记天安门广场中央人民英雄纪念碑的碑文：“三年以来，在人民解放战争和人民革命中牺牲的人民英雄们永垂不朽！三十年以来，在人民解放战争和人民革命中牺牲的人民英雄们永垂不朽！由此上溯到一千八百四十年，从那时起，为了反对内外敌人，争取民族独立和人民自由幸福，在历次斗争中牺牲的人民英雄们永垂不朽！”中华民族抵御外侮，坚持统一，同心同德，反对分裂，这是历史的选择。

再次，中国人的家国情怀还体现出对民族强盛的热切期盼。每一个中华儿女，无论生在何时，身在何处，都是中华民族大家庭中的一员，都要为中华民族的发展贡献一份力量。苟利社稷，生死以之。鲁迅在《中国人失掉自信力了吗》中说：“我们从古以来，就有埋头苦干的人，有拼命硬

[1]〔清〕乾隆，《御制祭历代帝王庙礼成恭记》。

干的人，有为民请命的人，有舍身求法的人。”鲁迅称他们是中国的脊梁。古往今来，那些为中华民族崛起而献身的人们也许没有豪言壮语，没有高头讲章，而他们的实干却在生动诠释着一个古老民族的家国情怀和不屈品格。

三、文学中的人文情怀

“人文”二字出自《周易·彖辞》说：“刚柔交错，天文也；文明以止，人文也。观乎天文，以察时变；观乎人文，以化成天下。”“察”与“化”对举，则“化”是指变化。按照魏晋时期王弼的解释：“止物不以威武，而以文明，人文也。”特别强调了人文的独特作用。在很多情况下，武力并不能解决的问题，往往要靠人文的智慧去化解。

首先，中华人文精神追求真、善、美的完整统一，注重事物的整体思考和万事万物的密切联系，强调人与人、人与社会、人与自然的和谐共生，《老子》强调事物法则的相互联系，说“人法地，地法天，天法道，道法自然”。这与近代科学更多地关注“真”而忽略“善”，更多地关注现实而不计后果颇有不同。

其次，中华人文精神向来强调责任意识、奉献精神、合作理念，这与西方文化以利益为核心价值，强调天赋人权，崇尚个人主义，强调竞争法则有着本质区别。在东西方文化交流过程中，很多有识之士发现，东方文化可以将国家精神意志、民族文化理念内化为个体的自觉，有助于消除人与人、人与社会、人与自然的隔阂、对立，弥合国与国、族与族、家与家的分歧，具有化解矛盾危机、整合社会力量的重要作用。

再次，中华人文精神向来重视善良的秉持、孝悌的恪守和礼义的遵从，向来鼓励勤勉、求实与创新，向来崇尚“己所不欲，勿施于人”的道德原则，向来尊敬“天下兴亡，匹夫有责”的爱国情怀等。

中国文学精神内涵丰富，意蕴深刻，凝聚了千百年来中华民族的生存经验、生活智慧，包含着中华民族最强大的精神基因，是滋养中华儿女骨气、志气和底气的精神源泉。

（2021年9月10日在香港中文大学（深圳）的讲演）

第三辑

乐且有仪

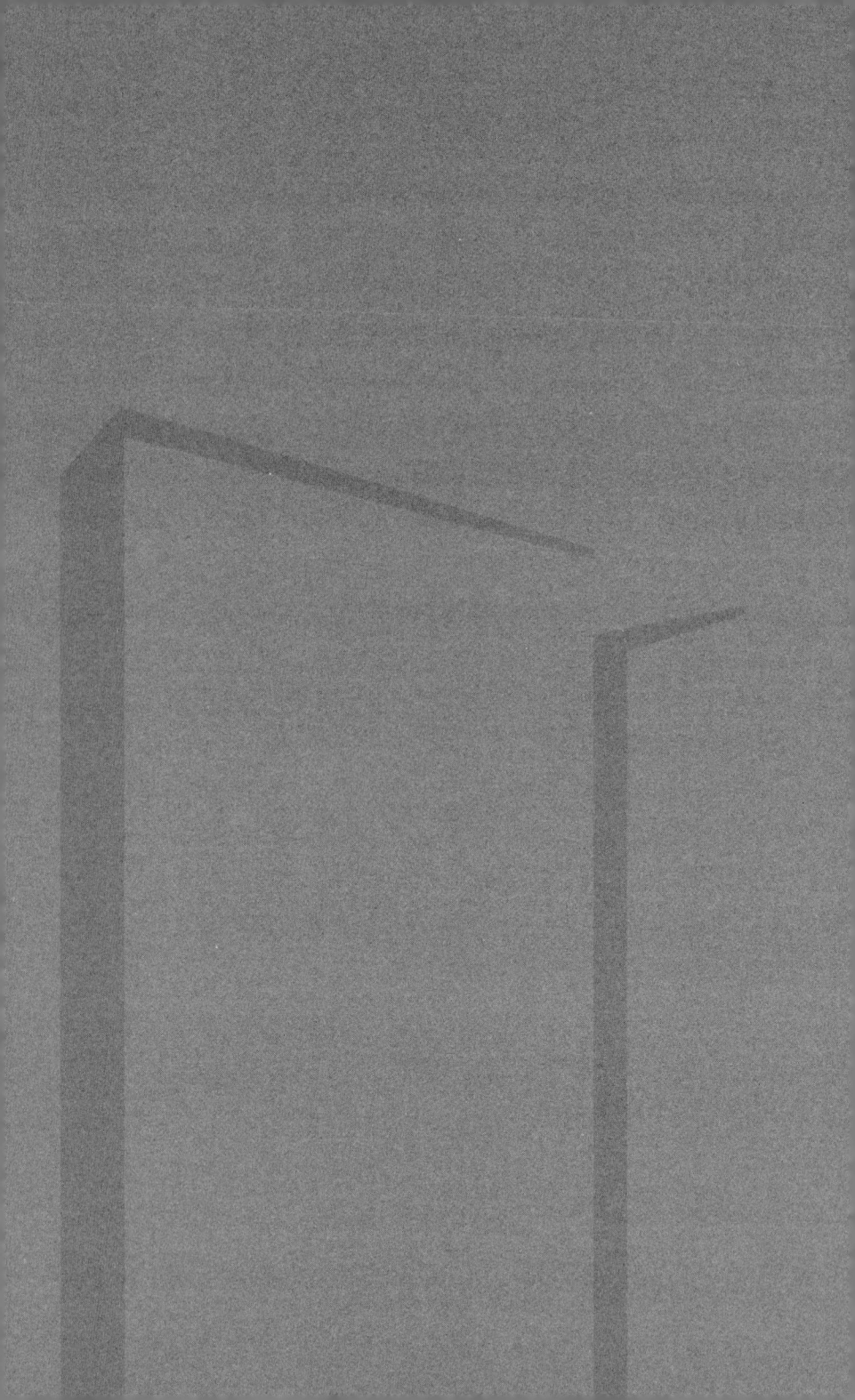

访欧报告

一、出访概括

2009年10月8日至26日，以汝信同志为团长的中国社会科学院文哲学部代表团赴欧洲进行学术考察，先后访问英国的剑桥大学、曼彻斯特大学、爱丁堡大学、伦敦大学，瑞士的日内瓦大学、苏黎世大学，德国的慕尼黑大学、柏林自由大学，参观了与中国研究相关的科研机构，并与专家学者座谈。代表团的工作主要有三项：第一，了解上述三国的国外中国学研究情况，与相关学者和机构进行沟通，就双边或多边科研合作展开讨论，有些已初步达成合作意向。第二，筹划关于中国学研究的国际会议，希望通过此次访问邀请一些重要学者出席明年的研讨会。第三，向八所大学赠送由我院文、史、哲各个研究所专家撰写的学术著作和从国家有关部门征集、挑选的部分学术性著作。

访英期间，代表团成员、外事局欧洲处处长张丽华同志还专赴英国学术院，就双方合作与相关负责人交换了意见。

在爱丁堡大学，除座谈外，代表团全体成员还应邀参加了一场学术报告会，听保罗·贝利（Paul Bailey）教授做题为《旧瓶装新酒？——20世纪50年代的中国》（*New Wine in Old Bottles? China in the 1950s*）的学术报告。

在苏黎世，代表团全体成员还听取了瑞士应用科技大学陈苏淼教授有关中瑞科技合作（Sino-Swiss Science and Technology Cooperation，SSSTC）项目的介绍。苏黎世大学校长菲舍尔（A.Fischer）和汝信团长共同主持了苏黎世大学与中国社会科学院人文社会科学合作协议签订仪式。

在柏林期间，李景源在访问之余还应我驻德大使之邀在大使馆做了《核心价值体系与中国发展》的学术报告，受到热烈欢迎。他强调指出，社会主义核心价值体系建设，是当代中国发展到现今阶段的必然诉求，其意义已远远超出精神文明建设的范畴，关乎中国发展道路的问题。这些年来，除了“中国威胁论”等杂音外，还有一个论调，就是所谓“中国崩溃论”。这一命题的潜在内涵就是中国价值观的缺失。与此相呼应，国内也有人强调“普世价值观”，漠视普遍性与特殊性的哲学命题。事实上，当前的经济危机，已不仅仅是经济问题，也是主导模式的危机。20世纪70年代以来，新自由主义成为一时主流。福山所谓的“历史终结论”，就是拟构若干发展模式，而且认为中国也应纳入这几个基本模式中。事实当然不是如此简单。当代中国的迅猛发展，早已超越西方主流意识形态指导下构筑的模式，是无形的中国制造，其中就包括我们的社会主义核心价值体系建设。吴红波大使对此给予高度赞赏，他认为，党的十七届四中全会的中心议题就是执政党如何建设、如何发展的大问题。此外，他还从自然气候、儒家文化、秦汉一统、民族融合以及中国典籍的作用等方面，对于中国大一统观念提出有趣的看法。

代表团成员还有黄长著、沈家煊、陈祖武、耿云志、刘跃进等。在赴机场回国前的当天上午，汝信同志召集大家开会，总结本次出访的收获。大家一致认为，这是一次求真务实的学术访问。从离开北京的那一刻起，到最后回国的当天上午，除了赶路，就是座谈，像苏黎世、慕尼黑这样的著名城市，都没有任何参观的时间，上午到学校座谈，下午就离开。尽管时间紧凑，路途辛苦，但大家相处得非常融洽，相互切磋，积极配合，可以说又是一次愉快的访问。一个平均年龄相对较高的学术代表团的访问能取得成功，在很大程度上归因于这个团队的成员有较严格的自律和互助友爱精神，以及这个团队负责人的表率作用。汝信团长年事已高，为了节省经费，主动提出降低自己的住宿、乘车标准，与其他人一样日夜奔波，真正起到了核心领导作用。从年龄上说，黄长著同志在团里也是比较年长的，但他就像年轻人一样，跑前跑后，实际做了大量的组织协调工作，从访问的线路到赠书的选择邮寄，反反复复，推敲再三。尤其是在学术交流活动中，黄先生熟练地运用多种语言与国外学者交流，展示了中国学者的风范。张丽华同志虽然是团里最年轻的，却是最有经验的成员。她身兼数职，将联络工作、翻译工作、财务工作集于一身。我们这个团的所有成员，相互体谅，相互照顾，较好地完成了既定的访问计划。

二、关于中国的话题持续升温

代表团所到之处，都受到热情接待，对方均表达了比较强烈的合作交流的愿望。譬如日内瓦大学外办负责人说，中国发展很快，当代经济理论、管理实践有很多方面值得学习借鉴，但仅停留在这个方面还是不够的，中国传统文化的博大精深，同样值得他们去了解和研究。这些话显然不是一般的应酬话，而是发自内心的感受。我们到柏林自由大学访问，罗梅君（Mechthild Leutner）教授还要写成备忘录，希望今后加强联系。

在剑桥大学东亚学系（Department of East Asian Studies ）主办的午餐会上，方德万（Hans van de Ven）教授就曾问过这样的问题：第一，双方的专家学者如何进行实质性的学术交流与学术合作？第二，十年后的中国学者会想什么，会关注什么？第三，西方的学术著作常常翻译成中文，譬如当时在座马丁·琼斯（Martin Jones）教授的著作就被译成中文，而中国学者的著作还很少介绍到西方。其实，这种文化交流逆差现象早已引起中国学术出版界的关注。2007年9月，中国出版集团、上海世纪出版股份有限公司组织专家学者讨论出版“哲学社会科学经典总汇”，2009年11月新闻出版总署又组织论证“经典中国国际出版工程”，就是践行文化“走出去”战略的重要步骤。在这些论证会上，大家讨论得最多的话题，也与西方学者的想法一样，即现在的西方人最想知道的是什么？十年以后，他们最关注的问题又是什么？看来，这是东西方亟待交流的话题。

文化交流，基础是语言的交流。在日内瓦大学，文科院院长威尔利（Wehrli）教授在致辞中特别强调，对于瑞士来说，亚洲，尤其是中国非常重要，因此，他们的研究规模日益扩大。瑞士已经计划在中学开设汉语课，为此，大学本科汉语教学计划之一就是培养师资，满足新的需要。过去，瑞士亚洲学研究的传统是文学、历史、语言、宗教、艺术史、哲学等方面，在所有这些研究中，中国因素都占很大的比重。文科院有两千多名学生，包括学士、硕士、博士等，在大学排名中居二三位。B.科拉（B.Kolla）博士介绍了现代汉语的教学情况：以前没有学士，现在则三级均有；2006年53人，其中26位到中国留学；2007年52人，有25人到中国留学；2008年43人，有29人到中国留学；2009年46人，有19人到中国留学。课程共180学分，包括汉语入门、书写汉字、现代汉语、古代汉语、中国概况、汉学理论及考据研讨班。安排课程的原则：①强调综合性。②以普通话为标准，以简化字为主，认识繁体字。现在面临的问题，就是电脑的书写与手写的差异，其中如何避免不会写字，是他们需要解决的难题。2010年9月1–3日在苏黎世大学还召开了“汉语走向大众化”研讨会。

使我们惊异的是，瑞士苏黎世大学的古代汉语教学与研究工作，确实做得非常出色。毕鹗（W.Behr）教授介绍说，在欧洲的德语区有二十多所大学，目前有五六所大学的本科讲授古代汉语，苏黎世大学即其中之一。高思曼（Robert H.Gassmann）教授1985年编纂了一部古代汉语教材，2005年在伯尔尼出版，在西方影响很大。其特点是：①古代汉语是自然语言，有规律，不是普通语言学理论能够规范的。②自然语言，自有某一具体发音，每个字都有上古、中古构拟，让读者对于古代汉语的节奏、句法留下印象，发现句读的规律。③注意词结构，包括前缀和后缀。④主张自学。毕鹗在吉林大学学习音韵学，注重汉藏比较，研究青铜器铭文的押韵以及竹简上所体现出来的文字语音是方言还是雅言，是口语还是书面语等问题。另外，他还参与编纂《中国语言学百科全书》《中国古代手稿文化》（以竹简为主，下及敦煌文献，介绍基本情况、释读方法、分类以及与西方早期手稿的异同等）。

在伦敦大学亚非学院（School of Oriental and African Studies，SOAS）的访问过程中，我们深深感到，现在西方对于中国的关注，已经从传统的汉学（Sinology）向中国学（Chinese Studies）转变。另外，西方现代的研究倾向，更强调语言的变化。英国建立了以语言为中心的区域研究基地，即中文、阿拉伯文、日文研究基地，剑桥大学的学术研究与汉语教学工作同样做得很出色。袁博平介绍，韦氏音标的发明者即剑桥第一位汉语教学教授，其本人也从事形式语法研究，与我院语言所的专家学者多有交往。

当前，国家下大力气在海外投资建设孔子学院，也迎合了国际社会想了解中国、研究中国的愿望，出发点是很好的。问题是，当前的孔子学院的交流工作主要局限在汉语教学层面，似乎有所不足。在代表团访问的几所孔子学院中，爱丁堡大学、德国自由大学的孔子学院办得比较好。从介绍中得知，爱丁堡大学的孔子学院成立于2007年，两年来做了很多宣传普及中国文化的工作，譬如今年就在六十天内举办了若干有关中国电影、戏剧、摄影方面的展览来祝贺新中国成立六十周年。这些活动在当地产生了积极影响。该院的埃丝特（Esther）教授还是高行健《灵山》的英译者，目前正从事19世纪到20世纪初期的中国媒体起源研究。

三、学术研究方法上的有益启示

剑桥大学、伦敦大学亚非学院、苏黎世大学、慕尼黑大学等高校汉学研究力量比较雄厚，研究成果也很有特点。譬如剑桥大学考古系（Department of Archaeology）的科技考古，就给我们留下深刻印象。他们的研究，突破传统的考古方法，从地质、植物入手，开展人类学的综合研究。

目前他们主要从事黍与马的研究。根据考古资料，黍的种植已有八千多年的历史，分布在世界二十多个地方。这些不同地方的种植，彼此之间是否有联系，就是值得关注的课题。剑桥大学有两位年轻的学者正在导师的指导下从事这方面的研究，他们以山东岳庄考古发现的小米为基本参照，比较了世界其他地区有关小米的考古，通过DNA鉴定，阐释了野生植物与人工培植的差异及其原因。此外，他们还考察了小米、小麦和大米的先后培植时间、地点等问题，其部分成果已经发表在《科学》（*Science*）杂志上。

马的驯化，由考古资料推断，至少可以上溯到四千多年以前。譬如在中国的商代，马的驯化已经相当发达。在这背后当然是人的因素在起决定性作用。凤翔孙家南头遗址出土的马骨，背骨有裂痕，可能是重压造成的。现在的马鞍有垫子保护马脊椎，而那时没有，容易造成马背骨的裂痕。这说明，马已经走进人类生活，成为当时生活中的重要工具。特别有趣的是，新疆出土的马鞍与世界其他地区发现的很相近，说明两者之间有传承关系。这就引发了另外一个有趣的话题：在人类历史早期，世界各地已被驯化的马匹，他们之间是否曾经有过交流？

关于这个问题，我们也曾在一起探讨。春秋战国以来，车马不仅仅是人类生活的重要工具，也在兼并战争中起到重要作用。中原地区主要是农耕文明，而周边地区则以游牧为主。六国时期，匈奴崛起，与东西部的少数民族联手合围中原。他们凭借着车马的优势，不断地骚扰中原。尽管秦始皇曾派蒙恬统帅三十万大军设防戍边，还将原来秦、赵、燕北边境的长城连接起来，尽管汉初统治者也曾兴师动众想解决这个问题，但是都没有遏制住匈奴向内地扩张的野心和实力。汉景帝在解决了吴楚七国之乱以后，也开始认真地考虑如何从根本上解决边患问题。其中的一项措施就是禁止好马出关。当时的形势正如晁错所说，“匈奴之长技”在于车、马，是决定战争胜负的一个重要因素，甚至是决定性因素。《后汉书·马援传》载马援上表曰：“夫行天莫如龙，行地莫如马。马者，贾兵之本，国之大用。”据《汉书·景帝纪》注引《汉仪注》，在长安附近设养马场，养马多达三十万匹。汉朝曾在甘肃河西走廊设立大型军马场，即山丹军马场。从近年发掘的汉景帝阳陵陪葬坑所发现的数以万计的车马俑来看，虽然只是实物的三分之一，与秦始皇陵兵马俑有着较大的尺寸差异，但是这里透露出强烈的信息，即汉景帝已经把兵马问题摆在了重要的议事日程上来。后继者武帝所以能够与匈奴连续作战多年，除经济后盾外，其父汉景帝也为他在兵马上做了充足的准备。从这段历史来看，研究马的驯化、交流等，就不是无的放矢的问题了。他们的研究，引进了现代技术手段，所得结论更有说服力。

伦敦大学亚非学院是欧洲中国学研究的重镇。比较政治经济学研究中心的主任是来自中国香港的卢荻，他和来自中国台湾的卢庆滨教授等多位学者向我们介绍了学院的研究情况。该院创办有在国际上影响较大的《中国季刊》，还出版了三十多部有关中国的研究著作，涉及语言、文学、历史、哲学、考古等方面。萧乾、赵元任、老舍等曾在这里教书或者从事研究，他们的工作合同仍收藏在这里。中文系主任贺晓麦（Michel Hockx）介绍说，中文系主要与北京师范大学合作，有十三位教师，其中有六位专门研究中国文化（三位研究中国古代文化，另外三位研究中国现当代文化）；有九十多名研究生，包括硕士、博士，可以说是欧洲最大的中文系；此外，还有一位教授专门研究藏文及藏传文化，是欧洲唯一授予藏文学学位的研究机构。

苏黎世大学东亚研究院1950年成立，由中文、日文两系组成。中文系有两名教授、四名高级讲师、三名讲师、一位汉办主任，凡十五人。每年经费六万欧元。研究方向：①古代汉语，包括音韵、考古、先秦文献（如《庄子》校勘研究）。②文学，包括戏剧、电影、现当代文学（如翻译了贾平凹《太白山记》参加法兰克福书展）、民间文学（如现代性与神话的作用等）、明清小说研究（如《说郛》话语结构、佛教公案修辞学等）。现有一百五十多名学生，创办瑞士《亚洲研究季刊》（*Quarterly Asia Studies*），影响比较大。

慕尼黑大学亚洲研究系成立于1946年，迄今仍称作汉学（Sinology），以传统中国文化作为研究重点。《蒙古秘史》的西文译本即出自该系教授之手，因此，蒙元文化是该系的研究特色。叶翰教授研究蒙古、中亚史、中国神学史和汉代经学与宋明理学；何东脉研究考古、民族、历史；罗德里希·普塔克（Roderich Ptak）研究中国南方历史、东南亚史、地理学等；宁赟（Marc Nurnberger）博士研究中国思想史、文学、哲学以及汉唐文学批评史；宋馨研究中国思想史、艺术考古等；雷大年（Daniel Leese）研究中国现代史，亦熟悉满文及清代历史；米馨（Kathrin Messing）研究三国史，尤其关注《三国志》裴松之注。老、中、青三代学人，均集一时之选。

柏林自由大学在1887年即成立东方语言学院，1912年在柏林设立第一个汉学教职。其特点：①德国最大的汉学研究院之一。②超过五百名注册学生。③学士、硕士、博士三级并存，学科范围包括历史、政治、经济、文化和社会。在罗梅君教授主持下，该系的近代中国历史研究很有特色，创办有《中国社会与历史》杂志。在学术交流中，他们以“半殖民地时期中国的合作网络与地方治理形态（1860–1911）”课题为例，重点介绍了在近代史研究方面的一些设想。由此可知，欧洲汉学重点在古代和当代，而研究近代的学人不多。现代很多学者接受费正清的主张，认为近代研究空间不大，其实也暗含着“欧洲中心论”的思想。自由大学的东亚研究除了传统的汉学研究之外，还要求学生学习西方历史，注意运用比较的方法，把中国研究放在比较广阔的背景下。这是其中一个特点。另外一个特点，即注重研究的综合性。柯兰君（Bettina Gransow）教授主要介绍了她的社会学研究的成就，特别关注人口的流动，很有特色。

据我们所知，欧洲的汉学重镇还有法国、意大利、瑞典、荷兰等国家的东亚研究机构，有很强的研究能力，我们应当主动联系，加强合作交流的机会。此外，亚洲地区如日本、韩国等，如果条件允许的话，也应安排访问。

四、几点初步的建议

（一）加强后续工作

这次出访，初步沟通，增强了解，达到了预想的效果。我们认为应当趁热打铁，继续推进这项工作。一个比较具体的建议，就是举办汉学大学。当然，范围如何？是限于文史哲还是中国研究？如此等等的问题，应当有所议定。

（二）借鉴国外学术研究基金的经验

借鉴德意志研究基金会的成例，我们也设立基金会，推动高层次的学术交流。

（三）积极推进合作研究项目

在伦敦大学亚非学院，卢庆滨教授特别介绍了不列颠博物馆所藏表现18、19世纪广州出口贸易的一些画作。此外，该博物馆拥有一批汉籍书目从未整理编目，可否采取双边合作的方式进行整理？此外，亚非学院图书馆也收藏了许多西方人撰写的中国游记，很多早期刊物，包括欧洲刊物、晚清民国时期在上海出版的杂志，介绍了中国的情况。这里还保存有八国联军的档案、涉及传教士的文献、语言、印刷等资料，以及研究中国近代史尤其是鸦片战争前后的文献很多，都非常值得注意。1800年以前的文献目录已经做过，此后的尚无人做。这项工作也可以采取合作整理编目，以共同使用。

中英近代关系史的研究，英国学者很少关注，而日本、韩国、美国的很多学者倒有研究，这种状况也是特例，因此他们渴望合作研究。

（四）图书资料交流工作势在必行

欧洲各大学有关中国的图书，台湾出版的较多，大陆出版的图书比较有限，且书品欠佳。在很多场合，我们呼吁，应加强文化典籍的输出。至少，我院的学术期刊要与各大学图书馆和研究机构多做交换，互通学术信息。

（五）积极走出去做学术宣传工作

目前的情况，欧洲民众对于中国的了解主要还是通过当地的媒体，所知非常有限。我们常说某某事件成为国际关注热点，其实未必尽然。今年6月，李长春同志在全国政协会议中提出，当前我们的任务，一是加强马克思主义研究，二是强化智囊团的作用，三是加强学术交流力度，四是培养外向型人才。通过这次考察，我们强烈感受到走出去做学术交流的必要性。很多机构对于中国社会科学院并不很了解，还需要做大量的宣传沟通工作。我院号称当代中国最大的智库，而与欧洲一些机构的双向交流名额每年却不是很多，显然与我院的学术地位有较大的反差，我们希望在人、财、力等方面得到全面的支持。从目前的学术交流状况看，我们应当发挥学会的学术组织和学术影响的作用，尽量邀请国外学者参加学术活动，这样做，可能比机构更有号召力。当前，受金融危机的影响，各国的研究经费相对减少。我们不能再用过去的思维方式，期待别人提供更多的资助，我们应当、也有条件在经费上给予我们的学者更多的支持。

（2009年11月25日在中国社会科学院文学研究所做出访报告）

转型时期的近代文学

“中国文学从古典向现代转型”学术研讨会就要落下帷幕了。谢幕之前，由我致辞。首先要表示感谢，向远道而来的各位专家表示感谢，向辛苦筹备组织这次会议的文学所同人表示感谢。这既是场面话，更是真心话。其次，作为闭幕词还应当包括两项内容，一是做总结，二是说套话。

做总结，关爱和教授已经有了很好的总结。我是外行，隔行如隔山，自然没有勇气。更何况我又迟到，昨天傍晚才从南京回来，在那里参加的是“东亚文明视野下的中国文学”研讨会，与今天讨论的话题有异曲同工之妙，论题广泛，有很强的现实意义。我的闻见，仅限于很小的专业范围，各位专家的论文我会细细品读。这里几乎无话可说。那就说套话？更不是我的强项，且令人生厌。既然参与了会议的筹备组织工作，又站在这里，总要有所表示，那就说一点感想吧。

感想之一，是文学所恢复近代文学研究室是非常及时的，也非常重要。

近代文学向来是文学研究所重要的研究方向，曾设有专门研究室，也涌现出一大批专家学者。由于历史的原因，该室在20世纪90年代初撤销，2009年2月所长办公会决定恢复近代文学研究室建置，王达敏教授担任室主任。我们还将继续扩大我们的研究队伍，做出新的成就。

感想之二，是近代文学研究的队伍空前壮大。

参加今天会议的，来自各个学术领域，古代文学、现当代文学、外国文学、文学理论及海外华人文学。各自专业中，有的研究诗词，有的研究戏曲，有的研究散文，还有的研究广义的文化。如此众多的领域，如此广泛的论题，都汇集到这里，说明近代文学研究的队伍真是日益壮大。

中国文学，如果从《诗经》算起，有三千多年的历史；如果从殷商卜辞算起，已近四千年。而现当代文学，如果从1911年算起，业已百岁。前有四千年，后有一百年，两者中间的近代文学不过七十多年。而古代、现代的研究者，不约而同地加盟到近代文学研究行列，说明了一个不用说明的问题，即近代文学的重要性日益凸显出来。

由此引发了第三个感想，近代文学研究的意义在哪里？

近代这个词，往往指前代，往往暗含贬义。唐人称南北朝为近代，就颇多不满。这也容易理解。当代人梳理前朝历史，往往多致贬词。用以证明自己推翻前朝的合理性与执政的合法性。说到近代，不管你恨也好，爱也罢，又都是一个绕不开的话题。我们现在所从事的一切活动，无不与近代密切相关。这是一个基本事实。理解现代中国，必须从近代开始。理解中国现代文学，也必须从近代开始。但是，理解近代，又谈何容易？

这就引发了我的第四个感想，近代文学这个话题，实在太复杂。

第一，近代七十年，连接着古今，连接着中外，与其他断代史研究不同。在这里，设想攻其一点，不及其余式的研究，几乎行不通。每一个细节，背后都有一个可以叙说、也值得叙说的复杂缘由。这在中国古代文学研究领域，也是不多见的。因此，研究近代文学，对于研究者就有着难以满足的学术要求，那就是学术视野的开阔。像古代文学那样做细致入微的专门之学，就比较困难。从这个意义上说，近代文学尽管才七十年，但是，任何一个领域的研究者加盟进来，都不会嫌多，只能嫌少，因为问题几乎没有边际。

第二，问题的复杂性还在于，近代研究无边无际，而在现实研究领域，又有很多禁忌，有很强的遮蔽性。我们知道，近代这个话题，与政治的关系最为密切。而政治对于历史的叙述，是有着很强的限制性的。历史教科书，从本质意义上说，是由握有话语权的人来撰写的，自然要有所选择。我们今天看到的近代历史，只是主流意识形态的历史，而其对立面，往往还有着更大的探讨空间。研究上古、中古史，面对残砖碎瓦，都会激动一番，而研究近代，却有着成堆的史料尚待发掘。

据我所知，已经有很多研究者正在各方面展开卓有成效的工作。认识历史，先从资料的系统收集开始，而不是从教科书开始，更不会为教科书所束缚。史料意识的强化，这是一个伟大的进步。

第三，现代中国文学史的建构与叙述模式，也是从近代开始的。因此，对于中国文学研究的反思，也应当从近代开始。对于中国文学主题的认识和评判，对于中国文学题材与体裁的筛选与过滤，形成了一种日益僵化的模式。一百年来，尽管出版了两千多种文学史，但是大家依然有严重的束缚感，往往有一层纸似的没有说破。这层纸，说白了，就是近代以来文学观念的变更，对于中国传统文学和现代文学研究的影响。譬如说强化了市民文学的重要性，否定精英文化的价值；譬如说政治性的判断，替代了审美性的判断；譬如说文学的分类基本依照诗歌、戏曲、小说、散文，而传统的文章学基本没落。诸如此类的变化，举不胜举。积极的意义自不必说，存在的弊端也不可讳言。就文章学而言，五四运动中所怒斥的“《选》学妖孽、桐城谬种”，所打倒的主要是文章学。诗歌、戏曲、小说都有理论可言，也都有杰出的成果。而占中国文学家创作的绝大多数分量的文章，却基本被排除在文学史之外，乃至现代面对着这个文体，由于传统理论的缺失、中外理论对接的困难，我们几乎无话可说。造成的直接后果，就是现代文章，没有章法，没有文体，散漫无边。

这里我们又想到一些文学理论上的基本问题，即什么是文学？什么是好的文学？判断的标准是什么？文学的作用在哪里？现代文学概论所说的文学分类是否适用？我们长期以来批判的形式主义，是否一无是处？文学上的形式主义是落后还是进步？是否应当重新考虑建立现代的文章学观念？如此等等问题，可能都需要我们这代学者做出回答。

近代文学不仅连接着古今，也会直接影响到我们对于耳熟能详的文学基本问题的思考。

感受说完了，结论是：所有的中国人，都应当好好读读近代的大书。它的意义早已超出学术的范围。

（2012年10月16日在“中国文学从古典向现代转型”学术研讨会闭幕式上的致辞）

打而不倒的“《选》学妖孽”

今年是比较特殊的年份，恰逢《新青年》杂志创刊一百周年。1915年9月，《青年杂志》（第二卷更名《新青年》）横空问世，倡导建设新文化，摧毁旧传统，由此揭开新文化运动的序幕。在政治文化领域，他们提出的最响亮的口号就是“科学”“民主”，进而“打倒孔家店”。在文学领域，他们将“《选》学妖孽、桐城谬种”作为新文化运动口诛笔伐的对象，打翻在地。过去一百年，“孔家店”被打倒，现在又起来了，世界各地的孔子学院有很多。这一百年来，《文选》也没有被打倒。其实，钱玄同的这个提法，并未得到多数人的认可，鲁迅就表示不同意，而钱玄同仍坚持。“五四”战将中对于桐城派和《文选》派态度其实是不同的，对于桐城的打击可谓不遗余力，最终打倒，乃至绝迹；对于《文选》学则有扶持的味道。可能的原因是：一则《文选》本身不易否定，二则当时的革新者认为《文选》的趣味与西方观念接近。因此，刘师培讲骈文，章太炎讲非骈文，鲁迅讲小说，他们不约而同地关注到魏晋时代。在现代思想上，魏晋问题，是一个敏感而有趣的话题。

今年，我们有必要把“《选》学”和“桐城派”联系起来组织一些学术活动。《文选》会议的理想场所当然是在扬州。阮元有《扬州〈文选〉楼记》专门记述了《文选》与扬州的关系。萧统公元531年去世后，《文选》在十六年后就传到北齐，这在隋侯白《启颜录》中有明确记载。《隋书·儒林传》记载的萧该著有《〈文选〉音义》。萧该是萧统族侄，生活在6世纪下半叶。从史传记载看，他从荆州过江，将《文选》带到北方。过江以后，他与当时诸多学士交往频繁。比如在开皇初年（581）与陆法言、刘臻、颜之推、魏渊、卢思道、李若、辛德源、薛道衡八人共同商定编撰《切韵》（见陆法言《切韵序》）。但凡对中国文化史有所了解的人都知道，《切韵》的问世，是中国文化史上的重要事件。这大约与隋文帝在位时开始推行的科举考试有重要关系。选篇定音，为士子提供可以研寻的选本，自然是时代的需要。《切韵》的编定当是为此一目的，萧该于开皇年间撰写的《〈文选〉音义》大约也出于同样的目的。《大唐新语》载，隋炀帝在位时置明经、进士二科。而当时进士科的考试内容，从《北史·杜正玄传》可以考知，主要就是《文选》中的作品。这说明，《文选》在当时至少是准官方科举教材。与西部的萧该相辉映，曹宪在东部也撰著一部《〈文选〉音义》，并以他为中心形成“《文选》学”派。据两《唐志》记载，曹宪的这些学生也都有《文选》注专书，如许淹有《〈文选〉音义》十卷，李善注《文选》六十卷，公孙罗注《文选》六十卷，又《音义》十卷。这些专书除李善注本外，都已失传了。唐代以诗赋取士，士亦以诗赋名家，所以《文选》日益风行。李善乃集其大成，将《文选》三十卷析为六十卷，详为注释，用力甚勤，引书达两千多种。自从李善注本出现以后，这一学派从涓涓细流终于汇为长江大河。

盛唐时，"《选》学"更受重视。杜甫有两首诗论到《文选》，一则曰："呼婢取酒壶，续儿诵文选。"一则曰："诗是吾家事，人传世上情。熟精文选理，休觅彩衣轻。"李白同样看重《文选》，《酉阳杂俎》记载，李白前后三拟《文选》，不如意者皆焚毁，只留下《恨赋》《别赋》。唐代士子也都把《文选》作为必读书。盛唐时，乡学亦立有《文选》专科。19世纪末20世纪初发现的许多敦煌写本《文选》，从字体看，有好有劣，亦可见阅读的人水平参差不齐。据《旧唐书·吐蕃传上》记载，开元十八年（730）吐蕃使奏称金城公主请赐《毛诗》《礼记》《左传》《文选》各一部，玄宗令秘书省写与之。金城公主远嫁吐蕃，索书把《文选》和其他经典一视同仁，请求赏赐，可见《文选》在当时的地位以及传播的广泛。

由此来看，李善、曹宪等《文选》第一代大师都在扬州，且近代《文选》所以不倒，因为有像李审言、刘师培等人在不遗余力地倡导、研究和推广。而今，"《文选》学"已有复兴之势，再次成为显学。今天，《文选》研究有什么意义呢？至少可以从下列几个方面来理解。

第一是形式上的意义。

过去，我们总是过于强调思想内容，而忽略了形式的重要性。事实上，任何一种文化，必须依托于某种形式之中。没有形式的内容是不存在的。因此，在文化的创造方面，精英的作用应当给予重新估量。而今，文化世俗化大有泛滥趋势。认真总结六朝时期精英文化创造的经验教训，依然有着积极的现实意义。在《文选》整理的基础上，编纂一部比较实用的《中古文体叙说》，内容包括名篇的校订、前人的评论、此类文体的用典和名句等，由此认识文学史上的形式的意义。

第二是文章学的意义。

20世纪初的“文学革命”首先“革”的是传统文章的“命”，加之引进西洋的文学观念，将文学分为四大类，诗歌、戏曲、小说、散文，前三类都有理论的借鉴，也有作品的比较，唯独中国的文章，不知从何说起，也不知如何评说。鲁迅认为：“凡是已有定评的大作家，他的作品，全部就说明着（应该怎么写）。只是读者很不容易看出，也就不能领悟。因为在学习者一方面，是必须知道了‘不应该那么写’，这才会明白原来‘应该怎么写’的。”[1]他引用俄国人编写的《果戈理研究》，认为最好的途径，就是阅读大作家的手稿，再和定稿对比，看出其中修改的痕迹，揣摩其用意。萧统编《文选》，看他如何修改文章题目，也是学问。刘师培《汉魏六朝专家文研究》就采用了这种比较的方法。除绪论和各家总论外，归为二十个专题，涉及文章的谋篇布局、起承转合、神似

[1] 鲁迅，《不应该那么写》，《鲁迅全集·且介亭杂文二集》，人民文学出版社1981年版，第311页。

形似、文采质实、繁简显晦等内容，不仅是中国古代文话、诗话每每论及的话题，也是现代文学理论常常要触及的问题。

第三是学术史的意义。

《文选》研究方兴未艾，除上述文章学研究外，还有集成性的文献学研究，我主持的《文选旧注辑存》就是这类著作。还有综合性的文艺学研究等，也需要加强。更重要的是普及性的工作，上海古籍出版社组织力量将《文选》李善注本重新标点排印出版，提供了一个方便的读本。[1]凤凰出版社也在组织力量，对其他重要版本进行点校整理。吉林文史出版社又出版了《〈昭明文选〉译注》六大册。

第四是《文选旧注辑存》的尝试。

我们提倡在综合研究的过程中，还希望找到一种整理文献的方法，而非简简单单地去写专著。《文选旧注辑存》的著述宗旨，就是“原原本本”地将清人没有见到的文献，或者所见版本不同的文献汇为一编。所谓《文选》旧注，我的理解，有五个方面的含义：一是李善所引旧注，二是李善独自注释，三是五臣注，四是《文选集注》所引各家注释，五是后来陆续发现的若干古注。编排的目的，博观约取，章分句析，可以给读者提供一个经过整理的汇注本。

李善辑录旧注有三种情况：一是比较完整的引述。譬如薛综的《两京赋注》、刘逵的《吴都赋注》和《蜀都赋注》

[1] 张葆全、胡大雷，《文选译注》，上海古籍出版社2020年版。

[2] 卷四左思《三都赋》中的《蜀都赋》有刘渊林注。李善曰：“《三都赋》成，张载为注魏都，刘逵为注吴、蜀，自是之后，渐行于俗也。”

[2]、张载的《魏都赋注》和《鲁灵光殿赋注》、郭璞的《子虚赋注》和《上林赋注》、徐爰的《射雉赋》、颜延年和沈约的《咏怀诗注》、王逸的《楚辞注》、蔡邕的《典引注》、刘孝标的《演连珠注》等。特别是李善所引张衡《西京赋》薛综注和李善补注，很值得注意。《文选注》成于显庆三年（658）。敦煌抄本的抄写时间是公元681年，距离李善注仅二十三年。这是现存李善注最早的抄本了。李善注所引唐人资料，最多的是《汉书》颜师古注，他称之为颜监。尤本注音皆作“某某切”，而敦煌本作“某某反”。《爾雅》并简化为《尔雅》。不仅《尔雅》如此，敦煌抄本，还有好几个简体字与今天相同。二是部分征引旧注。曹大家的《幽通赋注》、项岱的《幽通赋注》、綦毋基的《两京赋音》、曹毗的《魏都赋注》、颜延之的《射雉赋注》[1]以及无名氏的《思玄赋注》等都是如此。三是收录在史书中的作品，如《史记》三家注、《汉书》颜师古注等。李善辑录旧注，除“骚”体悉本王逸注外，其他多用“善曰”二字作为区分，加以补充。

李善独自注释，比较著名的是北京国家图书馆藏和台北博物馆所藏北宋本《文选》李善注残卷。最早最完整的李善注刻本是北京图书馆藏南宋淳熙八年（1181）尤袤刻本，北京中华书局1974年影印。

五臣注成于盛唐开元初年（713）。从现存资料看，世间还保留若干五臣注的本子，譬如日本就有古抄本五臣注，日本

[1]《射雉赋》“雉鷕鷕而朝鸲”句下，徐爰注：“雌雉不得言鸲。颜延年以潘为误用也。”说明颜延之亦对此赋有注。

昭和十二年（1937）由东方文化学院影印出版。目前所见最完整的宋刻本是保存在中国台湾“国立中央图书馆”的南宋绍兴三十一年辛巳（1161）陈八郎宅刻本。

《文选集注》现有上海古籍出版社的影印本。其来源及特点，在周勋初先生影印本前言有概括的描述。傅刚《〈文选集注〉的发现、流传和整理》也有比较详尽的介绍。[1]一般认为这是唐抄，也有人认为是12世纪的汇注本。[2]该注本不论抄写年代如何，其中保留了很多古注，故有着较大的学术价值。

除上述四种旧注外，后来还陆续发现了若干佚名古注，一是俄藏敦煌《文选》残本共计185行，行13字左右。小注双行，行19字左右，抄写工整细腻，为典型的初唐经生抄写体。其注释部分，与李善注、五臣注不尽相同，应是另外一个注本，具有文献史料价值。二是天津艺术馆藏旧抄本卷四十三“书下”赵景真《与嵇茂齐书》至卷末《北山移文》，有部分佚注。三是日本永青文库所藏旧抄本卷四十四“檄”司马相如《喻巴蜀檄》至卷末司马相如《难蜀父老》开篇至“使疏逖不闭，曶爽闇昧，得耀乎光明”止，也有部分佚注，均不知何时何人所作，都可以视之为无名氏的注释。

上述五种旧注，除尤袤刻李善注外，清代《文选》学家多数未曾披览。为此，我以上述五种旧注为主，结合近年来陆续披露的各类抄本，初步编就《文选旧注辑存》，从中获得很多乐趣，也领略到重读经典的意义。

[1] 见《文学遗产》2011年第5期。

[2] 陈翀，《萧统〈文选〉文体分类及其文体观考论》，《中华文史论丛》2011年第1期。

第五是本次会议的主题。

今年秋天，我们还要在桐城派老家安庆市开会，讨论桐城派问题。[1]一百年前的“文学革命”，对后来的影响实在太大了。其中的是是非非姑且不谈，重要的是要总结经验教训。打倒“《文选》派”也好，打倒“桐城派”也好，就文学而言，受伤害最大的是中国的文章学。这次会议的主题，第一是《文选》，第二是文章学，第三是以学术方法为中心的学术史研究。

组织这次会议，还有一个更重要的目的，就是对当前的学术研究的两个变局进行反思。

一是三十年的变局。改革开放三十年了，前三十年，从整体上说，在学术研究方面表现为一种比较粗犷的圈地运动，到处高歌猛进，有成绩，也有伤害。未来三十年应该进入精耕细作阶段，积极创造学术品牌。

二是三千年的变局。“三千年未有之变局”主要包含两点内涵。我们到扬州第一件事就是造访了大明寺，拜谒了鉴真和尚。我们知道，从鉴真和尚东渡扶桑之后，就很少有这样大规模的求法、传法活动了。佛教从东汉前期进入中土，到开元、天宝年间，大概七百年，佛教以非常柔和的方式改造了中国，同时中国也改造了佛教。这是陈寅恪说的第一个大变局。陈寅恪说的第二个大变局就是西方文化改造中国。西方文化改造中国不过一百多年，跟佛教进入中土七百年不可同日而语，但是影响巨大。1898年，严复翻译《天演论》，有一句很有名

---

[1] 会议论文集《桐城派暨古典文化的传承研究》，已由黄山书社2017年出版。

的话，叫"物竞天择，适者生存"。近代社会的发展，就是在这个背景下起步的，中国人争不过人家。就在此前二三十年，还有另外一本书，就是梁章钜的《浪迹丛谈》，卷六有一则笔记，很有意思。作者用了一个非常调侃的语气说英国人——他不叫英国人，他叫夷人，他说夷人说话跟中国人不一样，他说："余在粤西，见粤东有刻本载外夷月日者，姑存之，以广异闻云。外夷英咭利、咪利坚及大小西洋、大小吕宋、弗阑哂、嗬兰等国，每岁以冬至后十日为元旦，足三百六十五日为一年。每至四年，于二月内闰一日。自奉耶稣教之年计起，迄今一千八百三十九年，即天朝道光十九年己亥也。今将外夷各月份名色及其日数开列于左：正月曰然奴阿厘，共三十一日；二月曰飞普阿厘，共二十八日；三月曰吗治，共三十一日；四月曰嗾悖厘尔，共三十日；五月曰咩，共三十一日；六月曰润，共三十日；七月曰如来，共三十一日；八月曰阿兀士，共三十一日；九月曰涉点麻，共三十日；十月曰屋多麻，共三十一日；十一月曰娜民麻，共三十日；十二月曰厘森麻，共三十一日。此各外夷相传之月份名色也。其称我中国各月份，亦别有名色，如正月曰乏士们，二月曰昔鲠们，三月曰塌们，四月曰活们，五月曰辉色们，六月曰昔士们，七月曰森们，八月曰噎们，九月曰那引们，十月曰鼎们，十一月曰林们，十二月曰都嗾尔们。"[1]起初，我们完全不知所云，后来才领悟到，这是用字记录英文十二个月的发音。他当时没有想到，此后不到五十年时间，西方人就大踏步地挺入中国，用血与火的

[1]〔清〕梁章钜，《浪迹丛谈》，中华书局1981年版，第102页。

强势改造中国。

从梁章钜算起，到如今一百六十多年过去了。今天，我们回顾这段历史，心里非常复杂。对于西方的态度，从最初的看不起，到后来的仰视，再到今天的平视，我们经历了太多的苦难、屈辱、抗争和奋斗，最终换来了自立于世界民族之林的平常心。当前的热词是“新常态”，2015年是《新青年》创刊一百周年，2015年是新常态元年，2015年理应成为中国新文化自信的元年。

在西方的打压下，我们曾失去了自信，甚至要废除汉字，走拉丁化，全盘西化。试想一下，如果真的废除汉字，那可不仅仅是一朝一代的兴亡，而是亡天下。今天也就没有机会讨论这些问题了。进入新常态，我们对于外来的各种文明，不仰视，不俯视，而是平视，这是文化上的一种新常态，是文化自信的表现。在学术研究方面，我们也开始进入收获的季节。过去三十年，学术界的同人开疆拓土；今后三十年，要为后人留下一点东西。就《文选》研究而言，我们也要有个总结。当年，骆鸿凯编《文选学》，对民国以前的《文选》学研究做了很好的总结。今天，也应当有这样一部新的总结性的著作，譬如可以考虑编纂《文选辞典》，将以往的研究成果，细大不捐，系统论列，这将有助于未来的《文选》学研究。[1]

（2015年4月11日在扬州大学《文选》学研讨会上的致辞）

[1] 会议论文集《现代学术视野下的〈文选〉研究》，已由中国社会科学出版社2016年出版。

多一种思考方式，多一条路
——时空视野下的文学研究

“空间维度的中华文学史研究”学术研讨会就要落下帷幕，我谨代表《文学遗产》编辑部向各位专家学者为大会提供高质量的论文表示敬意，向中国人民大学文学院同人的辛勤工作表示感谢。

与会专家具有广泛的代表性，既有传统古代文学研究的学者，也有民族院校、研究所的民族文学、文化人类学研究的学者。不仅如此，我们发现，由于专业和地域的不同，大家在选题方面也都有地域性。专业不同，选题自然不同，容易理解。而学者生活的地域的不同，选题也有不同，是这次会议的鲜明特点之一。譬如南方学者，更多地关注城市文化、江南文学，空灵飘逸；北方学者则对于英雄主题、粗犷风格的作品更感兴趣，凝重深沉。有学者说，在南京大学举办骈文研讨会，参会的东北学者凤毛麟角。

参会论文涉及的问题既广且深，很有启发性。

第一是对于空间维度和中华文学做理论的界定。时间维度、空间维度、中华文学等，都有很强的理论性，也有很强的实践性。郑杰文《空间维度文学理论初探》梳理了有关文学空间维度的研究现状与历史发展脉络以及空间维度对中国古代文学研究的启示。王兆鹏主持“唐宋文学编年系地信息系统”研究，在此基础上，撰写《文学地理的“三度空间”与“二态分布”》就很有针对性，具体而微。王安石诗词中的“千嶂里”，笼统地理解，似乎是指南方群山连绵之状。王兆鹏通过立体与平面的地理分析，认为这是描写黄土高原的各个高“原”。谭其骧主编《中国历史地图集》，陈正祥撰写《中国文化地理》，我们希望王兆鹏编纂一部《中国文学地图集》。三度空间：作家出生地、作家活动地、作品创作地。二态分布：静态分布、动态分布。朱万曙《空间维度与中华文学史研究的几个话题》论及中华文学内涵外延、同一时间不同空间的文学呈现、个体空间的文学活动及其文学史意义、不同空间文学品质的差异。苗怀明以中国古代通俗文学为例，强调大众阅读兴趣通常是随着商业存在而转移，所以这种文学分布更为广泛。延保全、王琳以金宋文学为例，分析了时间与空间错落并存的北宋都城汴梁、南宋都城临安以及金代文化中心的不同特点以及这三个不同地区文学流动的空间建构。左东岭《地域传统与近古诗学观念：层级划分与互动关联》具体辨析了若干地域概念，而陈引驰《中国文学的空间展开》重点讨论了文化记忆、书写特色以及文化认同与政治想象等问题，更值得我们继续探讨。由此看出，空间维度，至少有三重含义：一是自然地理意义上的空间，二是人文地理上的空间，三是心灵意义上的空间。

第二是空间维度与各种文体之间的关系。陈洪《空间与传奇》分析了英雄传奇小说中空间位移的现象。刘晓军、谭帆《中国小说观念的古今演变》从观念史的角度讨论小说的意义。叶楚炎《地域流动与情节建构：科举视角下的明清小说空间叙事》从科举制度角度讨论小说的空间叙事。赵山林《顺治、康熙二帝的文化取向与戏曲的南北交流融合》论及戏曲，辛晓娟《唐诗歌行体中多朝代、多时空累积叠加的长安形象》、胡大雷《论中古诗歌个体空间的形成》论及诗歌私人化的空间想象，强调修辞立其诚的特点。所有这些论述，都具有异曲同工的学术价值。

第三是个案分析。李炳海《〈天问〉对吴国初创期的历史叙事及价值》从《天问》分析吴国初创期的历史叙事，是一篇大手笔文章。王燕以《中外小说林》为例论述晚清小说期刊的一些特点，伏俊琏的敦煌俗赋研究，梁海燕论述唐代文人写作俗体诗情况，任荣专门论述了桐城张英六尺巷故事的时空演变，刘京臣论述的洪亮吉新疆纪行诗歌总集《万里荷戈集》的价值，孙少华从汉乐府诗中的“西北来”与“东南飞”意象分析了道教文化意义，杜桂萍讨论清初文人孙默的空间选择，陈书录论述了地域商贾与文学研究的关系，罗时进论述清代江南文学社团的创作现场，等等，都是厚积薄发的研究，有相当的深度。

第四是多民族文学融合研究。朝戈金《经济文化类群视阈下的文学》为我们提供的丰富的研究线索，具有开阔的比较视野。米彦青《蒙汉文学交融视阈下的乾嘉诗坛演进》、傅承洲《中华文学史上的少数民族文学书写》也都基于长期的专题研究，对传统中国文学史研究是有力的拓展。多洛肯长期关注清代少数民族的汉文创作情况，做过系统的书目著录工作，因而他的发言，切中肯綮，要言不烦。与此相关联的还有域外汉文学研究，如文日焕《域外汉文学意蕴与韩国古代汉文学传统的形成发展》、吴真《昆仑与八仙：中日文化传播中的空间变异》就是代表作。过去一百年，我们总是强调外来文化尤其是西方文化对中国的巨大影响。而今，我们还应当理直气壮地宣传中国文化对周边国家地区的积极影响，以文化天下，是中国文化的要义之一。

第五是地方文学文献，如王长华《清代天津诗歌的空间特色及其文化成因》、冯保善《明清江南科举壅滞与通俗小说作家及创作》、张国风《明清小说与江浙的关系》、查清华《城市化视阈中的明代江南诗文新变》、袁济喜《从文史交汇看南朝萧子显文学批评之特质》、耿传友《江南园林与明清文学关系研究的学术价值与问题视阈》、徐正英《论河洛文化的根源性特征》及曾祥波《南宋历史与文学中的西南边地泸州》也都在原有的研究基础上，对某些专题做了较大的拓展。

以上只是浮光掠影的描述，就已经涉及很多问题，如文学的产生、文学的传播、文学的流派、文学的主题、雅俗的转换、民间文学的叙事机制、公共空间与私人空间的关系，等等，不一而足。很多论文，由于只是简要的提纲，还没有机会拜读全文，可能有所遗漏，请多谅解。好在我们还有机会弥补这种缺憾。两年前我们与中国人民大学文学院共同举办“中国古代文学研究：视野与方法学术”研讨会，并已出版论文集发给大家。这次大会，是上次会议主题的延伸。我们希望继续编辑论文，希望大家尽快修订论文，并提交给大会组委会，将我们的学术成果尽早公诸于世。

（2015年11月29日在中国人民大学举办的“空间维度的中华文学史研究”学术研讨会闭幕式上的致辞）

探索中华思想的核心基因与发展脉络

党的十九大报告指出："发展中国特色社会主义文化，就是以马克思主义为指导，坚守中华文化立场，立足当代中国现实，结合当今时代条件，发展面向现代化、面向世界、面向未来的，民族的科学的大众的社会主义文化，推动社会主义精神文明和物质文明协调发展。"把马克思主义作为指导思想，这是发展中国文化的根本要求。报告还强调了两个基本立场，即坚守中华文化立场、立足当代中国现实；强调了创造中华文化的三个发展方向，即：面向现代化、面向世界、面向未来。

这次会议，以上述思想为中心，围绕三个问题展开：一是中华思想史撰写必须以马克思主义为指导，二是中华思想史研究的若干历史问题，三是专题专书与重要概念的研究与梳理。

一、中华思想史撰写必须以马克思主义为指导

刘方喜《论马克思对当代文艺思想史历史唯物主义叙事的启示》、党圣元《新时期四十年中国文论反思：问题与导向》、丁国旗《建国后俄苏马克思主义文论在中国的基本走向》、刘志明《关于文化自信的几点思考》、陈志刚《坚定文化自信必须强调六种意识》等文明确指出，思想史研究必须坚持马克思主义的指导地位，强化文化自主意识与自觉意识、竞争意识与安全意识、共生意识与平等意识、传承意识与创新意识，必须要有自己正确的历史观、民族观和国家观等，应该勇于面对现实，坚持问题导向，在古今融合中探寻传统文化在马克思主义中国化过程中的价值和意义。

具体到思想史撰写，杨艳秋、凌文超《中华思想史的对象、内容和范围》、江向东《关于中国思想史研究的几点理论思考》等文，在比较中辨析中外学术界关于思想、思想史的种种论述，论述从中国思想史到中华思想的渐进意义，最终突显中华民族文化的主体性价值。

当代中国思想史研究，最为鲜明地体现出这种政治意识。刘仓《毛泽东是中华文化复兴的伟大开拓者》，用无可辩驳的事实，充分论述了毛泽东同志对中华民族复兴和中华文化复兴的伟大贡献。张星星《党的十八大以来对中国改革开放史的总结》站在现代思想史的高度，论述了十八大以来党中央在改革开放方面的新拓展、新视野，提出了新时代中国特色社会主义

的崭新命题，总结了四十年来的宝贵经验、遇到的新问题。孙丹《1949—1979：新中国计划生育考》、吴超《开启新时代中国特色社会主义建设的新征程》、姚力《劳模口述与国家记忆》、贺新元《中国特色社会主义道路展具中国特色》等文都涉及中国独特的文化传统、独特的历史命运和独特的发展国情。武力《一带一路、文化传播与中国国家形象》从经济全球化说起，认为"一带一路"对中国文化发展具有千载难逢的历史机遇，也面临着前所未有的严峻挑战。他认为，文化包容与创新是科技和经济发展的前提，文化建设必将极大地改变国家形象。因此，我们应当改善传播理念和传播方式，讲好中国故事，塑造文化强国形象。

二、中华思想史研究的若干历史问题

王伟光院长主持的《中华思想通史》由思想史主干和宗教思想史、文艺思想史的两翼组成。

历代思想史研究，是这次会议的主要内容。从远古到当代，历时五千年。陈明辉《裴李岗时期的经济与社会》、赵春青《庙底沟文化思想发凡》以考古资料为依据，讨论了远古时期经济社会生活以及由此而透露出来的早期思想。谭佳《如何理解上古》从中华文明起源和神话学研究视角，探讨如何超越国外汉学界的认知，把中华思想史的渊源推溯到文字出现之前。这种研究，具有跨学科特点，应当是未来学术发展的新动向。

周秦汉唐时期的思想史研究，魏建震《和而不同与气同则合：先秦政治思想史中有关君臣关系的两种论述》、晋文《家国同构：汉代忠孝观的整合》、胡秋银《“有道”考释》、陈爽《纵囚归狱：汉魏良吏书写与初唐德政制造》等，要言不烦，评述了秦汉时期重点讨论的君臣关系问题，关注到选举制度下的贤良、方正、敦朴、有道、贤能、直言、独行、质直、清白等名号及其在当时的影响。

元明时期的思想史研究，成果相对丰富。李红岩《关于元朝理学的世俗化问题》、关树东《元代文人儒士的廉政思想》、蔡春娟《元代基层社会推行小学教育的理念与实践》、解扬《顾应祥的土地自由流动论及其思想史意义》、汪学群《王阳明良知视野下的道德观》、刘勇《从门人到批判者：明儒王道与阳明学之疏离》、陈时龙《明儒周汝登的生平、著述及思想》、桁林《有关〈明夷待访录〉国家治理观的初步思考》等，重点讨论元朝的儒学政策与现实反差、理学的世俗化、普及化以及元代选官、法制建设、教育普及等方面的现象，论析详明，结论平实。

有关清代直至近现代的思想史研究，涉及的问题最为复杂。林存阳、孔定芳《通经明道：清代学术的思想进路与乾嘉学者价值追求》、李立民《嘉道之际普通士人的书籍购藏与思想表达》（以姚燮《大梅山馆藏书志》为中心）、郑大华《论晚清留给我们的思想遗产》、郑任利《魏源“别开阃域”的公羊学》、邹小站《近代中国的孔教问题》、赵广军

《保教与反教》、俞祖华《清末民国时期中华民族观念研究述评》、左玉河《思想分歧与道路选择：重新认识五四时期的“社会主义论战”》、宋光波《胡适与科学》等，围绕着晚清以来反对侵略的爱国思想、对民主与科学的追求以及振兴中华的使命感；围绕着中华民族概念提出的背景、内涵、传播以及所展现的民族意识、民族觉醒和民族认同；围绕着魏源拨乱反治的“三世说”、因革损益的“三统说”，最终归结天下一家的大一统说；围绕着维新时期康有为的孔教宗教化的问题；围绕着李大钊、陈独秀、张东荪、梁启超等人关于社会主义论争等问题展开讨论，反映出转折时期的历史沧桑以及面对三千年未有之变局背景下知识分子的艰难探索。读后引人深思。

三、专题专书与重要概念

习近平总书记2012 年11月29日来到国家博物馆参观《复兴之路》基本陈列时指出：“经过鸦片战争以来一百七十多年的持续奋斗，中华民族伟大复兴展现出光明的前景。现在，我们比历史上任何时期都更接近中华民族伟大复兴的目标，比历史上任何时期都更有信心、有能力实现这个目标。”中华民族的伟大复兴，就是我们艳羡的盛世。怎样理解盛世，各个时代自有不同的理解。卜宪群《盛世思想小议》以中国古代为例，认为以民为本、选贤任能和礼法合治，是中国古代盛世的一个重要标志。周溯源《是谁在主宰社会的治乱兴衰》，通过对若干概念的辨析，重点分析天命、人事在中国人政治生活中所占据的独特位置，认为天命不可违。中国人的家国情怀基于我们祖先对天的敬畏。天就是老百姓。由此说来，敬天就是敬畏百姓。

此外，王威威《心之无为：从〈黄帝四经〉〈管子〉四篇到〈韩非子〉》中心讨论无为和虚静。梁满仓《从月旦评到〈人物志〉》、张云华《〈魏书〉号为秽史的历史原因：兼论良史直笔思想》等都是有深度的专题论文，值得推荐。

《中华思想通史》的两翼是文艺思想史和宗教思想史。

文艺思想史专题论文相对较多。综合性的有夏静《中国文学思想史上的“文德”论》、杨子彦《从感物到社会生活是文艺的唯一源泉》、陈定家《新媒介文化研究现状与理论创新》等，专题性的论文有许继起《略论魏晋南北朝女乐》、李瑞卿《刘勰文质论之建构式解析》、陈才智《苏轼对陶渊明、白居易的承与变》、郑永晓《元代多民族文化的交流融合与元代文艺思想的独创性》、王达敏《桐城派与北京大学》等。

宗教思想史专题研究亦成果丰富：魏道儒《智俨与华严宗哲学的核心内容》、王鹰《以儒释耶和以佛释耶的基督教上帝》（利玛窦和艾香德）、夏德美《神通思想演变与佛教中国化历程》、杨健《弥陀净土思想的创新与发展》、朵藏加《论宗喀巴寺院教育思想的建构及贡献》、周广荣《试论梵语声字在般若经典中的形态与功能》、陈志远《佛教历史意识的兴起》等。

伟光院长在开幕式讲话中指出，《中华思想通史》的撰写，最重要的就是坚持马克思主义基本立场、思想方法，探索中华思想的核心基因与发展脉络。这是很高的要求。左玉河《唯物史观与中华思想史研究》从社会存在决定社会意识、经济基础决定上层建筑、人民群众是历史的创造者等基本观点出发，考察了思想产生及发展的社会根源、思想背后的经济根源以及人民思想在历史上的作用等。作者坚持用阶级分析的方法揭示社会思想的阶级本质。从这次会议论文看，应当说，大多遵循这种观点立场和方法，说明我们正在努力接近伟光院长提出的研究目标。

总之，这次高峰论坛的议题非常广泛，围绕着思想史的话题，有主干，有两翼，可以说形散神不散，让我想起著名学者费孝通先生在1988年发表的著名论文《中华民族多元一体格局》。费老认为，中华民族并不是把五十六个民族加在一起的简单称谓。这些加在一起的五十六个民族已经结合成为相互依存、统一而不能分割的整体，这是更高层次的共休戚、共存亡、共荣辱、共命运的感情和道义的命运共同体。这个论断不仅适用于当下中国，也适用于我们的思想史编撰。《中华思想通史》虽然是集体撰写的著作，却不是简单的各领域叠加串联，而是高于个体的有机整体。从三次高峰论坛的学术研究论文看，我有充分理由相信，这种理念与精神必将得到进一步强化，逐渐成为我们的共识。

（2018年1月23日在第三届中华思想史高峰论坛上的总结发言）

回归中的超越
——第四届中华思想史高峰论坛综述

去年，在中山市召开的第三届中华思想史高峰论坛上，编委会安排我做大会总结。今年，我又承乏担此重任，倍感压力。会上，我认真聆听各位同行的研究心得，收获很大，感触很深。距离上次论坛，不到一年时间，我惊喜地看到一些新的学术气象、新的学术自信、新的研究成果，看到中华思想通史研究的前后承接、不断发展成熟的过程，更看到各位作者的用心与用功等，这些都让我们感到振奋。

说到总结，愧不敢当，只谈三点肤浅的印象：一是学术论题广泛，二是主题鲜明集中，三是回归中有超越。

一、学术论题广泛

与会代表，有来自我院历史研究所、考古研究所、近代史研究所、世界宗教研究所、文学研究所、外国文学研究所、中国社会科学杂志社、当代中国研究所、马克思主义研究院及中国社会科学院香港学术研究院的，也有来自北京大学、清华大学、中国人民大学、首都师范大学、北京师范大学、北京语言大学、华南师范大学、中国艺术研究院、中共中央党校、杭州师范大学、安徽大学、南京师范大学、鲁东大学等高校科研单位的。其中，有年长资深教授，有中年科研骨干，有青年才俊新秀，体现出通史写作合理的梯队安排。

从学科领域上看，这次参会论文共六十余篇，按照三大历史阶段安排，分为三大主题：第一是重点关注从原始社会早期到封建社会晚期的古代思想史，第二是重点关注从1840年爆发的鸦片战争至1949年中华人民共和国成立之前的近代思想史以及中华人民共和国成立至今的中华现代思想史，第三是重点关注中华宗教思想史和中华文艺思想史。与去年的论坛相比，近现代领域的研究，对改革开放四十年各个学科的经验总结的文章，比例有所增加。论文集所收论文，内容丰富，既有通观古今的思考，也有具体而微的论证，给人以山阴道上行，目不暇接之感。

二、主题鲜明集中

这次会议的主题，就是探索中华思想发展的规律与阶段。

发展规律是什么？伟光院长在大会致辞及主旨学术报告中特别强调指出，我们今天仍然处在马克思主义经典作家所判定的“历史时代”，即《共产党宣言》所说的“资产阶级的时代”。这个时代的基本矛盾决定了这个时代又是经过社会主义社会过渡，最终取代资本主义而进入共产主义社会的历史时代。正如马克思在《政治经济学批判》序言中所说：“我们判断一个人不能以他对自己的看法为根据；同样，我们判断这样一个变革时代也不能以它的意识为根据，相反，这个意识形态必须从物质生活的矛盾中，从社会生产力和生产关系之间的现存冲突中去解释。无论哪一种社会形态，在它所能容纳的全部生产力发挥出来以前，是绝不会灭亡的；而新的更高的生产关系，在它存在的物质条件在旧社会的胎胞里成熟以前，是绝不会出现的。”[1]中华思想史的研究，当然也要以此为指导，坚信历史的发展，从来不是以人的意志为转移的，有它不可抗拒的历史规律和从低级到高级的演变线索。

那么，人类历史发展的阶段是什么？恩格斯说：“历史从哪里开始，思想进程也应当从哪里开始。”按照马克思主义的基本观点，人类社会历经五大历史时代，即原始社会、奴隶社会、封建社会、资本主义社会，现在正在经过社会主义社会过渡，将来进入共产主义社会时代。

一段时期以来，历史的分期与划分，常常以政治制度史来划分，相对简单。而思想史的划分，较为复杂，要站在历史

[1]《马克思恩格斯选集》第二册，人民出版社1972年版，第83页。

唯物主义的立场，从社会存在出发，从人民的立场出发，把思想史与社会史研究结合起来，把各个不同时期的主流意识形态突显出来。从这个角度说，中华思想史可以分为原始社会思想史、奴隶社会思想史、封建社会思想史、半殖民地半封建社会思想史和社会主义初级阶段思想史。

中华思想史以社会形态来划分，看似寻常，却最有生命力。党圣元引用李白诗句“大雅久不作，吾衰竟谁陈”来形容，非常贴切。现在面临的最大挑战，就是要有一种贯穿始终的指导思想，将各种社会形态转变的内在原因以及过渡时期的历史特点呈现出来，还需要转变思想，深入研究。按照伟光院长的思想，中华思想史有四大转型时期：

1.夏王朝的建立标志着中国原始社会的结束和奴隶社会的开端，是奴隶社会代替原始社会的思想史转型时期；

2.春秋战国是奴隶社会逐步解体和封建社会逐步形成，封建社会代替奴隶社会的思想史转型时期；

3.鸦片战争后，我国进入半殖民地、半封建社会，是由封建社会向社会主义初级阶段的思想史转型时期；

4.中华人民共和国成立，经过短暂的国民经济恢复和向社会主义过渡，进入社会主义初级阶段，这是向未来社会主义高级阶段发展的思想史转型时期。

上述思想，是第四届中华思想史高峰论坛的核心议题。大会主旨发言、各个小组讨论，主要围绕着这些议题展开。

周溯源和王艳国《论历史评价与道德评价》、王启发《郭沫若在思想史研究上的成就和贡献》，重点讨论的是历史唯物主义的思想方法及其具体运用问题。王震中《战国大一统思想的历史渊源》、张星星《人民民主专政理论的形成和发展及其历史地位》、武力和张林鹏《改革开放四十年政府、市场、社会关系的演变》、左玉河《平分土地与破坏工商业：土地改革中的民粹主义倾向》等文章，讨论的恰好就是思想史转型时期的重要现象及其本质特征，很有参考价值。

三、回归中有超越

今年是改革开放四十周年，也是中华人民共和国成立七十周年，以及五四运动一百周年。在隆重纪念这些伟大时刻的特殊时期，我们的思想史高峰论坛，呈现出两种强势回归：

第一是向马克思主义主流意识形态的强势回归。

一百年前，我们有西化思潮，有复古思潮。“五四”新文化运动的最大贡献，就是给中国知识分子带来了新的思想武器——马克思主义。

中华人民共和国成立七十年来，我们在马克思主义中国化道路上勇于探索，成为我们最基本的宝贵治国经验。

改革开放四十周年，就像中国共产党的成立、中华人民共和国的建立一样，是五四运动以来我国发生的三大历史性事件，是近代以来实现中华民族伟大复兴的三大里程碑。

回顾改革开放四十年的历史进程，变与不变是我们把握历史进程的主线。四十年来变化的，是我们的学术生态、学术业绩、学术视野、学术积累，确实有了空前的提高，发生了历史性的变化。不变的是一以贯之的马克思主义的立场、观点和方法。中华思想史撰写，要继承侯外庐等老一辈马克思主义历史学家的学术传统，推陈出新，体现新时代的特色。这一问题，去年的高峰论坛已有充分讨论，今年的指导思想更加明确，学术思路更清晰。

第二是向中华优秀传统文化的强势回归。

习近平总书记在庆祝改革开放四十周年大会上的讲话中，总结历史经验，其中第九条谈到，必须坚持辩证唯物主义和历史唯物主义世界观和方法论，正确处理改革发展稳定关系。在中华思想史研究中，就是要处理好继承与发展的关系。五千年的文明发展，是我们的信仰、信念、信心的根本所系。习近平总书记指出：“以数千年大历史观之，变革和开放总体上是中国的历史常态。中华民族以改革开放的姿态继续走向未来，有着深远的历史渊源、深厚的文化根基。”中华思想史的研究，就是要坚守中华文化立场、立足当代中国现实，深刻总结这种历史常态，细心培植这种文化根基。我们要站在历史的高度，既要反对历史虚无主义，也要反对历史复古思潮，认真探索中华思想的核心基因与发展脉络，用心打造面向现代化、面向世界、面向未来的中华思想通史。

这两种强势回归意味着什么呢？

第三届高峰论坛总结报告的最后，我曾借用费孝通先生的“多元一体”概念，来形容《中华思想通史》的写作工程。今年的论坛，伟光院长在主旨报告中特别强调思想史与社会史相结合的写作原则，准确诠释过往历史和当今现实的重大问题。显然，这种结合不同于一般意义上的社会史，而是中华民族不同社会形态、不同社会阶层变革图强的奋斗史，更是中华民族自强不息、维护一统的思想史。这样的政治定位是非常重要的，有助于我们深入理解马克思主义中国化的伟大意义，有助于我们深入理解中华思想史以马克思主义做指导的现实意义，更有助于我们深入理解新时代坚持和发展中国特色社会主义这一时代课题的历史意义。

（2019年12月29日在第四届中华思想史高峰论坛上的总结发言）

常读常新的经典
——谈谈“中国古典文学读本丛书”

人民文学出版社“中国古典文学读本丛书”正式创办于1958年，我也出生在那一年，与这套丛书同龄，一起成长，何其荣幸。这套丛书问世的第十六个年头，也就是1974年，我正读初三，借到一本已经发黄的《白居易诗选》，编注者叫顾肇仓，是人民文学出版社的老编辑。《白居易诗选》第二首诗叫《望月有感》，我至今还记忆犹新：“时难年荒世业空，弟兄羁旅各西东。田园寥落干戈后，骨肉流离道路中。吊影分为千里雁，辞根散作九秋蓬。共望明月应垂泪，一夜乡心五处同。”据说，写这首诗时，白居易十六岁；读这首诗时，我也十六岁。那年，我母亲、妹妹都在河南信阳潢川县黄湖农场的团中央“五七干校”，我父亲先期回到北京，筹备恢复出版业务工作。一家人分居两处，我较早地体会到了离情的苦味。诗的最后两句“共望明月应垂泪，一夜乡心五处同”让我感同身受，就这样长久地刻印在心底。我对中国古典文学的理解和欣赏，就是从这部《白居易诗选》开始的。

约略记得是在1977年夏秋的时候，国家为解决书荒问题，让出版社重印一批文学名著。消息甫出，大批读者连夜在王府井新华书店门前排成长队，抢购图书。我那时正在密云山区插队落户，从广播里知道这个消息，却无缘前往，叹息良久。那年年底考上南开大学，终于可以在图书馆读到这些主要由人民文学出版社出版的文学名著。大学毕业以后，我在清华大学讲授中国古典诗歌，这套丛书仍然是我最重要的参考书之一。

1991年，我进入中国社会科学院文学研究所工作，逐渐了解到文学所的历史，很快就注意到文学研究所与人民文学出版社的书缘。文学所最初的工作重点，是系统地编选中外文学读本，以满足广大读者的需求。何其芳同志根据各位专家的特长，邀请他们编选经典读本。余冠英先生的《乐府诗选》《三曹诗选》《汉魏六朝诗选》，王伯祥先生的《史记选》，钱锺书先生的《宋诗选注》，俞平伯先生的《唐宋词选释》以及在他们主持下编选的《唐诗选》等，都是专家编写的文学读本。这些著作均列入“中国古典文学读本丛书”，由人民文学出版社出版，前后印行数十万册。最近，王伯祥先生的家属给文学所捐赠了一批史料，包括王伯祥先生的《史记选》油印征求意见稿。再查阅《王伯祥日记》，由此了解到一些这批选注本的成书过程：从篇目选定到注释体例，再到具体内容，大多经过集体讨论；初稿完成后，装订成油印本，征求文学所内外的意见，反复打磨，精益求精。实际上，文学所主持编选这些选本，初衷是普及文学经典，而经过时间的检验，这些普及读物最终也成了经典读物。

在此基础上，何其芳同志又在考虑如何将这些零散的普及知识加以系统化，于是仍以这些专家为核心组成团队，发挥集体智慧，先后编撰了综合性的《文学概论》《中国文学史》《中国现代文学史》等通论性的论著。后来，文学所根据形势的需要，还组织编选了《不怕鬼的故事》和《不信神的故事》等。这些著作依然交由人民文学出版社出版，在社会上获得广泛的赞誉。近年，我协助袁行霈老师组织了一套“古代诗词典藏本”丛书，由商务印书馆出版，依然是这种工作的延续。我在《序言》里说了这样一段话：“我真诚地呼吁我们的同行，在努力攀登学术高峰的同时，不要忘记为社会尽些心力，为国家文化建设奉献我们的绵薄之力。”我们乐见有荒江野老做素心人的学问，更希望有众多学者从事这种文化经典的普及工作。

什么叫经典？经典就是常读常新的书。“中国古典文学读本丛书”中有很多著作可以说是常读常新、历久弥新的。这就给了我们一个重要的启示，经典普及工作不是可有可无的事，而是必须给予高度重视的工作。1942年，毛泽东《在延安文艺座谈会上的讲话》中说得很清楚：“人民要求普及，跟着也就要求提高，要求逐年逐月地提高。在这里，普及是人民的普及，提高也是人民的提高。而这种提高，不是从空中提高，不是关门提高，而是在普及基础上的提高。这种提高，为普及所决定，同时又给普及以指导。”这就是说，要做到文艺与学术研究真正服务于人民大众，首先就是要做好普及工作，没有普及，何来提高？但提高的最终目的却仍然是更好地普及。我们社科院的老前辈范文澜先生，是北京大学的高才生，曾受业于近代国学大师黄侃，青壮年时就撰写了《文心雕龙注》这样的学术名著，奠定了他不朽的学术地位。如果范老继续沿着这条路走下去，他也可以成为像黄侃那样的国学宗师，在学术圈内受到赞扬。但是，在烽火连天的岁月中，他放下自己的专门学问，来到延安，义无反顾地投身到伟大的革命洪流中，把自己的知识贡献给社会，贡献给革命事业，在艰苦条件下，用马克思主义的思想观点和方法撰写了《中国通史简编》《中国近代史》等名著，不仅仅普及了知识，更重要的意义还在于，这些著作凝聚了全社会对中华民族文化的高度认同感，极大地振奋了全中国人民自强不屈的民族精神。或许在一些人看来，范文澜的这种选择不值得。然而，与那些书斋式的学问相比，范文澜的著作传播得更为广泛，起到的社会作用也更重要，党和人民群众对他给予了高度赞扬。事实证明，谁能赢得人民大众，谁的学术价值就能延续得更为长久。

“中国古典文学读本丛书”问世已经六十三年了，兹典自昔，学脉绵延，必将垂范将来。作为一个读者，我希望这套丛书越做越好，也相信一定能够越做越好。毕竟，现在的阅读条件、著书环境皆优于往昔。我们要向前辈学者致敬，学习他们的敬业精神，把工作做好。我自己也愿意为这项事业贡献绵薄之力。

（2021年10月19日在人民文学出版社古典文学出版七十年暨“中国古典文学读本丛书”出版阅读分享会上的发言）

儒家经典的美育价值及其当代意义

经典的形成有其自身的规律，不可能为某种权势所左右。经典之所以成为经典，是靠其自身价值来实现的，当然，后人的注释阐发也很重要。经典与其说是百读不厌，不如说是百说不厌。经典固然好，后世的解说更重要。这也说明，研究经典，不是为研究而研究，更重要的是，通过文本解读，将人们习以为常的东西挖掘出来，引发新的问题。所以说，经典的形成是一个漫长的过程，是一个被接受、被理解、被阐释的过程。中国文化博大精深，其精华大多凝聚在经典著作中。儒家经典，就经历了从五经到七经、九经、十三经乃至二十一经的传承和演变。这些经典著作，蕴含着中华民族文化的基因，为中华传统文化提供了核心价值。

中国的经典，从狭义上说主要是指儒家的五经（或云六经），其中有两部经典与文学艺术密切相关——《诗经》和《乐经》。这就给我们提出了一个问题：在中国古代，在我们的传统文化经典当中，为什么把文学艺术放在如此重要的位置？这是因为，中华文明是以“礼乐”为中心。礼乐与政治的关系，礼乐与社会的关系，礼乐与伦理的关系，礼乐与法律的关系，诸如此类的问题，历来是无数思想家讨论的热点话题。贾谊《陈政事疏》中说：“凡人之智，能见已然，不能见将然。夫礼者禁于将然之前，而法者禁于已然之后。是故法之所用易见，而礼之所为生难知也。”[1]用现在的话说，礼的作用主要在于事故、灾难等发生之前；而法的作用主要在于事故、灾难发生之后。“禁于将然之前”的礼，其贵在能绝恶于未萌，而起教于细小，使民从开始就见善则迁，畏罪而离，不知不觉就自动地从善避罪。从善还不够，还要爱美，求真，这就需要“乐”的介入。中国古代的乐教，不仅仅是今天我们所说的音乐，而是美育教育。不学《诗》，无以言；不学《礼》，无以立。《诗》是中国美育教育的重要内容，纯真自然，这与后来的诗词创作，迥然有别。诗词创作，按理说应当能反映作者的真情，但有时也会说假话，这是不言而喻的。“乐”却不能作假。《乐记》：“唯乐不可以为伪；乐者心之动也，声者乐之象也。”《吕氏春秋·音初》：“君子小人，皆形于乐，不可隐匿。”所以说，“乐”不仅美，更蕴含了一个“真”字，所以感人。《孟子·尽心》：“仁言不如仁声之入人深也。”就说明了音乐所蕴含的教化作用，深入持久，不可替代。为此，孔颖达《毛诗正义》特别关注到诗乐本质的差异，提出了一个重要的美育教育的话题。有了礼，有了乐，便具有了传统的人文精神。这是正面的教育。此外，便有“法”来守住底线。“礼之所为生难知也”，见效慢，

[1] 王洲明、徐超，《贾谊集校注》，人民文学出版社1996年版，第436页。

推行难，而法的效用很快，“是故法之所用易见”。礼、乐、法互补，礼是王道，乐是美育，法是霸道。这是贾谊思想的核心所在，也是中国文化的要义所在。“二十四史”中，《礼乐志》通常放在最前面，《刑法志》一般殿后，所以我们说，礼乐文化与法制文明相结合，是中国文化的重要特色。

礼乐文明影响了中国几千年的发展，其意义在古代是毋庸置疑的，那么，礼乐文明在今天还有什么意义？其实，包括搞文学批评的在内，所有从事中国文化研究的人，都要回答这个问题。我觉得，作为人文精神的核心，礼乐文明的教育，实际上是一种美育的教育。中国的思想家一直在倡导这种美育教育，就是希望把美育教育提升到国民教育的高度，用美育代替宗教，人心向善，消弭分歧。美育的教育，强调对人、对社会、对自然的美感认知，注重人与人、人与社会、人与自然之间的和谐关系，同时，美育教育特别强调每一个人自身的修养。这种教育，实际上就是我们过去所讲的“修齐治平”。从个人做起，个人关系到家庭，关系到家族，关系到国家。所以说，家国一体、爱国情怀，归根结底还是从个人的美育教育开始。在今天，我们的爱国主义教育，也强调要从自己做起。我认为，这就是中国礼乐文明与人文精神的核心所在，它的当代意义是不言而喻的。

从更宏观的层面来看，习近平总书记多次强调的“人类命运共同体”，也需要从儒家经典及其蕴含的人文精神中汲取经验。中国人自古以来重视各种事物之间的联系，强调事物的整体性，这一思维方式有助于分析和解决当代社会面临的重大问题。

在当代社会，没有哪一个人可以离群索居，也没有哪一个国家可以遗世独立，人与人之间、国与国之间的命运都是密切相关的。此外，我曾多次谈到，我们中国人自古讲求真善美的统一，这也是一种整体性思维。在当代，我们有时候会过于强调真，而对善和美有所忽略。求真、求事实，固然是我们做任何事情的起点，但有时候过分强调了真，比如对科技的盲目崇拜，也会物极必反。设想一下，如果没有伦理的制约，任凭科学技术毫无克制的发展，最终会对未来产生怎样的影响？细想恐怕会让我们不寒而栗。我们强调真善美的统一，重视美育教育、重视文学艺术，绝非无的放矢，而是有着现实的迫切要求。文学艺术是能够直抵人心、拯救灵魂的，绝不是可有可无的。这个问题，不仅仅是一个学术问题，也是当代社会的现实问题，是我们每一个有良知的公民、每一个有眼光的政治家必须重视的问题。

我们从六经谈到礼乐，谈到中国的人文精神、家国情怀，谈到经典对当代中国乃至当今国际关系的意义，可见经典的“经”就是“常”，经典就是常读常新的作品，具有恒久的普遍意义。对文学艺术工作者而言，我觉得今天最重要的工作，就是积极倡导经典的美育教育意义，让全社会都能够理解中华优秀传统文化的意义所在、价值所在，以及我们自身工作的使命所在。从这个意义来讲，文学艺术不应该是小圈子的事，它背后承载着一种凝聚民族共识的使命，责任重大，不可等闲视之。

（2021年10月31日在中央党校文史部主办的
经教与文艺研讨会上的发言）

中华统绪，不绝如线

——关于民族文学史料研究的再认识

中华文学史料学学会民族文学史料学研究分会2021年年会暨第五届民族文学史料研究学术研讨会终于召开了。我特别强调“终于”二字，是因为疫情，会期一推再推，结果还是不能完全实现线下开会的愿望，只能做个“时空伴随者”，与大家云端相见。尽管如此，我们依然珍惜这样一个难得的学习机会，以文会友，商榷学问。众所周知，文献资料的收集整理，是文史研究中最传统的学术方法，同时也蕴含着现代意义。2017年，我在西昌民族文学史料研讨会致辞中，从三个方面论述了史料研究的学术传承问题，并作为序言发表在《中华文学史料》第五辑（中国社会科学出版社2020年版）上。这里，我想就中华文学史料研究之难，尤其是民族文学史料研究之难以及如何在文学史料研究中彰显现代意义再谈几点认识。

第一，民族文学史料取舍难。当下的文学研究，从理论到实践，实际上根植于近代以来形成的中国文学史的话语框架。什么是文学？什么是文学史料？如何评价文学？如何界定和取舍文学史料？中国文学除了我们耳熟能详的抒情传统和叙事传统外，还有其他传统吗？这些基本理论问题，看似歧义无多，其实言人人殊。文学是社会生活的反映，社会有多复杂，文学也就有多复杂。这就要求文学研究工作者，要有开阔的视野，真正理解文学的复杂性和丰富性。具体到中国文学史研究，其中的实用性传统就很值得重视，可惜多被忽略。汉魏六朝时期的文学作品，有很多就属于这类应用文字，在当时的政治生活中发挥了极其重要的作用，所以被视为“经国之大业，不朽之盛事”。《昭明文选》将文体分为三十七类，《文苑英华》分为三十八类，收录了很多这个时期的作品，奉为文学范本。按照今天的文学标准，只有部分韵文和数量不多的所谓美文，才算作文学，其他多数应用文体已被文学史家逐出文学伊甸园。显然，这样的文学史没有全面客观地反映中国文学的实际风貌，是残缺的文学史。系统整理和深入研究这些作品，首先要求我们要突破固有的思想藩篱。但现实情况是，长期以来受制于舶来的文学观念，面对着丰富的文学史料，我们往往无所适从，或视而不见，或削足适履。可见，材料的取舍是我们面临的第一个重大问题。

第二，民族文学史料评价难。长期以来，我们评价文学作品有两大标准，一是政治标准，二是艺术标准。政治标准暂且不论，艺术标准也比较狭隘，无外乎《文学概论》等教科书告诉我们的一些关于美文的陈规旧矩，譬如人物形象、作品结构、文学语言之类，除此之外，就没有更多的话题可谈。以此衡量中国古代文学，往往捉襟见肘，力不从心。譬如研究十六国北魏至隋代文学，我们心目中其实是以南朝美文作为标准的，从文学审美特性的自觉追求说到文体、文风的演变，采用的都是南朝化的标准。北方文学后来逐渐接近甚至超越了南朝文学，于是就被视为“进步”。事实好像并非如此简单。如果换一种评价的眼光看，这也许是北方文学的不幸，因为这种南朝化的蜕变，恰恰是北方文学失去自我的开始。现代文学研究同样面临着这样的窘境。前不久，中国社会科学院文学研究所与河北省社会科学院合作，组织策划了以晋察冀为中心的《华北抗日根据地及解放区文艺大系》（包括《晋察冀代表作家代表作品选》《〈晋察冀日报〉文艺文献全编》《晋冀鲁豫〈人民日报〉文艺文献全编》《〈晋察冀画报〉文艺文献全编》等）的编纂工作。这些文学史料，包括秧歌剧、快板、民间讲唱、乡间俗曲等口头文学，形式活泼，内容丰富。很多演述者就是作者，他们的文化程度不高，作品也未经细致打磨，绝大多数作品还没有进入现代文学史家的视野。但不可否认，在中国革命的历史进程中，这些民间艺术作品真正发挥了唤醒民众、凝聚人心的作用。这就给我们一种启示，文学创作必须与时俱进，也就是白居易所说的，“文章合为时而著，歌诗合为事而作”。文学研究也应当，而且必须回到历史现场，用历史的眼光去分析文学，而不是用一种超越历史的亘古不变的标准去衡量丰富多彩的文学实践。收集、整理、研究民族文学创作，同样需要有一种开阔的视野、一种历史的眼光。不同地区、不同民族的口述文学，很多还在人民群众中传唱。其中既有鸿篇巨制，如史诗；又有形式各异的短小体式，如歌谣。中国文学研究工作者要有一种实事求是的精神，从丰富多彩的创作实践中，归纳出自己的文学理论，确定自己的评价标准。我们知道，文学评价标准是一个见仁见智的问题，谁也无权强求别人遵循自己的标准。但是客观地说，今天的文学创作、文学评论、文学研究，大多还遵循着比较狭隘的美文原则，似乎与时代无关，与社会无关，与人民无关，结果文学成为小众化的精致摆设，面临着生存和发展的危机。如何扭转这种局面，拓展文学研究空间，这是民族文学史料研究的第二个难点。

第三，民族文学经典认定难。什么叫文学经典？经典就是常读常新的作品。中华文化主流经典如《诗》《书》《礼》《乐》《易》《春秋》（今文经学家认为，“乐”经包括在《诗》《礼》之中，后来习称“五经”）等“六经”，其文本已经固化，读者与其说是“百读不厌”，不如说是“百说不厌”。经典固然好，后世的解说更重要。这也说明，文学研究的根本目的是打开文本，站在历史的高度，将人们习以为常的东西挖掘出来，引发新问题，引起新思考。相比较而言，中国其他民族的文学经典，有很多还在创编中，是鲜活的文本，充满生命力。如何确定民族文学经典，寻找不同的研究方法，这是民族文学史料研究的第三个难点。

第四，民族文学史料研究难。中国幅员辽阔，东西南北，风情迥异。现在各地都在如火如荼地从事着文学史料的收集整理工作，这些史料的语言、形式、结构、篇幅、内容等有很大的差异，但又有其共性。以中古十六国北魏至隋代文学研究为例，我发现他们有一个共性，即不同的地方政权，族属不同，纷争激烈，但多祖述黄帝、尧、舜和大禹，力求华夏正统地位。由此可见，不论民族史料多么纷繁，中华民族共同体意识，是自古以来就已铸牢在各民族发展进程中的，这是毋庸置疑的事实。民族文学史料研究，不应当拘泥于史料，而是要在史料收集与整理过程中，探寻我们共有的民族基因，铸牢中华民族的共同体意识。20世纪以来，很多学者在这方面做了大量工作，也取得了丰硕成果。如何承前启后、继往开来，这是民族文学史料研究面临的第四个难点。

第五，民族文学史料整合难。以汉民族为主体的古典文学研究历史悠久，成果丰富，有着比较成熟的理论和实践。如何将不同民族的文学研究成果汇为一编，融为一体，确实需要共同探索，找到一条切实可行的途径。中国社会科学院文学研究所和民族文学研究所曾共同主编过一部《中华文学通史》，试图打通古今文学、打通不同文体、打通不同民族，设想很好，也做了极大努力，取得了一定成绩，但依然还有很多需要改进的空间。当前，文学史写作中的最大问题，还是各说各话，融通不足。与此相关联，我们的研究著述也缺乏融通的品格，或凭空高论，或堆垛故实，让人敬而远之。能否找到一种更好的叙述方式，让我们的研究著作，既有学术性，又有可读性，体现出文学研究的特性，这是民族文学史料研究面临的第五个难点。

上述五难，对于民族文学研究工作者来说，既是挑战，也是机遇。人文社会科学研究，不仅要展现人文情怀，还要承载社会责任，这是中国学术的优良传统。两千多年前，《公羊传》用“中国不绝若线”统领“大一统”观，司马迁通过《史记》勾勒出三皇五帝以来的文化谱系。这种思想如何在历代文学作品里体现出来？又如何融化在中华各民族的血液中？这是我们在史料研究中必须要回答的时代课题。

今天，我们在云端相聚，起点很高，大家对中华民族文学史料研究的意义和价值多有共识，认为在文学研究领域，中华文学史料研究，尤其是民族文学史料研究最有生机、最有发展、最有前途。对此，我们应当充满信心。

（2021年11月7日在中华文学史料学学会民族文学史料学研究分会2021年年会暨第五届民族文学史料研究学术研讨会上的致辞）

屈平词赋悬日月

——在屈原文化研究院揭牌仪式上的发言

今天，我们在屈原故里隆重举行屈原文化研究院签约暨揭牌仪式，纪念屈原，研究屈原，让我们感慨万千。

遥想两千三百年前，也就是公元前278年，秦将白起攻陷楚国都城郢地。楚国在此建都四百余年，顷刻瓦解。按照楚国纪年，这一年，为楚顷襄王二十一年。就在洞庭湖畔、汨罗江边，有一位白发苍苍的老人，在听到秦人入郢之后，悲伤哀叹，回忆九年前离开郢都时的情形，情不自禁地吟诵出来一曲凄婉哀怨的楚歌——《哀郢》。他感叹自己再也不可能回到故都，悲壮地选择了一条不归之路，就在那年的五月初五，自投汨罗江而死。[1]这位老人就是屈原。那年，他

[1] 汪瑗《楚辞集注》以为此诗乃哀郢都之亡："悲故都之云亡，伤主上之败辱，而感已去终古之所居，遭谗妒之永废，此《哀郢》之所由作也。"北京古籍出版社1994年版，第172页。当然，这种观点也有矛盾之处，诗中有"忽若去而不信兮，至今九年而不复"，说明郢都陷落时屈原未在郢都。游国恩先生认为这是屈原被流放陵阳九年之后，听到郢都陷落时回忆往昔而作。本文采纳此说。参见金开诚，《屈原赋校注·哀郢题解》，中华书局1996年版，第486页。

七十六岁。[1]

故乡叫他那样留恋。那里有七百里三峡，风光无限。刘宋时期的盛弘之在《荆州记》里写道：

> 自三峡七百里中，两岸连山，略无阙处，重岩叠嶂，隐天蔽日，自非亭午夜分，不见曦月。至于夏水襄陵，沿溯阻绝，或王命急宣，有时朝发白帝，暮到江陵，其间千二百里，虽乘奔御风，不以疾也。……每至晴初霜旦，林寒涧肃，常有高猿长啸，属引凄异，空谷传响，哀转久绝。故渔者歌曰："巴东三峡巫峡长，猿鸣三声泪沾裳。"

这段精彩的描述，生活在北方的郦道元看到了，并把它写到《水经注·江水注》中，传诵至今。郦道元不仅写到了江水的气势，还具体写到了屈原的家乡，称"县北一百六十里有屈原故宅，累石为室基，名其地曰乐平里。宅之东北六十里有女媭庙，捣衣石犹存。故《宜都记》曰：'秭归盖楚子熊绎之始国，而屈原之乡里也。'原田宅于今具存"[2]。那时，为公元

---

[1] 关于其享年的推算，取决于对屈原生卒年的考订。郭沫若考订生于公元前340年，浦江清认为生于公元前339年，胡念贻《屈原生年新考》考订在公元前353年，他们考订的年份，相差十几年，而所依据的资料主要是《离骚》中说的"摄提贞于孟陬兮，惟庚寅吾以降"。王逸注："太岁在寅曰摄提格。"即屈原生于寅年正月。关于其卒年，现在有十多种说法。最早的认为卒于怀王二十四年（公元前305年），即没有见到郢都的沦陷。最晚的则要到顷襄王三十六年（公元前263年），相差四十多年。多数学者认为卒于郢都沦陷的公元前278年。

[2] 陈桥驿，《水经注校证》，中华书局2007年版，第791页。

500年前后。而今，又过去了一千五百多年，我们依然还可以在这里看到屈原的遗迹。

屈原虽然早已离去，但是他的诗歌却为家乡、为祖国赢得了巨大的声誉。1953年，世界和平理事会纪念四大文化名人，其中之一就是屈原。[1]

《楚辞》二十五篇，不仅仅展现了美轮美奂的诗歌境界，更向世人展现了一个爱家、爱民、爱国的伟大灵魂。他不止一次地说到自己：

长太息以掩涕兮，哀民生之多艰。
亦余心之所善兮，虽九死其犹未悔！

民生各有所乐兮，余独好修以为常；
虽体解吾犹未变兮，岂余心之可惩！

吾令羲和弭节兮，望崦嵫而勿迫；
路曼曼其修远兮，吾将上下而求索！

我曾在二十年前造访过屈原故里，并沿着屈原的足迹，乘船渡过汨罗江。那时的河床还很宽阔，在渡船上可以依稀想见当年河流的湍急，还有屈原自沉的身影。在岳阳，我还凭吊了屈子祠。当时就想，在营救屈原而不得之后，人们是

[1] 其他三位分别是：波兰天文学家哥白尼，法国文学家拉伯雷，古巴作家和民族运动领袖何塞·马蒂。

如何抢救性地保留下那些优美的诗篇呢？《史记·屈原贾生列传》记载，屈原身后，楚地有宋玉、唐勒、景差等人祖述其词。我想，屈原的作品，首先应当是他们传唱并记录下来，流播于后世。

屈原死后百年，即公元前177年，年仅二十四岁的贾谊受到公卿大臣的排挤，被贬为长沙王太傅。从长安到长沙，途经汨罗江，贾谊想起了屈原，写下著名的《吊屈原赋》。就这样，屈原的名字和作品第一次见诸文献记载。又过了二十余年，年轻的司马迁也“适长沙，观屈原所自沉渊，未尝不垂涕，想见其为人”，为此撰写了《史记·屈原贾生列传》，称他的作品可与日月争光。

屈原的精神影响了几千年的中国文学，成为每个时代正直、进步作家在思想行为上的光辉典范。从汉代的贾谊、司马迁，到唐朝的李白、杜甫，一直到现代的鲁迅、郭沫若，历代有成就的文学家，无不受到屈原的影响。李白曾把屈原的作品比作日月高悬，说“屈平词赋悬日月，楚王台榭空山丘”。杜甫也以屈原的成就来自勉：“窃攀屈宋宜方驾，恐与齐梁作后尘。”可以说，屈原的作品，是中国文学史上继《诗经》之后出现的又一座高峰。

以《诗经》、屈原、李白、杜甫为代表的中华优秀文学传统，是我们民族心灵的写照，是中华民族的突出优势，是我们在世界文化激荡中站稳脚跟的根基。习近平总书记在庆祝中国共产党成立一百周年大会上的重要讲话和党的十九届六中全会通过的《决议》都指出，我们必须“坚持把马克思主义基本原理同中国具体实际相结合、同中华优秀传统文化相结合”。这“两个结合”与习近平总书记十九大报告中提出的思想是一致的，即发展面向现代化、面向世界、面向未来的，民族的、科学的、大众的社会主义文化，必须“以马克思主义为指导，坚守中华文化立场，立足当代中国现实”。这就给我们指明了中国特色社会主义文化的发展方向。

今天，我们在这里纪念屈原，就是要学习他为理想而奋斗的毅力，为祖国而献身的精神，为苍生而呐喊的气魄，推动中华优秀传统文化创造性转化、创新性发展，增强我们的文化自信，这是我们今后工作的动力和发展的方向。

（2021年12月3日在屈原文化研究院签约暨揭牌仪式上的致辞）

第四辑

德音孔昭

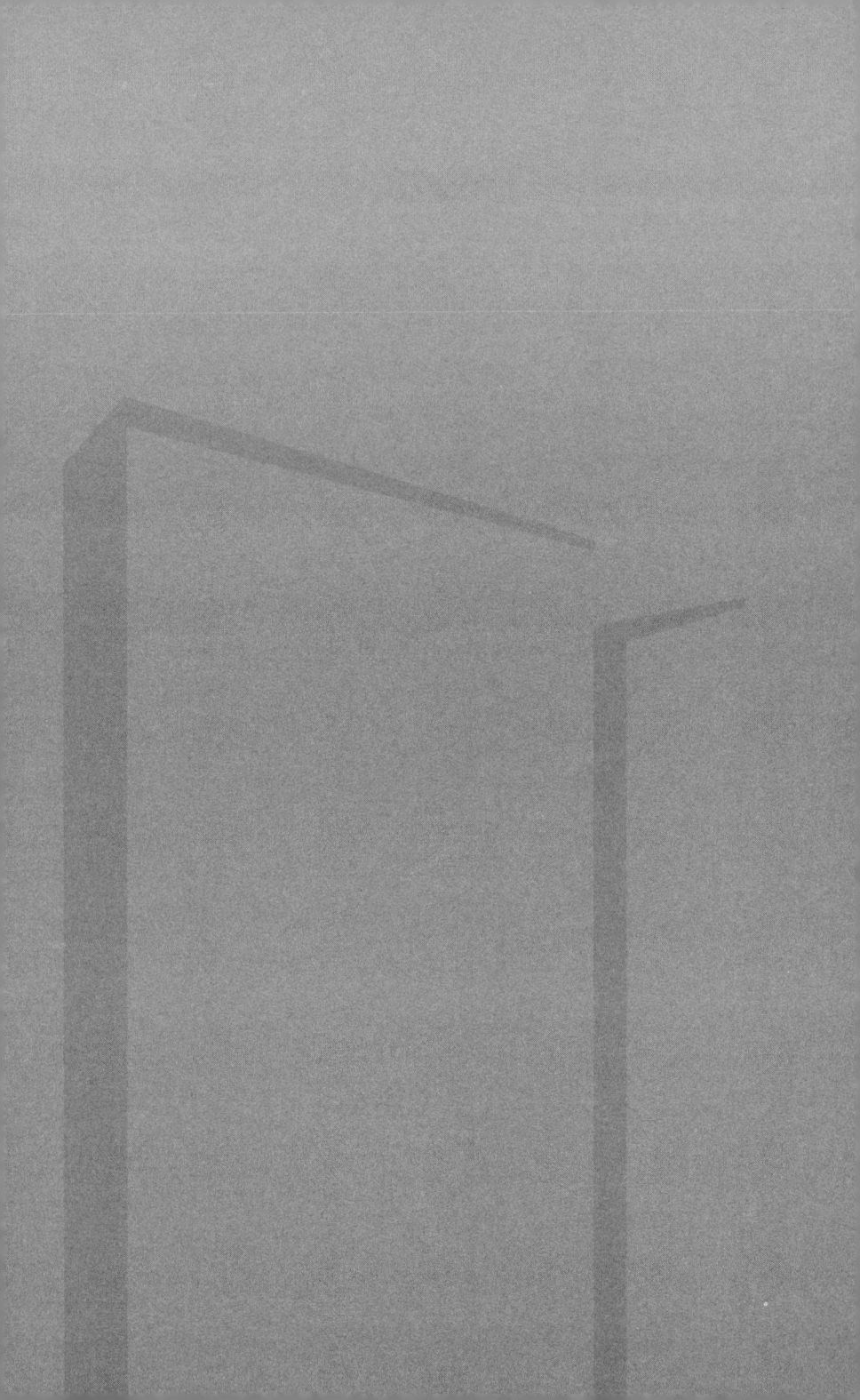

向钱锺书先生致敬

今天是我院前副院长、文学研究所一级研究员钱锺书先生一百周年诞辰。我们能够在钱先生的家乡无锡市参加纪念会，感到非常荣幸。

会议组织者叫我在这里也做发言，既惶恐，又感激。说惶恐，是因为我的学力还不足以评述钱先生的学问，虽然我非常喜欢他的《管锥编》，也做过大量的读书笔记，但是在这里，我还是不敢评说钱先生的学术。市领导对于钱先生的学术经历有了较概括的介绍，我不必再加赘述。我很感谢大会给我一个平台，也想借此机会介绍一下中国社会科学院筹备召开钱锺书先生百年诞辰纪念活动的情况。

我们从去年下半年就开始筹备这次纪念活动。我们首先向文哲学部领导汇报了这一想法，得到了学部的支持，并建议纪念活动由两部分组成，一是在北京举办以纪念钱锺书先生百年诞辰为主题的国学讲座论坛，编辑出版《钱锺书先生百年诞辰纪念文集》；二是在无锡举办学术研讨会。

根据文哲学部领导的指示，我们在2009年12月28日专程到无锡市，与市政府领导具体商量办会事宜，并做了会议纪要。在此基础上，我与科举局朱渊寿同志商量后起草了《钱锺书先生百年诞辰纪念活动的初步方案》，并向文哲学部主任江蓝生同志做了汇报。江蓝生同志又及时向院领导做了请示。陈奎元院长、王伟光常务副院长分别做出批示，由黄浩涛秘书长负责联系。

经有关方面协商，形成初步方案并提交院长办公会审订，同意在今年秋天举办钱锺书先生百年诞辰国际研讨会。按照院长办公会的精神，这次会议改由学部主席团主办，国际合作局、文哲学部参与筹办，文学研究所、外国文学研究所具体承办。为此，文学研究所就“纪念钱锺书先生一百周年诞辰学术研讨会”开展如下工作：第一，为配合会议召开，确定由丁伟志先生任主编，开始《钱锺书先生百年诞辰纪念文集》的征稿工作。第二，确定会议主题。第三，确定邀请名单，杨绛先生认可的约稿名单就是正式邀请与会代表。

编纂《钱锺书先生百年诞辰纪念文集》是最重要而又紧迫的任务。原来设想编选百年优秀研究论文，汇为一编，作为钱学研究的一个阶段性总结。后来听取了各方面意见，决定重新组织编写，并确定了编纂原则和范围，即全文应是第一次发表，所有的文章，论题自应与钱锺书先生研究有关。

编纂工作是今年春节之后启动的，首先商定约稿名单，由主编和杨绛先生亲自审定，发出邀请信函。截至今年8月初，收到五十余篇文章，其中，杨绛先生就亲自约写了三十多篇。年届八旬的丁伟志先生冒着酷暑审读全部稿件，提出修改意见，再呈百岁老人杨绛先生过目定夺。纪念文集主要有四个方面的内容：第一，综合论述钱锺书先生的生平、思想与创作成就。第二，很多与会者曾与钱先生长期共事，留下难忘的记忆。这类文章很容易看出钱先生作为一代宗师的学术个性。第三，钱先生的亲戚后辈也撰写了一些回忆性的文章，可以看出钱先生作为一个普通人的生活情趣。第四，研究钱先生思想与创作的文章。按照计划，我们还请河北大学田建民、李致先生编纂《钱锺书研究资料索引》和《钱锺书学谱》，希望对钱学研究提供一些总结性的资料；两位先生倾力编就，已初具规模。只是核对工作过于繁重，体例方面尚待推敲，且出书在即，这次只能割爱，未能收录其中。纪念文集分简体和繁体两种版本，在纪念大会前夕，已由北京三联书店和香港牛津出版社同时出版。

纪念大会是11月9日在北京召开的。全国政协副主席、中国社会科学院院长陈奎元同志出席了大会。中国社会科学院常务副院长王伟光同志代表中国社会科学院讲话。

王伟光同志高度概括和评价了钱锺书先生卓越的学术成就及其对中国社会科学院的建设做出的突出贡献。他特别指出，我们纪念钱锺书先生一百周年诞辰，首先要学习和继承以钱先生为代表的老一辈知识分子热爱祖国文化、关注民族命运的炽热情怀，学习和继承他们长期潜心研读、为祖国文化发展辛勤耕耘的奉献精神，为中华民族的伟大复兴，为构建社会主义核心价值体系做出应有的贡献。

11月15日，我陪同丁伟志同志向杨绛先生汇报纪念文集的出版工作，杨先生表示满意。丁先生动情地说，《纪念文集》的真正主编是杨绛先生。由百岁老人纪念钱锺书先生百年诞辰，可谓并世所无。我当着两位老人的面也动情地说，两位老人的工作精神真叫人感动。丁先生就像一个孩子似的，对杨绛先生说："我现在也算一个老人了。"那场面真叫人动容。

钱锺书先生百年诞辰纪念的筹备活动，历时一年，首先得到了杨绛先生的信任，得到了中国社会科学院领导、无锡市委市政府领导的大力支持，我们充满感激之情。筹备纪念活动，拜读纪念文集中的文章，确实是一次心灵洗礼的过程。这也就是我开头所说的"既惶恐，又感激"的真实感受。

纪念活动是短暂的，而钱锺书先生的学术精神却是永存的，值得我们永远汲取。正像《钱锺书先生百年诞辰纪念文集》主编丁伟志先生所说，这只是我们向钱锺书先生学习的一个新的开始，研究正未有穷期，新著将不断地涌现。我们希望以此为契机，继续深化钱学研究，进一步推动中国人文社会研究事业的深入发展。

（2010年11月21日在无锡钱锺书故居举行瞻仰仪式上的发言）

缪荃孙：晚清重要的学者

《缪荃孙全集》在读书界的期盼中隆重推出，我受惠良多，得以先睹为快，既感且佩。

缪荃孙（1844—1919）是晚清最重要的学者之一，字炎之，又字筱珊，晚号艺风老人，江苏江阴人。他富于藏书，热心教育，热爱乡邦文献，在目录学、历史学、方志学、校勘家、金石家等方面，做出了卓越的贡献。《全集》收录了缪荃孙现存著作六类，凡十五册。包括：

1.日记四册，以1986年北京大学出版社影印出版北京大学图书馆原藏稿本为据，加以标点和释文。并附人名索引和书名索引。

2.诗文集十种二册，收录缪荃孙生前已有刻印或传抄的《艺风堂文集》《艺风堂文续集》《艺风堂文漫存》《缪荃孙四川乡试朱卷》《缪荃孙会试朱卷》《艺风堂赋稿》《艺风堂诗存》《碧香词》以及此次重新汇辑的《艺风堂集外诗文》和《艺风堂书札》等。

3.目录类八种二册，包括《艺风藏书记》《艺风藏书续记》《艺风堂藏书再续记》《清学部图书馆善本书目》《清学部图书馆方志目》《词小说谱目录目》《唐书艺文志注》《辽艺文志》。此外，还有《艺风堂题跋》《天一阁失窃书目》《红雨楼题跋》《士礼居藏书题跋续记》《士礼居藏书题跋再续记》《荛圃藏书题识》《湖北通志艺文志》（残稿）《拟清史艺文志稿》《读画斋印谱》《五家宋元书目》《嘉业堂藏书志》等，此次未收，有遗珠之憾。

4.金石类六种五册，包括《艺风堂金石文字目》《艺风堂金石文字续目》《再补寰宇访碑录》《辽金石录存目》《江苏金石志及待访目》《金石分地编目》，其实也是专门目录学著作。不仅如此，见于记载的缪荃孙金石类著作还有《云自在龛金石目初编续编》《云自在龛金石目杂稿》《直隶金石文钞》《江西金石目》《湖北金石志》《金石录今存碑目》等，多与上述著述重复，没有收录。

5.杂著类五种一册，包括《补五代史方镇表》《顾亭林年谱校补》《厉樊榭先生年谱》《循良传稿》《羽琌山民逸事》。此外，缪荃孙史传类著作《后凉百官表》一卷、《北凉百官表》一卷、《南凉百官表》一卷、《西凉百官表》一卷、《夏百官表》一卷、《北燕百官表》一卷、《国史五传》《国史儒林传序录》二卷、《国朝名人小传》不分卷、《续碑传集》八十六卷、《续碑传集补》不分卷等若干种，多已收入《艺风堂文续集》《清史稿》中，而《续碑传集》和《续碑传集补》为他人作品之汇辑，亦未重收。

缪荃孙撰有多种年谱、家谱类著作，包括《艺风老人年谱》一卷、《顾亭林年谱校补》一卷、《厉樊榭年谱》一卷附录一卷、《孔北海年谱》一卷、《魏文靖公年谱》一卷、《韩翰林诗谱略》一卷、《补辑李忠毅年谱》一卷、《申浦缪氏族谱》二十卷首一卷末一卷、《兰陵缪氏世谱》不分卷、《缪氏考古录》不分卷。此次整理，收录其中《顾亭林年谱校补》《厉樊榭年谱》等。

缪荃孙抄录、辑编的文史典故类著作现存多种，包括：《艺风堂杂钞》《艺风堂杂钞二辑》《艺风堂杂钞补》《艺风堂别钞》《云自在龛随笔》《云自在龛笔记》《艺风阁校书随笔》《秦淮广记》等。有些内容非常有趣，如《艺风堂杂钞》卷二“译学馆沿革略”条，从咸丰十年（1860）同文馆说起，介绍外文翻译机构的设置、人才的培养，课题的安排，非常具体。《俞樾函札辑证》致戴望信也说：“都下方大开同文之馆，招致西贤，使海内士大夫抠衣受业，盛乎哉。而吾侪顾抱遗经，以究终始，咥其笑矣，想足下助我抚掌也。”[1]按同治十年（1871）七月二十九日，恭亲王奕䜣、李鸿章、曾国藩奏准在北京设立同文馆，附属于总理衙门，设管理大臣、专管大臣、提调、帮提调及总教习、副教习等职。该馆为培养翻译人员的洋务学堂，最初只设英文、法文、俄文三班，后陆续增加德文、日文及天文、算学等班。招生对象开始只限于十四岁以下八旗子弟，以后扩大招收年龄较大的八旗子弟

[1] 张燕婴编，《俞樾函札辑证》，凤凰出版社2014年版，第39页。

和汉族学生，以及三十岁以下的秀才、举人、进士和科举正途出身的五品以下满汉京外各官。又如卷三“和致斋相国事辑”条主要辑录乾隆末年时和珅从发迹到被羁押的若干史实，包括给事中王念孙先后疏其罪、下其狱等，材料颇为丰富。又如卷七：“书式”条：“洪武三年，诏中书省臣曰：今日于书劄多称‘顿首’‘再拜’‘百拜’，皆非实，其定为仪式，令人遵守。又小民不知避忌，往往取先圣先贤、汉唐国宝等字以为名字，宜禁革之。于是礼部定议：凡致书于尊者，称‘端肃奉书’，答劄称‘端肃奉复’；致平己者称‘奉书’‘奉复’；上之与下称‘寄书’；答卑幼与尊长，则云‘家书敬复’；尊长与卑幼，则云‘书付某人’。其名字有天国君臣、圣神尧、舜、禹、汤、文、武、周、汉、晋、唐等国号，悉令更之。万历二十七年，礼部题：奉圣旨：‘民间止用折简，不许用全简。’此亦省财之一端，所以教俭也。后皆不见遵行，习俗相沿，贤者不免。”[1]这对于我们理解古代书札形式，颇有助益。

缪荃孙生前批校过许多古籍，并撰写校记若干，现存约有二十种。缪荃孙的著作，涉及的内容极为广泛，我只是从一个侧面略窥其一端，已经深感受用无穷。作为读者，我们衷心感谢《全集》的整理者。张廷银、朱玉麒两位先生不计现实利益，投入极大的精力，整理出版。张廷银多次谈到，整理缪荃孙的著述，存在两方面的困难：一方面，他的著述太多，涉及面很广，有些著述的部头也很大，必须要有所选择。另一方

[1] 缪荃孙，《艺风堂杂钞》卷七，中华书局2010年版，第321页。

面，他的著述被辑编刻印的并不多，有许多论著散见于各处甚至永久地散佚了，需要做大量的搜集工作。此次整理，他们一方面极力地搜辑散佚的文章，另一方面则做出了一个不得已的决定，即只收录缪荃孙自己撰写的以及所辑编的目录类著作，其他方面的著述如方志、诗文汇钞、辑佚以及为他人代撰者，则暂不收录。个别虽曾有著录记载，但至今仍难以获睹者，也暂时付之阙如。不过，这类不收的文献，其价值也不可小觑。譬如他辑录的《元和郡县图志阙卷逸文》三卷，对于研究《元和郡县图志》其书，以及研究中国历史地理学等，都有着重要的参考价值，如果有可能，还是酌情收录为宜。

当然，我们还要感谢《全集》的出版者。江南学术，博大精深。凤凰出版社已经有选择地出版多种。这次，凤凰出版社一如既往，不惜成本，在装帧印刷等方面，投入大量财力物力人力，将全书高质量推出。在物欲横流的今天，我们真的为他们这种热爱传统文化、弘扬传统文化的精神叫好。

（2014年12月22日在江阴参加《缪荃孙全集》
出版座谈会上的发言）

段玉裁的学术理念

记得是五年前，第一届纪念段玉裁学术成就的会议在南京举行，我应邀撰写了一篇小文章——《段玉裁卷入的两次学术论争及其他》，可惜当时由于其他事情未能躬逢盛会，至今感到遗憾。今天，我终于有机会聆听各位专家的高见，倍感荣幸，而能在大会上做主题报告，更是我没有想到的殊荣。我与徐华教授合写的文章已经收录在论文集中，主要评述段玉裁在《文选》研究上的成就。文字俱在，这里就不想浪费大家宝贵的时间再去复述。

在研读段玉裁著作的过程中，很多学人都会思考这样的问题：第一，段玉裁取得这些成就的学术方法是什么？第二，段玉裁取得这些成就的学术理念又是什么？连带而及，必然要追问，这些学术方法和学术理念，对我们今天的研究有什么启示？

关于第一个问题，近三百年来，很多学者已有丰富的论述。大家一致认为，段玉裁的学术研究博大精深，在传统经学、文字学、音韵学、训诂学、校勘学、目录学、版本学等方面，取得了划时代的成就，成为18世纪以来最重要的学者之一。从各位学者提交的论文来看，段玉裁学术研究的广度与深度，还远不止于此，确实还有很大的探讨空间。这正是学术大师的价值和意义所在。

由此想到第二个问题，也就是段玉裁的学术理念问题。有什么样的学术理念，就会有什么样的学术方法。学术理念决定学术方法，就像世界观决定一个人的价值判断一样。

段玉裁的学术理念，集中体现在《与诸同志书论校书之难》这篇著名的文字中。他说："校书之难，非照本改字不讹不漏之难也，定其是非之难。是非有二。曰：底本之是非，曰：立说之是非。必先定其底本之是非，而后可断其立说之是非。……何谓底本？著书者之稿本是也。何谓立说？著书者所言之义理是也。"[1]前面提到的小文《段玉裁卷入的两次学术论争及其他》也曾指出，抽象地说，这话自然在理。但是他所举的例子，却是顾千里论《王制》"虞庠在国之西郊"的"西"字，他认为是错的，应当是"四"字。到底是"四"字还是"西"字，本来只是一字之争，最后转为对彼此学术方法、学术见解、学术理念的否定。两个人的很多朋友也被裹挟进来，这也是当时学术界一桩不大不小的学术公案。

从学术层面看，这桩学术公案论争的焦点显然不在一字一句之间，而是涉及古籍校勘原则的根本分歧。段玉裁等人认

---

[1] 段玉裁，《经韵楼集》卷十二，上海古籍出版社2008年版，第332页。

为“照本改字”并不难，难的是断定“立说之是非”，也就是作者“所言之义理”。由义理而推断古籍底本之是非，不失为校勘的一个重要途径，也就是后来陈垣先生归纳的所谓“理校”。段、王之学最为后人推崇的，往往在这里。而顾千里则强调“不校之校”，宁可保持古籍原貌，也不要轻易改动文字。顾千里为惠氏学，信家法，尚古训，恪守汉人做法；而段玉裁为戴氏学，认为汉儒训诂有师承，有时亦有附会，他们从事文字训诂和典章制度的研究，最终的目的还在义理的探究。所谓义理，诚如成中英教授所说，段玉裁研究的最终目的，在道。鲁国尧教授也倡导研究段玉裁的语言学思想。这些，都体现了中国传统文人追求的“修辞立其诚”的情怀。这便是吴派与皖派之间的重大差别。

这就涉及一个学术研究的目的问题。以惠栋为代表的吴派，强调学术的客观性；而以戴震为代表的皖派，似乎更看重探究古人著述的“立言之心”，也就是说，学术研究，应当关注世道人心。从后来的学术发展来看，后者的学术理念，引领了时代的潮流，也为我们这个时代提供了有益的借鉴。

由此想到顾炎武《日知录》卷十九提出的一个著名的观点，即文章必须“有益于天下，有益于将来”。这个命题至少包含两个重要的内容，一是要有益于学术，二是要有益于社会。有益于学术，就涉及学术积累、学术创新等问题。有益于社会，就是要考虑到学术研究的目的，需要为社会、为苍生做出应有的贡献。从学术发展的历史看，真正在学术史上确立地位的学者，都与其尽心致力于学术弘扬工作密切相关。汉代对于经典的注释、唐代对于古注的疏证以及清代乾嘉诸老对于历代经典的重新阐释，其出发点多是弘扬经典知识。现代学术研究又何尝不该如此？做学问，题目可以有大有小，但是，必须要有宽广通透的学术视野和关注现实人生的精神境界。否则，我们的学术只能越做越技术化，越来越小众化，乃至趋于萎缩。钱锺书先生在《古典文学研究在现代中国》中说："文学研究是一门严密的学问，在掌握资料时需要精细的考据，但是这种考据不是文学研究的最终目标，不能喧宾夺主、代替对作家和作品的阐明、分析和评价。"[1]文学研究，毕竟要有一个终极目标，所谓术，亦即各种方法，都是为"道"，也就是为终极目标服务的。文学的终极目标，就是直指人心。人，才是文学的中心，也应当是学术研究的中心。

总之，从段玉裁的著作中，我看到的绝不仅仅是所谓纯学术，还有更多的学术理念蕴含其中。今天，全国上下正在积极推进中华优秀文化的传承工程，如何扬弃继承、转化创新，段玉裁的学术实践可以给我们很多启示。

（2015年8月13日在江苏省金坛市段玉裁学术研讨会上的发言）

[1] 钱锺书，《古典文学研究在现代中国》，收入《写在人生边上的边上》，三联书店2008年版。

詹锳先生的学术贡献

首先，我要向詹锳先生表达深深的敬佩之情，向《詹锳全集》编委会成员、向出版社领导和编辑表示由衷的敬意。

詹锳先生是我国著名的古典文学专家，尤其在《文心雕龙》、李白研究方面取得了划时代成就，赢得学术界的广泛尊重。20世纪90年代前期，我协助周振甫先生编纂《文心雕龙辞典》，其中专论和专著介绍由我负责撰写，让我有机会认真研读詹锳先生的《刘勰与〈文心雕龙〉》《文心雕龙义证》两部著作，收获极大。《刘勰与〈文心雕龙〉》由中华书局1980年出版，全文不到六万字，分为八节，除为一般读者了解的需要而对《文心雕龙》进行总体介绍外，作为专著，该书在内容方面表达了颇多自己独到的见解。第一，作者分别从“魏晋文学理论批评的发展”“南朝的文论”以及“六朝的文风”几个方面分析了《文心雕龙》的指导思想、针对性以及历史背景，这是一种溯源式研究。第二，该书分专节讨论了《文心雕龙》上篇的组织结构，对其“文之枢纽”的五篇做了具体的辨析，尤其是对“文体论”部分的研究，对于补充《文心雕龙》此部分研究之不足有倡导之功。第三，对《文心雕龙》下篇，作者分为“创作论”“风格学”“文学史和批评论”以及“修辞学”四个部分加以研究，尤其是从“体性论”“风骨论”“定势论”“隐秀论”研究《文心雕龙》的风格学，别具只眼。他认为，《体性》篇的“体就是指风格，性就是指个性”，体与性为一对既有区别又统一的风格学范畴。《风骨》篇则是在多样化风格中选取不同的风格要素，综合成一种更高的具有刚性美的风格。《定势》篇重在论述风格形成的内在机制。《隐秀》篇论述的是一种与风骨刚性美对立的柔性美。就风格而言，两者相辅相成。通过这样的系统论述，读者可以清晰地看出《文心雕龙》风格学的完整体系。在此基础上，詹锳先生又撰写了《〈文心雕龙〉风格学》专著，开创了《文心雕龙》研究的崭新局面，成为当时读书界一道靓丽的风景线。此后三十年间，类似的综合性论著出版不少，但是像詹锳先生这样言简意赅、新见纷呈的著作实不多见。

詹锳先生的《文心雕龙义证》更是一部重要的研究力著。该书由上海古籍出版社1989年出版。与单纯的校注不同，该书重在“义证”，即对《文心雕龙》原文进行逐字逐句的细致研究，探讨每个字、每句话意思的来源，尤其注重对具体理论范畴和概念的综合解说。詹锳先生综合《文心雕龙》各篇，前后披寻，辗转互证。同时，作者还深入辨析刘勰同时代作家的见解，广泛参考唐宋以后文评诗话以及近现代学者的研究，力求探明每个字词在《文心雕龙》中的本意所在。这部大书被冠以

“义证”二字，其实带有集注的性质。

詹锳先生的李白研究，我自己没有好好学习，没有发言权，只有敬佩和感激。80年代，我在清华大学图书馆看到一部《李杜全集》四十二卷，系明人闻启祥所编。其中李白诗二十二卷，题严沧浪评，杜甫诗二十卷，题刘辰翁评。当时闻见有限，少见多怪，自认为该书未获广泛关注，研究者还多所不知。后来查詹锳先生《李太白集版本叙录》有明确记载：“李太白诗集二十二卷，宋严羽评点。其书首列刘全白《唐翰林李君碑记》、李阳冰、宋敏求、曾巩序，及元丰三年毛渐题跋。卷一古风五十九首，卷二至五乐府，卷二十二赋。不收碑传杂文。间列杨齐贤、肖士赟二家语，然限于诗意之发明，不注典故出处。”詹锳先生所见与清华大学所藏完全相同，且用语很有分寸感，不温不火，读后暗自惊喜，顿生景仰之情。后来，我给华东师范大学徐中玉教授写信求教，得到他的鼓励，写成文章发表在《文艺理论研究》1988年第1期。现在想起来有点后悔，如果当时直接向詹锳先生求教，我相信可以获得他老人家的指导，可惜我失去了这样的机会。

我对詹锳先生的心理学、语言学研究也充满好奇。80年代，我阅读了很多美学、心理学著作，对弗洛伊德、荣格、朱光潜以及当时还很年轻的吕俊华等人的心理学、美学著作很痴迷。在阅读过程中，意外地知道，詹锳先生不仅仅是中国古代文学研究专家，心理学研究更是本色当行，独树一帜。由此我明白一个道理，要想研究好一门学问，仅仅恪守这门学问，或许可以进得去，却出不来。入乎其内，更要出乎其外，就要在这门学问之外另下功夫。所谓“功夫在诗外”，讲的就是这个道理。

詹锳先生的古代文学研究所以与众不同，所以能够取得常人难以企及的成就，除了他的刻苦、天赋之外，他的知识结构，他的学术视野，造就了他的刚柔相济的学术品格，尤其值得我们学习。

（2016年9月24日在河北大学举办的《詹锳全集》
新书发布会上的致辞）

傅璇琮：古典文学研究界的“王应麟”

我认识傅璇琮先生，是由周振甫先生介绍；认识曹道衡先生，又由傅璇琮先生介绍。所以，我得从周先生说起。

周先生与我父亲都供职于中国青年出版社，长期作邻居。那时，我对古代文学没有任何知识，也不知道周先生什么时候调到中华书局工作的。读大学期间，自己的兴趣慢慢转到古典文学上来，便时常利用假期到周先生家请教。大学毕业后，被分配到清华大学文史教研组任教，讲授中国古典文学。工作之余，经周先生介绍，我到中华书局拜见傅先生。那时，我二十多岁，年轻无知，傅先生对我应该没有什么印象。又过了一段时间，傅璇琮先生有意到清华大学工作，所以有了更多机会的接触。1986年，从杭州大学古籍所毕业后，我求学之心迫切，还想继续深造，听说中国社会科学院文学研究所招收博士生，就通过傅先生写信，认识了曹道衡、沈玉成两位先生。曹先生去世前，还跟我说，他无意间翻到傅先生给他写的推荐信，说等出院后给我找出来。一晃，曹先生去世也十多年了。

留到文学所工作后，与傅璇琮先生接触的机会多了起来。承老人家不弃，多次给我上进的机会，譬如推荐我参与他组织的课题写作和相关评审会，还推荐我接任安徽师范大学诗学研究中心学术委员会主任等职。从回忆文章得知，很多年轻学者，都曾有过这样的经历。由此得知，傅先生奖掖后进，不遗余力。

2011年6月4日，我陪同傅璇琮先生到河北大学参加论文答辩，一共有三组，傅璇琮、韩经太和我分别担任主席。那天晚上，我陪傅先生前往文学院讲座。傅先生讲治学方法，大意是关注文献，从文献材料中发现问题。他从五个方面做了举例说明：

1.他1955年北大毕业，1958年进入中华书局。1960年，文学所陈友琴编《白居易资料汇编》，原来是科学出版社出版，后转到中华书局修订。徐调孚责成傅先生作为责编。当时，傅先生还不到三十岁，提出编辑系列资料汇编，于是便有了这套丛书。当时，还有孔凡礼先生编的《陆游资料汇编》。孔先生收集到若干绍兴方面发现的资料，其中有高则成和他的朋友写的有关纪念陆游的文字。他朋友的文字还注明了写作的时间，说写作此文之后，高则成就去世了。这一年，还是在元末，再过九年，元代才正式灭亡。过去，都认为高则成生活在元末明初，朱元璋建国后，还邀请他出来编纂元史。根据这条材料，傅先生在《文史》上发表《高明的卒年》一文，认为高则成没有进入明代。后来，黄仕忠又补充了新的资料，现在，这个观点为多数学者认可。

2.王勃《滕王阁序》的写作，过去多认为是王勃省亲，路过南昌而作。傅先生根据罗振玉披露的日本所藏王勃的文章，发现是王勃和他的父亲一起路过南昌时所作。因此，他1982年写成文章订正了传统的错误。

3.80年代出版《唐代诗人丛考》，考察了三十多位作家，由此想扩大开来，对唐代文学家做全面的考察，于是想到了元代辛元房的《唐才子传》。鲁迅很推崇这部书，徐松作《登科记考》亦引用到此书。《唐才子传》分为十卷，论述了二百七十多位作家。少则几十字，多则上百。傅先生组织全国二十多位学者，做全面整理。约写者多是专家，如周勋初作高适，豫贤浩写李白传。后来陈尚君、陶敏又补充了三十多万字，作为第五册修订出版。全书编纂的原则：一是考察材料的来源，二是纠正叙述的错误，三是补充未备之处。

4.90年代进入清华大学后，作《宋才子传》，小传由今人撰写，疏证则引用资料，涉及三百多位，亦分五卷，祝尚书、张剑、辛更儒、程章灿分头负责。另外一卷是词学作家，由王兆鹏负责。每人三千至万字。又编纂唐代翰林学术资料工作。

5.90年代，参与修纂《续修四库全书》，后来又组织编写提要，凡五千多种。他建议各地都可以做此类大型文献的整理工作，包括重要著作的提要、文化通史、学术编年史等。当年编《李德裕年谱》，河北省赞皇县请傅先生组织学术活动。在唐代，这个县出了好几位宰相，他们想搞宰相基地。可见，历史研究也可以为现实服务。

2000年以后，作为宁波人，傅璇琮先生主持王应麟集的整理工作。王应麟的学问，博及四部，主要成就集中在文献学领域。傅璇琮先生的学问亦十分宽广，主要成就在中国古代文学研究方面，从先秦到明清，无不涉猎。《四库全书总目》子部杂家类《困学纪闻》提要：“盖学问既深，意气自平，能知汉、唐诸儒本本原原，具有根柢，未可妄诋以空言；又知洛、闽诸儒亦非全无心得，未可概视为弇陋。故能兼收并取，绝无党同伐异之私，所考率切实可据，良有以也。”王应麟与傅璇琮的研究领域虽有不同，但是有一点相同，即“学问既深，意气自平”。我认为，傅璇琮先生是古典文学研究界的“王应麟”。

（2017年4月9日在清华大学组织的纪念傅璇琮先生大会上的发言）

叶嘉莹：难忘诗骚李杜魂

四十年前的春天，叶先生来南开大学执教，我是先生的第一批学生。

查日记，叶先生在南开的第一讲是1979年4月24日，在第一阶梯教室。老人家用自己的诗句“书生报国成何计，难忘诗骚李杜魂”作为开场白，一下子就把我们都吸引了过去。那天，先生整整讲了一天。那周有两个半天自习课，也都用来讲课。此后，先生白天讲诗，晚上讲词，讲古诗十九首，讲曹操的诗，讲陶渊明的诗，讲晚唐五代词，讲座一直安排到6月14日。将近两个月的时间里，每堂课，学生们都听得如痴如醉，不肯下课，直到熄灯号响起。“白昼谈诗夜讲词，诸生与我共成痴。”叶先生的诗句形象地记录了当时上课的场景。叶先生的课，给我打开了一个全新的窗口。此后，我便成了叶先生的忠实粉丝，先生到北京讲课，只要我知道，就一定要去旁听。我在清华大学讲授古典诗词，也模仿叶先生的讲课风格。先生的重要著作，自是案头常备，也是常读常新。今天，我能有机会当面向叶先生表达敬仰和爱戴之情，非常激动，非常荣幸。先生对我的教诲，可以用三句话来概括。

第一句话是叶先生的课在蓦然回首之间就改变了我的学术选择。1979年5月3日，叶先生讲王国维《人间词话》，讲到词的三重境界，引申到人生的三重境界，对我影响极大。我们这些恢复高考首批进入大学中文系的人，大多来自农村、兵营、厂矿，有着比较丰富的人生阅历，也多怀抱着文学的梦想。对我而言，当作家梦不再的时候，很自然地，兴趣就转向现代文学、当代文学学习和研究上。听了叶先生的课，我才知道古典文学原来这么美，改变了我此前对古代文学课程刻板、政治化的印象。“众里寻他千百度，蓦然回首，那人正在灯火阑珊处。”是叶先生点燃我的古典文学研究的梦想，是叶先生引导我去追寻古典文学世界中的“那人”，迄今整整四十年。

第二句话是叶先生让我们理解了文学的力量在于兴发感动。她引赵翼的诗说：“国家不幸诗家幸，赋到沧桑句便工。”一个文学工作者，对人生、对社会要有丰富的体验、深刻的认识，才能更好地理解诗。叶先生《杜甫秋兴八首集说》，将杜甫的创作放在特定的时间、空间，站在历史的高度给予理解，让我们深刻地体会到杜甫创作成就的取得，离不开时代，离不开人民，更离不开崇高的思想境界。这些观点至今仍有现实意义。

第三句话是叶先生的言传身教让我们知道，生命的意义就是生生不息的追求。叶先生说，忍耐寂寞也是人生的一大考验。她常引顾随先生的话教育我们：以无生之觉悟，为有生之事业；以悲哀之心境，过乐观之生活。先生一生，备尝苦难，但对祖国、对文学的热爱，始终如一。1979年6月14日，先生暂时告别南开，要到北大去讲座。那天举行了隆重的欢送仪式。我的日记这样写道："两个月来，叶先生渊博的知识，诗人的气质，热爱祖国的真挚情感，严谨求是的治学态度，都给我留下终生难忘的印象。叶先生不仅仅向我们传授中国古典诗词的知识，更是向我们传递一种人生哲理和向上的力量。她说，如果说实践是检验真理的唯一标准，那么真诚则是追求真理的重要途径。做人做事要真诚，学习钻研要真诚。真诚是做人的重要标准，古代这样，今天也是如此。"那天，我的日记还记录了叶先生的一首词："岁离别，经万里，梦魂通。书生报国心事，吾辈共初衷。天地几回翻覆，梦见故园春好，百卉竞芳丛。何幸当斯世，莫放此生空。"今天读来，依然感动。近一个世纪以来，老人家用生命书写出对祖国历史文化的那种真挚、深情的爱，是叶先生传授给我们的最宝贵的精神财富。

（2019年9月10日在南开大学举办的叶嘉莹教授归国执教四十周年暨中华诗歌国际学术研讨会上的发言）

路遥的激情

路遥离开我们将近三十年。今天，这么多评论家、教授，聚集一堂，一起怀念路遥，这是对路遥最好的纪念。我还记得他的作品获奖前后，我曾认真拜读过，充满激情的文字，让我深为感动。我后来专心致志地从事古代文学研究，对现当代作品阅读不多。这次为了参加会议，重新阅读路遥，依然像初次阅读那样被感动。

2018年，路遥作为改革开放一百位先锋列入共和国的史册，这是国家对他最好的纪念。五年前，习近平总书记在文艺座谈会讲话中说："优秀作品并不拘于一格、不形于一态、不定于一尊，既要有阳春白雪、也要有下里巴人，既要顶天立地、也要铺天盖地。只要有正能量、有感染力，能够温润心灵、启迪心智，传得开、留得下，为人民群众所喜爱，这就是优秀作品。"这七个标准，看似简单，其实真正做到并不容易。路遥的创作达到了这个标准。

一个作家的价值不在于他标榜什么，而是通过自己的作品怎么叙写自己对人生的体验、对社会的观察。路遥遵循着现实主义的原则从事创作。我们读他的作品，感觉到又不仅恪守传统的现实主义方法，其中还有很多浪漫主义的情怀。这时，我们自然就会想到他的精神导师柳青的创作。读柳青，我们也有这种感觉，即在现实主义的描写中，还有着深厚的理想主义情怀。路遥的作品很多写到苦难、抗争，但是掩卷之余，我们感受到的是希望，是崇高，是温暖。他从来不向命运低头。当他知道自己重病在身时，依然砥砺前行，内心唤起一种对生活更加深沉的爱恋，用真诚而纯净的心灵投入工作。他说自己写作《平凡的世界》第三部，就像是在初恋一样，快接近目标时，幸福的泪水在眼里打转。这就像莎士比亚所说，对着悲哀微笑，有一种长歌当泣、远望当归的悲壮境界。就这样，路遥缓慢地走向历史的深处。路遥凭着他的作品为自己树立了丰碑，在文学史上奠定了不朽的地位。

今天，我们纪念路遥，不仅仅是怀念，更重要的是要总结他的成功经验。说到这里，我又想到柳青。柳青时常反思自己的创作，常有甘苦之言。他女儿整理的几万字创作谈，有很多见解非常深刻。我们的文学批评工作者，首先要对作家抱有同情的了解，同时，也要像作家那样，对人生、对社会有深刻的认识，这样，批评家和作家才能达成高度的契合，才能相得益彰。几天前，我在人民日报社文艺部参加座谈会，纪念习近平总书记在文艺座谈会上的讲话发表五周年。我发言的题目就是“以人民为中心，打磨文艺批评的‘利器’”。利器的打磨要有正确的思想，要有现实的关怀，更要有传统的文化修养。为此，就需要作家、评论家和研究工作者共同努力，积极推动文学艺术事业的繁荣。

（2019年10月22日在文学所、人民文学出版社、陕西省作协联合举办的纪念路遥七十周年诞辰座谈会上的致辞）

陆游：功夫在诗外

陆游临终前一年写的《示子遹》说："我初学诗日，但欲工藻绘。中年始少悟，渐若窥宏大。……汝果欲学诗，工夫在诗外。"他在好多作品中都说到，他年轻学诗，一是模仿，二是藻绘。他最初学习江西诗派，在诗歌技巧方面打下很好的基础。但是，这只是学诗的初阶，如果走不出来，不仅不能提高，还会阻碍发展。《何君墓表》就说："大抵诗欲工，而工亦非诗之极也。锻炼之久，乃失本旨，斫削之甚，反伤正气。"晚年所写《读近人诗》表达了同样的意思："琢雕自是文章病，奇险尤伤气骨多。"苏轼也说过类似的话："作诗必此诗，定知非诗人。"要想提高境界，要在诗歌之外下功夫。诗歌之外的功夫是什么？

一、生活阅历

诗人自幼就有"上马击狂胡，下马草军书"的大志，

《书愤》："早岁那知世事艰，中原北望气如山。楼船夜雪瓜洲渡，铁马秋风大散关。塞上长城空自许，镜中衰鬓已先斑。《出师》一表真名世，千载谁堪伯仲间。"中年开始领悟作诗的真谛，在于生活的阅历。他说，"四十从戎驻南郑，酣宴军中夜连日"，从此"诗家三昧忽见前，屈贾在眼元历历"。（《九月一日夜读诗稿有感走笔作歌》）他从军之后，推崇岑参，认为"公诗信豪伟，笔力追李杜"。（《夜读岑嘉州诗集》）所以他说："文章本天成，妙手偶得之。"（《文章》）

二、学术修养

陆游的学术视野非常宽广，《老学庵笔记》论避讳。避家讳，避庙讳，避前朝，内容很丰富。陆容《菽园杂记》卷一："民间俗讳，各处有之，而吴中为甚。"与此相关，王楙《野客丛书》卷五论"惠帝讳字""古人避讳"，周密《齐东野语》卷四"避讳"条论避皇后讳，臣下避君讳，避后家讳，还有邦、国有不讳者，嫌名则有避有不避者，士大夫自避家讳等，都是重要的史料。

卷七引陶渊明诗《游斜川诗》称"自叙辛丑岁年五十"。辛丑，或作"辛酉"。袁行霈先生《陶渊明集笺注》引宋刻《东坡先生和陶渊明诗》和宋本《陶渊明集》，皆作"辛丑"。此又提供一旁证。如果是这样的话，袁先生提出的享年七十六岁也不无道理。卷九又记载，东坡在岭海间，最喜读陶渊明、柳子厚二集，谓之南迁二友。

卷八称宋初推崇《文选》，有“《文选》烂，秀才半”的流行语。文人写作，多用《文选》语，称草必曰“王孙”，称梅必曰“驿使”，称月必曰“望舒”，说山水必曰“清晖”等，当然，这里也有不确处，“陆驿”的典故见范晔赠陆凯诗，却未见《文选》收录。这使我想起王水照先生《钱锺书的学术人生》一书谈到钱先生精读古典诗文的见解。钱先生是细读本文的典范。

卷十记载宋人常常称某某为父，“交友以其难呼，故增‘父’字”。陈乐素认为《玉台新咏》之宋刻题跋的陈玉父，即《直斋书录解题》的作者陈振孙等。

上述问题多由《老学庵笔记》引出。此书之价值又远不止于这些。

三、家国情怀

陆游出生的第二年（1126），金人大举南侵，北宋旋即灭亡。诗人的一生是在收复失地的渴望中度过的。他留给后世近万首诗篇，涉及的内容相当广泛，抒情、写景、状物、言志等，表现了时代的最强音。他曾著有《平戎策》，指出欲恢复中原，必须建立一个可以致敌于绝命的军事根据地。他计划在川、陕建立稳固的政治军事基地，这样，不仅具备可以和金人争夺长江上游的优势，而且可以恢复关中，进一步收复中原。在戍梁州时，他曾向王炎陈述自己的谋略，可是，这个计划始终没有得到实现。因此，他在《诉衷情》中感叹“当年万里觅封侯。匹马戍梁州。关河梦断何处？尘暗旧貂裘。胡未灭，鬓先秋，泪空流。此生谁料，心在天山，身老沧州。”自己雄图大略不能实现，驻守边塞的往事也像梦一样消失得无影无踪了。《十一月四日风雨大作》是诗人晚年闲居家乡时所作：“僵卧孤村不自哀，尚思为国戍轮台。夜阑卧听风吹雨，铁马冰河入梦来。”《示儿》诗是诗人八十五岁辞世前的绝笔：“死去元知万世空，但悲不见九州同。王师北定中原日，家祭无忘告乃翁。”诗人多次写道：“常恐先狗马，不及清中原”“砥柱河流仙掌日，死前恨不见中原”“宁知墓木拱，不见塞尘清”“死至人所同，此理何待评？但有一可恨，不见复两京”。就是在弥留之际，还是念念不忘中原大地，热切盼望着祖国的统一。

功夫在诗外，对于我们今天的文学创作与学术研究，同样有着深刻的启迪。仅就学术研究方法而言，如果仅仅恪守一端，不知变通，很难取得大的成就。这是我读陆游诗所引起的一点思考，也是前辈学者留给我们的最深刻的精神启迪。

（2020年11月13日在“2020爱国诗人陆游与浙江诗路文化国际学术研讨会”上的致辞）

杜甫研究的新起点

今天，我们欢聚一堂，举行草堂书院揭幕仪式暨四川省杜甫学会第二十一届、中国杜甫研究会第十届学术年会，我倍感荣幸，在此表示衷心的祝贺和诚挚的谢意。

我们常常说要继承中国传统文化，其实，更精确地说，我们的文化传统就没有中断。传统文化是过去的历史，而文化传统则是一条长河，绵延至今。在文化传统中，博大精深的经典，始终扮演着最重要的角色。我们都有这样的体会，阅读经典，不仅可以获得知识，更是精神力量的重要源泉，所以经典常读常新。这些年来，我特别关注了一本书和一个人。一书是《文选》，一人则是杜甫。

四十多年前，我在南开大学读书时，听叶嘉莹、王双启先生讲杜甫，讲到动情处，师生都眼含热泪。罗宗强先生指导我写学年论文，我从他的《李杜论略》等著作中，深刻体会到杜甫与时代、与人民的密切关系。从此，作为中国人的“诗魂”，杜甫牢牢地驻留在我心里。

过去十年，我多次参与杜甫草堂组织的杜甫读书会，希望能像杜甫那样，读万卷书，行万里路，追寻先贤的文化精神，回答“文学史为什么选择杜甫”这一重要命题。在这一过程中，我们时时感受着杜甫的陪伴，深深体会着杜甫的心境。我在为彭燕的杜甫研究论文集作序时写道：在河南巩县，有杜甫姑母照顾两个孩子的蜡像，叫他们动容。在东岳泰山，“一览众山小”，大家也想像杜甫那样把酒临风，“裘马颇清狂”。长安十年，杜甫饱尝心酸，但他“独耻事干谒”。在西安考察，他们有了自己的理解。在浦城（唐代奉先），在富县（唐代鄜州），他们寻觅着杜甫写作《自京赴奉先县咏怀五百字》《羌村》三首等作品的遗迹，徘徊不忍离去。在甘肃天水、陇南地区，他们切身领悟到杜甫写作《秦州杂咏》《同谷歌》时那种忧患飘零的绝望。寄居成都，杜甫过了一段闲适的生活，但“成都万事好，岂若归吾乡？”他们又追随着杜甫沿长江来到地处高山峡谷中的夔州，感受老杜“锦江春色逐人来，巫峡清秋万壑哀”的悲凉心境。在追寻杜甫的历史足迹中，他们学到了知识，收获了感动，凝聚了力量，提升了境界。

我在参与杜甫读书会的同时，还在西南民族大学承乏兼任杜甫研究中心学术委员会主任，并受聘《杜甫研究学刊》编委。因为这些学术渊源，我比较关注杜甫研究的文献问题。据记载，杜甫生前就曾为自己编过作品集。自晚唐以来，已有各种不同的杜集本子开始在世间流传，或编年，或分体，或分类，不一而足。宋代有“千家注杜”之隆盛，晚唐至今，共有一千多种杜集文献。如果加上最近几年陆续出版的各种杜甫相关研究专著，这个数字应该还会有所增加。[1]遗憾的是，宋代“千家注杜”的成果多有散佚，幸赖各种集注还保存下来若干精华。这也是中国古代典籍文献传播中带有规律性的现象。别集作品流传不易，别集注本更是容易散佚。相比较而言，总集、选集、丛书、类书，往往成为古籍保存的重要载体。目前，流传至今的宋人杜诗集注本主要有《门类增广十注杜诗》《门类增广集注杜诗》《九家集注杜诗》《王状元集百家注编年杜陵诗史》《分门集注杜工部诗》《杜工部草堂诗笺》《黄氏补千家集注杜工部诗史》等。其中，《门类增广十注杜诗》《王状元集百家注编年杜陵诗史》《分门集注杜工部诗》《门类增广集注杜诗》等，多被认为是托名著作。即便如此，这类著作能够流传至今，说明还有相当的影响力，也值得我们细心整理，留待学界进一步研判。为了让更多的读者接近杜甫，理解杜甫，我建议杜甫读书会成员选取宋元旧注，校订整理，汇为《宋元杜甫诗注丛刊》，包括《王状元集百家注编年杜陵诗史》（曾祥波整理）、《黄氏补千家集注杜工部诗史》（彭燕、胡永杰整理）、《分门集注杜工部诗》（谷曙光整理）、《集千家注批点杜工部诗集》（曾绍皇整理）、《门类增广集注杜诗》（张家壮整理）五种。这套丛书得到国家古籍专项经费的资助，将由凤凰出版社出版。

[1] 参见周采泉《杜集书录》（上海古籍出版社1986年版），张忠纲、赵睿才等《杜集叙录》（齐鲁书社2008年版），王新芳、孙微《杜诗文献学史研究》（科学出版社2018年版），彭燕《杜甫研究一百年》（《杜甫研究学刊》2015年第3期）等文献。

我还与西南民族大学杜甫研究中心首席专家徐希平教授一起，组织编纂《杜集珍本文献集成》由国家图书馆出版社出版。这套丛书以时代为先后，分宋元卷、明代卷、清代卷等，对现存重要杜诗学文献做系统整理。选录标准主要遵循原则：一是存世宋元本尽力全面收录，明清本则偏重未经点校整理或影印出版且学术价值较大的；二是优先选录各类杜诗学文献中具有代表性且较为珍稀之本；三是统筹兼顾不同历史时段的诸种杜诗学文献。《杜集珍本文献集成》第一辑推出了《宋本杜工部集》《新定杜工部古诗近体诗先后并解》《门类增广十注杜工部诗》《门类增广集注杜诗》《分门集注杜工部诗》《杜工部草堂诗笺》《黄氏补千家注纪年杜工部诗史》七种。[1]

杜集宋元旧注，存世无多。各家见解有何区别，前后继承关系如何？单独就一本书而言，很难说清楚，只有逐字逐句地比对众家，才能了然于心。从这个角度看，杜集旧注的整理，尚有拓展的空间。目前，可以从两个方面入手：一是将散佚著作，按照时代，逐家辑录出来，单独成册。这样，可以看到各家的学术主张、思想倾向。二是将各家之说，汇辑在杜诗各句之下，有助于读者对杜诗文字训释及思想内容的理解。这项工作，看似杂然胪陈，薄殖浅陋，实则异常繁难，错综交纠，个人能力有限，势难完成。这就需要集体的智慧，综贯百家，逐步推进，最终完成。这种工作，可以先从某一时期、某一地区的杜注研究为中心，由点及面，发覆抉疑，将来逐渐扩大开

[1]《杜集珍本文献集成》宋元卷第一辑，国家图书馆出版社2021年版。

来，把所有宋元旧注汇为一编，原原本本，比类成编，借此校订异文，辨析是非，并提出进一步研究的前沿问题。我想，这样系统的文献整理著作，既可以为注者研读杜诗提供升堂入室的机会，也为广大读者进一步思考提供广阔空间。

四川省杜甫学会、中国杜甫研究会，还有《草堂》杂志，都是改革开放之初最早一批成立的学会和期刊，秘书处设在杜甫草堂，对于弘扬传承杜甫精神起着至关重要的作用。

《草堂》后来更名为《杜甫研究学刊》，并将研究领域扩展到古典诗歌研究和唐代文学研究，所刊文章更加厚重，学术影响更加广泛。我在《杜甫的精神启迪》一文中说："当今的杜甫研究名家几乎都在《杜甫研究学刊》上发表过文章，它实际上已经成为杜甫研究领域公认的权威期刊。"

近年来，杜甫草堂在推广传统文化领域做了很多工作，包括面向大众的名家学术讲座，针对硕博士的全国硕博论坛，还有专为中小学生开设的"草堂一课"等文化普及活动，很接地气。去年，草堂还与中国社会科学院文学研究所联合共建博士后创新实践基地，同时与多所高校签订了战略合作协议，实现跨界融合，更上层楼。

草堂能有今天的业绩，首先应当感谢杜甫之赐，感念我们生逢这样一个伟大的时代，感激历代草堂人的辛勤工作。

今年是中国共产党成立一百周年。在这样一个特殊的年份里，草堂书院正式揭幕，具有重要的象征意义。党的十九大报告指出，坚守中华文化立场，立足当代中国现实，创造面向现代化、面向世界、面向未来的、科学的、民族的、大众化的社会主义新型文化，这是中华文化的发展方向。实现这样一个目标，就必须正本清源。“清其流者必洁其源，正其末者须端其本。”（魏徵《隋书》）今天，我们倡导重读经典，强化主流意识，就是要从历代经典中汲取力量，从社会实践中明确方向，为今天的文化经典创造提供丰富的文化资源。

（2021年4月28日在草堂书院揭幕仪式暨四川省杜甫学会第二十一届、中国杜甫研究会第十届学术年会上的致辞）

想到了郑振铎

参加《古本戏曲丛刊》第十集出版座谈会，捧读《〈古本戏曲丛刊〉编纂纪程》，我感慨万千。

关于《古本戏曲丛刊》编纂过程中的艰辛与荣耀，我在《古本戏曲丛刊：跨越六十年的编纂》做了介绍。各位专家学者对这套书的价值、意义所做的阐释和评价，我完全赞同。在《古本戏曲丛刊》收官之际，我们都很自然地就会想到这套大书的首创者郑振铎先生。确实，如果没有郑振铎，还会有这套大书吗？幸亏有了郑振铎，才有了今天的成果，如果郑振铎先生还活着，他会怎么想？

如果没有郑振铎，至少有三个结果：第一是没有这套《古本戏曲丛刊》。从事这项伟大的工程，以郑振铎的政治地位、学术声望、广泛人脉等，迄今无所超越。他的开创之功，永远会让学术界铭记。第二是没有六十八年的学术接力。本来，郑振铎先生设想“期之三四年”就可以完成。他怎么也不会想到，编纂过程竟如此艰辛。从何其芳到许觉民再到我们这届班子，前后用了六十八年才完成这项工作。第三是没有《古本戏曲丛刊》，中国戏曲史研究的进度将会延缓多年。可以这样说，《古本戏曲丛刊》支撑了一个学科的发展。

幸亏有了郑振铎的发凡起例，所有的后续工作才有了可能。当然，后续工作的完成，还需要有天时、地利、人和的综合因素。新中国成立七十多年，改革开放四十多年，经济条件的改善固然是前提，更重要的是国家的重视，传承优秀传统文化，再创中华文明辉煌。这是天时。郑振铎先生主持的前四集，以及他身后编纂的第九集和第五集，分别由商务印书馆、上海古籍出版社、中华书局先后出版，今天，各出版社的负责人顾青、奚彤云、李占领等亲自到会，深情缅怀前辈之功。最后四集得到了国家图书馆出版社魏崇、殷梦霞等领导的支持。这套大书的完成，还得到了古籍收藏单位的支持，国家图书馆古籍保护中心、上海图书馆、中国艺术研究院和中国社会科学院文学研究所等机构慷慨允诺，提供复制。这是地利。参与这套书的编纂，众多的学者，没有任何行政的色彩，完全是出于对学术的热爱。特别是程毅中、吴书荫两位先生，身先士卒，一直在一线。卜键、郭英德、郑志良、刘祯等始终参与其中。这是人和。

如果郑振铎还活着，他一定会得出如下结论：第一是个人的能力非常重要：郑振铎是伟大的设计者，伟大的开创者。第二是集体的力量非常伟大：没有学术界精诚合作，不可能取得这样的成果。第三是国家的支持最是根本：第六、七、八、十这四集的编纂，都得到全国古籍整理出版规划领导小组的支持。这是最重要的支持。

郑振铎是文学研究所的首任所长，他开创了《古本戏曲丛刊》《古本小说丛刊》的事业。我是文学所第十任所长。经过六十八年的辛勤工作，在我卸任之际，《古本戏曲丛刊》第十集完美收官，可谓十全十美。为了纪念这段艰辛历程，我们特别组织编纂《箫韶九成：〈古本戏曲丛刊〉编纂纪程》，程鲁洁和李芳为此付出了大量心血。

感谢我们的学界领袖郑振铎先生，感谢我们这个坚韧的学术团队，感谢国家各部门的鼎力支持，感谢我们所处的这个伟大的时代。

（2021年7月23日在“六十载使命接续，千百卷传奇完璧——《古本戏曲丛刊》编纂出版座谈会”上的发言）

第五辑

鱼潜在渊

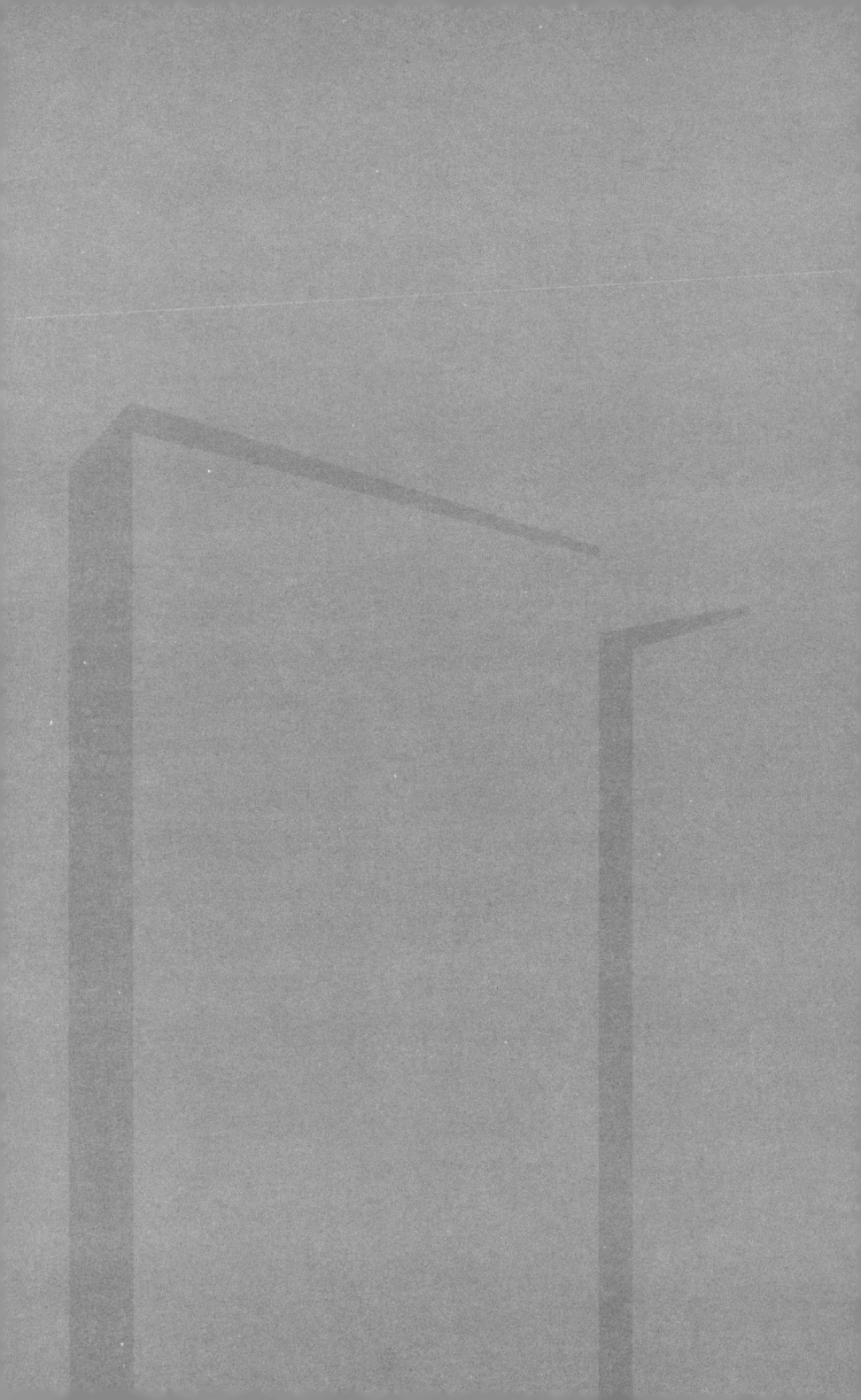

近代第一批“睁开眼看世界”的代表
——略谈贵州沙滩文化的意义

三天来，我们在这座美丽的山城度过了一段难忘的时光，亲身领略了山清水秀的绿色遵义，更深刻地感受到中国革命征程中红色遵义的伟大意义；我们还在这里共同探讨了学术文化上的遵义，收获是多方面的，远远超出了预想。在此，我谨代表中国社会科学院文学研究所与会同人以及来自全国各地的专家学者向为成功举办这次盛会而付出大量心血的遵义市委、市政府、省文史馆及遵义市历史文化研究会表示由衷的谢意。

三天来，与会代表围绕着沙滩文化的精神特质及沙滩文化主将郑珍、莫友芝、黎庶昌的学术成就展开了广泛而又深入的探讨，取得了一批拓荒意义的成果。所有这些，会议综述中已有比较详细的介绍。总结各位发言，我认为，关于郑、莫、黎的文化意义，还可以从下列三个方面再做补充：

第一，他们是近代贵州“睁开眼看世界”的第一批杰出代表。

黎庶昌以其特殊的身份游历欧洲，两渡扶桑，他所撰写的

《西洋杂志》成为近代中国“睁开眼看世界”的重要成果，而他主持刊刻的《古逸丛书》更有助于国人用世界的眼光重新审视中国文化的意义。从杨守敬《日本访书志》中可以看出，他们在日本寻访的中国典籍数以万卷，可能限于种种原因不能逐一覆刻，仅仅选取二十六种凡二百卷，这就需要史家的眼光和宽广的学术视野。历史证明，他们选取的这二十六种著作确实关乎中国学术的核心问题，如《原本玉篇》，直至今年仍有重要的研究论文发表。其他如《姓解》《史略》《日本国见在书目》《曹子建集》等，嘉惠学林，百年不衰。

第二，他们是近代贵州荣获全国声誉的第一批优秀学者。

他们秉承“事必求是，言必求诚”的信念，从《小学》入手，研治《尔雅》《说文解字》等经史之学，但又不囿于传统，没有在乾嘉学派这座高山之下仰止不前，而是别开生面，取得新的成就。郑珍《汗简笺正》就是典型一例。宋代郭忠恕的《汗简》自问世以来以其多奇字怪字而素来不受重视。20世纪以来，随着简牍文献的陆续发现，郭忠恕的这部著作逐渐引起了学界的重视。郑珍早在一百多年前就已关注到这部著作的价值并逐一笺释，体现出敏锐的学术眼光。清末学者朱一新《无邪堂答问》卷四称：“郑氏《汗简笺正》，抉别綦严，可障小学之狂澜。”莫友芝《唐写本〈说文解字〉木部笺异》则充分利用新资料，取得新的成就。这部著作直到今天依然不失其重要的学术价值。

第三，他们的藏书事业不仅为西南地区争得广泛荣誉，也为黔北地区播下读书治学的种子。

清代著名学者诗人洪亮吉在其《北江诗话》卷三中说过，明清以来的“藏书家有数等”：钱少詹大昕、戴吉士震，为考订家；卢学士文弨、翁阁学方钢，为校雠家；鄞县范氏天一阁、钱塘吴氏瓶花斋、昆山徐氏传是楼，为收藏家；吴门黄主事丕烈、邬镇鲍处士廷博，为赏鉴家；吴门书贾钱景开、陶五柳，湖州书贾施汉英，为掠贩家。[1]尽管目的各不相同，但是，他们有一个共同的特点，即多出自文化高度发达的江南地区。而莫友芝则是西南地区第一个足以与上述各位并驾齐驱的大藏书家。他的《宋元旧本书经眼录》《郘亭知见传本书目》等，重在实用，可与《四库简明目录标注》等先后媲美。

今天，我们在这里纪念郑珍、莫友芝、黎庶昌，阐发沙滩文化的意蕴，更重要的意义是为今天的文化建设寻找更加坚实的历史根基。我们要继承前人创造的优秀传统，立足于本土文化，服务于当代事业，为塑造我华夏民族的人文大国形象共尽绵薄之力。

（2006年8月4日在贵州遵义沙滩文化研讨会上的致辞）

[1] 洪亮吉，《北江诗话》卷三，人民文学出版社1983年版，第46页。

安阳随想

踏上安阳这块灼热的土地，我们立刻就能感受到厚重的历史氛围。

一百一十年前，当王懿荣发现所谓“龙骨”为古代文字之后，刘鹗的《铁云藏龟》、孙贻让的《契文举例》先后出版问世，证明了这些甲骨文字就是殷商文字，开启现代甲骨文研究的先河。甲骨学“四堂”之一的王观堂（国维）以其《殷卜辞中所见先公先王考》及《续考》，一举奠定了自己在现代甲骨文研究上的不朽地位。他逐一考证了甲骨文字中的殷商王室名字，又对照《史记·殷本纪》，发现一一吻合，足以证明司马迁在写作《殷本纪》时确有史料依据。虽然我们还没有发现很重要的夏代遗存，但是我们已有充足理由相信《史记·夏本纪》记载的可信度。王观堂的研究，不仅为甲骨学研究奠定坚实基础，也为司马迁和《史记》的研究别开一生面。此后更有董作宾、郭沫若、胡厚宣等人的研究，为中国历史研究特别是商周史研究开创了崭新的时代。而甲骨文的主要存储地殷墟，就在安阳。

五十年前，林县人民以“誓把山河重安排”的雄心壮志，苦战十年，“劈开太行山，漳河穿山来”，创造了当代中国农民的伟大奇迹。在20世纪70年代，我们看过新闻纪录片《红旗渠》，那条人造天河的壮丽画面，还有那首《林县人民多壮志》的优美主题曲，至今记忆犹新。创造这个奇迹的人民，就生活在安阳。

更何况，这里还有羑里城，那是周文王仰观天文、俯察地理，由“八卦”推演而成“六十四卦”的地方。华夏民族信奉阴阳互应、刚柔相济的基本观念也由此而确立。当然，我们更忘不了，这里还有汤阴，那是民族英雄岳飞的故里，一句“还我河山”，响彻云霄，至今仍振聋发聩。

安阳，对所有的中国人来说，是一个既熟悉又陌生的地名，是一个人人向往的地方。我们这个团队一共有四十五人，其中有的学者已经来过好几次，可是这次还是要来。多数人都是第一次来到这里，都抱着很高的期待。今天我们能够成行，首先要感谢安阳师范学院领导的精心安排。本来，我们的所长杨义先生也曾计划同行，可惜临时有任务在身，未能如愿。这里，我受钟代胜书记的委托，代表文学研究所同人、代表杨义所长、代表这次考察团的全体成员向安阳师范学院的各级领导表示衷心感谢。

从古老的林虑县到林县，再到现代的林州，地名虽屡有变化，但古有殷墟，今有红旗渠。在这千年一瞬的历史沧桑中，我们感觉到不变的是一种精神。那就是周文王所倡导的自强不息、厚德载物的精神。用我们今天的话来讲，就是几千年来形成的民族精神、民族气度。这种精神和气度，是我们民族生生不已的力量源泉。今年是新中国成立六十周年纪念，全国唱响了爱国主义的主旋律。我们来到安阳，考察历史，感受今朝，就不仅仅是一次学术的历程，更是一次爱国主义的教育实践活动。因此，我们的钟书记为这次考察定了一个基调，即“青春献祖国”。

安阳与中国社会科学院向来有着很好的合作关系。我院考古所有安阳考古工作队，我院的历史所有专家在这里应聘工作。我们很希望文学研究所也能与安阳师范学院缔结更密切的学术合作关系。

对此，我们都充满期待。

（2009年4月16日在文学所与安阳师范学院联合举办的座谈会上的致辞）

青春与战争同在

《北平学生移动剧团团体日记》捐赠仪式暨《1938：青春与战争同在》新书发布会在这里举行，我谨代表文学研究所、代表杨义所长向张昕女士表示无限敬意，向作者、向人民文学出版社表示由衷的祝贺。

《1938：青春与战争同在》是一部文学作品，所表现的却是无比真实的历史；这是一部历史著作，所叙述的却比虚构的文学作品还生动。可以说，这是一部叫人拿起来，却放不下；读完了，就忘不了的好书。

在纪念庆祝新中国成立六十周年前夕看到这部重要的史料性的著作，我们更深切地感受到共和国的建立真是来之不易，她是由无数条战线的可歌可泣的人们不懈奋斗的成果。因此，这部著作的出版，正逢其时。

正如书名所示，这是一部关于青春、关于战争的书，但又不仅仅如此。

第一，她所展示的，是民族的气节和信仰的力量。当华夏民族面临日寇入侵之际，国共两党再度合作，表现出同仇敌忾的民族气节。广大的爱国知识分子和青年学生，走出书斋，走出校园，用知识，用智慧，用不屈的精神力量唤醒民众，用实际行动担负起抗日救亡的历史重任。在中国抗战史上唯一以大学生组成的“北平学生移动剧团”在长达一年半的时间里，历尽艰难，辗转于国民党第五战区的各个战场，演出话剧，创办报纸，宣传抗日，鼓舞斗志，谱写出响彻云霄的时代赞歌。

第二，她所展示的，是史家的意识和实录的精神。中国是一个重视历史的国度。历史上有所谓左史记言、右史记事之说。朝廷有正史，地方有方志，个人有年谱日记。在过去，日记不外乎两种，一种是完全私密性质的，只给自己看；还有一种读书笔记式的，可能预想到将来要在世间流传，如李慈铭的《越缦堂日记》。我没想到，还有一种日记，即本书最后一部分《北平学生移动剧团团体日记》，从1937年到1938年，移动剧团的成员每人一周轮流记述，用日记形式记录了那段不平凡的岁月。这部日记，既不是写给个人看的私密，也不是为将来面世扬名。作者完全出于一种历史责任，真实客观地记录了那段鲜为人知的历史，体现出强烈的史家意识。孤立地看这部日记，也许没有什么轰轰烈烈的战斗业绩，也没有什么感人肺腑的情感纠结。客观、平实，是它的本色；正是这种本色，为那个历史年代留下一段真实。

《1938：青春与战争同在》的撰写，即缘于这部尘封了六十年的日记。作者严平女士受到这部日记的启发，本着传统的实录精神，客观、真实地再现了那个年代的历史风貌，那段故事的人物活动。日记封面上有这样一段题记："北平学生移动剧团·愿我永恒·中华民国二十七年二月二十三日始·璧华。"读完这部著作，我们可以欣慰地告诉日记的作者们，历史已经永远记住了他们，他们已经走向永恒。

在这样一个特殊的场合，我们首先要感谢那些创造永恒业绩的人们，包括书中描写的陈荒煤、荣高棠、程光烈，还有着墨不多却给人留下深刻印象的母亲形象，还有后来黯然隐退的庄大姐庄璧华。

我们还要特别感谢张昕老师，她把保存了几十年的日记捐赠给中国抗日战争纪念馆，这部历经洗劫的日记，由国家纪念馆永久保存，这对于后人永远记住历史、研究历史，无疑具有重要的意义。

当然，我们也要感谢《1938：青春与战争同在》的作者，感谢她用文学的笔法和真实的细节，记录下这永恒的瞬间。

作者在后记中说，她写完这部书，就意味着要和日记中的主人公们分手了。作者完成了她的使命，人民文学出版社又把这些可敬可爱的历史人物的辉煌业绩传播给广大读者，让大家共同分享。为此，我们也应当感谢人民文学出版社同人的辛勤工作。

（2009年4月29日在抗日战争纪念馆举办的《北平学生移动剧团团体日记》捐赠仪式暨《1938：青春与战争同在》新书发布会上的致辞）

教师节里谈国学

今天，我们在这样一个特殊的地点，孔庙国子监举办国学文化节，意义非凡。

1905年9月2日，随着一纸清帝谕令，在中国延续了一千三百年的科举制度最终画上句号。此后，革命思潮，风起云涌，直至一百年前的辛亥革命，延续了两千多年的封建帝制走向终结，中国民族文化由此进入全新的历史时期。学者们为了便捷地区分历经欧风美雨沐浴的具有“西学”色彩的近代中国与饱受传统文化浸润的“中学”之间的界限，笼统地把中华民族在封建时代以及此前创造的文化成果，统称为“国学”。由此看来，“国学”与传统文化密切相关，甚至可以说就是传统文化的代名词。当然，传统文化是一个非常宽泛的概念，具有丰富的内涵。而孔庙，又承载着太多的文化意蕴。优雅的自然环境、丰富的文化遗存，让我们时时强烈地感受到传统的读书人孜孜以求的精神，感受到历届王朝为选拔人才、培养人才所付出的艰辛努力，感受到中国传统文化的无穷魅力之所在。

我们举办这样一个文化节，从根本意义上说，就是为了宣传传统文化，继承传统文化，弘扬传统文化，并为创造具有大国风范、面向未来的社会主义先进文化提供源源不断的文化资源。

近一个世纪以来，随着现代科学技术的迅猛发展，人类的物质文明日新月异，而精神文明也进入多元发展的时期。在这百年的激烈碰撞中，中华民族文化经历了烈火的煎熬和痛苦的考验，犹如涅槃重生的凤凰，依然傲立于东方。但历史的发展从来就不会是一帆风顺的。为了理性地面对我们中华民族面临的新机会和新挑战，我们有必要从历史的经验中寻找答案，从传统的文化中获取资源。即使从最简单的直觉出发，我们也应该想到，五千多年经验总结出来的规律性的东西，总要比我们仅仅基于几十年生活体验所得到的感受要丰富得多。任何事物，总有它的两面性，传统文化也不例外，糟粕与精华并存。只有深入其中，取其精华；出乎其外，去其糟粕，我们才能比较准确地预估中华民族文化在未来几十年乃至几百年的发展方向和拓展疆域，我们才能比较理性地利用传统的文化资源，建设具有中国特色的社会主义文化。

今天，又是一个比较特殊的日子，是我国第27个教师节。北京市文物局、东城区人民政府采取以国学文化节的形式纪念教师节，突出中华民族“尊师重教”的传统美德，这正是抓住了国学之本。古人云：“太上有立德，其次有立功，其次有立言。”（《左传》）立德被视为最高的追求。从个体的人来说，他的一言一行必须心中有天，强调道德自觉与自律。《尚书·泰誓》载：“天视自我民视，天听自我民听。”《论语》

也多次说道："德不孤，必有邻"，"君子不可以不弘毅，仁以为己任，不亦重乎，死而后已，不亦远乎"，"君子躬自厚而薄责于人"，"不患人之不己知，患不知人也"。《孟子》曰："爱人者，人恒爱之；敬人者，人恒敬之。"《荀子·子道》曰："知者自知，仁者自爱。"这些都突出地强调了道德自律的重要意义。自律的基础，则是对道德的觉悟。觉悟尤其不能通过外在的指令和训示可以获得，而要依靠自我对道德的内在领悟，获得真正的觉悟。

对于道德的领悟，要从教育做起。《中庸》云："博学之，审问之，慎思之，明辨之，笃行之。"就是指学道获得深刻体悟，进而能自觉运用；如果只是一知半解，机械服从执行，就很难运用自如，很难"取之左右逢其源"。（《孟子》）中华人文传统极其重视教育和教师的作用，追求学以成人，教化为本。《荀子·礼论》云："天地者，生之本也；先祖者，类之本也；君师者，治之本也。"《礼记·学记》云："建国君民，教学为先。"教育是修身立国之本，教师肩负着"传道、受业、解惑"的神圣使命，受到全社会的尊敬。教育与教师在文化中的这种崇高地位，是中国文化的独特景观，在世界其他文明中罕有其匹，这与中华文明独特的人文特质，同样有密切关系。在以人为本、追求内在超越的中华文明中，教师对实现道德的自我完善与成长，发挥了巨大的作用。儒学的根本在于"学以成人"，而"学"就离不开"师"。孔子说："三人行，则必有我师焉。"孔子本人就是一位有着三千弟子的教师。《荀子》说："礼者，所以正身也；师者，所以正礼也。无礼何以正身？无师，吾安知礼之为是也？”又说：“今人之性恶，必将待师法然后正，得礼义然后治。今人无师法，则偏险而不正；无礼义，则悖乱而不治。”（《荀子·性恶》）可见，人们尊师重教，就是要接受礼义的教化与约束。荀子进而将师的意义扩展到政治社会，认为“诸侯自为得师者王，得友者霸”“上无君师，下无父子，夫是之谓至乱”。唐宋八大家中的代表作家韩愈，积极弘扬师道，创作《师说》，提出“师者，所以传道、受业、解惑也”。苏轼在《潮州韩文公庙碑》中称韩愈是“匹夫而为百世师，一言而为天下法”。

中国的传统政治，带有鲜明的教化特色，故古人强调君师合一，希望君王与官吏施行政治，不是单纯履行政务，而是要以身作则，引导百姓，做到“其身正，不令而行；其身不正，虽令不从”（《论语》）。教育的精神深刻地体现在政治之中。因此，崇尚道德，尊师重教也就成为中华人文传统的重要精神追求。总之，从“尊师重教”出发，我们的“国学”一定会焕发出历久弥新的旺盛活力。

我昨天深夜才从高高的大兴安岭赶回北京，尽管旅途劳顿，但依然能为参加这样的文化活动感到兴奋，看到希望。我衷心地希望本届国学文化节能够引导、激发更多的人来关心国学，思考国学，来了解和理解我们过去的五千年文明史。只有这样，我们才能更好地了解我们自己，理解我们的国家，看到我们的未来。

（2011年9月10日在北京第二届孔庙国子监国学文化节上的致辞）

盘活资源，让传统文化深入基层

今天能参加这个会感到非常荣幸，尤其是在朝阳区举办。我在朝阳区生活了四十多年，应该是一个老居民了，能在这里参加会议也有半个主人翁的感觉。

这次会议的主题，传统文化、城市精神，谈的是文化问题。我就从文化的角度谈三个小问题：第一个问题，文明的传承首先要认识文化的价值；第二个问题，文化的重建先从敬畏开始；第三个问题，探索传播传统文化的新途径。

第一个问题，文明的传承首先要认识文化的价值。文化有用吗？对于饥饿的人来讲，文化不能当饭吃，这个著名的观点是法国哲学家萨特提出来的。其实不仅文学，就文化的整体而言，对于饥饿的人们来说，文化确实没有什么现实的作用。客观地说，如果我们把文化只当做一个所谓充饥的需要，文化仅局限在一个现实的目的当中，文化确实是一钱不值。但是换一个角度，一个人，一个国家，一个城市，如果没有文化，又会怎样？历史的经验告诉我们，在重大历史事件变革中，文化的抉择，往往能够决定一个人的生存，影响一个民族的发展方向，文化的价值和意义，从短暂的时间来看，也许显现不出来，但是，总是用功利主义的思维来理解文化，历史将会给予严厉的惩罚。在中国的历史上，这样的教训太多了。我们还可以从积极的方面来理解文化的意义。三十年前的那场改革开放，首先是从文化之争开始的，由哲学问题的讨论，演化成改革开放理论的先声。马克思在《〈黑格尔法哲学批判〉导言》中说："批判的武器当然不能代替武器的批判，物质的力量只能用物质的力量来摧毁；但是理论一经掌握群众，也会变成物质的力量。理论只要说服人，就能掌握群众；而理论只要彻底，就能说服人。所谓彻底，就是抓住事物的根本。但人的根本就是人本身。"[1]这说明一个道理，一定情况下，精神的力量一定可以转化成为物质的力量。

近百年来，我们过于仰望科技的力量。其实历史的进步，文化最终决定着它的发展方向，至少可以这样说，作为物质文化重要组成部分的科学技术和精神文化层面的人文社会科学，是历史前进的两个车轮，相互依存，这已经是被历史和现实反复证明的一个基本事实。

第二个问题，既然文化如此重要，那么文化的重建请从敬畏开始。文化是一种巨大的精神力量，因此，中国人向来是对文化采取一种敬畏的态度，尊重传统，关注现实，追求仁爱忠正，维护科学秩序。譬如中国传统重视法和礼的概念，就与这种理念密切相关。汉代思想家贾谊说，人的智慧只能看到已经

[1]《马克思恩格斯选集》第1卷，人民出版社1972年版，第9页。

发生的，对于未发生的事情往往不能把握，所以贾谊说，礼的作用在事件发生之前就能予以规范，法的作用是在事情发生之后才能决断，礼和法是相互依靠的。

孟德斯鸠在《论法的精神》中说："我们的传教士们告诉我们，那个幅员广阔的中华帝国的政体是可称赞的，它的政体的原则是敬畏、荣誉和品德兼而有之。"[1]他还提出一个著名的观点："中国的立法者们主要的目标，是要使他们的人民能够平静地生活。他们要人人互相尊重，要每个人时时刻刻都感到对他人负有许多义务；要每个公民在某个方面都依赖其他公民。因此，他们制定了最广泛的'礼'的规则。因此，中国乡村的人和地位高的人所遵守的礼节是相同的；这是养成宽仁温厚，维持人民内部和平和良好秩序，以及消灭由暴戾性情所产生的一切邪恶的极其适当的方法。""中国的立法者们所做的尚不止此。他们把宗教、法律、风俗、礼仪都混在一起。所有这些东西都是道德。所有这些东西都是品德。这四者的箴规，就是所谓的礼教。"[2]关于法和礼的问题，礼在不同民族当中占有不同的地位，但是后来发展过程中有所变化，很多民族的早期逐渐将这种礼转化为宗教和神学，礼只是礼俗而已，而在中国，礼和法律，政治，伦理，宗教，哲学等紧密结合在一起，由礼俗而礼治，这是中国重要的传统。

1961年2月7日傅雷家信中这样说，自古以来，中国从来不把人看得高于一切，哲学、文学方面表现出人在自然界中与万

---

[1]［法］孟德斯鸠，《论法的精神》，商务印书馆1963年版，第151页。

[2]［法］孟德斯鸠，《论法的精神》，商务印书馆1963年版，第373—374页。

物占有的比例处于较为适当的位置，而绝非统治万物的主宰，因此，我们的苦闷基本上比西方人小，因为苦闷的强弱是随着物欲和野心的大小而转移的。傅雷的话，揭示了中西文化的巨大差异。近代西方强调天赋人权，鼓励竞争，这与中国的传统文化有比较大的差异。在近代中国转型当中，中华民族经历了太多的苦难，太多的悲愤，多少仁人志士寻求治国的道理。冲杀出来的第一代知识分子也在试图从自身的机制上寻找落后的原因，面对物竞天择、适者生存的严酷现实，很多人将中国落后挨打归结到传统文化上，他们高扬反封建大旗，在以后长达半个世纪的时间里，对传统文化持一种否定的态度，所谓的激进文化一直成为我们文化一个重要的方面。

改革开放三十多年来，经济发展到一定历史阶段，社会进步到了一个新兴时期，这个时期文化的作用开始浮现出来。遗憾的是，在很多情况下，文化到目前为止，依然还是作为工具，所谓经济搭台，文化唱戏，文化只是经济的附庸，而今强调文化的价值，在很多人眼里，其实文化还是唱戏。

党的十七届六中全会以文化体制和文化机制改革为主题，从战略的高度将文化提升到与政治、经济、军事同等重要的地位，硬实力与软实力并重，文化不仅仅是产业，文化更是事业，从战略的高度，肯定传统文化，保护传统文化，为社会主义核心价值体系的建设提供新鲜的血液。

由此可以过渡到第三个问题，怎样培养我们的文化自信。文化的传播途径是多种多样的，现代传媒，包括电视，报刊乃至互联网等正在扮演着越来越重要的角色。我们需要一批人出来宣讲传统文化，让专家的研究成果尽可能为大众所认知，在普及和提高之间，其意义其实很难说谁高谁低，谁重谁轻，重要的是要有人去做。普及传统文化这项工作本身就是很有意义的事情，至少这种讲座唤醒了很多人对传统文化的关注，给大众打开一扇通往传统文化的大门，可以让他们停下匆匆的脚步，回过头来看看学术圈内的人到底都在干什么。如果传统文化只局限于少数人的事业，只局限在狭小的空间，甚至把自己关在一个屋子里面，很多学者争来争去，而老百姓对他们视而不见，就实现不了文化传承的目的。

我这里提出三个传播传统文化的途径。

第一个途径，我建议把文化的传播途径拓展到社区。我们的社区，过去的邻里之间关系非常亲近，那是特殊的环境，几十年单位制，大家非常熟悉。而今随着城市化步伐的加快，人们的居住条件越来越好，邻里之间的情感却越来越淡，以至老死不相往来。人们有权追求个性的自由、独立，但是在追求自由的同时，我们也陷入高度的孤独。《逃避自由》这本书说得很清楚，现代人其实更加渴望交流。

我们可以通过不同的讲座形式，能够传播知识，联络感情，现在的问题是可能各个社区环境不一样，有的社区人才比较集中，有的社区人才并不是很多，可以用各种形式，把传统文化的讲座在社区里面建立起来。如果没有人才，我们可以招募一些志愿者。

第二个途径，把传统文化的讲座深入学校。高等学校没有问题。80年代初，我从南开大学毕业之后，被分配到清华大学工作，后来才知道，清华大学一个同学写了一篇文章发表在《光明日报》上，呼吁给理工科大学生增强人文知识。这些年教书的经历，我深切地感受到，整个社会不仅仅需要学专业科技的知识，同时也需要人文的素养。现在的问题是，我们的中小学生常年背负沉重的学习负担，对传统文化的基础素养确实没有机会学，教材里也有，但是这些教材完全是为了考试，是为应试教育而设置的。其实，这种讲座，有的时候会影响一个人的一生。我记得1974年，我在北京三里屯二中读高中，浩然到我们中学去讲座，当时我刚刚喜欢点文学，我的老师把我的作文交给他品评，虽已过去四十年，我并没有得到下文，但是这个讲座却给我留下终身难忘的印象，以至于我后来以文学作为自己的专业。

第三个途径，我建议把传统文化的讲座拓展到企业。过去的工厂现在变成了公司，我们读中小学的时候，经常到工厂农村学工学农，那时候基层文化活动比较发达，工农兵参与文化事业，现在已经完全商业化了，虽然企业也在推广企业文化，但是现在的企业文化跟我们这里倡导的文化素养并不一样。从事企业管理的人都知道，市场需要培育，城市精神也需要培育，文化市场更需要培育，基层是一个社会的细胞，也是传统文化传播的一个巨大的市场。我们的人文工作者、社会科学工作者，在这里还是可以大有作为的。

（2012年4月7日在北京东岳庙参加第三届中国特色世界城市论坛上的致辞）

以人民为中心，打磨文学批评的“利器”

——重读习近平总书记在文艺工作座谈会上的重要讲话

习近平总书记2014年10月15日在文艺工作座谈会上的讲话，2016年5月17日在哲学社会科学工作座谈会上的讲话，为新时代中国文艺理论、文艺批评与文艺创作指明了发展方向。五年来，在两个《讲话》指导下，文学研究和理论批评取得了长足的进步。

第一，马克思主义的思想方法是文学批评的根本“利器”，是文学批评守正创新的前提和基础。《讲话》指出：“要以马克思主义文艺理论为指导，继承创新中国古代文艺批评理论优秀遗产，批判借鉴现代西方文艺理论，打磨好批评这个‘利器’。”习近平总书记关于文艺的论述，为文艺批评工作培根筑魂。文学研究所以此为指导，站在中国当下文论建设的最前沿，重新认识中国马克思主义文论研究的新成就以及西方马克思主义文论对中国文论建设的基本成就，撰写了展示当下本学科研究最新成果的《马克思主义文艺理论》。同时，我们还组织编写了《马克思恩格斯论文艺》一书。

第二，中国革命与社会主义建设的成功经验以及改革开放四十年取得的辉煌成就，让我们更加明确文艺必须为人民服务的根本方向。《讲话》指出：“社会主义文艺，从本质上讲，就是人民的文艺。”20世纪中国革命与中国文学的核心，就是为人民的事业。从1911年的辛亥革命，到20年代的“国民革命”，乃至1949年中华人民共和国建立的中国共产党领导的“土地革命”“民族解放战争”“解放战争”，1949年后展开的“土地改革”、社会主义革命和建设等，战争、革命一直是贯穿20世纪的主导性内容，内忧外患、激烈动荡的社会变革，重新塑造了20世纪中国的思想、文化和文学。在中国现当代文学史上，那些参与20世纪重大社会变革，在相当程度上形塑了现代中国人心理、情感和人格结构的经典文学作品，也一直构成了现当代文学研究和批评的核心内容。为此，我们积极组织学者重新回到产生20世纪中国文学经典的历史现场，从中国革命经验历史化的角度阐释20世纪文学经典的特质、逻辑和艺术魅力。这是“讲好中国故事”，尤其是讲好“现代中国故事”的重要一环。

首先加强对鲁、郭、茅、巴、老、曹等现代重要作家的研究工作。文学研究所引进相关人才，组织参与学术活动，如与鲁迅基金会一起合作，组织了鲁迅与俄罗斯文学、鲁迅与法国文学等讨论，与郭沫若纪念馆一起合作，组织郭沫若与世界文学等。

其次，我们对延安文艺座谈会以来到新中国成立后十七年的红色经典文学进行研讨，组织了柳青、丁玲、周立波、赵树理、沙汀、孙犁、周扬、路遥等现当代作家研讨会，认真探讨我们党的文艺政策一以贯之的思想路线，总结成功经验，明确发展方向。现已完成《革命·历史·文学》《社会史视野下的中国现当代文学——以赵树理为中心》《20世纪70年代台湾“乡土文学论战”资料集》等著作的编写工作。我们还在《文学评论》《博览群书》等刊物上开辟专栏，评述红色经典。汇集出版《中国当代文学读本》。

最后，打磨好文艺批评这把“利器”，还必须坚守中华文化立场，立足当代中国现实。《讲话》指出：“一个民族的复兴需要强大的物质力量，也需要强大的精神力量。没有先进文化的积极引领，没有人民精神世界的极大丰富，没有民族精神力量的不断增强，一个国家、一个民族不可能屹立于世界民族之林。”习近平总书记还说：“为什么中华民族能够在几千年的历史长河中生生不息、薪火相传、顽强发展呢？很重要的一个原因就是中华民族有一脉相承的精神追求、精神特质、精神脉络。”为落实总书记讲话精神，挖掘中华文化基因，展现中华审美风范，我们参与组织编写《中华文艺思想通史》《简明中国文学史读本》等论著。

我们今天仍然处在马克思主义经典作家所判定的“历史时代”，即《共产党宣言》所说的“资产阶级的时代”。这个时代的基本矛盾决定了这个时代又是经过社会主义社会过渡，最终逐步取代资本主义而进入共产主义社会的历史时代。中华文艺思想史的研究，就是要站在历史唯物主义的立场，从社会存在出发，从人民的立场出发，把文艺思想史与人类社会史研究结合起来，把各个不同时期的主流意识形态突显出来。

《讲话》开宗明义，强调指出："文艺事业是党和人民的重要事业，文艺战线是党和人民的重要战线。"我们将坚决贯彻习近平总书记的讲话精神，运用历史的、人民的、艺术的、美学的观点评判和鉴赏作品，积极推进三大体系建设，开创文学研究的崭新局面。

（2019年10月17日在人民日报文艺部举办的
"守正创新 促进繁荣——深入学习贯彻习近平总书记
关于文艺评论的重要论述座谈会"上的发言）

“把艺术交给大众”
——祝贺《华北抗日根据地及解放区文艺大系》结集问世

由河北省社会科学院文学研究所编纂的《华北抗日根据地及解放区文艺大系》结集问世，值得庆贺。

文艺是时代前进的号角。1937年7月7日，卢沟桥事变爆发，全面抗战由此而起。广大的爱国知识分子和青年学生，表现出同仇敌忾的民族气节，走出书斋，走出校园，用知识、用智慧、用不屈的精神力量唤醒民众，用实际行动担负起抗日救亡的历史重任。在此后的岁月里，延安文艺和华北抗日根据地与解放区文艺，是中国共产党领导下的两大主体，双峰并峙，展示着那个时代的风貌，引领了那个时代的风气。

随着抗日根据地的开辟，延安文艺工作团、西北战地服务团、东北促进纵队干部队、八路军总政治部前线记者团等大批文艺工作者，随同党政干部一道陆续抵达华北，东北、平津的青年学生也纷纷冒着生命危险来到边区。他们一方面积极创作大量街头剧、活报剧、街头诗、墙头小说、木刻版画、歌曲、舞蹈等革命文艺，开展抗日救亡宣传运动；另一方面也通过开办文艺骨干培训班，开展各行业、各阶层甚至全民的文艺创作与评选活动，吸引工农兵群众加入文艺队伍，掀起了“晋察冀一周”“冀中一日”等具有深化性质的群众写作运动，以及“创造模范村剧团”“穷人乐”等群众戏剧运动，为晋察冀文艺史添上了浓墨重彩的一笔。

随着抗战的胜利，察哈尔省会张家口的解放，晋察冀文协、晋察冀剧协、晋察冀音协、晋察冀美协、晋察冀通讯社、晋察冀边区剧社、晋察冀日报社、晋察冀画报社等文化团体随中共晋察冀中央局和军区领导先后开赴华北根据地，一大批文艺工作者也随之来到华北，开展丰富多彩的文艺活动。他们坚持毛泽东《在延安文艺座谈会上的讲话》中指出的方向，一手拿枪，一手拿笔，深入农村与抗战前线，既为切身体会工农兵的生活，也为深刻了解工农兵的需求，从而在根本上克服了自身相当普遍和严重的艺术至上主义思想倾向，为工农兵而创作，为工农兵所利用，以人民大众易于接受和欣赏的形式，普遍写人民大众的生产战斗故事。譬如左翼作家邵子南1938年10月随西战团到晋察冀，主持战地社日常工作，主编《诗建设》。1943年整风运动后，他到阜平任小学教员，在反“扫荡”中与群众、民兵一起转移、战斗，还直接在五丈湾跟随李勇的游击组对日寇展开地雷战。1944年5月随团回延安，在鲁艺任教，后调陕甘宁文协搞专业创作，开始大量创作反映晋察冀边区生活的小说。他以亲身体验为基础创作的短篇小说《李勇大摆地雷阵》（后改为《地雷阵》），运用阜平农民群众的语言，以口语化方式讲述了爆炸英雄李勇的抗日故事，明显吸取了民间说唱文学的优点，特别是在白话叙述中还插入不少快板式的韵白，更适合群众喜好，因而在当时广为流传，家喻户晓，起到了很大的宣传鼓动作用。其他作品，如《荷花淀》《太阳照在桑干河上》《漳河水》《赶车传》《王九诉苦》《孟祥英翻身》《新儿女英雄传》《白求恩大夫》《我的两家房东》《穷人乐》《李殿冰》《戎冠秀》《没有共产党就没有中国》《团结就是力量》《没有土地的人们》《白毛女》等，都是成功的文艺典范，在中国现代文学史上占据比较重要的位置。

在华北抗日根据地与解放区的文艺创作成果中，还有数以万计的文艺作品和极具研究价值的文艺史料刊发在根据地和解放区所办的报刊上。很多作者，本身就是农民、战士或基层工作者，他们把自己的经历和熟悉的人和事，通过小说、戏剧、诗歌、报告文学、歌曲、绘画、舞蹈等文艺样式记录下来，语言通俗，富有生活气息。人民既是历史的创造者，也是历史的见证者；既是历史的“剧中人”，也是历史的“剧作者”。让故事中的人物自己编词、自己表演的创作方式，很好地反映出人民的心声，并让人民群众从生动活泼的艺术作品中得到教育，这确实是一个成功的尝试。

配合党的中心工作，“把艺术交给大众”，通过文艺唤醒大众，这已成为华北文艺工作者的自觉意识。他们积极响应伟大的民族抗战对文学艺术提出的时代要求，充分兼顾到广大人民群众的接受习惯和欣赏水平，创作了大量的作品，真实地反映了燕赵儿女火热的战斗与生产生活，起到了良好的宣传教育与鼓动激励效果。刘萧无编排新闻报道剧《李殿冰》，编剧与演员一起住到李殿冰家里，以便于熟悉主人公的生活，搜集真实生动的群众语言，甚至模仿他们动作，理解他们的心理。甚至，还让主人公李殿冰等直接参与剧本的修改和编排。描写群众的生活，邀请群众参与创作，这是当时文艺工作者走群众路线的生动体现。该剧演出获得当地老百姓极大赞赏，鲁中实验剧团还专门学习该剧的创作方法，创编了三幕五场话剧《过关》。艾思奇《前方文艺运动的新范例》更是誉其开创了前方文艺的新范例。抗敌剧社的《王老三减租小唱》、冀中火线剧社的话剧《我们的母亲》，也都具有这种特色。

这些文艺作品，可能略显仓促，有的甚至急就于战火中，所以在素材提炼、人物形象塑造以及语言的使用、细节的刻画等方面还有很多不足。但是，这不是一般意义上的创作，而是燕赵大地为争取民族独立、人民解放的集体记忆和行动号角，是中国革命事业的重要组成部分。华北抗日根据地与解放区的文艺，有很多这样未经沉淀的纪实作品，不管其艺术性如何，但在发动群众、组织群众、铸就抗击日寇和国民党反动派铜墙铁壁方面，发挥了无可替代的作用。20世纪五六十年代，河北地区涌现出大量的红色经典，便是华北抗日根据地与解放区文艺的传承和发展。

2017年6月，河北省社科院文学所郑恩兵所长来京与我们协商合作研究事宜。我根据所了解的信息，建议他们结合地方特色，做好地方红色文艺文献的搜集整理与编撰出版工作。《华北抗日根据地及解放区文艺大系》就是那次商讨的成果。

全书由五个部分组成：第一部分是河北红色经典代表作家代表作品选，第二部分为《晋察冀日报》文艺档案汇编，第三部分为晋冀鲁豫《人民日报》文艺档案汇编，第四部分是《晋察冀画报》文艺档案汇编，第五部分是《晋察冀日报人物志》。全书收录各种文体的作品约六千种，基本涵盖了华北抗日根据地与解放区的文艺创作情况，具有很高的研究价值。

时值建党百年庆典之际，我们有机会阅读这部煌煌五十余册的《华北抗日根据地及解放区文艺大系》，更加深切地感受到新中国的建立真是来之不易，她是无数条战线的可歌可泣的人们不懈奋斗的结果。在这样一个特殊的日子里，我们感念当年那些有名无名的作者，感谢参与整理工作的学者，当然，更要感激我们这个伟大的时代。

（2021年6月23日在华北抗日根据地及解放区文艺文献整理与研究暨《华北抗日根据地及解放区文艺大系》学术研讨会上的致辞）

浙江的画境

中国传统的诗书画，三者密不可分。诗为心声，书为心画，画为心境。苏轼说：“论画以形似，见与儿童邻。赋诗必此诗，定非知诗人。诗画本一律，天工与清新。”（《书鄢陵王主簿所画折枝二首》）三者形式不同，但是有一个共同的特点，即都追求形似之外的清新意境，最终是要书写世道人心。

陈洪绶、王冕、杨维桢、徐渭、赵之谦，就是绍兴地区涌现出来的具有全国影响的艺术家。古典文学界对陈洪绶并不陌生，他的《屈原图》，几乎人人皆知。王冕的故事，经过《儒林外史》的渲染，流传中外，他所追求的是“不要人夸颜色好，只留清气满乾坤”的境界。那一代文人，很多在抒发自己怀才不遇情感的同时，又多把目光转向民间，转向历史。如“白首词臣空堕泪，青春才子强回颜。旧愁新恨知多少，都在闲花野草间”（《漫兴》）；“山河频入梦，风雨独关心。每念苍生苦，能怜荡子吟”（《有感》）；“读书空堕英雄泪，得酒时浇块垒情”（《会友》）等。

在这方面，杨维桢的创作，尤其是他的乐府诗，更是表现出深刻的历史洞察力和非凡的文学表现力。他的文名可能高于他的书名。他入《宋儒学案》，所编《三史统编》以元继宋统，不分华夷，以有道无道划分，结束了长期以来辽金元何为正统的纷争。对此，乾隆认为可取。他的“铁崖乐府”，多数是演绎蔡邕《琴操》的诗意，将历史题材融入音乐表演艺术中，具有很高的文学史价值、文献学价值以及历史学价值。如《紫芝曲》描写商山四皓的故事，《史记》记载说吕后请张良出面，让商山四皓出山，劝说刘邦不要立戚夫人的如意为太子，结果如吕后所愿。杨维桢的诗说“禄里绮里无人知”，言下之意，就是张良用计，只是请了四位老人化妆成四皓而已。又如描写王昭君的故事，中国古代的诗歌、戏曲，都表现昭君出塞时的怨愤，杨维桢更进一步，表现昭君在其夫君死后自杀的情结，虽没有史书为证，但是《史记·匈奴列传》说父死，儿子娶母。由此推测昭君必自杀无疑。这些故事传说，编成诗歌，发为新意，便于流传。这些又多涉及音乐史的内容。

十年前，我在杭州参加潘天寿诗亭落成及传统诗学海峡两岸学术研讨会，学到很多知识，结合自己的读画品诗的感悟，撰写了《画坛巨擘的心灵记录——读〈潘天寿诗存〉札记》，并在《文艺研究》上发表。那篇文章主要论及艺术与人生的关系，这就回到刚才说到的话题，艺术更要追求形式之外的清新境界，最终要书写世道人心。我相信，有机会参加这样高规格的研讨会，我一定能够学到更多新知，将来努力交出一份比较满意的答卷。

（2019年11月16日在浙江绍兴举办的
地域美术史研讨会上的发言）

庆贺北京大学中文系建系一百一十周年

在北京大学中文系建系一百一十周年的喜庆日子里，我能代表社科院文学所、社科大文学院向贵系表示祝贺，深感荣幸。

中国社会科学院文学研究所与北京大学中文系有着很深的渊源。1953年，中央人民政府政务院文化教育委员会决定成立北京大学文学研究所，一家单位，两块牌子。一块牌子叫“中国科学院文学研究所”，另外一块牌子是“北京大学文学研究所”。北大划拨了哲学楼的一层，作为“文学研究所筹备组”。最早一批参与文学所筹备工作的，多是北大中文系毕业生，此后毕生在文学研究所工作。1953年2月22日，文学研究所成立大会在北大临湖轩举行，群贤毕至，盛况空前。这在《王伯祥日记》，还有我主编的《文学研究所所志》中有着详细的记载。1955年，文学研究所正式划归中国科学院哲学社会科学学部，这才从北大校园迁出，在中关村办公，三年后搬到了现在所在的建国门内大街5号。

近七十年来，北京大学中文系是文学研究所最重要的人才基地，源源不断。老一代学者中，曹道衡先生、沈玉成先生在魏晋南北朝文学研究方面，俞平伯先生、陈毓罴先生、刘世德先生在中国古典小说研究方面，樊骏先生在中国现代文学研究方面，张炯先生在当代文学研究方面，都有着拓荒性的贡献。此外，像陈铁民先生、谭家健先生、卢兴基先生等等，都是北大中文系培养的优秀学人，在各自的学术领域做出了不同凡响的业绩。他们将北大中文系尊师重道的优良传统带入文学所，垂范后学，成为文学所最宝贵的精神财富。当然，文学研究所也不断地给北大中文系输送人才，譬如在座的陈晓明主任，还有张剑研究员，都是文学所的优秀人才。这些年来，两家单位之间的人才交流的优良传统，一直得以延续。即以2017年以来引进的人才分析看，北京大学中文系占50%，清华大学占20%，两所学校的学生占到70%以上。可以说，社科院文学所是北大中文系系友最多的单位之一，双方有着共通的学术血脉。他们是北京大学的骄傲，也是中国社会科学院文学所的骄傲。

在北大中文系迎来一百一十周岁的重要时刻，社科院文学所也在经历着新的变化。2017年，中国社会科学院大学正式成立，文学院是最早招收本科生的学院之一。目前，我承乏在大学文学院兼任院长，希望能够得到北大中文系的更多支持，在本科生、研究生培养方面，在科教融合方面，积极开展学术交流活动，努力为国家培育更多的优秀人才。

20世纪80年代，我在清华大学工作的时候，经常到北大旁听名师讲座，对北京大学自有一种崇敬感。进入文学所工作后，更对北京大学多了一种亲近感。在此，我愿意将最美好的祝愿献给北京大学中文系，祝愿我们共有的学术研究充满生机，祝愿在此间求学的同学少年充满活力，祝愿北大中文系与文学所、与社科大文学院的合作历久弥新，在共和国的历史上谱写新的篇章。

（2020年11月22日在北京大学中文系建系一百一十周年大会上的致辞）

浙江大学中文学科成立百年感言

浙江大学中文系成立至今，已经走过百年历程，在此，我表示衷心的祝贺。

此前，胡可先教授来信说，希望我能代表从这里毕业的老学生说几句祝福的话，我深感荣幸，但一下子不知从何说起。我20世纪80年代在老杭大古籍所读书。现在老杭大名字已经没有了，我又没有在浙大中文系读过书，我能算是浙大校友吗？可先教授确认说，当然是，我们都是老杭大毕业的学生，自然也是浙大的校友。再说，我们庆贺的是浙大中文学科成立百年，自然包括古籍所的毕业生。可先教授的话给了我足够的信心和勇气，因为我也可以自豪地说，我是这一学科培养出来的学生，我确实情不自禁地要为这个学科的辉煌业绩而喝彩、骄傲和自豪。

首先，我为浙大中文学科的悠久历史而喝彩。《中华读书报》2020年12月9日刊发《浙大中文学科百年学脉的传承与拓展》，前面有一则引言是这样说的："浙江大学中文系滥觞于

1897年成立的求是书院和育英书院的国文课程，发端于1920年的之江大学文理学院国文系和1928年的浙江大学文理学院中文系。1998年前的主体是杭州大学中文系，1998年四校合并后建立新的浙江大学中文系，并由中文系和古籍研究所融合而成中国语言文学系。”言简意赅，揭示了浙大中文学科百年的辉煌历史，足以笑傲江南，跻身全国前茅。

其次，我为浙大中文学科的杰出教师而骄傲。王焕镳（1900—1982）、夏承焘（1900—1986）、胡士莹（1901—1979）、姜亮夫（1902—1995）、孙席珍（1906—1984）、任铭善（1913—1967）、蒋礼鸿（1916—1995）、徐朔方（1923—2007）、吴熊和（1934—2012）等老一辈学者已为学界所熟知。而据《浙江大学中文系系史》记载，浙大中文学科的优秀教师远不止这些。对我而言他们或是直接的授业导师，或是间接的师承关系，更多的是我衷心私淑的前辈。我从他们那里不仅获得了丰富的知识，更获得深刻的人生启迪。我很感念他们。说到这里，我又想起姜亮夫先生在我们入学典礼上的讲话，他说：第一要准备吃苦，实事求是地治学；第二要团结一致，为共同的目标而学习。我后来在回忆姜亮夫先生的一篇文章中谈到，一个学者在其成长过程中，能遇上好的老师，往往会影响到他的一生。浙大中文学科的老师，一代又一代，通过言传身教，改变了无数学子的命运，引导了他们的学术方向，更成就了他们的人生。

最后，我为浙大中文学科的学术传承而自豪。浙江大学中文学科有着深厚的文化底蕴。经过几代学者的努力，浙江大学中文学科在国内外享有盛誉。进入新时期以来，浙江大学中文学科秉承优良传统，注重人才培养，强化学科优势，推出特色成果，整体上呈现出蓬勃向上的态势。正如《浙大中文学科百年学脉的传承与拓展》一文所说：“浙江大学中文学科语言、文学与文献并驾齐驱，形成以文献史料为基础，将文学与语言、传统与现代、文献与文物、文学与影像、编纂与研究融为一体的研究格局，古今汇通，中西兼容，是人文社会科学学科中既有悠久的历史底蕴又有强烈现代气息的学科。”浙大中文学科的特色，概括得非常准确，我完全赞同。

作为一名老学生，我在兴奋之余，衷心祝福我们的中文学科越办越好，越办越强，涌现出更多的杰出学者，培养出更多的青年才俊，华枝春满，踵事增华。

（2020年12月17日为浙江大学中文学科成立百年而作的书面发言）